Riaccendere Chase

Jeanne St. James

Traduzione di
Ernesto Pavan

Jeanne
ST. JAMES

Traduzione italiana a cura: Ernesto Pavan
Copertina a cura: Golden Czermak at FuriousFotog
Editore originale in inglese: Proofreading by the Page

www.jeannestjames.com

Iscriviti alla newsletter per avere aggiornamenti sull'autrice e sulle nuove uscite:
www.jeannestjames.com/newslettersignup (in inglese)

Per rimanere aggiornati sulle novità di Jeanne, collegatevi al sito www.jeannestjames.com o iscrivetevi alla sua newsletter: http://www.jeannestjames.com/ newslettersignup (in inglese)

Link d'autore: Instagram * Facebook * Goodreads Author Page * Newsletter * Jeanne's Review & Book Crew * BookBub * TikTok * YouTube

Avvertenza: contenuti sensibili

In questo libro vengono trattate le tematiche della depressione, del suicidio e della perdita di un coniuge

"Ogni fine è un nuovo inizio".
~ Anonimo

3

Prologo

Fuga dall'oscurità

Chase

La Ford Bronco Raptor venne messa a dura prova mentre sobbalzava lungo la stradina sterrata. Evitai il meglio possibile le enormi buche piene di fango lasciato dall'ultimo temporale, le erbacce lunghe e i cespugli che incombevano sul sentiero e lo rendevano ancora più stretto, e i lunghi e profondi solchi che mi ricordavano versioni in miniatura del Grand Canyon.

Avevo scambiato la mia Audi A8 proprio per questo motivo.

Comprare la quattro per quattro era stata la scelta giusta. L'agente immobiliare mi aveva messo in guardia dalla stradina, oltre che dalle nevicate che d'inverno colpivano la zona. Avevo preso sul serio l'avvertimento.

Soprattutto dopo che l'agente mi aveva mandato le foto. Molte foto.

Di tutto. Non solo di quella stradaccia.

Foto che avrebbero spinto qualunque individuo sano di

mente a lasciar perdere immediatamente quella proprietà. Anzi, prima che immediatamente.

Per quanto l'agente volesse la provvigione, voleva anche essere onesto con me, dato che stavo comprando la proprietà a scatola chiusa.

Un acquisto rischioso, certo.

Un rischio che ero disposto a correre in cambio della privacy e di un po' di pace.

Avevo bisogno di ricominciare da capo in un posto dove nessuno mi conosceva o sapeva quello che era successo. La baita isolata sul fianco della montagna nei pressi di Eagle's Landing, Pennsylvania, sembrava il luogo perfetto.

Così speravo.

Dovevo ritrovare il prima possibile l'ispirazione. L'avevo persa assieme a...

Bloccai quel pensiero prima che potesse infettarmi.

Sobbalzai sul sedile del conducente mentre la Ford risaliva gli ultimi metri della stradina e raggiungeva finalmente il limitare della radura.

Una radura che aveva bisogno di tanto lavoro quanto la strada sterrata.

Avevo pagato l'agente affinché chiamasse qualcuno che facesse quanto più giardinaggio possibile, che sostituisse il vecchio tetto di tegole con uno di metallo, che installasse un grosso generatore di emergenza – dato che i cali di tensione erano praticamente una garanzia in montagna – e che riempisse il serbatoio di propano da duemila e passa litri. Ma il resto... Avevo deciso che ci avrei pensato dopo essere arrivato, provando a fare i lavori io stesso o ingaggiando gente del posto. *Provando* era la parola chiave, dato che non avevo la minima esperienza in fatto di edilizia. Non avevo mai eseguito alcun lavoro nelle mie vecchie case.

C'era una prima volta per tutto. Fortunatamente, YouTube era pieno di tutorial per qualunque cosa.

E poi, probabilmente, essere costretto a fare un po' di lavoro manuale sarebbe stato una buona terapia. E forse avrebbe anche spronato la mia creatività. Che era andata a quel paese da... quel giorno. Il giorno a cui stavo cercando di non pensare.

Dopo aver messo la Bronco in park e aver spento il motore, fissai quello che avevo di fronte. La mia "nuova" casa.

In quel momento, mi resi conto di essermi fottuto il cervello.

Ora che vedevo la baita di persona... La realtà mi colpì in fronte con la forza di un martello. Dal vivo, la casa aveva un aspetto molto peggiore e non c'ero nemmeno entrato.

Per un attimo, non fui sicuro che fosse il caso di farlo.

"Cosa cazzo stai facendo, idiota?" Il mio sussurro sostituì il silenzio all'interno della Ford. "Cosa cazzo ti è saltato in mente? Come hai potuto pensare di farcela?"

Cristo santo. Avrei dovuto fare marcia indietro e...

No. Prima avrei dovuto dare fuoco a quella trappola, *poi* fare marcia indietro, scendere dalla montagna, trovarmi un albergo comodo e quindi un altro posto dove vivere. Dire all'agente di vendere quei duecento acri di terra montana e boscosa a una persona che avrebbe potuto costruire qualcosa di meglio partendo da zero. Una persona che non fossi io.

Avevo comprato quella proprietà soprattutto perché, grazie all'estensione della terra, era sicuro che non avrei avuto vicini. Oltre al fatto che dava su un enorme stagno o un piccolo lago, quale che fosse la classificazione ufficiale. Ma comunque si chiamasse, era uno specchio d'acqua di discrete dimensioni.

In quanto autore di bestseller, avrei dovuto essere più bravo a descrivere le cose. Ma in quel momento non me ne fregava un cazzo delle descrizioni precise. Invece, ero concentrato sulle mie scarse possibilità di sopravvivenza.

Mi grattai la barba di una settimana mentre contemplavo sia il da farsi sia la baita di assi di cedro che avevo di fronte.

"Merda," borbottai sottovoce prima di aprire la portiera, allungandomi con un gemito.

Il mio quarantacinquesimo compleanno era arrivato ed era passato qualche mese prima, senza fanfare, ma si era lasciato alle spalle dei regali di cui avrei fatto volentieri a meno. Dolori ossei, insonnia, giunture rigide, vista sfocata e altro.

Ma erano tutte cose che mi ero aspettato. A differenza dell'invecchiare da solo.

Esalai bruscamente il fiato. Dovevo smetterla di procrastinare, entrare, dare un'occhiata in giro e vedere se fosse possibile dormire lì quella notte o se sarei dovuto tornare in paese e trovare una sistemazione migliore. Almeno fino a quando non avrei potuto rendere la baita vagamente abitabile.

Con una mano stretta dietro la nuca, mi massaggiai e cercai di motivarmi. "Diamoci una mossa."

I gradini di legno scricchiolarono mentre salivo in veranda. Non erano spugnosi e non vedevo tracce evidenti di marcescenza o assi rotte; era rassicurante. La veranda di legno era molto piccola, ma da quello che avevo visto dalle foto, la porta a cui mi stavo avvicinando era l'ingresso posteriore. L'ingresso principale dava sul lago di dieci acri.

Il lago *qualcosa*. Non ricordavo il nome.

Non che avesse importanza. Dato che ero il suo unico proprietario, potevo chiamarlo come pareva a me.

Lago Lasciatemi-In-Pace. Suonava bene.

Tirai fuori la chiave che mi aveva spedito l'agente dalla tasca dei jeans. Non avevo mai conosciuto quell'uomo;

avevamo fatto tutto virtualmente. Anche la firma del contratto.

Mentre facevo per infilare la chiave nella toppa, mi resi conto che la porta non era completamente chiusa. Era socchiusa. L'aveva lasciata aperta qualcuno dei manovali? Oppure era già aperta e nessuno si era curato di chiuderla? Probabilmente, avevano fatto il lavoro per cui erano stati pagati e se n'erano andati il prima possibile.

I cardini scricchiolarono mentre aprivo la spessa e rustica porta di legno.

Appunto mentale: prendere una lattina di WF-40 la prossima volta che sei in paese. Se quello non funziona, una tanica di benzina e un accendino risolveranno il problema.

In piedi di fronte alla soglia, trassi alcuni respiri profondi della calda e pulita aria montana. Molto diversa da quella a cui ero abituato. L'aria non era l'unica cosa diversa. Mi soffermai ad ascoltare.

Lo stesso valeva per la quiete.

Niente traffico. Niente voci. Cazzo, che gioia.

L'unico suono, a parte gli uccelli e i piccoli mammiferi che zampettavano nel sottobosco, era la voce nella mia testa che mi ripeteva all'infinito che era stata una pazzia comprare quel posto.

Forse tutto quel silenzio non era una gran cosa. Le mie voci interiori avrebbero potuto diventare amplificate, forse persino assordanti.

Durante il viaggio, avevo ascoltato un paio di lunghi audiolibri, dato che i miei pensieri tendevano a sovrastare la musica. Con gli audiolibri, ero costretto a concentrarmi. Un bel giallo ben scritto era in grado di tenermi lontano da quei pensieri negativi per inglobarmi nella storia di qualcun altro. Una storia che non fosse mia, che non fosse né il poliziesco che dovevo scrivere né la deprimente storia alla Nicholas Sparks che stavo vivendo.

Ma mi ricordava anche che dovevo riscoprire la mia creatività. E speravo che quel posto mi aiutasse a farlo.

Era proprio per quello che mi ero trasferito in una zona remota.

Varcata la soglia, dovetti trattenermi dal voltarmi e darmi precipitosamente alla fuga. Nelle foto, l'interno non sembrava così male. In quel momento, mi chiesi a quando risalissero le foto e perché l'agente non mi avesse fatto fare un giro virtuale. Ma in verità, l'agente non aveva mentito. Quello era effettivamente un vecchio capanno di caccia, che a quel punto non era molto meglio di un accampamento di fortuna.

Purtroppo, io non sapevo nulla di sopravvivenza o di vita senza utenze. Anche se si poteva discutere se quella baita potesse essere considerata priva di utenze. Più che altro perché aveva un pozzo con una pompa funzionante, oltre che acqua già analizzata e dichiarata potabile. Inoltre, aveva l'elettricità e presto avrebbe avuto una connessione satellitare, in modo che io potessi tornare a essere produttivo.

Se ciò fosse accaduto davvero, il mio agente letterario avrebbe potuto fare i salti di gioia. E così i miei lettori, che da due anni chiedevano un nuovo episodio della mia serie migliore.

E a pensarci bene, li avrei fatti anch'io, dato che scrivere era la mia unica fonte di reddito e le mie royalties si erano lentamente ridotte dopo ogni mese senza una nuova uscita.

Sebbene avessi un bel gruzzolo in banca, riparare la baita e le sue poche amenità lo avrebbe consumato rapidamente.

In qualunque caso, avrei dovuto prima di tutto *scrivere* un libro. E con tutto il lavoro che ci voleva dopo la prima bozza – revisioni, copertina, marketing e quant'altro – era improbabile che sarebbe stato pubblicato entro breve.

Mi ero dato sei mesi per scrivere il volume successivo della mia popolare serie di polizieschi. Il volume sarebbe arrivato nelle mani dei miei lettori probabilmente tra un anno e mezzo. Se non di più.

Non volevo pensarci. C'era il rischio che fossi in miseria al momento di ricevere la prima royalty, a seconda di quanto sarebbe stato generoso l'anticipo dell'editore.

Questa volta, il mio editore aveva esitato a darmene uno dopo che ero precipitato in una spirale di depressione. Avevano detto al mio agente, Randall, che quando avrebbero avuto almeno tre capitoli "ben scritti" fra le mani, avrebbero preso in considerazione l'idea di inviare un anticipo.

Fantastico, cazzo.

E tuttavia, non potevo biasimarli, dato che il blocco dello scrittore aveva annientato la carriera di diversi autori. Speravo solo che non concludesse anche la mia.

Da lì il motivo per cui mi trovavo in quella baita.

Messi da parte quei pensieri deprimenti, mi concentrai sulla visione deprimente che mi si presentava di fronte agli occhi.

Di primo acchito, sembrava che nessuno avesse più messo piede in quella casa, con l'eccezione della fauna locale.

Mi inoltrai nella baita da centodieci metri quadri. Non era male per me, dato che avrei vissuto da solo e non avevo bisogno di molto spazio. Mi bastavano un posto dove appoggiare la testa, un posto dove mangiare e qualche parte dove scrivere.

La baita aveva solo due stanze chiuse – la camera da letto e il bagno – ma a parte quello, l'ambiente era completamente aperto. Nuvolette di polvere si sollevarono mentre girovagavo per la zona principale della baita, osservando tutto più da vicino e facendo un elenco mentale del da farsi.

Non ci volle molto prima che mi rendessi conto che avrei

dovuto metterlo per iscritto, dato che c'era il rischio che la lista fosse troppo lunga per il mio cervello.

I pochi mobili lasciati dai vecchi proprietari erano coperti da due dita di polvere, oppure erano rotti. Andavano buttati o fatti a pezzi e usati per accendere il fuoco. Gli armadietti della cucina erano vuoti, con gli sportelli spalancati come se il contenuto fosse stato rubato o portato via.

Ragnatele spettrali aleggiavano in ogni angolo.

Tutte le finestre erano velate da anni di trascuratezza. Una era completamente rotta e avrebbe dovuto essere sostituita. Anzi, tutte avrebbero dovuto essere sostituite con nuovi vetri doppi per trattenere il calore durante l'inverno. Persino la leggera brezza dell'inizio della primavera mi consentì di individuare degli spifferi quando passai la mano lungo il bordo della finestra più vicina.

Scossi la testa e vidi delle macchie di feci sul pavimento. Sollevato lo sguardo, capii il perché. Mezza dozzina di pipistrelli se ne stava appesa sulle assi del soffitto, facendo una piccola siesta pomeridiana.

Merda.

Oltre al guano di pipistrello, c'erano delle feci simili a piccoli grani di riso nero. Sapevo a quale animale appartenevano: un piccolo roditore parente di Topolino.

"Tempo un giorno o due e verrete sfrattati," avvisai i pipistrelli e gli eventuali topi in ascolto. "Abusivi."

Continuai il giro della zona principale. Fortunatamente, il grosso caminetto costruito con pietre della montagna sembrava in buone condizioni. Così come l'ampia e robusta mensola che lo circondava. Finalmente qualcosa che non necessitava di essere sostituito o riparato.

In realtà, la struttura di base della baita era solida. Aveva "le ossa buone." La maggior parte delle riparazioni sarebbe stata cosmetica o avrebbe contribuito all'efficienza energetica.

Le ampie assi di legno del pavimento avevano semplicemente bisogno di una bella sfregata, così come il lavandino della cucina e gli elettrodomestici.

Per fortuna, era qualcosa che potevo facilmente fare da solo. Non mi dispiaceva usare un po' di olio di gomito.

Il sudicio tappetino di fronte al caminetto andava buttato. La legna sparpagliata sul pavimento doveva essere impilata con cura. Il mucchio di ceneri fredde nel focolare andava rimosso e avrei dovuto ingaggiare uno spazzacamino per evitare incendi nella canna fumaria.

Infilai la testa nel bagno. Dato che ce n'era uno solo, era di buone dimensioni. Non c'era una vasca, solo un box doccia a cui mancava la tendina, una finestra sudicia, un water che andava pulito e un lavandino sospeso macchiato di calcare.

Accanto al bagno c'era la mia camera da letto. Anch'essa non piccola, dato che era l'unica. Una rete di metallo rotta occupava il centro della stanza e un vecchio cassettone di legno era appoggiato a una parete. Avevo paura ad aprire i cassetti, dato che ero sicuro che intere famiglie di topolini ne avessero fatto un condominio.

Ma furono le grandi finestre nella stanza ad attirare la mia attenzione. Erano sporche, certo, ma attraverso di esse, la visuale sul lago era spettacolare. Immaginai di spalancarle e sentire gufi, volpi e persino strolaghe di notte, oltre alla brezza.

Aggiunsi una serie di ventilatori da soffitto al mio elenco. Uno per la camera da letto e un paio per l'ambiente principale.

Il mio letto matrimoniale si sarebbe adattato perfettamente a quella stanza, oltre che al cassettone che mi ero portato e che attendeva di essere scaricato dalla U-Haul parcheggiata in fondo alla montagna.

Tanto il mio suv quanto la roulotte erano colmi del

minimo necessario, come i miei vestiti e il mio letto. Tutto il resto lo avevo donato a organizzazioni che aiutavano i veterani e i senzatetto dopo aver venduto la casa a Long Island.

Dopo essere uscito dalla camera da letto, mi diressi verso la porta sul retro – no, l'ingresso principale – e scoprii che nemmeno quella era chiusa a chiave. Dopo averla aperta, uscii sulla veranda coperta che occupava l'intera lunghezza della cabina e fissai ciò che ora possedevo.

Il panorama spettacolare e mozzafiato del lago da quell'ampia veranda aveva chiamato il mio nome mentre scorrevo le foto sul sito dell'agenzia immobiliare. Al di là del lago c'erano altri alberi e la montagna che continuava a salire come sfondo.

Quella visuale perfetta era ciò che mi aveva convinto a comprare la proprietà e mi aveva accecato al punto da ignorare il resto dei problemi.

Immaginai me stesso su una sedia a dondolo, che mi godevo il caffè mattutino. O che mi costruivo una nicchia in veranda dove scrivere.

La tensione che mi perseguitava svanì all'improvviso e le mie spalle si abbassarono di qualche centimetro. La schiena si ammorbidì e i miei pensieri si fecero immediatamente più limpidi.

Ecco. Ecco di cosa avevo bisogno.

Perlomeno dopo una profonda ristrutturazione.

Come il resto della baita, la veranda aveva bisogno di una tinteggiatura e di una mano di vernice protettiva, cosa che potevo fare da solo.

Guardai verso destra e trovai una legnaia chiusa su tre lati mezza piena di legna da ardere, assieme a un tronco palesemente usato per spaccare la legna. Dopo aver sceso i tre gradini, girai attorno al capanno fino al fronte – no, al retro – dove avevo parcheggiato.

Durante il tragitto di ritorno alla Bronco, mi fermai al grosso serbatoio di propano lungo la parete esterna della baita, sullo stesso lato della cucina, per controllare la lancetta. Fortunatamente, era pieno come promesso.

Continuai a camminare fino a trovarmi accanto alla Bronco e lanciai un'altra occhiata all'esterno della baita.

La mia casa.

Andava bene. Doveva andare bene.

Senza dubbio avevo bisogno di un cambiamento e quello sarebbe stato un cambiamento importante.

Se trasferirmi qui non mi avesse aiutato, avrei preso atto che non c'era speranza per me.

Per il momento, dovevo tornare in paese, trovare un posto dove trascorrere la notte e comprare una quantità di prodotti per la pulizia per attaccare lo sporco.

Prima di poterlo fare, dovevo svuotare la Bronco stracolma e portare con me in paese solo una ventiquattrore e il mio portatile. L'indomani, al ritorno, avrei cominciato a pulire al meglio delle mie possibilità, per poi provare a portare la U-Haul su per la strada senza rompere un'asse.

In paese, avrei chiesto alla tavola calda e al motel se ci fosse qualcuno che potesse sostituire le finestre. Nel frattempo, avrei comprato un telo di plastica per coprire quella rotta e tenere fuori i pipistrelli e le altre bestiacce.

Avrei anche dovuto affittare una casella postale.

Accidenti. L'elenco era infinito.

Quando sarei riuscito a rendere vivibile il capanno, sarebbe stato meglio che le parole fossero pronte a scorrere.

In caso contrario, avrei dovuto cambiare mestiere.

Capitolo uno

Chase

Mi FERMAI con la forchetta a metà strada per la bocca. Fino a quel momento, avevo appena intaccato il gigantesco piatto della colazione della tavola calda. Era ridicolo quanto cibo mi avesse servito il cameriere per cinque dollari.

Cinque dollari, cavolo. A Long Island, ne avrei spesi almeno quindici.

E per soli due dollari in più, il caffè era illimitato. Se avessi potuto iniettarmi la caffeina direttamente in vena, lo avrei fatto.

Mi doleva tutto il corpo ed ero esausto, non solo perché avevo dormito malissimo nel motel, ma anche perché avevo cominciato ad affrontare il lavoro apparentemente infinito di pulire la baita da cima a fondo. Non volevo che i mobili che avevo comprato in un negozio a gestione familiare di Picture Rocks venissero consegnati fino a quando il posto non sarebbe stato immacolato e tutti i coinquilini indesiderati non fossero stati sfrattati.

Apprezzavo i pipistrelli e sapevo che erano animali utili, ma non volevo conviverci. Se nel frattempo fossero tornati a dormire fra le travi, avrei dovuto capire come avessero fatto a entrare, dato che avevo bloccato la finestra rotta con il telo di plastica.

Ma non era stato nulla di tutto ciò a farmi smettere di mangiare. Era stato l'uomo che stava continuando a fissarmi dall'altra parte della tavola calda.

Come me, era seduto da solo, ma a differenza del sottoscritto, sembrava conoscere tutti nel locale. Uno del posto, proprio come il resto dei clienti e dei dipendenti.

La prima mattina, tutti gli sguardi si erano voltati su di me non appena avevo varcato la soglia dell'Eagle's Nest, ma ora le cameriere erano abituati a vedermi, dato che era il terzo giorno che mangiavo al ristorante, tanto a colazione quanto a cena sul tardi.

Il cibo era buono, i prezzi erano fantastici e il servizio amichevole e premuroso ancora meglio.

Addirittura, una cameriera sulla trentina ci aveva provato con me. Non aveva idea che stava bussando alla porta sbagliata. Anche se fossi stato in cerca, lei giocava nella squadra sbagliata. Avevo un immenso rispetto per le donne, ma non volevo andarci a letto.

Tuttavia, era probabile che anche l'uomo che mi stava fissando cocciutamente non giocasse nella mia stessa squadra.

Mi stava fissando solo perché ero un forestiero in una comunità molto unita, dove sembrava che tutti si conoscessero?

Non poteva essere perché ero gay. Sebbene non lo avessi mai nascosto, non lo pubblicizzavo nemmeno e la maggior parte delle donne, quando glielo rivelavo con gentilezza, rimaneva sconvolta.

E anche la maggior parte degli uomini.

Avevo sentito la frase *"Il mio gaydar deve essere rotto"* più volte di quante avrei voluto.

Ma in ogni caso, non ero pronto a tornare sulla piazza nel futuro prossimo. E nemmeno in quello remoto, dato che non avevo intenzione di mettermi mai più con nessuno.

La vita sarebbe stata più semplice in quel modo. E poi, a quel punto, non mi interessava più giocare in squadra. Preferivo rimanere un battitore libero.

Ignorando l'uomo, finii di ficcarmi in bocca la forchettata di uova strapazzate, chiedendomi quando quel tizio si sarebbe stancato di guardarmi e avrebbe perso interesse in qualunque cosa avesse attirato inizialmente la sua attenzione.

Cercando di ignorare il villano, infilzai un boccone di salsiccia, me lo misi in bocca e masticai. Dopo aver tracannato mezza tazza di caffè, sperai che l'uomo si levasse dalle palle.

Alla fine, quando non riuscii più a continuare a ignorarlo, lasciai cadere rumorosamente la forchetta sul piatto, abbassai la testa e mi massaggiai la fronte. Controllai il respiro nel tentativo di abbassare la pressione sanguigna che andava rapidamente alzandosi.

Volevo solo mangiare in pace. Non ero lì per fare amicizia o inimicizia.

Volevo che nessuno mi rompesse i coglioni.

Ma naturalmente, non sarebbe andata così.

Quello era esattamente il motivo per cui avevo lasciato Long Island, tutto ciò che conoscevo e tutti quelli che conoscevano me. Volevo vivere in un posto dove nessuno sapesse di me o del mio passato. Ero arrivato al punto di rottura, stufo marcio della compassione da una parte e della gente che pensava che era ora che "voltassi pagina" dall'altra.

Non avrei mai voltato pagina.

Mai, cazzo.

"Merda!" gridò una voce nella mia testa quando l'uomo

dai capelli scuri si alzò dal suo posto al bancone. Dopo aver gettato qualche dollaro accanto al piatto, si voltò e si diresse lontano dall'ingresso, verso il mio tavolino.

Ti. Pareva. Cazzo.

Il terrore mi risalì dallo stomaco fino alla gola e cominciò a soffocarmi. Era possibile che quel tipo mi avesse riconosciuto.

Sollevata la tazza di caffè, la usai per nascondere il viso, ma sbirciai da sopra il bordo per tenere d'occhio l'uomo che si stava avvicinando. I miei muscoli e la mia schiena si irrigidivano di più a ogni suo passo verso di me.

Cercai di farmi gli affari miei.

Cercai di fare colazione.

Cercai di esistere in pace. Magari l'uomo era diretto verso il bagno subito dopo il mio tavolino. Se solo fossi stato così fortunato.

Sforzandomi di non renderlo troppo palese, gli diedi una rapida occhiata da capo a piedi.

Dimostrava poco meno o poco più di quarant'anni. Era di una decina di centimetri più basso del mio metro e ottantotto. Di corporatura robusta, aveva le spalle larghe e il torace snello che si stringeva in vita. Gli mancavano solo una camicia di flanella e un'ascia da abbinare alla folta barba scura per essere un perfetto boscaiolo.

Mentre si muoveva, le maniche corte della maglietta aderente si strinsero attorno ai suoi bicipiti gonfi. Le sue cosce sembravano belle grosse nei jeans consumati. E i suoi pettorali non ballonzolavano a ogni passo, *no*, si flettevano.

Quell'uomo curava molto bene il suo fisico.

Una volta, anch'io ero in gran forma, fisicamente e mentalmente.

Ora mi sentivo distrutto. Come se una serie di frammenti fosse stata incollata in modo da farmi sembrare integro.

Una mossa sbagliata e sarei caduto di nuovo in frantumi.

Sollevai lo sguardo sul volto dell'uomo quando questi si fermò al mio tavolo.

Per quanto non volessi ammetterlo, l'uomo era attraente, con la mascella forte coperta da una barba piena, ma ben curata. Non c'era un singolo pelo grigio sulla sua testa o sul suo viso. I suoi occhi color cioccolato fondente, incorniciati da folte ciglia nere, erano pieni di curiosità.

E forse di qualcos'altro. Ma magari me l'ero solo immaginato.

Era difficile decifrare le intenzioni di uno sconosciuto e io non avevo intenzione di provarci.

Mentre lo squadravo, un angolo delle sue labbra piene si sollevò in un mezzo sorriso. Lo trovai amichevole, ma prudente. Come se lui stesse cercando di capire un cane randagio che avrebbe potuto morderlo in qualunque momento.

Dove il randagio mordace ero io.

"Chiedo scusa. Non volevo fissarti." La sua profonda voce di baritono aveva una nota di acciaio mentre rimbombava.

"Ma lo hai fatto lo stesso."

L'uomo inclinò leggermente la testa mentre, a sua volta, scrutava me.

Presi un pezzo di frittella di patate coperta di ketchup e me lo ficcai in bocca per comunicare *"Non vedi che sto mangiando e non voglio essere infastidito?"*

"Stavo cercando di capire chi fossi. Hai un aspetto familiare."

Per poco non mi strozzai con il cibo. "Ne dubito."

Le folte sopracciglia scure dell'uomo si inarcarono. "No, ti ho già visto."

"È impossibile." Bevvi un lungo sorso di caffè per inghiottire le croccanti patate sfilacciate. Ma ora la colazione era come un blocco di cemento nelle profondità del mio stomaco.

"Hai ragione. Non ti conosco di persona. Ho detto che hai un aspetto familiare." L'altro angolo della bocca dell'uomo si arricciò fino a creare un sorriso amichevole, ma leggermente canagliesco. "Come ti chiami?"

Eh no. Non intendevo prestarmi a quel gioco.

Per quanto figo fosse quell'uomo... Per quanto potesse essere il mio tipo...

Strinsi i denti. Non ce l'avevo più un tipo.

Non avevo alcun interesse nell'uomo che avevo di fronte. Nessuno.

Non stavo cercando un "amico." Non stavo cercando un amante. Volevo solo che mi lasciassero in pace. "Non mi conosci. Sono nuovo di qui."

"Ti ho solo chiesto come ti chiami. Il paese è piccolo. Se intendi rimanere, prima o poi lo sapranno tutti."

Inalai lentamente, riempiendomi i polmoni mentre cercavo di non perdere la calma.

"Perché è così segreto?"

Un muscolo si contrasse nella mia mascella. Lo rilassai. "Non lo è."

Il Signor Ficcanaso inarcò un sopracciglio. "Allora?"

Cristo santo. L'uomo aveva ragione. Prima o poi, tutti avrebbero scoperto il mio nome, che io lo volessi o meno. Se non altro, avrebbero conosciuto il mio vero nome, che era diverso dal mio pseudonimo.

Se glielo avessi detto, magari lui se ne sarebbe andato. "Chase."

"È il nome o il cognome?"

"È il mio nome."

Il sorriso prima amichevole si appiattì mentre l'uomo mi osservava ancora per qualche istante. Alla fine, disse: "Ho capito," e batté energicamente le nocche sul tavolo, facendo sobbalzare le posate. "Buona giornata, *Chase*." Quando si voltò, aggiunse sottovoce "*Stronzo*."

Dato che stavo strangolando la forchetta con la mano sbiancata, allentai la presa, infilzai un pezzo di salsiccia fredda e me lo infilai in bocca mentre l'uomo si incamminava verso l'uscita.

Il maledetto mi aveva estorto il nome, ma non mi aveva detto il suo.

Non aveva importanza. Non avevo bisogno di saperlo e non lo volevo.

Osservai le lunghe falcate del ficcanaso senza nome verso la cassa all'ingresso, dove lui si fermò e attese fino a quando la mia cameriera, con un sorrisone in faccia, corse a servirlo.

Mi ritrovai a scrutarlo di nuovo, questa volta da dietro, osservando la schiena ampia, i fianchi stretti e il sedere avvolto alla perfezione dai Levi's aderenti. Mi dissi che gli stavo guardando il culo solo perché il mio sguardo era stato attirato automaticamente in quella direzione quando lui aveva tirato fuori il portafogli dalla tasca posteriore.

Diedi un morso al toast e mi sembrò di mangiare segatura, dato che avevo perso l'appetito. Mentre masticavo, guardai la mia cameriera e il Signor Ficcanaso scambiare qualche parola mentre concludevano la transazione. Sospirai sommessamente di sollievo quando l'uomo, finalmente, uscì dalla porta senza degnarmi di un'altra occhiata.

Per fortuna, sembrava aver recepito il messaggio.

Mi costrinsi a mangiare ancora un po', dato che avrei avuto bisogno di carburante per tutto il lavoro che avevo intenzione di fare alla baita. Una volta che ebbi svuotato la tazza di caffè, la cameriera si materializzò con una caraffa piena. "Riempio?"

"No. Grazie. Vorrei il conto, per favore."

Il caloroso sorriso della cameriera non fece che allargarsi. "È già stato pagato."

Aggrottai le sopracciglia. "Cioè? Deve esserci un errore."

"No," rispose allegramente la donna. "Ci ha pensato Rett."

Rett?

La cameriera doveva aver riconosciuto la confusione sul mio viso. "Il signore che è venuto da te per darti il benvenuto a Eagle's Landing."

Gesù. Altro che benvenuto. La parola "benvenuto" non era mai uscita dalla bocca di quel Rett. Nemmeno una volta. Voleva solo delle informazioni per alimentare la sua dannata curiosità.

Guardai fuori dalla finestra che dava sul parcheggio.

"Se hai bisogno di qualcosa, caccia un urlo."

Feci un mezzo cenno del capo, distratto...

Dall'uomo in piedi accanto a un furgone Chevy blu scuro con la portiera del guidatore aperta. Ma non stava salendo a bordo. Invece, era rivolto verso la tavola calda e stava fissando attraverso la finestra, un sorriso sghembo di nuovo sul viso.

Faccia di bronzo.

A un cenno del suo mento, il sorriso sghembo si trasformò in un sorrisone grande abbastanza da essere visibile dallo Stato accanto e il Signor Ficcanaso tirò il sedere nella cabina del Chevy.

Il cuore mi martellava nel petto quando il furgone uscì dal parcheggio e svanì alla vista.

***

Con il sedere appoggiato su una delle sedie a dondolo di legno con cuscino che era stata consegnato ieri assieme al resto dei mobili, fissai il lago pacifico. Una nebbiolina si sollevava dall'acqua, dandole un aspetto soprannaturale.

Siccome era l'inizio della primavera, l'aria mattutina era ancora leggermente fredda. Sorseggiai la tazza fumante di caffè nero, limitandomi a respirare l'aria fresca e a osservare l'ambiente pacifico.

Inala il buono, esala il cattivo...

Una varietà di uccelli canterini, l'acuto abbaiare distante di quella che poteva essere una volpe e lo zampettare di alcuni scoiattoli tra le foglie morte dell'albero vicino mi colmarono le orecchie.

Udii persino quello che sembrava il richiamo di una strolaga nei pressi dell'acqua. Avrei dovuto informarmi sugli animali che vivevano nella zona, così da riconoscere tutti i suoni. Forse avrei persino dovuto comprare un paio di binocoli per osservare le aquile, che davano il nome al paese vicino.

Con i piedi appoggiati alla ringhiera, bevi un altro sorso del caffè nero come la notte, lasciando che mi scaldasse dall'interno mentre la caffeina cominciava a tirarmi fuori dalla sonnolenza.

Ero finalmente riuscito a dormire decentemente, più che altro perché ero andato a letto esausto. La sera prima, avevo avuto a stento l'energia di spogliarmi prima di crollare sul materasso.

Avevo trascorso gli ultimi giorni pulendo, montando il letto, sistemando i mobili consegnati, facendo la spesa per riempire il frigo ora immacolato e non più disgustosamente puzzolente, svuotando la U-Haul e facendo il lungo viaggio fino all'agenzia più vicina per restituirla.

Era da molto tempo che non facevo un lavoro fisico così duro.

Tuttavia, ora mi dolevano tutti i muscoli e le giunture si

lamentavano. Un discreto promemoria che dovevo ricominciare ad allenarmi. Scrivere era un lavoro sedentario e io avevo bisogno di un modo per mantenermi attivo e flessibile.

Fare escursioni nella mia proprietà e nuotare nel lago sarebbe potuto andare bene. Ma il giorno prima, quando avevo controllato la temperatura dell'acqua con la mano, le mie palle erano corse a nascondersi. Non volevano avere nulla a che fare con quell'acqua gelida.

Dato che il lago non era molto profondo, speravo che in qualche settimana l'acqua si sarebbe scaldata a sufficienza per consentirmi di fare qualcosa in più che immergere le dita dei piedi.

Inoltre, avrei dovuto comprare una cassetta da pesca e una canna da Harry's Hardware, il ferramenta del paese, per provare a pescare. Quando ero andato a comprare il telo di plastica per la finestra rotta – assieme ad alcuni attrezzi e chiodi per riparare un po' di roba rotta, altri prodotti per la pulizia e cose assortite – mi ero accorto che Harry non vendeva solo articoli da ferramenta. Vendeva attrezzatura di ogni genere, compresi articoli sportivi e tutti gli utensili di giardinaggio di cui avevo bisogno.

Harry era contento di vedermi. La mia carta di credito non era contenta di vedere Harry.

A Long Island, avevo ingaggiato un giardiniere perché si occupasse di fare tutti i lavori necessari in cortile ed estirpare le erbacce. E pagavo anche gente che riparasse le cose. Qui, avevo intenzione di fare il più possibile da solo e di imparare da autodidatta.

Tuttavia, la connessione satellitare era stata installata due giorni prima e quindi non avevo più una scusa per non ricominciare a scrivere.

Nessuna.

Non potevo continuare a procrastinare. Se non avessi

messo insieme delle parole per creare una buona storia che i miei lettori sarebbero stati disposti a comprare, nessuno mi avrebbe pagato. Tutto lì.

Se nessuno mi avesse pagato, Harry sarebbe rimasto scontento, perché io mi sarei ritrovato senza il becco di un quattrino. E forse avrei dovuto diventare una specie di eremita che viveva con mezzi di fortuna.

Non suonava poi così male.

Sì, ero ufficialmente illuso.

Sfortunatamente, la realtà mi stava chiamando. E la realtà si chiamava Mac.

Lanciai un'occhiata al portatile, appoggiato su un tavolino vicino. Non lo aprivo da quando ero arrivato a Eagle's Landing.

Non al motel. Non da quando mi ero trasferito al capanno.

Mi provocava.

O mi perseguitava.

A seconda di come lo guardavo.

Dovevo trovare le parole.

In qualche modo.

Capitava a tutti gli autori di soffrire di blocco dello scrittore, ma di solito non per due anni.

Leggere un po' di narrativa mi aveva sempre aiutato a spronare la creatività in passato, ma avevo smesso di leggere quando avevo smesso di scrivere. E l'unica volta in cui avevo ascoltato degli audiolibri era stato durante il lungo tragitto da Long Island, New York, a Sullivan County, Pennsylvania.

Forse mi sarebbe stato utile avere un libro cartaceo fra le mani. Sentire l'odore della carta dell'inchiostro. Udire il fruscio delle pagine. Perdermi nelle parole...

E, naturalmente, tirare fuori gli occhiali da lettura, dato che ormai facevo fatica a leggere.

Un altro segno del fatto che avevo passato i quaranta.

Feci una smorfia.

Che avevo passato i quarantacinque.

Porca miseria, che andavo per i cinquanta.

Magari, quel giorno avrei aperto il mio Mac e, se non mi fossero venute le parole, l'indomani sarei andato in paese e avrei preso qualche libro alla libreria locale che avevo adocchiato in Main Street.

Mi grattai la nuca mentre cercavo di ricordare il nome. Le avevo dato solo una rapida occhiata mentre tornavo dal Mountainside Market, l'unico negozio di alimentari del paese.

Come cavolo si chiamava?

Aveva importanza? Probabilmente no, dato che mi ricordavo dov'era.

Non solo la mia vista stava andando a puttane, ma anche la memoria.

E tuttavia, c'erano cose che non avrei mai dimenticato. Quello che temevo era che i ricordi belli, che volevo tenermi stretti, sarebbero svaniti, mentre quelli brutti che non volevo ricordare mi sarebbero rimasti per sempre.

Sospirai.

Magari la libreria aveva il resto della serie che avevo cominciato ad ascoltare durante il viaggio. I libri erano riusciti ad attirare il mio interesse – impresa non indifferente – perché erano scritti molto bene e avevano trame complesse.

E poi, morivo dalla voglia di sapere quale caso avrebbe risolto in seguito l'imbranato investigatore privato Dexter Peabody, le cui disavventure erano persino riuscite a farmi ridere.

"The Next Page!" esclamai di colpo, facendo starnazzare e volare via gli uccelli vicini e mandando in fuga gli scoiattoli.

Ecco il nome della libreria.

Le si adattava benissimo.

Se non avevano la serie in negozio, magari avrebbero potuto ordinarla e io avrei potuto leggere qualche capitolo tutte le sere come ricompensa per aver scritto le mie parole quotidiane.

Quello sì che sembrava un buon piano.

Dovevo solo seguirlo.

Capitolo due

Chase

LA PICCOLA CAMPANELLA all'interno della porta tintinnò mentre aprivo. L'edificio a due piani era molto vecchio, ma in ottime condizioni, con una copertura di legno dipinto di marrone e un'enorme insegna di legno a forma di libro aperto sopra la porta, con il nome *The Next Page* inciso sopra.

L'edificio mi ricordava un negozio di campagna dei tempi andati, con una veranda di legno, panchine in ferro battuto e grandi vetrine dai telai color panna per far entrare la luce naturale.

Non avevo idea di come una libreria del genere riuscisse a sopravvivere in un paese così piccolo. Anche negli insediamenti molto più popolosi, le grandi catene e gli e-book avevano mandato in fallimento tantissime piccole attività.

Tuttavia, in qualche modo, questa riusciva a sopravvivere in mezzo al nulla.

Mentre entravo nel negozio silenzioso come una biblioteca, le narici mi si dilatarono e inalai il profumo dei libri.

L'odore familiare era rilassante quasi quanto la fresca aria montana della baita.

Mi stupii nel non vedere nessuno alla cassa sulla destra della porta. Probabilmente, in quel paese non c'erano grossi problemi di furti e, nel raro caso in cui qualcuno rubava, forse era facile individuare il colpevole. Uno dei benefici della tranquilla vita di paese.

Eagle's Landing aveva un'atmosfera decisamente diversa rispetto a dove vivevo prima.

Erano bastati pochi giorni a farmi capire che non sarei mai tornato a vivere in una zona in cui la gente era pressata come sardine. Peggio ancora, il traffico sulla tangenziale di Long Island tendeva a formare code spaventose. Qui, la maggior parte degli ingorghi era provocata dagli animali selvatici che attraversavano la strada.

Inoltre, a New York sarebbe stato difficile trovare una libreria così tranquilla e pittoresca ancora aperta. Entrare mi diede un conforto inaspettato e, dovetti ammettere, una certa motivazione.

File di scaffali colmavano il negozio e altri ancora ne bordavano il perimetro. Ciascuno scaffale era stracolmo di libri organizzati con precisione per genere e persino suddivisi per sottogenere, con etichette chiare. A una rapida occhiata, pensai che probabilmente i libri erano persino suddivisi per cognome dell'autore in ciascuna categoria.

Prima che potessi guardare meglio, un grosso pastore tedesco nero e marrone mi raggiunse con la bocca aperta, la lingua penzoloni e una coda cespugliosa che si muoveva avanti e indietro. Il cane mi girò attorno prima di toccarmi la mano con il muso, come per attirare la mia attenzione.

"Come ti chiami?"

Con la lingua che ora gli dondolava da un lato della bocca, il peloso addetto all'accoglienza mi guardò con i suoi profondi occhi marroni e guaì la sua risposta mentre gli grattavo la testa.

Sfortunatamente, non parlavo il canesco.

"Timber!" chiamò una voce dal fondo della libreria.

Timber il pastore tedesco ignorò chiunque lo stesse chiamando e si sedette invece sul mio piede, per poi appoggiarsi alla mia gamba e fissarmi con adorazione, dato che ora lo stavo grattando dietro le orecchie.

"Chiedo scusa. Di solito non infastidisce i clienti a meno che non abbiano qualcosa da mangiare e–"

Cazzo mi attraversò la mente nel momento stesso in cui un "Cazzo" sussurrato, ma udibile, giunse dall'uomo che mi si materializzò di fronte.

"Timber," chiamò nuovamente il Signor Ficcanaso, battendo una mano sulla coscia coperta di denim.

"È buono."

"Ho più paura che sia tu a mordere lui che il contrario."

Solo tre metri ci separavano mentre ci fissavamo a vicenda.

"Chase, giusto?"

Merda. Inclinai la testa in risposta. "Non avresti dovuto pagarmi la colazione, ieri."

"Non è niente. Solo un modo per darti il benvenuto."

"Potrei essere solo di passaggio," mentii.

"Saresti già passato. Non c'è molto che trattenga la gente a Eagle's Landing."

"Tu ci vivi."

Rett sollevò una spalla. "Non ho bisogno di molto."

Succhiandomi i denti nel tentativo di ridurre il fastidio che mi risaliva la spina dorsale, mi guardai attorno per evitare di incrociare lo sguardo di Rett. "Immagino che tu lavori qui."

"Diciamo così."

Ah. Rett stava facendo il misterioso, come avevo fatto io

con lui alla tavola calda quando mi aveva fatto delle domande. Stava cercando di lanciarmi un messaggio, per quanto in modo sottile.

Con un enorme sbadiglio, Timber liberò finalmente il mio piede dal pavimento, si allontanò pigramente e sparì nella direzione da cui era apparso.

"Allora, come mai in paese? Sei scappato di prigione?"

Mi stavo nascondendo, sì, ma non dalla giustizia. Mi chiesi se fosse il caso di rispondere, ma prima o poi l'uomo avrebbe scoperto comunque la verità, da me o da qualcun altro. Un'altra gioia della vita di paese. "Ho preso casa qui vicino."

"Lo immaginavo." Un sopracciglio scuro si sollevò. "Dove? Non ricordo di aver visto case in vendita in paese. E nessuno ha detto di volersi trasferire."

Rett era il pettegolo del paese? Aveva le mani in pasta dappertutto?

Ma proprio come per il mio nome, non ci sarebbe voluto molto prima che tutti, in quel paesino di duecento anime scarse, sapessero dove vivevo. Ma anche se quei fatti non sarebbero rimasti un segreto, volevo restare anonimo il più possibile il più a lungo possibile. Soprattutto quando si trattava della mia professione.

Se ero fortunato, nessuno in paese e nella zona circostante aveva mai sentito parlare del mio pseudonimo o aveva letto i miei libri.

"Coleman Lane."

Abbassata la fronte, Rett si passò le dita nella barba e io mi ritrovai incantato da quel gesto. Gemetti silenziosamente della mia reazione.

"Coleman Lane? C'è solo una baita su quel sentiero di montagna, perché non è un vero sentiero, ma una strada privata. E la casa non è nemmeno una vera casa, ma..." Rett fece una smorfia. "È un capanno di caccia. O lo era."

Quell'uomo era un vero genio. Un vero e proprio detective. "Già."

"Sei venuto a prepararti per la stagione di caccia? Sei un cacciatore?"

Non ero proprio dell'umore di chiacchierare. Ero passato solo per comprare qualcosa da leggere. Come alla tavola calda, non ero lì per fare amicizia, soprattutto non con un tizio che faceva troppe domande. "Certo."

Rett non parve credermi. Non c'era da stupirsi. "Allora... che lavoro fai, Chase?"

E che diamine. "Gli affari miei."

Un mezzo sorriso torse le labbra di Rett. "Un professionista della conversazione, eh?"

"Sono qui solo per comprare dei libri."

"Ne ho molti." Rett fece un ampio gesto con la mano. "Un negozio intero, nel caso tu non lo avessi notato. Cosa ti piace?"

"Il silenzio."

Una volta che il sorriso gli fu sparito dal viso, Rett mi fissò con gli occhi stretti per un lungo, imbarazzante momento prima di annuire. "Come al ristorante, ti sento forte e chiaro. Sentiti libero di guardarti attorno. Ho un po' di tutto. Se hai domande, sono qui."

"Sui libri c'è il prezzo?"

"Sì."

"Allora non avrò domande."

Rett mi fissò ancora per qualche istante. Mentre la sua espressione era indecifrabile, i suoi occhi mi stavano palesemente dando un'altra volta dello stronzo.

Avrei dovuto sentirmi in colpa perché mi comportavo da

stronzo? Probabilmente. Mi sentivo in colpa? No. La mia privacy era importante.

Con un altro brusco cenno del capo, Rett girò sui tacchi, si mise dietro il bancone e si sedette su uno sgabello. "Se hai bisogno di me, sono qui."

Mi chiesi se quell'uomo avesse bisogno di avere sempre l'ultima parola. Decisi di fare una prova. "Grazie."

"Prego."

Gesù. Avevo ragione.

Scuotendo la testa, imboccai la corsia più vicina, quindi lessi con calma i titoli dei libri, soffermandomi ogni tanto a tirare fuori un volume a caso e leggere la quarta di copertina prima di rimetterlo a posto.

Il libraio teneva in negozio un'ampia varietà di titoli, quello era certo. Rimasi piacevolmente stupito nel trovare persino una sezione chiaramente segnalata dedicata alla letteratura LGBTQ+, tanto narrativa quanto saggistica. Non mi aspettavo di trovare una cosa del genere da quelle parti, ma non era quello che stavo cercando.

Su uno scaffale lungo la parete di fondo, trovai la zona dedicata ai thriller, ai gialli e ai polizieschi. Il mio sguardo individuò subito i miei titoli, accanto a qualcuno di John Grisham.

Merda.

Almeno una copia di ciascun libro della mia serie a tema serial killer era sullo scaffale. Il primo volume era presente in tre copie. Sulla mensola immediatamente sottostante c'era la prima serie che avevo scritto, agli albori della mia carriera. Della serie in dieci volumi mancava qualche copia.

Mentre la serie più vecchia aveva fatto di me un nome noto, era stata l'ultima, quella sul detective Nick Foster, a lanciare in orbita la mia carriera.

Ma il razzo stava rapidamente perdendo quota e sarebbe

precipitato sulla Terra se io non avessi prodotto presto il volume successivo. Soprattutto se il mio agente mi avesse lasciato e il mio editore avesse troncato i rapporti con me.

Sullo scaffale accanto c'erano i gialli, quello che stavo cercando. Gli audiolibri che avevo ascoltato durante il viaggio erano stati scritti da Everett J. Williams. Fortunatamente, vidi diverse copie di ciascun volume della serie e una targhetta laminata sopra di essi che indicava che erano copie autografate.

Esitai. Il titolare del negozio comprava le copie già autografate o aveva fatto passare l'autore perché le firmasse?

Interessante.

Forse il titolare ammirava molto l'autore. La cosa non mi avrebbe stupito, dato che i libri erano ottimi. E che creavano dipendenza.

Dato che avevo già ascoltato i primi due, presi i due volumi successivi, per poi girovagare per il resto del negozio per assicurarmi di non perdermi nulla prima di andare alla cassa. Mi fermai subito quando vidi che la parte posteriore del negozio era quasi completamente aperta: non c'erano scaffali al centro, come invece nelle altre zone. Appoggiata al centro della parete di fondo c'era una piattaforma rialzata non più grande di un metro e mezzo per un metro e mezzo, con un microfono e un leggio.

Forse per letture di libri e poesie? Per i musicisti locali?

Uhm.

Era probabile che, essendo il paese così piccolo, l'intrattenimento non fosse granché. Poteva darsi che, quando c'era un'esibizione, delle sedie pieghevoli venissero disposte nello spazio vuoto per il pubblico.

Una macchinetta per il caffè con una pila di bicchierini e un'ampia selezione di capsule era posata su un tavolino sulla destra della piattaforma, con un cartello che invitava i clienti a servirsi. Sulla sinistra del minuscolo *palcoscenico* c'era una scala aperta bloccata da una catenella di plastica bianca con un cartello di metallo che diceva "Riservato."

Rannicchiata nell'altro angolo sulla destra della piattaforma c'era un'antica scrivania di legno posata ad angolo, con il grosso schermo di un computer sopra. Sempre sulla scrivania c'era un mucchio di quelli che sembravano quaderni a spirale usati, assieme a un vasetto stracolmo di penne. Un mucchio di biglietti adesivi copriva la parete dietro a una nuovissima sedia da gamer che non c'entrava nulla con lo stile della scrivania.

Grattandomi la testa, osservai la postazione. Ciò mi spinse a rendermi conto che avevo decisamente bisogno di una postazione migliore per scrivere. Non potevo lavorare tutto il giorno su una sedia a dondolo. Il mio corpo mi avrebbe odiato. Avevo bisogno di una vera scrivania con una sedia ergonomica, ma anche di trovare un posto dove metterla, in modo da avere una visuale sul lago e sulla montagna dietro di esso. Il motivo per cui avevo comprato quella baita.

Avrei potuto aggiungere un'altra stanza sul retro – no, sulla *facciata* – della baita per usarla come ufficio, ma mi piaceva anche la veranda coperta e volevo tenerla così com'era. Tuttavia, una stanza dalla temperatura controllata mi avrebbe consentito di guardare quel paesaggio rilassante, permettendomi di scrivere in qualunque condizione climatica.

Avrei potuto farla aggiungere sul lato, accanto alla camera da letto, e farla installare prima dell'inverno. Avrei persino potuto aprire il retro del caminetto in modo che diventasse doppio e...

Mi scossi quei pensieri via dalla testa. Per permettermi tutta quella roba prima dovevo tornare a essere produttivo e spedire i primi tre capitoli al mio agente.

Sospirai e diedi un'ultima occhiata in giro per poi tornare verso l'ingresso del negozio, dove mi attendevano Rett e ora anche Timber.

Non appena ebbi raggiunto il bancone ed ebbi posato i due libri, lo sguardo di Rett cadde subito sulla mia fede nuziale.

Merda.

Mi affrettai a chiudere la mano e a lasciarmela ricadere lungo il fianco, fuori vista. Non volevo altre domande dal Signor Ficcanaso. Soprattutto riguardo al mio anello. O al mio matrimonio. O a tutto il resto.

Nemmeno dopo due anni ero riuscito a togliere la fede, nonostante un sacco di gente mi avesse detto che avrei dovuto voltare pagina.

E lo stavo facendo. Ma a modo mio. Per esempio, trasferendomi a Eagle's Land per allontanarmi da quella stessa gente di cui non avevo chiesto la cazzo di opinione.

E non avevo bisogno che la gente del mio nuovo paese mi tormentasse su quanto poco sano fosse non voltare pagina.

Lo avrei fatto quando sarei stato pronto. Non un attimo prima.

Oppure, *all'inferno tutti*, magari non lo avrei mai fatto.

Quello che facevo o non facevo era solo affari miei.

Stavamo parlando della *mia* vita e io non volevo che nessun altro mi dicesse come dovevo viverla.

Come il Signor Ficcanaso, ora in piedi dietro il bancone piuttosto che seduto allo sgabello in un angolo. Lo sguardo dei suoi occhi marroni passò dalle mie letture al mio viso.

Succhiando le labbra, l'uomo parve trattenere domande o commenti, forse persino giudizi. Impiegò qualche istante prima di riuscire a dire: "Sono copie firmate."

Ma dai? "Me n'ero accorto."

"Sono il terzo e il quarto volume della serie. Sei sicuro di non voler cominciare con i primi due? Ti suggerisco di leggerli in ordine."

Inspirai lentamente e profondamente e anche le dita della mia mano destra si chiusero in automatico.

Le sopracciglia di Rett raggiunsero la fronte e lui sollevò una mano. "Scusa. Leggili nell'ordine che vuoi. Volevo solo dare una mano."

"Non farlo."

Inclinando la testa scura, Rett avvicinò a sé i due libri, li girò e passò i codici a barre. "Hai bisogno di un sacchetto?"

Solo se te lo metti in testa, così la smetti di fare domande. "No."

"Posso dirti ancora una cosa?"

Cristo. "Devi proprio?"

Le labbra di Rett ebbero un guizzo. "Verrei meno ai miei doveri se non lo facessi."

"Verrei meno." Che tipo.

Sospirai, inclinai la testa e aspettai.

"Quando hai finito di leggerli, puoi restituirli e prenderne degli altri."

Quello sì che era interessante. Ecco perché tanti dei libri sugli scaffali mostravano piccoli segni di lettura. The Next Page doveva essere come uno di quei negozi di scambio libri. Sebbene ciò significasse che l'autore ci rimetteva, rendeva anche le copie fisiche dei libri più accessibili al pubblico e incoraggiava la lettura. Soprattutto in assenza di biblioteche. "Uno per uno?" mi sfuggì prima che riuscisse a trattenermi.

Il sorriso soffocato di Rett si allargò. "Due per uno."

Mi accigliai. Era una buona offerta, ma scambiare libri usati rendeva molto meno che venderli. Questa volta fu la *mia* curiosità ad avere il sopravvento. "Come fa il negozio a rientrare nelle spese?"

"Non lo fa. Le pago io."

Un momento... "Sei *tu* il titolare?"

"Sì." *Ah,* ecco di nuovo la faccia di bronzo che avevo visto nel parcheggio dell'Eagle's Nest.

"Sei l'unico dipendente?"

"Sì. Beh, a parte Timber."

Quando il nome del pastore tedesco fu pronunciato, il battere costante della sua coda sul pavimento giunse da dietro il bancone.

Come faceva quell'uomo a pagare le bollette, le tasse, magari anche il mutuo o l'affitto dei locali, assieme al resto delle spese, quando era impossibile che il giro d'affari potesse sostenere l'attività? Magari Rett era ricco di famiglia e gestiva la libreria per passione.

Non ha importanza, Chase. Fatti gli affaracci tuoi, proprio come vorresti che lui si facesse i suoi.

Parole sante.

Ma nonostante tutto, avevo qualcosa in comune con il fastidioso individuo di fronte a me. I libri erano una parte importante delle nostre vite.

Ma quel punto in comune non bastava a fare di noi due amici. "Quanto ti devo?"

"Dato che sei un nuovo cliente e ne hai presi due, ti faccio uno sconto. Bastano trenta."

Tirai fuori il portafogli dalla tasca posteriore, lo aprii e ne estrassi due pezzi da venti. Presi i due libri dal bancone, lasciai i soldi al loro posto. "Tieni pure il resto."

"Per cosa? È una mancia bella grossa per il mio sfavillante servizio clienti."

Cristo, quando quell'uomo sorrideva – anche se era un sorriso strafottente – era irresistibile. Respinsi quella scoperta.

Non avevo intenzione di lasciarmi coinvolgere da nessuno. "La colazione."

Rett scosse la testa. "È stato un piacere."

"Non ho bisogno che tu mi offra la colazione."

"Certo che non ne hai *bisogno*. Volevo solo essere amichevole."

"Non ho bisogno che tu sia amichevole."

"Ci sta, ma dato che volevo darti un consiglio da amico, lo definirò invece un consiglio intelligente."

Mentalmente, gemetti. A quel tizio piaceva proprio provocare.

"Anche se hai detto di non essere un cacciatore," disse Rett, sollevando un sopracciglio scettico, "ti consiglio, se non ne hai già uno, di comprare un fucile o una doppietta."

Non avevo mai posseduto un'arma da fuoco, né avevo mai pensato di procurarmene una. "Perché? Ti dovrò sparare?"

"Solo se mi ritieni pericoloso come gli orsi, le linci e i coyote che girano attorno alla tua baita. Nel caso non lo sapessi, sei nelle Allegheny Mountains ora. È pieno di animali selvatici da queste parti."

Come i librai impiccioni. Ma Rett avrebbe potuto essere pericoloso per me solo se fosse stato gay. E dato che era etero, non avevo alcun problema a tenerlo a distanza. Per quanto lui fosse il mio tipo. *Se* fosse stato gay.

Ma non lo era.

Per mia fortuna.

E poi, tu non hai un tipo, ricordai a me stesso. Non più.

"Animali selvatici a cui piacerebbe mangiarti la faccia," aggiunse Rett.

Prima che potessi rispondere, la campanella da mucca appesa sopra la porta tintinnò, attirando la nostra attenzione sull'ingresso di una donna con un paio di libri in mano.

Abbaiando entusiasta, Timber corse fuori da dietro il bancone e la donna dai capelli grigi, fra i sessanta e i settant'anni, tirò fuori un biscottino dalla tasca della gonna rosso acceso che le arrivava alle caviglie.

"Tieni, Timber." Sorridendo radiosa al cane mentre questi inalava praticamente il biscotto, disse: "Per fortuna mi sono ricordata all'ultimo momento di portarti qualcosa, o non mi avresti mai perdonata." Quando non rimasero più tracce del biscottino, la donna sollevò lo sguardo e lo passò fra me e Rett, il che fece spuntare una ruga in più fra quelle già presenti sulla sua fronte. "Chiedo scusa. Non volevo interrompervi."

"Non hai interrotto nulla, Dolly. Stavo solo chiacchierando con l'ultimo arrivato a Eagle's Landing."

L'anziana si avvicinò al balcone e mi squadrò attentamente. "Oh, non ci siamo ancora visti." Tese la mano e io non ebbi altra scelta che stringerla per non essere maleducato.

Non mancai di notare il divertimento negli occhi di Rett, ma lo ignorai.

La donna matura diede uno scossone inaspettatamente fermo alle nostre mani giunte. "Sono Dolores Monaghan, la moglie del sindaco. Mi chiami pure Dolly."

"Ed è anche una lettrice vorace," aggiunse ammiccando Rett. "Da sola tiene in piedi il negozio. E riempie la pancia di Timber."

"Sono in pensione. Cos'altro ho da fare?" chiese la donna con un barlume negli occhi.

"Dici sempre che tenere in riga Chet è un lavoro a tempo pieno."

"Questo è vero," disse ridendo Dolly. "Accanto a ogni uomo di successo c'è una donna ancora più forte." Mi fece l'occhiolino. "È la mia versione."

E probabilmente era una versione molto precisa.

Rivolsi alla donna matura un sorriso imbarazzato. Doveva essere più bassa di me di almeno trenta centimetri. Non solo la sua gonna lunga era di un rosso acceso, ma indossava una camicetta verde lime, un paio di Crocs viola e calzini arcobaleno.

Palesemente, Eagle's Landing non era la Mecca della moda.

Lo sguardo degli occhi azzurri di Dolly si posò nuovamente su di me. "E *lei* come si chiama?"

Da dietro il bancone giunse uno sbuffo sommesso.

Chiusi gli occhi per un attimo per impedire che rotolassero via lungo una delle corsie. "Chase."

"Ah, sì, ieri sera a cena Chet mi aveva detto che qualcuno aveva comprato la vecchia baita di Coleman. Chase..." Dolly schioccò le dita. "Chase Jones, giusto?"

Merda. "Sì, sono io."

"Beh, benvenuto al paese più noioso in cui avrà mai vissuto. Persino i nostri pettegolezzi sono noiosi."

"La noia mi va benissimo."

"Ottimo. Allora si troverà molto bene." La donna si rivolse nuovamente a Rett. "Beh, splendore, sono venuta a riportare questi due libri e a prendere l'ultimo della serie. Peccato che il prossimo non sia ancora uscito. Sono una droga quasi quanto i tuoi."

Sono una droga quasi quanto i tuoi.

Il mio cuore fece un piccolo salto mortale. La donna mi aveva riconosciuto?

No: non stava parlando con me, ma con l'uomo dietro al bancone.

Ah. Doveva essere uno scrittore. O un aspirante tale.

Tutti pensavano di poter scrivere un libro. Credevano che fosse dannatamente facile. Porca miseria, se lo fosse stato, avrei tirato fuori il volume successivo della mia serie su Nick Foster due anni prima.

In realtà era tutt'altro che facile. Scrivere un buon libro

era difficile e poteva essere mentalmente molto faticoso, a seconda della complessità della trama.

Ma se Rett era uno scrittore, ciò significava che aveva un'altra cosa in comune con lui, oltre all'amore per i libri.

Porca puttana.

Rett lanciò a Dolly un sorriso a trentadue denti. "Sei gentile, Dolly, ma la mia scrittura non è nemmeno paragonabile alla sua. Vorrei davvero avere lo stesso talento di questo autore."

Dolly agitò un dito. "Non sminuirti, splendore. Non sarai ancora una stella internazionale, ma locale sì." Con quelle parole e un occhiolino, la donna si voltò e si diresse verso la parete di scaffali che ospitava i thriller, i polizieschi e i gialli.

Accigliandomi, spostai lo sguardo sui libri che Dolly aveva posato sul bancone.

Porcaccia la miseria. Erano i miei libri.

I *miei* libri.

Dovevo andarmene. Prima di subito.

Senza dire un'altra parola, corsi fuori dalla porta.

Sentii gridare un profondo "Ehi!" prima che la porta si chiudesse alle mie spalle.

Capitolo tre

MA CHE DIAVOLO...?

Chase Jones—se quello era il suo vero nome – si era comportato come se avesse visto un fantasma. E, cosa ancora più strana, era corso fuori dal negozio come se lo stessero inseguendo.

Quell'uomo era...

Non strano... Diverso.

Sembrava non solo chiuso e asociale, ma anche... Non sapevo esattamente come descriverlo.

A pezzi, forse. O emotivamente ferito, a giudicare dal suo aspetto, dal modo in cui parlava e da come interagiva con le persone.

Proprio come l'altra mattina, quando lo avevo visto alla tavola calda, con mezzelune scure sul viso sotto gli occhi castano scuro dallo sguardo spento.

Sembrava emotivamente vuoto. Aggrappato alla vita con le sole unghie.

Stava nascondendo qualcosa o fuggendovi.

Entrambe le opzioni erano fattibili ed entrambe sarebbero state un buon motivo per trasferirsi a Eagle's Landing e comprare la baita di Coleman. Di solito, chi cercava un nuovo inizio non si trasferiva in un paesino remoto che offriva solo il minimo indispensabile. Di solito, erano i fuggitivi a farlo.

A essere onesti, poteva anche darsi che Chase, prima di trasferirsi, non sapesse nulla della vita in un paesino e che prima o poi se ne sarebbe pentito – se già non lo aveva fatto – perché era come se si stesse nascondendo in piena vista. Aveva scelto un posto dove *tutti* avrebbero appreso il suo nome e, sfortunatamente, le sue faccende personali.

Nessuno ci sfuggiva, a Eagle's Landing.

Amavo quella zona? Certo. Non avrei voluto vivere da nessun'altra parte. Ma come avevo detto all'ultimo arrivato, io non avevo bisogno di molto. E sebbene il paese fosse piccolo e povero di amenità, aveva un enorme vantaggio rispetto a un paese più grande o una città: nonostante tutti sapessero tutto di tutti, quelle stesse persone formavano un gruppo molto coeso e si consideravano come parte della stessa famiglia. Che uno lo volesse o meno.

A differenza delle zone più popolose, non c'era bisogno di essere invitati ufficialmente ai picnic, alle grigliate, alle feste o tutto il resto. Si dava per scontato che, se c'era un raduno di qualche tipo, tutti erano invitati e nessuno era escluso. In qualunque caso.

Che si trattasse di una *baby shower* o di una festa per il diploma.

Bastava presentarsi, portare qualcosa e godersi la compagnia.

Le attività locali, come Harry's Hardware e The Roost, l'unico bar del paese, facevano credito alla gente del posto. Se qualcuno me lo avesse chiesto, io avrei fatto lo stesso nel mio negozio; avrei persino permesso alla gente di prendere a prestito i libri, se non poteva permettersi di comprarli.

Il nostro paese non era incentrato sul denaro o sulle cose materiali, ma sull'essere una comunità i cui membri si sostenevano a vicenda il meglio possibile.

Se qualcuno era in difficoltà, davamo tutti una mano.

Se qualcuno era malato e non poteva spalare la neve, c'era chi faceva un giro di telefonate e prima o poi c'era chi si presentava a svolgere l'incombenza.

Ma oltre al suo modo di fare chiuso, ad attirare la mia attenzione su Chase era stata la fede nuziale che portava all'anulare sinistro. Poiché si trattava di un semplice anello d'oro, non poteva essere altro.

E tuttavia, il nuovo arrivato aveva mangiato da solo.

Quando avevo chiesto a Marlene, la cameriera dell'Eagle's Nest aveva detto che l'uomo veniva a colazione e a cena da giorni, sempre da solo. Inoltre, non rivolgeva la parola a nessuno, se non al personale che lo serviva, e anche allora parlava solo il minimo necessario. Non era scortese, ma nemmeno amichevole.

In sostanza, l'uomo sembrava tenere a distanza tutti, non importava i loro sforzi per essere amichevoli. Doveva esserci un motivo dietro a quel comportamento.

D'altra parte, poteva anche darsi che Chase fosse una di quelle persone che ci mettevano un po' ad aprirsi alla gente. La vera domanda era: a me cosa importava?

Se quell'uomo voleva essere lasciato in pace, era suo diritto farlo. Non era affar mio cercare di tuffarmi in una persona che faceva tutto il possibile per tenere gli altri a livello della superficie. Anche se ciò andava contro ogni fibra del mio essere. Ero sempre stato curioso per natura e mi piaceva indagare sui misteri.

Soprattutto un mistero come Chase Jones.

Ma d'altra parte, quello era anche il motivo per cui amavo scrivere romanzi di quel genere.

Chase mi aveva chiesto come facesse il negozio a tirare avanti. Non avevo mentito quando avevo detto che non lo faceva. Avevo la fortuna che le royalties dei miei libri bastassero a coprire le spese. Vivendo sopra il negozio e al di sotto delle mie possibilità, riuscivo a far funzionare il tutto.

Io ero felice, i miei lettori erano felici e anche i clienti della mia libreria erano felici.

Sfortunatamente, non ero riuscito a dire a Chase che i due libri che aveva comprato erano *miei*. Che li avevo scritti proprio lì, nella Next Page.

Non che avessi bisogno di farmi conoscere. Ero semplicemente entusiasta di vedere qualcuno interessato a leggerli che non fosse uno dei miei ammiratori locali.

Dolly ricomparve dagli scaffali con Timber al seguito.

Il mio cane amava quella donna. Tuttavia, Timber non era particolarmente selettivo e adorava chiunque portasse dei biscottini in tasca. Palesemente, la strada per il cuore del mio pastore tedesco passava per lo stomaco.

E lo stesso valeva per me. Purtroppo, in quanto uomo gay in un paesino pieno di gente etero, nessuno bussava mai alla mia porta con una teglia di lasagne e una bottiglia di vino in mano.

"Vorrei che Anson si sbrigasse a pubblicare il prossimo libro. Sono passati più di due anni da questo!" si lamentò Dolly, sbattendo un libro sul bancone.

Era l'ultimo volume disponibile della serie del detective Nick Foster, scritto da uno dei miei autori preferiti. "Sono d'accordo. Lo vorrei anch'io."

"Dato che tu sei uno scrittore e un libraio, non potresti contattare l'editore e chiedere qualche notizia?"

Ehm, no. Non avevo la minima intenzione di fare un passo falso così grave.

"Non si può mettere fretta alla perfezione, Dolly. A volte, gli autori hanno bisogno di fare una pausa. Sai quanto può essere faticoso sviluppare trame nuove e abbastanza buone da accalappiare i lettori."

Dolly allungò una mano per darmi un colpetto sul braccio. "Sì, lo so. Devo imparare a essere paziente. Ma questa serie è bellissima, caspiterina. E la tua prossima? Sai che muoio dalla voglia di leggerle in anticipo."

"Ti prometto che sarà nelle tue avide mani non appena avrò scritto la parola "fine." Così potrai tirare fuori la penna rossa e massacrarmi per tutti i miei errori."

Dolly mi sorrise. "Tu non fai errori, splendore. Un grosso editore dovrebbe bussare anche alla tua, di porta. E anche quelli di Hollywood. Non sarebbe meraviglioso? Vedere il tuo libro prendere vita sul grande schermo?"

Con tutti gli adattamenti orribili che c'erano in giro? Non avevo bisogno che i miei adorati libri venissero massacrati in quel modo. "Non ne ho bisogno. Mi va bene così com'è."

"Vero. E se quelli di Hollywood venissero a cercarti, noi potremmo perderti. Non va bene."

"Non intendo andare da nessuna parte. Sto benissimo qui."

Dolly mi fece l'occhiolino. "E a noi sta benissimo averti qui. Dobbiamo solo trovarti una brava moglie in modo che tu possa regalarci qualche bambino."

Mentalmente, gemetti. Moglie e figli non erano nella mia agenda. Anche se tutti, in paese, dicevano sempre che la migliore amica della figlia della sorella di loro cugino sarebbe stata perfetta per me. Io mi costringevo sempre a sorridere, facevo cenno di sì e dicevo loro che stavo benissimo single com'ero.

Risposi a Dolly con lo stesso sorriso. Dovevo batterle lo scontrino prima che insistesse sulla necessità che io mi trovassi una brava donna e mi facessi una famiglia.

Io non stavo cercando una donna, brava o non brava, e di sicuro non volevo fare sesso con una di loro. Trattenni un brivido.

Avevo detto a Chase che lo avevo fissato alla tavola calda perché aveva un aspetto familiare. Ed era vero, ma quella familiarità aveva anche a che vedere con quello che avevo sempre cercato in un partner.

All'inizio, l'uomo aveva attirato la mia attenzione perché *lui* corrispondeva al mio tipo. Poi, dopo che lo avevo fissato senza vergogna per diversi minuti, mi era sembrato di averlo già visto. Chase aveva un aspetto stranamente familiare.

Da un'altra vita, forse.

Non lo sapevo e non riuscivo a spiegarmelo. Poteva anche essere una pia illusione.

Un giorno, il mio futuro principe azzurro sarebbe arrivato nel mio paesino e...

Sospirai. Dovevo smetterla di leggere romanzi rosa gay. Mi stavano creando aspettative irrealistiche.

Se solo trovare il mio futuro "eroe" fosse stato così facile nella vita reale come nei romanzi...

D'altra parte, c'era un motivo se la *fiction* si chiamava così.

Presi il lettore di codici a barre della cassa e girai il libro per scansionare l'ISBN sul retro.

La piccola foto in bianco e nero dell'autore accanto alla biografia breve in quarta di copertina mi fissò.

Sbattei le palpebre, credendo di avere le allucinazioni, presi il libro e strizzai gli occhi per guardare meglio la foto. Poi mi stropicciai gli occhi per essere sicuro di non essermelo immaginato.

Non me l'ero immaginato.

Figlio di puttana.

"Lo dicevo che mi sembrava familiare," borbottai sottovoce.

Scorsi rapidamente la biografia generica. Naturalmente, non forniva alcuna informazione dettagliata sull'uomo che poco prima era corso fuori dalla mia libreria come se Michael Myers lo stesse inseguendo con un coltello da cucina in mano.

"Chi?"

Sollevai lo sguardo su Dolly. Mi ero quasi dimenticato di lei.

Porca troia. Il mio sguardo corse da lei al libro che avevo in mano.

Chase Jones era C.J. Anson, autore di bestseller per il *New York Times*, *USA Today*, il *Wall-Street Journal* e svariate testate internazionali.

Porta troia.

Porca. Troiaaaaaa.

Avevamo una cacchio di leggenda in mezzo a noi.

Avevo letto ognuno degli emozionanti, tesissimi ventidue thriller di Anson da cima a fondo, cercando di assorbire anche solo un'ombra del talento di quell'uomo.

E lui non aveva detto una parola. Nemmeno una parola.

Era per quello che era corso via dal negozio? Temeva di essere riconosciuto?

Dolly aveva aggrottato preoccupata la fronte. "Tutto bene, splendore? Sei impallidito un po'. Hai bisogno di sederti?"

"Sto... bene." Mi riscossi dallo stupore, finii di battere lo scontrino a Dolly e le diedi l'unica copia dell'ultimo libro di Anson che mi restava in negozio.

Lei se la strinse al petto come se fosse un oggetto prezioso e diede un'ultima pacchetta sulla testa a Timber. "Sono sicura che lo divorerò in un paio di giorni. Ci vediamo quando lo riporterò, se non prima."

Presi l'appunto mentale di ordinare delle altre copie. Di *tutti* i libri di quell'uomo. Dovevo dedicare un intero scaffale a lui, fargli firmare tutte le copie e promuoverle come opera di un autore locale.

Senza dubbio, Chase mi avrebbe mandato affanculo.

Fortunatamente, essere un autore mi aveva fatto venire la pelle spessa. "D'accordo, Dolly. Salutami Chet."

"Certo, splendore."

E poi, la moglie del sindaco se ne andò, lasciandomi in piedi al bancone, ancora un po' frastornato dal fatto che uno dei miei autori più riveriti non solo si era trasferito nel mio paese, ma era stato nella mia libreria e aveva conversato con me. Non la migliore delle conversazioni, ma era comunque uno scambio di parole.

Che buffo... Pensavo che conoscere *il* C.J. Anson sarebbe stato più entusiasmante. Ma non lo era. Anzi, ero un po' deluso, perché...

Il mio "autore del cuore" si era sfortunatamente rivelato uno stronzo maleducato.

Fɪssaɪ lo schermo del computer con le dita sospese sopra la tastiera. Continuavo a riformulare la stessa frase da almeno venti minuti, ma ancora non andava bene.

Nelle ultime quattro ore, avevo scritto senza sosta. Il mio cervello mi stava dicendo di allontanarmi dal computer e dal lavoro in corso, portare Timber a fare una lunga passeggiata e poi tornare ad affrontare la mia insalata di parole con mente più lucida.

Probabilmente, mi sarei sentito stupido quando sarei tornato e il problema con la struttura della frase e la scelta delle parole mi avrebbe schiaffeggiato in faccia.

Prima che potessi anche solo alzarmi, la campanella della porta squillò, indicando che avevo un cliente. O che qualcuno era venuto a chiacchierare.

Timber, che si era raggomitolato ai miei piedi sotto la scrivania, dispiegò il corpo snello e con un basso *woof* andò verso l'ingresso per vedere se qualche anima pia gli avesse portato uno spuntino pomeridiano.

"Sono sul retro," chiamai.

La maggior parte della gente del posto sapeva dove trovarmi e raramente avevo clienti che non fossero del posto. Attesi una risposta per vedere chi fosse entrato, ma non ne arrivò nessuna.

Dato che la cosa mi faceva rizzare i capelli sulla nuca, mi alzai in piedi con un gemito per vedere chi fosse entrato. A quarantun anni, il mio corpo entrava in sciopero se stavo seduto per ore di fila. Inoltre, gli piaceva spesso ricordarmi che non avevo più ventun anni.

Era un altro buon motivo per portare Timber a fare una passeggiata. L'aria fresca avrebbe fatto bene al mio corpo irrigidito e al mio cervello in pappetta.

Mi diressi verso l'ingresso del negozio, ma non trovai né Timber né un cliente. Guardai fuori dalla vetrina e vidi un solo veicolo parcheggiato. Una Ford Bronco Raptor nuova.

Sapevo esattamente a chi apparteneva.

Il ticchettio delle unghie di Timber sul pavimento di legno giunse dalla zona in cui erano esposti i miei libri e quelli di C.J. Anson.

Era il caso di prendermi il disturbo? L'uomo non avrebbe fatto altro che dirmi che non aveva bisogno di aiuto.

Sorrisi. Ma certo che era il caso. Anche solo per dargli fastidio.

Sbirciai dietro l'angolo e vidi Chase che grattava Timber dietro le orecchie e gli occhi del mio cane chiusi in preda all'estasi.

Anche io avrei reagito in quel modo se lui mi avesse grattato così.

A quanto pareva, dovevo fare un discorsetto sulla lealtà al mio cane. Se a qualcuno non piaceva il suo papà, a Timber non sarebbe dovuta piacere quella persona. Erano le basi del comportamento canino.

"Guarda chi non è riuscito a stare lontano," dissi sarcastico.

Lo sguardo degli occhi marroni di Chase si sollevò da Timber a me mentre mi infilavo fra le librerie per raggiungerli.

"Non mi serve aiuto."

Ovviamente. Se non altro, l'uomo era coerente nella sua scontrosità. Beh, a fare la testa di cazzo si poteva giocare anche in due. "Non te l'ho chiesto."

"Ma sei qui."

"Beh, nel caso non te ne fossi accorto, questo è il mio negozio."

"Lo hai reso chiaro l'altro giorno."

Sollevai le sopracciglia fino alla cima della fronte. "Davvero? Non ero sicuro."

Chase grugnì e tornò a fissare i libri. I *suoi* libri. Era venuto a firmarli?

Ciò avrebbe significato che Chase sarebbe stato costretto ad ammettere di essere C.J. Anson. E avevo il forte presentimento che non l'avrebbe fatto.

Mmm. Non avrei saputo dire perché avessi quel presentimento. Per qualche strano motivo, ce l'avevo e basta.

Avendo vissuto a lungo nella zona, mi avevano insegnato che non si scappa mai da un orso. Ci si rende il più grandi possibile, lo si affronta e si fa molto rumore. Lo si sfida e si spera che quello si tiri indietro. Fuggire non serve ad altro che a farsi ferire o ammazzare.

E Chase era il maledetto orso.

"Dimmi, sei sempre così..." *Insopportabile.* "Amichevole? O fai così solo con me?"

"Perché pensi di essere speciale? Sono così con tutti."

Pensavo che Chase non avesse nessuna qualità positiva, ma palesemente mi sbagliavo. Aveva dalla sua una brutale onestà. Anche se l'unica cosa su cui era onesto era la sua stronzaggine. "Perché?"

"Non mi piace quando la gente ficca il naso dove non dovrebbe. Se sei amichevole con le persone, dai loro la possibilità di fare un sacco di domande."

Notai che si stava rigirando l'anello che aveva nascosto l'altro giorno mentre continuava a fissare gli scaffali di libri, molto probabilmente sperando che rinunciassi e me ne andassi.

Che gli piacesse o meno, non intendevo scappare dall'orso. Avrei mantenuto la posizione.

Osservai il profilo di Chase. Era evidente che non si era rasato da quando era venuto l'altro giorno. Ma farsi crescere la barba aveva senso, se voleva restare "sotto copertura." La foto che l'editore metteva dietro ai suoi libri doveva risalire ad almeno dieci anni prima, quando il viso di Chase aveva meno rughe ed era rasato.

Inoltre, nella foto Chase indossava una camicia sotto un gilet di ottima fattura. A differenza della maglietta allargata e dei jeans sporchi di fango che portava ora.

Onestamente, se non fossi stato un suo grande ammiratore, forse non l'avrei riconosciuto. Ora mi dispiaceva di averlo fatto. Come l'altro giorno, mi colmai di delusione nei confronti di quell'autore che in precedenza avevo in grandissima stima.

Una volta avrei ucciso per averlo come mentore. Ora, ero più incline a soffocarlo con un cuscino in un atto di pietà. Soprattutto dato che lui era deciso a trasmettere la sua mestizia a chiunque.

"Allora... questo fossato che ti sei scavato attorno... Quanto è profondo?"

"Abbastanza da affogarci." Chase voltò la testa verso di me e io vidi subito quanto era tesa la sua mascella sotto la barba. "Per cui, ti do un consiglio: è meglio starne fuori."

"Sono un buon nuotatore."

"Non è dell'acqua che devi preoccuparti."

Evidentemente.

In ogni battaglia giungeva il momento di ammettere la sconfitta. Io lo avevo raggiunto. Ma non avevo finito di combattere la guerra.

Non aveva idea del perché sentissi il bisogno di spingere quel tizio ad aprirsi con me.

Lui soffriva e io avvertivo un assurdo impulso ad aiutarlo. Ma non sapevo come fare, a meno che lui non mi desse più di quello che mi stava dando.

Stava proteggendo se stesso o un segreto. O entrambe le cose.

Ma dato che ora era un abitante di Eagle's Landing, avevo tempo in abbondanza per lavorarlo sui fianchi. Prima o poi sarebbe crollato; era solo questione di tempo.

Poteva aspettare.

Ma nel frattempo... "Sei venuto a scambiare i libri che avevi comprato?"

"No."

Attesi con pazienza, senza aggiungere altro, ma anche

senza andarmene. Ero sicuro che anche quello gli dava fastidio.

Chase sospirò e mi guardò storto. "Se proprio devi saperlo, sono qui per comprarne degli altri."

"Della serie di Dexter Peabody?"

"Sì?"

"Ti sono piaciuti?" Cercai disperatamente di non mettermi a strillare come una bambina di cinque anni. Uno dei miei autori preferiti... cioè... dei miei *ex* autori preferiti apprezzava i miei libri al punto da continuare a leggerli!

"Sto ancora leggendo il terzo volume, ma dato che la scrittura è solida e coinvolgente come quella dei primi due, dirò di sì."

Doveva aver sofferto nel dirlo, ma... Calmati, cuor mio.

Chase si accigliò. "Ti stupisce?"

Non avrei dovuto, ma quale autore non soffre della sindrome dell'impostore?

A me succedeva dal giorno in cui mi ero seduto a scrivere le parole "Capitolo uno" del mio primo libro. Pensavo che la scrittura sarebbe stata per me un passatempo, un modo per esprimermi, ma era diventata una carriera proficua.

Avrei potuto vivere delle mie royalties a New York City? No. Ma a Eagle's Landing potevo pagarci tutto quello di cui avevo bisogno e persino mettere da parte qualcosa. Oltre che sostenere una libreria che altrimenti sarebbe andata in rosso.

"Tu li hai letti?"

Mi affrettai ad assumere un'espressione neutra. "Ehm... Sì. Tutti."

"Allora sarai d'accordo."

Certo, *io* pensavo che fossero dei bei libri. Anzi, non belli, *fantastici*. E gli altri dovevano essere d'accordo con me, dato che le recensioni erano ottime e il ricavato bastava a mantenermi.

Porca Troia. Chase Jones poteva anche essere una testa di cazzo, ma almeno aveva buon gusto.

Meglio ancora, il grande C.J. Anson si era complimentato per la mia scrittura invece di massacrarla.

Per quanto allettante fosse dire che ero io l'autore di quei libri, tenni per me quell'informazione, dato che temevo che, se Chase avesse scoperto che ero stato io a scriverli, non avrebbe letto il resto della serie.

E io volevo *disperatamente* che lui leggesse il resto. Perché avevo in programma, una volta che lui avesse finito, di sbattergli in faccia che ero io l'autore. Non vedevo l'ora di assistere alla sua reazione.

Soffocai il mio sogghigno.

"Dato che insisti per *aiutarmi...*" Chase tese bruscamente un libro verso di me.

Lo presi di riflesso e lui cominciò a rimuovere tutti i suoi libri dagli scaffali; io li presi in mano alla stessa velocità con cui lui me li porgeva. "Cosa stai facendo?"

"Li compro."

"Tutti?" Sussultai quando la mia domanda si concluse con uno squittio acuto.

"Sei allergico ai soldi?"

Tu sei allergico alla gente? "I soldi mi piacciono, ma..." Stavo reggendo a fatica una pila di venti libri e lui non aveva ancora finito.

Tolse tutti i suoi libri anche dal secondo scaffale. Questa volta, non li diede a me, ma li prese fra le braccia.

Una volta denudati entrambi gli scaffali, Chase mi oltrepassò e io lo seguii con riluttanza alla cassa, dove lui posò tutti i libri sul bancone.

Io feci lo stesso e lo fissai. Mi accertai di non avere la bocca spalancata. "Perché vuoi comprarli tutti?"

"Metti sempre in discussione gli acquisti dei tuoi clienti?"

"Lo farei se pensassi che avessero perso la testa."

"Beh, puoi stare sicuro che io so quello che sto facendo. Fammi il totale."

"Ma–"

"Fammi il totale," disse lui, a voce un po' più alta e molto più energica. "Oppure vuoi rifiutarti di vendermi questi libri?"

Mi strinsi nelle spalle. "Se li vuoi, puoi averli. Posso sempre ordinarne degli altri." Accompagnai la seconda affermazione con un sorriso.

"Ti chiedo di non farlo."

Quelle parole mi colpirono. "Perché? Perché non vuoi che nessuno li legga? Offendono la tua delicata sensibilità?" Sapevo esattamente perché Chase Jones non voleva quei libri sugli scaffali. Ma fino a quando lui non avesse ammesso chi era, avevo intenzione di fare lo gnorri.

"Direi proprio di no."

"Sai che Dolly è una grande ammiratrice di questo autore. Si arrabbierà quando vedrà che i libri non ci sono più."

"Se ne farà una ragione." Chase tirò fuori il portafogli dalla tasca posteriore. "Fammi il totale o ti butterò dei soldi addosso sperando che bastino."

Lo fissai e lui fissò me in una sfida silenziosa.

Quando io strinsi gli occhi, lui fece lo stesso.

Quando io non cominciai a battere lo scontrino, uno dei suoi sopraccigli scuri si sollevò molto lentamente. "Ho un altro libro da suggerirti. Credo di averne una copia. Si chiama *Come fare amicizia e influenzare gli altri*."

"Non ne ho bisogno."

"Non sono d'accordo."

"È un problema tuo."

Che simpatico.

"Fammi il totale."

"Quel libro potrebbe persino insegnarti l'importanza delle parole 'per favore.' Non me lo ricordo, perché l'ho letto molto tempo fa."

Quando Chase cominciò a contare i libri impilati sul bancone, la mia attenzione fu attratta dalle sue labbra mentre calcolava in silenzio la cifra che mi doveva.

"Quand'è che lo ammetterai? O devo continuare a fingere di non sapere?"

Chase finì di fare i conti e sollevò lo sguardo su di me. "Cosa dovrei ammettere?"

Presi il primo volume di una delle pile, voltai la quarta di copertina verso di lui e battei sulla sua foto col dito medio.

Il suo sguardo si posò sul punto che indicavo e la sua espressione passò dall'infastidito al completamente vuoto. Si leccò le labbra e poi le strinse fortemente.

La sua lingua che scivolava sulle labbra piene mi fece più effetto di quello che avrebbe dovuto... dato che Chase era un cazzone.

E dubitavo persino che gli piacesse il cazzo. Tranne il suo.

E anche se gli fosse piaciuto, ricordai a me stesso che aveva un tale bastone ficcato su per il culo che non c'era spazio per nient'altro. Tipo il cazzo di un altro. "Un altro" come il sottoscritto.

Inclinai la testa di lato. "Comprare tutti i tuoi libri è un modo estremo di mantenere l'anonimato."

"Ho i miei motivi."

"Non sono buoni motivi."

"Non spetta a te deciderlo."

Finalmente, io dissi: "Hai ragione." Dato che si trattava solo dell'ennesima schermaglia di quella che avrebbe potuto essere una lunga guerra, per il momento potevo lasciar perdere.

Lo sentii trarre un sospiro di sollievo quando io cominciai a passare i codici a barre e mettere i libri in uno scatolone vuoto che tenevo dietro il bancone.

Non ci scambiammo un'altra parola fino a quando io non gli dissi il totale e lui pagò.

Normalmente, mi sarei offerto di portare la scatola fino all'auto del cliente, ma Chase era più che capace di trasportare il pesante scatolone da solo.

Ma dopo che l'ebbe afferrato, lo fece scivolare fino al bordo del bancone e si fermò. "Se dovessero tornare delle copie usate, mettile da parte per me. Le voglio."

"Cosa hai intenzione di fare con tutti quei libri?"

"Bruciarli."

"Perché?"

"Perché non voglio che nessuno sappia che sono qui. Chi sono."

"Perché?" ripetei.

"Non c'è bisogno che tu lo sappia. Fai solo quello che ti chiedo."

"Non me lo stai chiedendo, me lo stai ordinando."

"Allora fai quello che ordino."

"So che sei nuovo di qui, ma... io non prendo ordini da nessuno."

"Considerala una richiesta, allora."

"Che posso sempre ignorare."

"Certo che puoi." Chase si chinò e fissò lo sguardo nel mio. "Ma non lo farai. In quanto autore, richiedo che tu tenga per me qualunque copia dei miei libri."

"Invece che comprarli e bruciarli tutti, preferirei che tu li firmassi."

"No."

"Diventeresti una celebrità da queste parti."

"Non sono una celebrità," ringhiò lui. "Sarebbe come dire che Stephen King o George R. R. Martin sono celebrità."

"Non lo sono?"

"Li considero artisti di talento. Creativi. Non celebrità. Non andrebbero messi su quel piedistallo."

"Perché no?"

Chase corrugò la fronte. "Perché metti in discussione tutto quello che dico?"

"Perché sei sempre così dannatamente irritabile?"

"Perché senti il bisogno di farti gli affari miei?"

"Non lo sento," risposi, pareggiando la sua energia. "E a proposito di affari, ti ricordo che sei nel mio negozio."

"Non è la stessa cosa."

"Sai che chiunque può trovare facilmente la tua foto online, vero? E anche in fondo agli e-book."

"Sì, ma ci vuole uno sforzo. È meno probabile che si rendano conto che sono io."

"Ti stai illudendo."

"Potresti avere ragione. Lascia che mi illuda."

"Come ho già detto, Dolly è una tua grande ammiratrice."

"Ottimo. Sono sicuro che, se lo scoprirà da sola, rispetterà la mia privacy."

"Per tua informazione, è il fulcro dei pettegolezzi di tutto il paese."

"Fantastico," borbottò Chase. "Quando riporterà la copia che ha comprato l'altro giorno, mettila da parte."

"Va bene. Come devo farti sapere che ce l'ho? Segnali di fumo? Piccione viaggiatore? Pony Express? Oppure mi vuoi lasciare il tuo numero?"

Qualunque altro cliente avrebbe ridacchiato a quelle parole. Non Chase Jones. Oh, no. Farlo avrebbe richiesto di sorridere. Di comportarsi in maniera amichevole. O di riconoscere il fatto che avevo un grande senso dell'umorismo.

"Passerò la prossima volta che verrò in paese."

Ovviamente. "Non vedo l'ora!" esclamai con entusiasmo simulato mentre saltellavo sul posto.

Con un altro grugnito, Chase sollevò il pesante scatolone fra le braccia e se lo puntellò contro il petto. Avrei potuto almeno aprirgli la porta, ma decisi di restare dietro il bancone e guardarlo mentre cercava di tenere in equilibrio lo scatolone e aprire la porta.

Se voleva aiuto, poteva chiederlo.

Oh sì. Al gioco degli stronzi si poteva giocare anche in due.

Ma Chase era troppo un professionista perché io potessi vincere.

Capitolo quattro

Rett

Non avrei dovuto abbassarmi al suo livello e farlo mi fece sentire leggermente in colpa. Ma non ricordavo di aver mai avuto a che fare con una persona così insopportabile.

Tutti sembravano prendermi in simpatia. Con l'unica eccezione di Chase.

Perché me ne importava? Non me ne importava.

Stronzate. Se così fosse stato, non avrei messo a rischio le assi del mio povero furgone mentre schivavo crateri e avvallamenti guidando su per Coleman Lane.

Ero migliore di così. Non ricordavo di essere mai stato provocato al punto da diventare una persona meschina o scortese. Chase meritava una medaglia, perché era il primo a esserci riuscito.

Avrei tanto voluto dimenticarmi di lui e tirare avanti con la mia vita prima che lui la interrompesse in maniera tanto sgarbata. Ma per quanto mi impegnassi, non ci riuscivo.

Pensavo spesso a lui. Con una frequenza inquietante.

Soprattutto considerato che quel tizio non mi trattava come se mi considerasse un essere umano.

Molto probabilmente, non era una finzione. Chase poteva essere il tipo di persona che odiava semplicemente tutti, la vita in generale e anche se stesso.

Nessuno poteva riparare a un danno del genere e io non avevo idea del perché lo ritenessi possibile.

Eppure, di nuovo, eccomi lì che guidavo dritto verso la tana dell'orso per punzecchiare lo scontroso abitante come il cretino che ero.

Gli stavo portando dei doni per cercare di ammorbidirlo un po', di accoglierlo "ufficialmente" nella comunità.

O almeno, quella era la mia scusa.

Mi dissi che per quanto scortese lui fosse, per quanto si sforzasse di allontanarmi o ignorarmi, io dovevo essere una persona migliore. Avrei semplicemente lasciato quello che gli stavo trasportando, avrei sorriso e poi... avrei voltato pagina. Se lui voleva continuare a fare lo stronzo, sarebbe stata colpa sua, non mia.

Sarei stato la persona migliore.

Sì. Lo giurai.

Anche se mi fosse costato uno sforzo pazzesco.

Inoltre, mi dissi che non avevo bisogno che lui fosse mio amico. Non avevo bisogno che fosse nulla. Non avevo nemmeno bisogno che continuasse a essere il mio autore preferito.

Ceeeeerto.

Erano trascorsi circa tre anni dall'ultima volta in cui ero andato al capanno di Coleman. Anzi, l'ultima volta che l'avevo fatto, avevo portato con me la polizia statale per controllare come stesse il signor Coleman. L'uomo si era trasferito permanentemente nel capanno di caccia solo dopo la morte della moglie, qualche anno prima.

Tre anni più tardi, il vecchio aveva cominciato a venire in paese sempre meno spesso e, alla fine, aveva smesso completamente di farsi vedere. Non era da lui. Quando Chet e Dolly mi avevano chiesto di dare un'occhiata, avevano suggerito che mi facessi accompagnare dalla polizia, per sicurezza.

E meno male che lo avevano fatto. Io ero rimasto fuori mentre i due poliziotti sfondavano la porta e non c'era voluto molto prima che uscissero, il puzzo rancido di un corpo in decomposizione appiccicato alle loro uniformi.

Non appena i poliziotti avevano chiamato il coroner, io ero salito sul furgone e me ne ero andato. Ero tornato in paese per dare la notizia al sindaco e a sua moglie, i quali a loro volta avevano trasmesso l'informazione a tutti gli altri.

Morire da soli in quel modo... Quasi come se tutti si fossero dimenticati di te.

Era una cosa che mi aveva colpito. Mi aveva anche fatto dolere il cuore. E, naturalmente, mi ero dispiaciuto per non aver controllato prima.

Se Chase avesse continuato a respingere le persone in quel modo, temevo che sarebbe finito allo stesso modo. Solo e dimenticato.

Manovrai il Chevy attraverso la striscia di terreno grossolanamente ripulita in cima alla strada e la parcheggiai accanto alla Bronco.

"Resta sul furgone," ordinai a Timber mentre mettevo in park e scendevo

Timber rispose con un uggiolio deluso. Il che mi fece capire che avrebbe obbedito all'ordine, ma non sarebbe stato contento di farlo.

Fissai la baita che avevo di fronte. Era decisamente diversa rispetto all'ultima volta in cui mi ero trovato in quello stesso punto.

La piccola veranda posteriore era stata ripulita. Sembrava

che le finestre fossero state sostituite. Il tetto era di metallo, ora, e in condizioni molto migliori rispetto a quando il signor Coleman viveva nel capanno.

A occhio e croce, sarebbe bastato un po' di giardinaggio perché la baita avesse l'aspetto di una casa piuttosto che di un capanno di caccia. O di un *ex* capanno di caccia.

I capanni di caccia della zona, di solito, erano molto spartani e non venivano usati per tutto l'anno. E a volte, i "cacciatori" usavano i capanni e la caccia solo come una scusa per sfuggire alle mogli e ai parenti per una settimana.

Toc.

Toc.

Toc.

Non ero un fanatico della vita all'aria aperta, ma sapevo che suono aveva la legna spaccata. Dato che era solo maggio e mancava molto all'inverno, non avevo idea del perché Chase stesse spaccando la legna ora. A meno che non volesse semplicemente portarsi avanti.

Seguii il suono lungo il fianco destro del capanno, fermandomi solo per dare una rapida occhiata alla lancetta del propano e assicurarmi che Chase avesse riempito il serbatoio. Lo aveva fatto.

Accanto all'enorme serbatoio c'era quello che sembrava un generatore nuovo. Furbo. Quando sarebbe saltata la corrente – e in alta montagna era praticamente certo che succedesse durante alcuni di quei temporali assurdi – Chase avrebbe avuto un sostituto.

Tetto nuovo. Finestre nuove. Generatore nuovo. Il serbatoio pieno di propano. Tutte prove del fatto che l'uomo aveva intenzione di fermarsi a lungo.

Vidi persino una parabola nuova sul tetto. Molto probabilmente per Internet. In quanto scrittore, era fondamentale per Chase avere accesso a Internet. Io stesso non avrei potuto documentarmi, pubblicare o pubblicizzare i miei libri senza di essa.

Toc.

Toc.

Toc.

Mentre continuavo a seguire il suono, i miei occhi passarono lo sguardo sulla zona vicino alla legnaia. Non veniva da lì. Il vecchio tronco che il signor Coleman usava per spaccare la legna era ancora al suo posto, ma Chase non c'era.

Mentre il suono proseguiva, voltai la testa verso sinistra e la "facciata" del capanno, che dava su Eagles Lake, il piccolo lago privato di cui ora Chase era il proprietario.

Dalla parte opposta della baita, sul confine dei boschi, c'era un altro enorme tronco. Una sega elettrica era posata in disparte sul terreno e, con le spalle rivolte verso di me, c'era...

Un Chase a torso nudo, sudato e molto concentrato.

Pensavo che lo avrei trovato intento a scrivere. *Porca miseria*, mi ero sbagliato.

Parecchio.

Non ero mai stato così felice di sbagliarmi. Sotto la pelle luccicante, i muscoli dell'uomo si flettevano e guizzavano a ogni colpo dell'ascia. A ogni alzarsi e abbassarsi delle sue braccia.

Era trascorso un mese da quando Chase era venuto alla Next Page e aveva comprato tutti i suoi libri.

A quanto pareva, quel mese di vita nei boschi gli aveva fatto bene.

Molto bene.

Talmente bene che dovevo asciugarmi la bava.

Porca miseria.

Perché gli uomini che attiravano la mia attenzione erano sempre etero? O stronzi? O tutte e due le cose?

Con la mia fortuna di merda e il privilegio aggiuntivo di

vivere nel buco di culo della Pennsylvania, temevo che non avrei mai trovato l'anima gemella, il che a sua volta rafforzava la mia paura di morire solo.

Sebbene Chase non fosse nemmeno lontanamente vicino alla mia anima gemella, ciò non significava che non potessi apprezzare l'ottimo esemplare di maschio che avevo di fronte.

Dalle due volte che era stato al negozio, sapevo che era più alto di me di sette-otto centimetri, il corpo naturalmente più massiccio, le spalle un po' più larghe. E persino il suo volto, da quel che potevo vedere, non era patito come l'ultima volta che era venuto in paese.

Poteva essere merito dell'esercizio fisico, dimostrato dalla piccola montagna di legna spaccata accanto a lui. O dal tempo trascorso all'aria aperta e fresca.

Naturalmente, dovevo avvicinarmi per verificare le mie osservazioni e per porgergli quello che avevo portato a mo' di ramoscello d'olivo.

Mentre mi avvicinavo, mi resi conto che lui non aveva idea della mia presenza. Non aveva sentito il mio furgone risalire la strada, né il sottoscritto che camminava verso di lui, per via del costante spaccare legna.

Chase non si fermò e non rallentò mentre lo guardavo. Spaccò un pezzo di legna dopo l'altro come se stesse usando quell'ascia per scacciare dei demoni.

Più mi avvicinavo e più facile era vedere il sudore che gli imperlava la fronte e gli scorreva lungo il viso. Vedere i muscoli che si gonfiavano sotto l'ampia schiena. Il modo in cui le cosce in flessione gli riempivano i jeans.

Avrei potuto giurare che anche le sue gambe fossero più grosse rispetto a un mese fa.

Se non avessi saputo altrimenti, a una prima occhiata avrei pensato che Chase fosse un montanaro selvatico che viveva dei frutti della terra, non un autore di polizieschi di successo.

Come montanaro era decisamente appetitoso, anche se i suoi capelli cominciavano a essere un po' arruffati e la sua barba un po' troppo lunga. Un paio di forbici avrebbe potuto correggere facilmente il problema.

Il suo petto era coperto di peluria al di sopra dei pettorali e quei peli neri e ispidi cessavano appena prima dello sterno per poi ricominciare sotto l'ombelico, solo per svanire sotto la cintura dei jeans.

Quella sì che era una strada che non mi sarebbe dispiaciuto percorrere.

Mi passai la lingua sulle labbra, lottando contro l'impulso di leccare il sudore da quei pettorali, pur sapendo che rischiava di essere acido come l'atteggiamento di Chase.

Porca miseria, volevo fare molto di più che lavarlo con la lingua. Ma Chase aveva un'ascia in mano. E lassù, nessuno mi avrebbe sentito urlare se avesse deciso di usarla su di me per averlo mangiato con gli occhi come un uomo gay depravato e infuriato che aveva una passione per gli orsi.

Cosa che, apparentemente e molto sfortunatamente, io ero.

Senza smettere di calare l'ascia, Chase esclamò: "Hai finito?"

Sollevai lo sguardo lentamente quanto l'avevo abbassato. Avevo ancora tempo per apprezzare l'uomo, dato che ancora non si era voltato a guardarmi. "Di fare cosa?"

"Di prendermi le misure."

Merda. Beccato. "Non ho motivo di prenderti le misure."

Chase conficcò lascia nel grosso tronco, in modo che rimanesse incuneata nel centro. Dopo aver mollato il manico, si voltò verso di me e si tolse i guanti di cuoio. "Allora non farlo."

Non posso farci nulla se apprezzo il panorama. Anche se non vorrei. "Posso farti una domanda?"

Chase si allungò verso la maglietta appesa a un ramo vicino e per poco io non versai una lacrima quando pensai che stesse per indossarla.

Non lo fece. Per fortuna, la usò solo per tergersi il sudore dal viso. "No."

La feci comunque, dato che a quanto pareva stavamo ancora giocando al gioco degli stronzi. Anche se avessi dovuto accettare una sconfitta, sarebbe stato comunque soddisfacente fare qualche punto. "Quando è stata l'ultima volta che hai sorriso?"

La sua espressione passò dal vuoto alla chiusura totale.

"Lo vedo che una volta sorridevi. Hai delle rughe agli angoli degli occhi."

Con la maglietta ora in spalla e le mani sui fianchi, Chase si voltò completamente verso di me e il suo sguardo cupo incrociò il mio. "Cosa diavolo ci fai qui?"

Se i bulbi oculari avessero potuto sparare raggi laser, sarei morto.

"Era da settimane che non ti vedevo in città. Mi sono preoccupato." Avrebbe potuto essere venuto in paese senza che io lo notassi, ma quella era l'unica scusa plausibile che avevo per andare a trovarlo. E quando avevo chiesto in giro, nessuno aveva detto di aver visto Chase. Né all'Eagle's Nest, né da Harry's Hardware e nemmeno al Roost.

"Non ho bisogno che qualcuno si preoccupi per me."

"Forse no. Ma il solo fatto che tu non hai bisogno non significa che non accadrà."

"Ho avuto da fare."

"Si vede." Il mio sguardo corse all'enorme mucchio di legna spaccata che andava ancora impilata, poi si spostò alle mie spalle, verso la legnaia quasi piena. "Nel caso non te ne fossi accorto, hai legna a sufficienza per i prossimi tre inverni, Chase. O preferisci essere chiamato C.J.?"

Lui ignorò la mia domanda. Che sorpresa. "Non lo faccio per la legna."

Chi spaccava legna tanto per? Non era divertente. Era un lavoro che spezzava la schiena e faceva venire le vesciche alle mani. "Allora perché lo fai?"

"Lo faccio..."

Quella pausa fu eloquente e mi diede la risposta che volevo.

Lo faceva come sfogo. Come terapia. Per scacciare i fantasmi che lo tormentavano.

Quali che fossero.

Ma se gli era d'aiuto, buon per lui. E doveva essere così, dato che le borse sotto i suoi occhi erano svanite. E vedendolo frontalmente, ebbi conferma che anche il suo viso non era più scavato come prima. I suoi occhi non erano più vuoti, anche se ora contenevano un pizzico di fastidio. Tanto perché lo avevo disturbato quanto perché gli avevo fatto domande a cui non voleva rispondere.

Anzi, ero piuttosto sicuro che se gli avessi chiesto di che colore era il cielo, lui non mi avrebbe risposto di proposito. Per puro spregio.

Ma a ogni modo, sembrava esserci un po' più di vita in lui. A differenza di quando lo avevo visto per la prima volta all'Eagle's Nest. Allora, sembrava che fosse stato investito da un autobus.

Forse non fisicamente, ma emotivamente.

Qualcosa o qualcuno aveva danneggiato quell'uomo. Di qualunque cosa si trattasse, di chiunque si trattasse, probabilmente era il responsabile del posticipo del prossimo volume della serie.

Qualsiasi cosa fosse successa aveva fatto perdere la strada a Chase.

Il sole brillò sulla sua fede nuziale. Se fossi stato uno scommettitore, avrei detto che quella c'entrava qualcosa.

Una fede nuziale senza un coniuge. Forse Chase aveva divorziato controvoglia e faticava a lasciar perdere.

Non tutte le parti di un divorzio ne volevano uno. Anzi, alcuni lottavano duramente contro il divorzio. Volevano che il matrimonio funzionasse anche quando non era il caso.

Ma se ciò era vero per Chase, aveva senso che si fosse trasferito in un luogo remoto dove nessuno lo conosceva. Un posto dove nascondersi per guarire senza che nessuno gli alitasse sul collo.

Un posto dove leccarsi le ferite.

Come un orso ferito e acido.

La brusca ripetizione di "Cosa ci fai qui?" mi riscosse dai miei pensieri.

"Nessuno ti ha visto in città nell'ultimo mese, per cui ho deciso di venire a controllare. Puoi anche essere nuovo della comunità, ma ciò non significa che tu non ne faccia parte. È così, non importa se lo vuoi o meno." Quando la sua mascella si mosse, io continuai, ma parlai un po' più in fretta prima che lui mi cacciasse dalla sua proprietà. "Ti ho portato alcune cose come una specie di dono di benvenuto."

"Non voglio doni."

Coerentissimo. "Questi potresti volerli."

Quando mi avvicinai un po' di più, colsi l'odore metallico del sudore che cominciava ad asciugarsi sulla sua pelle, mescolato all'aroma del legno spaccato e dei boccioli di primavera sugli alberi.

Allargai le narici e cercai di non essere troppo palese quando inalai profondamente, attirando di nuovo quella miscela inebriante nei miei polmoni. Inoltre, tenni le mani occupate – e soprattutto a posto – togliendo oggetti dal sacchetto di plastica che avevo in mano.

Porsi a Chase il libro che Dolly aveva finito di leggere. Il *suo* libro. "Volevi tutte le copie. Dolly mi ha riportato questa un po' di tempo fa, ma dato che non sei più tornato, l'ho tenuta da parte."

Chase guardò per un momento il libro che avevo in mano prima di spostare lo sguardo nel mio. Era stupito che avessi fatto quello che aveva chiesto... o ordinato? Forse.

Afferrò il libro. "Vado a prendere i soldi."

"Non li voglio. Tieni. Anche questo è per te." Gli porsi il quinto volume della mia serie di Dexter Peabody. "Dato che hai detto che ti piacciono, ho pensato di portartelo. Ormai avrai già letto gli altri due."

Ancora una volta, non gli dissi che ero io l'autore, perché volevo che continuasse a leggere i miei libri. Poteva anche comportarsi da stronzo, ma io continuavo a non riuscire a resistere al brivido di un autore affermato come C.J. Anson che leggeva e apprezzava i libri di un autore molto più umile come me.

Soprattutto perché lui era uno scrittore che rispettavo profondamente. Almeno un tempo.

Ciononostante, il solo vedere il mio libro nelle sue mani quando lui lo prese mi fece venire voglia di scendere saltellando dalla montagna come Tigro di *Winnie the Pooh*.

Quando lui sollevò di nuovo il viso dopo aver fissato per un tempo imbarazzante i due libri che aveva ora in mano, la sua mascella si allentò un po' e i suoi occhi persero parte del fastidio che contenevano.

Porca troia, avevo fatto breccia. Una breccia piccola, ma era comunque un passo avanti.

Poi, tirai fuori il volantino dal sacchetto e glielo porsi.

Chase fissò il singolo foglio di carta come se fosse un serpente a sonagli. Per molto, troppo tempo.

Io sventolai il volantino per incoraggiare Chase a prenderlo, ma lui si rifiutò comunque. "È un elenco degli eventi di questo mese alla libreria. Se ti interessa." Feci spallucce. "Altrimenti, puoi sempre usarlo per accendere il fuoco."

Quando lui continuò a non prendere il volantino, io glielo sbattei contro il petto, facendo del mio meglio per non soffermarmi sulla sua pelle accaldata.

"È un buon modo per conoscere tutti," aggiunsi.

Quando finalmente lui allungò la mano verso il volantino, che fosse per staccarlo dalla pelle ancora sudata e tirarmelo dietro o perché era interessato, usò la mano sinistra, dato che la destra era già piena di libri. Io trattenni il volantino per un secondo e, mentre lo facevo, inclinai la testa verso il suo anello e decisi di correre un rischio con la domanda successiva. "Divorziato?"

Quando lasciai andare il volantino, Chase scorse la lista degli eventi che avevo programmato per maggio in libreria.

Mentre leggeva il volantino, borbottò: "Non sono affaracci tuoi."

"Hai ragione. Non lo sono. Mi dispiace averti infastidito. Sono venuto qui solo per darti quei libri, invitarti a partecipare alle attività della libreria e darti ufficialmente il benvenuto a Eagle's Landing..."

"Allora hai fatto quello che eri venuto a fare. Ora puoi–"

Tirai dritto, parlandogli sopra prima che mi escludesse completamente. "E anche per farti sapere che se hai bisogno di qualcosa, basta chiedere. Tutti, da queste parti, sono assolutamente disposti a dare una mano quando e dove possono. È uno dei benefici del vivere in un paese piccolo come il nostro. Abbiamo creato una comunità solida e tutti aiutiamo quando ce n'è bisogno. Per cui, se pensavi di poterti nascondere qua sopra, hai scelto il posto sbagliato. Soprattutto dopo che il signor Coleman è morto qui da solo. Non vogliamo che accada mai più una cosa del genere."

Almeno, io non lo volevo. Non avevo fatto un sondaggio presso gli altri abitanti del paese, ma potevo dire con certezza che parlavo anche per loro.

Lo sguardo di Chase corse alla baita, poi tornò a me. "Coleman è morto nella baita?"

"Purtroppo, sì. Ero qui con la polizia quando l'hanno trovato. Mi sa che l'agente immobiliare non te l'ha detto." Non che ci fosse l'obbligo di rivelare un'informazione del genere.

"Non è stata una morte violenta, vero?"

Vidi gli ingranaggi girare mentre Chase rifletteva su quello che gli avevo detto. Scriveva polizieschi, per cui era normale che una morte per cause non naturali attirasse la sua attenzione. Sarebbe stato lo stesso per me.

"No. Di una combinazione di vecchiaia e cattiva salute. Aveva perso la moglie anni prima e credo che fosse venuto qui per trascorrere i suoi ultimi giorni nel suo posto preferito. Chi potrebbe biasimarlo? È bellissimo qui."

Chase si voltò verso il lago e mi diede le spalle. Riuscii a malapena a sentirlo mormorare: "Sì."

Non solo il paesaggio dal capanno di Coleman era bellissimo, ma lo era anche l'uomo nudo dalla vita in su che avevo di fronte. Stava scolpendo il suo corpo in un'opera d'arte.

Apprezzavo l'arte come quella. Come lui. Anche se era dannatamente etero.

"A volte, il divorzio può essere difficile da affrontare quanto la morte: si tratta sempre di perdere una persona cara, la persona con cui avresti dovuto trascorrere la vita."

Perché insistevo? Perché sentivo il bisogno di convincerlo ad aprirsi? Perché volevo affrontare una sfida che sapevo non sarebbe stata migliore che sbattere la testa contro un muro?

Era perché eravamo entrambi autori e quella cosa, da sola, avrebbe dovuto creare un legame o generare un'amicizia fra di noi?

O perché avevo finalmente trovato qualcuno con cui discutere delle prove e tribolazioni della vita dello scrittore a tempo pieno? Qualcuno che poteva capire il mio modo di vivere? Che comprendeva la mia passione?

"Non sono divorziato."

Quelle due parole erano una briciola di informazione che mi stupì. No, non che mi stupì, che mi sconvolse. Mi fece ottimisticamente pensare che forse stavano guadagnando terreno.

"Sono vedovo."

Cazzo. "Mi dispiace per tua moglie."

Continuando a darmi le spalle e stropicciando fra le dita il volantino della Next Page, Chase si limitò ad annuire.

Contai i battiti che mi rimbombavano nelle orecchie mentre aspettavo di vedere se avrebbe aggiunto qualcosa. Se avrebbe approfondito la bomba che aveva appena sganciato.

Quando finalmente Chase si voltò verso di me, la sua espressione era ancora una volta vuota come una pagina bianca in uno dei miei numerosi quaderni a spirale. "Hai finito?"

"Ecco–"

"Quello che eri venuto a fare."

"Sì, ma–"

"Allora conosci la strada."

Ero stato congedato.

Accennai con il mento al volantino che Chase stringeva nel pugno. "Pensaci. Potresti leggere alcuni dei tuoi libri, se vuoi."

Il suo volto continuò a non dirmi nulla quando lui disse: "Non succederà." Poi girò sui tacchi e si diresse verso la baita.

Rimasi a guardare le sue lunghe falcate che allargavano la distanza fra di noi a tempo di record. Senza degnarmi di un altro sguardo, Chase salì i gradini della veranda, entrò nella baita e chiuse la porta.

Di fatto chiudendomi fuori.

Messaggio ricevuto forte e chiaro.

Ma dato che non aveva strappato il volantino di fronte a me, speravo di avere almeno piantato un seme. Ora spettava a lui aiutare quel seme a crescere in un ramo d'olivo. O ucciderlo con la noncuranza.

Sarei stato sciocco pensare che gli piacessero le olive.

Capitolo cinque

Rett

CHASE JONES si rivelò essere un nome più comune del previsto. Tutte le volte che facevo una pausa dalla scrittura o dall'assistenza a un cliente, frugavo tra pagine e pagine di risultati delle mie ricerche on-line.

Su quell'uomo chiuso.

Su quell'autore.

Su quel vedovo.

Sebbene non avessi problemi a trovare "scrittore C.J. Anson," i risultati erano sempre scarni e riguardavano solo la scrittura o i libri. Per lo più si trattava di vecchie informazioni su tour promozionali, comunicati stampa e cose del genere. Trovai persino dei video di lui che firmava copie per i suoi ammiratori a qualche evento o di quando i suoi addetti alle relazioni pubbliche lo avevano fatto andare a un talk-show per promuovere un libro in uscita.

Ma tutto ciò che trovai risaliva ad anni prima. Nulla di attuale.

In tutte le foto e nei video, Chase aveva un aspetto diverso. Più felice e più luminoso. Non scuro e burbero come un grizzly che era entrato in letargo con una spina nella zampa.

Chase si era decisamente dato alla macchia. Da quel poco che ero riuscito a scoprire, sembrava che le cose fossero cambiate circa due anni prima.

Anche in alcuni forum di ammiratori di C.J. Anson, qualcuno si chiedeva che fine avesse fatto l'autore, cosa gli fosse successo e quando sarebbe uscito il libro successivo. Alcuni lettori erano preoccupati per lui, mentre altri erano più esigenti ed estremamente arrabbiati, dato che Chase li aveva lasciati in sospeso tanto a lungo senza un nuovo caso di Nick Foster da risolvere.

Non comprendevo l'atteggiamento del secondo gruppo. Avendo letto l'intera serie più di una volta, sapevo che nessuno dei libri di Chase aveva un finale in sospeso e che, se il volume successivo non fosse mai stato scritto, i lettori non si sarebbero persi nulla.

Quella mentalità aggressiva ed esigente rendeva sensato che Chase fosse andato a nascondersi per sfuggire a quelle pretese e a quella pressione. Probabilmente, anche il suo editore gli stava col fiato sul collo, dato che lui gli aveva fruttato parecchio. E come i suoi lettori, forse anche l'editore si sentiva defraudato.

In verità, Chase non doveva niente a nessuno. Non al suo editore, non al suo agente, nemmeno ai suoi lettori. Doveva a se stesso di fare una pausa se e quando necessario. Anche se la pausa aveva ormai superato i due anni.

Mentre ero ansioso come tutti, Dolly compresa, di leggere il volume successivo della serie, non avrei mai rivolto minacce di morte o di violenza a un autore, come purtroppo facevano alcuni attraverso i loro commenti su quei forum. E ce ne erano di davvero spaventosi. Chissà che genere di e-mail ricevevano l'agente e l'editore di Chase. Dovevano essere persino peggiori.

Era uno di quei casi in cui la finzione veniva confusa con la vita vera. La gente si dimenticava che i personaggi di un romanzo erano inventati. Niente di più, niente di meno.

Persone immaginarie che erano nate e vivevano nella mente di un autore.

Anche se si poteva dire che la passione che i lettori avevano nei confronti del suo lavoro fosse una testimonianza della bravura di Chase. Di come le sue parole li risucchiavano nelle storie. Ci si sentiva come se si risolvesse davvero un caso di omicidio seriale accanto all'attraente e intelligente detective Nick Foster.

Onestamente, se ne avessi avuto il potere, avrei schioccato le dita e un vero Nick Foster sarebbe entrato dalla porta e mi avrebbe trascinato via. O trascinato a letto.

Ma per quanto potessi fantasticare al riguardo, sapevo dov'era il confine tra fatti e finzione.

E una cosa che sapevo per certa era che Chase era vedovo. Ciò mi spinse a cercare annunci funebri on-line. Ma non potevo avere la certezza che Chase Jones non fosse un nome falso. E se lo era, stavo sprecando tempo che avrei potuto utilizzare per concludere il successivo romanzo di Dexter Peabody entro la scadenza.

C.J. Anson non era l'unico autore verso cui gli ammiratori facevano rumore. Magari non facevo i suoi stessi numeri, ma i miei lettori, una volta che si appassionavano alla serie del mio goffo investigatore privato, erano molto fedeli.

E io ero davvero fortunato ad averli. Senza i miei lettori che mi incoraggiavano a scrivere il libro successivo, non sarei riuscito a tenere aperta la libreria e nemmeno a pagare le mie spese personali.

Con un lungo sospiro, scorsi la decima pagina di risultati dopo aver cercato su Google le chiavi "Chase Jones, annunci funebri, New York." Una delle informazioni citate nella biografia dell'autore presente sul molto professionale sito di C.J. Anson era che lo scrittore viveva a New York. Sfortunatamente, lo stesso valeva per molta altra gente.

Comprendevo la necessità di tenere segrete le informazioni personali più intime, per sicurezza. La maggior parte degli autori lo faceva. E dopo aver letto alcune delle minacce di violenza che erano state rivolte a Chase solo perché ci stava mettendo molto a scrivere il libro successivo, ero felice che l'avesse fatto.

I miei occhi passarono in rassegna i risultati di ricerca mentre continuavo a scorrere, aspettando che qualcosa balzasse all'occhio. Perché Jones era un cognome così comune?

Arrivato alla quattordicesima pagina, stavo per lasciar perdere quando qualcosa attirò la mia attenzione.

Gli sopravvive il suo devoto marito Chase A. Jones.

Nella mia testa, sentii uno stridere di gomme mentre premevo il pedale del freno e inserivo la retromarcia per risalire la pagina, cliccavo sul collegamento per aprire l'annuncio completo, mi sporgevo verso lo schermo e rileggevo quella singola riga.

Gli sopravvive il suo devoto marito Chase A. Jones.

Chase Jones era stato sposato con un altro uomo. Sua *moglie* non era morta. Suo *marito* sì.

Chase era *gay*.

Porca troia.

L'annuncio era per un certo Thomas P. Jones. Leggendolo, non trovai la causa della morte; c'era scritto solo che era mancato all'improvviso. Doveva trattarsi di una morte inaspettata, dato che non veniva citata alcuna malattia.

Presi inoltre nota del fatto che fra i cari sopravvissuti erano indicati i genitori di Chase, ma non quelli dello stesso Thomas. Strano.

Invece di fiori, l'annuncio chiedeva di fare donazioni in memoria di Thomas al Trevor Project.

Il Trevor Project.

Donavo a quell'organizzazione non profit una volta all'anno, quando avevo qualche soldo che mi avanzava, dato che si concentrava sulla prevenzione dei suicidi e sugli interventi urgenti in favore dei giovani LGBTQ+. Tuttavia, questo non significava che Thomas fosse morto suicida: poteva semplicemente trattarsi di un'organizzazione non profit che Chase e suo marito amavano sostenere. Per buone ragioni.

Non volevo formulare ipotesi sulla causa della morte di Thomas. Come fosse accaduto non erano affari miei, anche se ero curioso.

Ma non era quello ciò su cui dovevo concentrarmi. Il punto era che Chase aveva subito un grave lutto e quella era molto probabilmente la ragione dello stato in cui si trovava e per cui la sua vena creativa si era esaurita.

Quando mio fratello era morto in un tragico incidente motociclistico, undici anni prima, ero rimasto distrutto.

Anche perdere mio fratello minore mi aveva completamente scombussolato dal punto di vista della scrittura. Come Chase, ero rimasto prigioniero per mesi di un luogo oscuro. Avevo messo in discussione la vita, avevo messo in discussione tutto, compreso ciò che era più importante per me. Alla fine mi ero ripreso, ma era stato difficile.

Ciononostante, non riuscivo a immaginare di perdere un'anima gemella in quel modo. Doveva essere come perdere un arto. Vedersi strappata una parte di te e non essere più integro.

Quando Evan era morto, io vivevo già a Eagle's Landing, per cui avevo avuto la grandissima fortuna di avere un sistema di supporto nella comunità. Ma forse Chase non l'aveva. Era possibile che stesse cercando di affrontare la perdita tutto da solo.

Se era così, ora aveva senso che Chase indossasse ancora la fede e che faticasse ad avere a che fare con le persone. E anche che avesse lasciato New York per venire qui, in un paese dove non aveva niente e non conosceva nessuno.

E dove nessuno lo avrebbe riconosciuto.

Tranne io.

Ma la domanda era: cosa fare e, soprattutto, *dovevo* fare qualcosa?

IN LONTANANZA, sentii la campanella suonare mentre leggevo ad alta voce. Non sapevo se fosse qualcuno arrivato in ritardo o partito in anticipo. A ogni modo, mi presi l'appunto mentale di disattivare la campanella prima del prossimo evento settimanale. Di solito non era un problema se me lo dimenticavo, ma nei rari casi in cui succedeva, la campanella poteva essere distraente.

Come adesso.

Passai lo sguardo sulle sedie pieghevoli di fronte al minuscolo palcoscenico e, quando vidi che non mancava nessuno, mi dissi che doveva essere il sindaco venuto a prendere Dolly. Chet non perdeva mai l'occasione di interagire faccia a faccia con gli abitanti di Eagle's Landing. Non solo era un ottimo sindaco, ma i paesani lo amavano al punto che negli ultimi dodici anni nessuno si era candidato contro di lui alle elezioni.

Tuttavia, non essendo un lettore vorace come la moglie,

era raro che Chet partecipasse alle letture di libri o poesie. Di solito, si limitava a lasciare Dolly e andare al Roost a farsi qualche birra fino a quando l'evento della serata alla libreria non era finito.

Quando il ritardatario comparve dalle file di scaffali e prese silenziosamente posto in fondo alla sala, inciampai su una frase al termine del quarto capitolo del mio lavoro in corso attuale. Gli eventi in libreria non erano certo frequentatissimi, per cui Chase non passò inosservato quando entrò proprio mentre io finivo la lettura della prima bozza.

Feci del mio meglio per ignorarlo nel concludere, chiedendo se ci fossero domande e poi incoraggiando la gente a prendere dell'altro caffè e un biscotto fresco da mangiare mentre dava un'occhiata ai libri o da portare a casa.

Come piccolo passatempo, adoravo cucinare dolci. Non solo mi rendeva felice, ma faceva sì che il negozio e il mio appartamento sopra di esso avessero un profumo delizioso. Per cui, tutte le settimane preparavo qualcosa di casereccio per i partecipanti come ringraziamento per la loro presenza. Facendolo, dimostravo loro che sostenevano il negozio e la "personalità" della settimana, che si trattasse di un autore, un musicista o anche solo un bambino che leggeva una storia che aveva scritto.

In quella settimana, il dolce consisteva in biscotti al cioccolato; quella dopo avrebbe potuto essere brownie, banana bread o addirittura una torta. Dipendeva tutto dal mio umore e, alla fine della lettura o della performance di mezz'ora, solitamente il vassoio era vuoto.

Mi piaceva pensare che gli eventi settimanali che organizzavo riempissero la mente del pubblico tanto quanto la pancia.

"Non dimenticate che ho una pila di libri già firmati alla

cassa. Arrivo subito a servire chiunque voglia comprare qualcosa," dissi, anche se di solito la gente non si fermava.

Presi l'acqua dal tavolo vicino e bevvi mezza bottiglia in un sorso, dato che leggere faceva venire molta sete.

E un po' di sete mi era venuta anche quando avevo visto Chase entrare all'ultimo minuto.

Sebbene avessi cercato di concentrarmi sul leggere con chiarezza le mie parole, avevo faticato a ignorare l'uomo che ora guardavo con occhi diversi, dato che sapevo che giocavamo nella stessa squadra.

Oltre a essere tutti e due scrittori e lettori, eravamo entrambi gay e single. Il trasferimento di Chase a Eagle's Landing avrebbe potuto essere una manna dal cielo. *Se* Chase non avesse avuto nubi tempestose sospese sopra la testa. Ma le aveva e sarebbe rimasto emotivamente non disponibile fino a quando quelle nubi non sarebbero andate via.

Dubitavo che sarebbe accaduto presto. Un buon indicatore della cosa era il fatto che indossava ancora l'anello datogli da suo marito, anche se l'uomo era morto più di due anni prima.

Chase era ancora quel marito "devoto."

Sebbene tutti affrontassero in modo diverso e con tempi diversi la perdita di una persona cara, dopo aver perso Evan avevo scoperto e attraversato le cinque fasi del lutto: rifiuto, rabbia, patteggiamento, depressione e, finalmente, accettazione.

Non credevo proprio che fosse sano per Chase essere ancora bloccato nella quarta fase, la più cupa, anche se mi avevano detto che poteva essere la più lunga e la più difficile. Tuttavia, fino a quando Chase non avrebbe accettato la perdita, non sarebbe potuto andare oltre. Non nel senso di dimenticare suo marito, ma di abituarsi a vivere senza l'altra sua "metà."

Forse aveva semplicemente bisogno di uno spintone verso la fase dell'accettazione.

"Forza, bello," dissi a Timber, dandomi una pacca sulla coscia.

Dopo essere sceso dal basso palcoscenico, mi diressi verso l'ingresso del negozio.

Quando non riuscii a trovare Chase, rimasi deluso: era uscito furtivamente così come era entrato e prima che avessi l'occasione di vedere come stava.

Trovai invece mezza dozzina di habitué ancora radunati vicino alla cassa, intenti a condividere indiscrezioni e notizie oltre agli aggiornamenti sulle rispettive famiglie.

Mi misi dietro il bancone per battere gli scontrini mentre ascoltavo i pettegolezzi, chiacchieravo con i locali e li sentivo cantare le lodi dei capitoli che avevo letto quella sera. Erano tutti entusiasti di mettere le mani su una delle prime copie firmate. Una volta che tutti ebbero i loro acquisti in mano, abbracciai le donne e strinsi le mani degli uomini.

Non ci volle molto prima che Timber e io rimanessimo soli. Finalmente, il negozio era silenzioso, ma io avevo ancora del lavoro da fare. Oltre a pulire, dovevo mettere via le sedie pieghevoli e portare il cane a fare una passeggiata. Lanciata un'occhiata all'orologio, mi resi conto che erano già quasi le nove. Dato che avevo trascorso una lunga giornata a scrivere, ero pronto a raggomitolarmi nel letto per guardare un episodio di–

Il suono della campanella mi fermò immediatamente mentre mi dirigevo verso il retro del negozio. Mi guardai alle spalle, poi guardai un'altra volta.

Chase aveva con sé una grossa scatola.

Di cosa? Legna spaccata?

Qualunque cosa fosse, suonò pesante quando lui la lasciò cadere sul bancone. Mentre mi dirigevo verso di lui, Timber mi superò di corsa, piantò immediatamente il suo culo peloso e traditore sul piede di Chase e si appoggiò a lui, guardandolo in modo irresistibile.

La mano di Chase si portò automaticamente dietro le orecchie del mio avido pastore tedesco per accontentarlo mentre l'uomo teneva lo sguardo su di me che mi avvicinavo.

Se mi fossi seduto sul suo piede e gli avessi rivolto lo stesso sguardo da cucciolo, lui avrebbe accarezzato anche me?

Nah, probabilmente mi avrebbe sferrato un calcio rotante.

"Sei venuto a far fare l'ultima passeggiata a Timber?" chiesi con un sopracciglio inarcato.

"Non sono qui per portare a spasso il tuo cane."

E sticazzi. "Mi ha sorpreso vederti qui, anche se sei arrivato in ritardo."

"Mi annoiavo." Chase appoggiò la mano sul bordo dello scatolone, la cui parte superiore era stata tagliata via. "E volevo riportarti questi."

Riportare?

Guardai nello scatolone. Conteneva tutti i libri che Chase aveva comprato quando era venuto a svuotare gli scaffali delle sue opere.

Sollevai lo sguardo dal contenuto della scatola a lui. "Non li hai bruciati." Eravamo sì e no a mezzo metro di distanza. "Non ce l'hai fatta, vero?"

Il mio corpo cominciò a vibrare dall'interno. Chase profumava di bosco. Non di una colonia industriale all'aroma di sandalo, foresta o qualche odore artificiale, ma di veri alberi, foglie ed erba. Era inebriante.

"Sono contrario ai roghi dei libri."

Persino il rimbombo profondo della sua voce roca mi rimescolava le viscere.

Lo trovavo attraente già prima, ma ora che sapevo che era gay, la mia libido era schizzata alle stelle.

Sfortunatamente, sebbene l'uomo potesse essere bollente all'esterno, era freddo come una pietra all'interno.

"Persino dei tuoi," conclusi io. "Posso rimborsarti oppure puoi cambiarli. Come vuoi." Quando feci per girare dietro al bancone e raggiungere la cassa, lui mi fermò con una mano sull'avambraccio.

"Non mi serve un rimborso. Dalli a qualcuno che non può permettersi di comprare dei libri."

Non appena il mio sguardo corse al punto in cui lui mi tratteneva, Chase mi lasciò andare immediatamente. "È molto... generoso da parte tua."

"Non ho bisogno che mi fissino."

"I libri non hanno gli occhi."

"Sai cosa voglio dire."

"A dire il vero, sì. Non sei riuscito a bruciarli e non hai spazio in casa per tenerli..." Sapevo che non era quello il motivo, ma a differenza di lui, volevo essere gentile. "Per cui, li hai riportato qui perché qualcun altro se li possa godere. È molto gentile da parte tua."

Chase grugnì. "Va bene. Allora..."

Quando fece per andarsene, fui io ad afferrarlo per un braccio e fermarlo. "Sarei felicissimo se tu li firmassi."

"No."

"E di metterti in evidenza come autore locale."

"No."

"E che tu leggessi qualcosa."

"Non succederà."

"Sì, invece. So essere molto insistente."

Chase inarcò un sopracciglio scuro. "E io so essere molto resistente."

"Per qualche motivo, mi riesce difficile crederlo,"

commentai sarcastico. "Quando sarai pronto, farai una lettura e tutti saranno contentissimi," dissi con molta più sicurezza di quella che avevo.

"Non ti arrendi mai, vero?"

"Ho appena detto che sono insistente. Te lo sei perso?"

Chase grugnì nuovamente, ma non cercò di allontanarsi. Rimase dov'era. Ma ancora una volta, si stava rigirando la fede. Probabilmente lo faceva per abitudine, senza rendersene conto.

Guardai l'orologio. La mia batteria interna era scarica e io presi in considerazione di pulire l'indomani mattina, ma sapevo che, quando sarei sceso, mi sarei pentito di non aver sistemato subito.

"Bene, allora..." esordii, cercando di fargli capire che era ora di andarsene.

"Cosa stavi leggendo?"

Wow. Chase stava davvero cercando di cominciare un vero dialogo? Se era così, forse valeva la pena di perdere un po' di sonno e che Timber saltasse la passeggiata. Avrei potuto mettere il cane nella piccola zona che avevo recintato per lui dietro il negozio.

"Hai sentito solo le ultime frasi, ma stavo leggendo dal libro che sto scrivendo."

Gli angoli della sua bocca si inclinarono verso il basso. "Non avevi detto di essere un aspirante scrittore. Il volantino diceva che questa sera ci sarebbe stata una lettura dall'ultimo libro di Everett J. Williams."

Strinsi le labbra per non ridere per la contrarietà con cui Chase disse quelle parole. Una volta ripreso il controllo di me stesso, risposi: "Non me ne hai dato la possibilità. E onestamente... dal modo in cui ti comporti con me, pensavo che non te ne importasse. Ma non sono un aspirante scrittore: sono un autore pubblicato."

Capitolo sei

Chase

"NON SONO UN ASPIRANTE SCRITTORE: *sono un autore pubblicato.*"

Nelle altre due occasioni in cui ero stato alla libreria, e anche quando lui era venuto da me, Rett non aveva mai detto di essere pubblicato.

"Anche io sono uno scrittore," erano cinque parole che avrebbe potuto pronunciare in qualunque momento. Non lo aveva fatto. Ma forse aveva ragione... Se me l'avesse detto, me ne sarebbe importato qualcosa?

Vivevo sulla montagna da un mese, ormai, e aveva ricominciato a provare cose che non provavo da molto tempo. Il che significava che non ero più insensibile come prima.

Forse il merito era dell'aria fresca e dell'esercizio fisico. Mi ero detto che, se avessi ripreso a prendermi cura del mio corpo, anche la mia mente ne avrebbe tratto beneficio.

E quello era uno dei motivi per cui ero venuto in paese quella sera. Mi sentivo leggermente in colpa per l'egoismo che avevo dimostrato quando avevo comprato tutti i miei libri in modo che nessun altro potesse leggerli. Soprattutto per paura che la mia identità venisse rivelata.

Un altro motivo per cui ero passato dalla libreria era per vedere se Everett J. Williams in persona avrebbe letto il suo libro. Volevo conoscerlo e dirgli quanto i suoi libri mi stavano aiutando a uscire da una crisi molto lunga.

Ero rimasto deluso nello scoprire che a leggere non era l'autore. Avrei dovuto immaginare che sarebbe stato qualcun altro.

Ma l'affermazione di Rett attirò la mia attenzione. "Cosa scrivi?"

"Gialli."

Mi accigliai. Anche io leggevo gialli. "Quali?"

Rett indicò la pila di libri sul bancone accanto allo scatolone con i miei libri che avevo riportato. "Quelli firmati."

Mi costrinsi a mantenere un'espressione neutra, dato che quella non era la risposta che mi ero aspettato. "*Tu* sei Everett J. Williams?" A quanto pareva, non avevo prestato attenzione e mi ero lasciato accecare troppo dai miei problemi per notare i segnali evidenti.

Rett fece spallucce. "In carne e ossa." Mi rivolse un sorriso che non gli arrivava completamente agli occhi. Palesemente, io non gli piacevo e capivo molto bene il perché.

Ricordai a me stesso che non ero a Eagle's Landing per fare amicizia, perciò non avrebbe dovuto avere importanza se piacessi o meno a Rett. Non avevo più dieci anni e non avevo bisogno di conferme da parte degli altri. Ero una persona adulta che voleva che gli altri rispettassero la sua privacy. Tutto lì.

In cambio, io avrei rispettato la privacy degli altri.

Tuttavia, in aggiunta a essermi comportato male con lui, ero anche un completo imbecille, con una visuale del mondo attorno a me così ristretta da ignorare del tutto il fatto che "Rett" poteva essere il diminutivo di "Everett." Avrei potuto giustificarmi dicendo che non conoscevo il cognome di Rett e che sui suoi libri non c'era una foto, o che non mi ero informato minimamente sull'autore della serie che stavo leggendo e che apprezzavo.

Era tutto vero, perché non avevo motivo di indagare. Ma forse ora ne avevo uno.

"La tua firma li fa valere di più?" Era una domanda stupida, dato che avevo già partecipato a numerosi tour promozionali ed eventi di firma copie, per cui conoscevo già la risposta.

In verità, avrei dovuto andarmene. Non sapevo perché stessi prolungando la conversazione, dato che le conversazioni portavano sempre a domande.

Domande a cui non ero disposto a rispondere.

"Dipende dalla persona a cui lo chiedi," rispose lui.

Ancora una volta, stava riecheggiando il mio comportamento distante. "Lo chiedo a te."

"Allora no."

Sapevo per certo che non era così, ma forse Rett voleva sfidarmi spingendomi a discutere.

"Ma potresti firmare uno dei tuoi?"

Rimasi stupito. "Voi che firmi una copia per te?"

"Certo. Eri uno dei miei autori preferiti."

Eri.

Porca miseria. Me lo meritavo. "E ora?"

"Diciamo che fatico a separare il creatore dall'opera. Anzi, facciamo così: se vuoi firmare qualcosa, preferirei che firmassi tutte le copie. I miei clienti ne sarebbero contenti molto più di me. Dolly potrebbe persino comprare qualche libro da tenere sullo scaffale, invece che riportarmelo."

Non ero pronto a fare una cosa del genere. Se avessi

firmato più di una singola copia, temevo che qualcuno – compresa Dolly, la moglie del sindaco nonché pettegola del paese – avrebbe potuto scoprire chi ero tormentando Rett riguardo alla provenienza di quelle copie firmate.

Non ero pronto a lasciare che qualcuno, tranne Rett, sapesse che vivevo lì. Anche se gli altri avrebbero potuto arrivarci come c'era arrivato Rett, la maggior parte delle persone trascurava i dettagli e molto probabilmente non avrebbe fatto due più due. Proprio come me quando non avevo capito che l'uomo che avevo di fronte era Everett. J. Williams.

Davo per scontato che Rett non avesse detto a nessuno che Chase Jones e C.J. Anson erano la stessa persona. E per quello, dovevo essergli grato. Distolsi la conversazione dalla firma dei miei libri in modo da non peggiorare la figura di stronzo spietato che avevo già fatto. "Scrivi bene."

Rett abbassò lo sguardo. "Sono solo un dilettante. Non sono bravo come te."

Quell'uomo non era un dilettante e io non stavo mentendo. Rett scriveva *davvero* bene. No, benissimo. I suoi erano i libri migliori che avevo letto da anni. Aveva un vero talento. Abbastanza da far sì che io lo ascoltassi durante tutto il lungo e noioso viaggio da Long Island. Abbastanza da farmi venire voglia di leggere tutta la serie di Dexter Peabody.

I libri faticavano a trattenere la mia attenzione, ormai. A dire il vero, lo stesso valeva per quasi tutto. Ma la sua serie c'era riuscita. Avevo persino preso in considerazione di leggere o ascoltare anche le opere più vecchie dell'autore, se ce n'erano. Quello, da solo, era un complimento per la qualità della sua scrittura.

"E sempre a differenza di te, non sono entrato in nessuna lista di bestseller. I miei lettori non sono nemmeno lontanamente numerosi come i tuoi."

"Mi stupisce, considerata la qualità del tuo lavoro. La

verità è che la tua scrittura è eccellente e io sono colpito. Ci vuole molto impegno."

"*Noooo*. Davvero?" chiese lui con una smorfia.

Fissai quelle labbra, poi chiusi gli occhi e scossi la testa per scacciare qualunque pensiero di come avrebbero potuto essere contro le mie.

Non sei qui per fare amicizia, Chase, e non sei qui per trovare un amante.

Mi ero trasferito a Eagle's Landing per due motivi: per sfuggire al rumore assordante tanto nella mia testa quanto attorno a me e, soprattutto, per scrivere. Tutto lì. Non volevo attenzioni e non volevo fare sesso con chiunque non fosse mio marito.

Sfortunatamente, la seconda ragione era ora impossibile. Mi restavano solo i ricordi della nostra intimità. I ricordi di come stare con Thomas mi faceva sentire, tanto a letto quanto fuori.

Lui era stato quello che qualcuno avrebbe potuto definire il mio "unico vero amore." Nessuno avrebbe mai potuto rimpiazzarlo e io non ero disposto nemmeno a provare a cercare un altro. Perdere mio marito mi aveva lasciato un buco nel cuore così grande che nessuno avrebbe mai potuto colmarlo. Chiunque ci avesse provato avrebbe fallito. Anche solo provarci non sarebbe stato giusto nei confronti dell'altra persona.

Se tutto ciò che mi restava a farmi compagnia la sera erano i miei ricordi, mi andava bene così. Doveva, dato che non c'era altra scelta.

Per quel motivo, respinsi qualunque minima attrazione per Rett e riportai l'attenzione sull'editoria, un argomento molto più sicuro. "Dovresti procurarti un agente. Sei davvero bravo."

"Non voglio un agente."

Perché no? La sua carriera avrebbe potuto fare il salto con la rappresentazione giusta. "Un agente potrebbe vendere i tuoi libri a uno dei cinque grandi editori."

"Deve essermi sfuggito quando ho chiesto i tuoi consigli."

Oh, sì. Mi stava rispondendo con la stessa energia che avevo usato io durante i nostri primi incontri. Naturalmente, io me lo meritavo e non potevo prendermela con lui. "Lavorare con un editore potrebbe fare grandi cose per la tua carriera."

"Può darsi. Ma io sono contentissimo di pubblicare da solo i miei libri." Quando fece di nuovo spallucce, attirò la mia attenzione sulle sue ampie spalle.

"Come indipendente," mormorai, un po' distratto.

"Nonostante quello che credono alcuni, non è una parolaccia. Sembra sempre che ci siano polemiche fra le due fazioni. La realtà è che i libri pubblicati in maniera tradizionale non sono migliori di quelli indipendenti, se fatti bene. E onestamente, di questi tempi è la soluzione migliore. Posso scrivere e pubblicare lentamente o velocemente a seconda dei miei bisogni. Posso scrivere quello che voglio. Ho il pieno controllo creativo di tutti gli aspetti del mio lavoro, compresa la copertina. A differenza di te. E non dimentichiamo che tu hai un agente e un editore che ti tallonano, oltre a scadenze onerose e inflessibili."

Era impossibile dire una parola per contraddirlo. Aveva ragione anche su quello. Sebbene avere un grosso editore e un agente alleviasse parte del peso su di me, aumentava anche lo stress. Soprattutto in questo momento.

Pubblicare indipendentemente significava più flessibilità. Qualunque stress sarebbe derivato da me stesso, non dagli altri.

E il denaro... Meno persone mi avrebbero messo le mani in tasca e io avrei guadagnato di più.

Magari, avrei scelto quella strada per la mia serie successiva. Il mio editore aveva il diritto di prelazione per il resto della serie di Nick Foster, indipendentemente da quanto lunga si rivelasse. Per cui, se avessi continuato a scrivere la mia serie bestseller – sarebbe stato assurdo non farlo – avrei dovuto restare con lui, dato che avevo degli obblighi contrattuali.

"Non ricevo grossi anticipi come te, ma non devo preoccuparmi di guadagnarmeli. Non devo dare una fetta a un agente. Non sarò un grande nome come Agatha Christie, ma guadagno comunque a sufficienza non solo da mantenermi, ma anche da tenere aperta la libreria."

"Perché?"

La sua fronte calò sugli occhi molto scuri. "Perché cosa?"

All'inizio, pensavo che quegli occhi fossero marrone scuro come i miei, ma quella sera sembravano molto più scuri. Quasi neri. Forse era la luce nel negozio. Ero tentato di afferrargli il mento e inclinargli la testa verso la lampada per avere conferma di quello che vedevo.

"Perché tenere aperta la libreria se non ti genera un profitto?"

"Questa libreria..." Rett scosse la testa. "*Qualunque* libreria è uno scrigno di tesori e i libri sono il bottino. Per me e per molti lettori, valgono più dei metalli più preziosi o delle gemme più rare. Come ben sai, i libri, anche la narrativa, espandono la mente. Portano la gente a fare viaggi che altrimenti forse non farebbe mai. È per questo che colgo tutte le occasioni possibili per convincere la gente a leggere di più. Dai ragazzini delle scuole locali agli anziani della casa di riposo. Se non possono permettersi un libro, glielo presto. Il punto è che questo negozio mi dà gioia e la porta anche agli altri. È questo ciò di cui mi importa. Per me, quella gioia mi rende più ricco di quanto sarei se avessi molto denaro."

La sua passione sentita per i libri e la lettura era inconfondibile. La trovai affascinante, proprio come quando aveva letto ad alta voce. La sua voce aveva un timbro ricco, rilassante, ed erano bastate le poche frasi che avevo sentito per risucchiarmi nella storia. Mi ero pentito di non essere arrivato prima per ascoltare tutto.

Ma d'altra parte, stavo cercando di schivare qualunque conversazione profonda con gli abitanti del posto, per evitare domande sgradevoli o di fare la figura del maleducato. Purtroppo, l'ultima cosa mi capitava che lo volessi o meno.

I benintenzionati cercavano continuamente di abbattere le mura che io avevo eretto per ottimi motivi.

Per sopravvivere. Per svegliarmi la mattina dopo e quella dopo ancora.

Volevo farlo? No, non quando si trattava di vivere un altro giorno senza Thomas.

Ma ero disposto a far sì che la gente che mi sarei lasciato alle spalle soffrisse il senso di colpa come lo soffrivo io? Sapevo com'era quel genere di lutto, quanto era devastante, e non volevo fare una cosa del genere a nessun altro.

Ciò mi aveva spinto a stringere quelle mura per tenere assieme i miei frammenti. In modo che potessi tirare avanti.

Giorno dopo giorno. Notte dopo notte.

Mettendo un piede di fronte all'altro attraverso l'oscurità. Forse, un giorno, avrei trovato il confine di quelle ombre e allora mi sarei concesso di uscire di nuovo alla luce.

Tuttavia, non potevo permettere che qualcuno mi spingesse là fuori prima che io fossi pronto a farlo.

C'era un'altra ragione per cui avevo lasciato Long Island. I miei amici e la mia famiglia avevano buone intenzioni, ma non avevano idea di quanto potessero essere soffocanti.

Anche il mio agente voleva il meglio per me, perché ciò ne traeva un beneficio economico. Ma anche la sua "preoccupazione" di farmi riprendere a scrivere poteva essere soffocante.

Prima di lasciare Long Island, tutto ciò che volevo era starmene in un angolino con le spalle al muro e ringhiare alla gente.

A volte, volevo ancora farlo.

Come il giorno in cui avevo conosciuto Rett alla tavola calda.

La mia attenzione fu attratta di nuovo dall'uomo che stava parlando. "Come tu sai, per via della popolarità degli e-book, un sacco di librerie ha chiuso. E altre stanno ancora chiudendo. Gli e-book costano meno e sono più facili da reperire. Un altro vantaggio è che puoi portartene dietro migliaia in un solo dispositivo. Per cui, se io non scrivessi, la libreria non riuscirebbe ad andare avanti. Possederla è più che altro un piacere colpevole che mi dà anche un ufficio. Il fatto che si trova in questo piccolo paese significa che non c'è molto traffico e dato che capita di rado che io venga interrotto, ho molto tempo per scrivere. Meglio ancora, posso vivere al piano di sopra con il mio cane che mi fa compagnia." Rett gesticolò verso gli scaffali pieni. "Sono circondato da qualcosa che amo fare: leggere e scrivere. Per questo non ho bisogno di un agente, di un grosso editore o di essere un autore famoso. Sono contento così come sono. A differenza di te."

A differenza di te.

Quelle quattro paroline mi bruciavano, anche se il tono di voce di Rett era rimasto identico e non suonava minimamente arrabbiato durante l'intero discorso.

Ancora una volta, aveva fastidiosamente ragione. Ma non intendevo confessargli che ero ben lungi dall'essere contento che non sapevo se lo sarei mai stato di nuovo.

Fondamentalmente, ero da solo al centro di un'altalena

che cercava di restare in equilibrio. Se mi fossi sporto troppo da una parte o dall'altra, sarei caduto male.

Trasferirmi a Eagle's Landing avrebbe dovuto aiutarmi a ristabilire l'equilibrio nella vita. Lo avevo perso dal giorno in cui avevo trovato Thomas morto. Nell'istante successivo a quella scoperta, la mia intera vita era precipitata attorno a me, oltre a rivoltarsi sottosopra e dentro-fuori. Quel momento tragico era diventato il mio ground zero personale.

Prima di allora, Thomas stava a un'estremità dell'altalena e io all'altra. Ci equilibravamo a vicenda. Quando lui affondava, io lo sollevavo fino a quando non eravamo di nuovo sullo stesso livello.

Eravamo una squadra e io avevo pensato che fossimo contenti.

Come sosteneva di essere Rett. Quell'uomo aveva una vita semplice ed era felice. Aveva un'attività che amava, anche se non poteva sopravvivere da sola. Aveva una carriera da scrittore evidentemente abbastanza proficua da pagare le spese e, naturalmente, un cane fedele.

Ciò che notai era che non aveva qualcuno che si sedesse di fronte a lui sull'altalena della vita. La teneva in equilibrio stando al centro, tutto da solo. Proprio come stavo facendo ora io. Tuttavia, sembrava che lui ci riuscisse molto meglio.

La mia altalena continuava a inclinarsi da una parte o dall'altra e tutte le volte che lo faceva, io compensavo in maniera esagerata. A quel punto, dovevo raddrizzarla o saltare giù. Perché ero dannatamente stanco di lottare per tenerla dritta.

"Va bene, allora..." Era giunto il momento di andarmene. Ero rimasto lì troppo a lungo. Soprattutto dato che l'uomo a pochi passi da me cominciava a piacermi.

Lo rispettavo per quello che era, per la sua passione e per

il modo in cui viveva la vita, all'apparenza senza rimpianti o rimorsi.

Mentre io annegavo nei rimpianti.

"La verità può essere sgradevole, vero?"

Ora era *lui* a fare lo stronzo. Sì, forse me lo meritavo, ma non dovevo per forza subire. Tuttavia, ero venuto lì quella sera per conoscere Everett J. Williams. Semplicemente, per puro caso, l'uomo che ero venuto a vedere era Rett.

Dovevo ringraziarlo per aver condiviso le sue parole col mondo e soprattutto con me. Sfortunatamente, quelle parole faticavano a uscirmi dalla bocca. Soprattutto a causa della paura paralizzante che lui volesse sapere *perché* i libri erano così importanti per me.

Invece, dissi: "Grazie per avermi portato gli altri libri di Dexter Peabody. Indie o tradizionale, non importa: continua a scriverli. Quando mi sarò messo in pari, tornerò a prendere il resto della serie."

Lui annuì e io feci per andarmene, sperando che, non appena fossi uscito, la pressione che mi cresceva nel petto si sarebbe alleviata.

Le pareti che mi circondavano – quelle del negozio, non le mie – sembravano stringersi sempre di più, creando una scatola attorno a noi due.

Una scatola in cui io non potevo restare. Non ora. Non mai.

La domanda successiva di Rett mi immobilizzò. "A proposito, come va la *tua* scrittura?" A riprova del fatto che quell'uomo era molto più osservante di me. Avevo paura che riuscisse a guardarmi dentro, fino al tumulto interiore e a tutto il resto che tenevo nascosto.

Sfortunatamente, la verità era che la mia scrittura non stava andando da nessuna parte. Non ero del tutto improduttivo, ma le parole non scorrevano facilmente come avrebbero dovuto. E lo stress non faceva che peggiorare il blocco dello scrittore.

Ora avevo più legna di quanto mi sarebbe servita per molto tempo, perché mi ero super concentrato sullo spaccarla quando invece avrei dovuto impegnarmi sulla scrittura. Mi ero ritrovato a usare quell'attività come forma di terapia, oltre che modo per sfogare la rabbia accumulata a causa dell'ingiustizia della vita.

Ma la situazione doveva cambiare, perché per quanto io lo desiderassi, quel libro non si sarebbe scritto da solo.

Fissai l'uomo che avevo di fronte. Se fossimo stati amici, lui sarebbe stato la persona perfetta a cui sottoporre le mie idee. Proprio come una volta facevo con Thomas.

Forse quello era uno dei motivi per cui faticavo così tanto scrivere. Il mio compagno, la cui opinione e i cui spunti io stimavo moltissimo, anche se non era uno scrittore, non c'era più. E non solo mi aveva lasciato un buco nel cuore, ma anche nel processo creativo.

Ciononostante, Rett e io non eravamo amici e il modo in cui lo avevo trattato in passato aveva praticamente garantito che non lo saremmo stati in futuro. Mentre lui era stato gentile, lo stesso non valeva per me. Non potevo biasimare altri che me stesso.

Niente di nuovo.

Potevo fare uno sforzo per riparare al danno? Forse, ma ciò avrebbe potuto aprirgli la porta e permettergli di vedere quanto ero incasinato. Non ero pronto a permettere a qualcuno di scavare così in fondo.

"Procede," mentii.

A giudicare dall'occhiata che mi lanciò Rett, era palese che non mi credeva. "Quante corde[1] di legna hai, adesso?"

Sebbene non avessi idea di quanta legna fosse una corda, risposi: "Parecchie."

Lui annuì, l'espressione di nuovo illeggibile. "Se vuoi, Harry potrebbe comprarne un po' da vendere alla gente che viene da queste parti a fare campeggio, pescare o cacciare. Vende piccole quantità di legna da ardere. Potreste guadagnarci entrambi."

Perché avevo la sensazione che quest'uomo, che avevo appena conosciuto, mi conoscesse meglio di quanto dovesse?

Un altro buon motivo, oltre alla mia attrazione nei suoi confronti, per tenerlo a distanza. "Lo terrò presente."

"Se hai bisogno del mio furgone per portarla in città, fammelo sapere."

Ci fissammo a vicenda in un silenzio imbarazzato.

Ancora una volta, lui mi stava offrendo un ramoscello d'olivo, anche se io non lo meritavo; spettava a me decidere se accettare o respingerlo di nuovo.

Il mio primo istinto, come era stato per gli ultimi due anni, fu di escluderlo. Di non lasciargli vedere oltre le mie difese fino a un punto dove ero più scoperto e vulnerabile.

Alla fine, mormorai: "Va bene, grazie."

Rett allungò una mano per prendere un biglietto da visita della libreria e quando lo fece, il suo braccio sfiorò accidentalmente il mio.

La mia pelle formicolò e il calore schizzò nel mio basso ventre, confermando la mia paura di trovare Rett attraente, benché lui fosse molto probabilmente etero.

Di sicuro, la mia mente mi stava giocando degli scherzi.

Non avevo permesso a nessuno di toccarmi dopo la morte di Thomas. Nemmeno per un semplice abbraccio. Non avevo permesso il minimo contatto fisico alla mia famiglia o a chiunque altro. Temevo che, se avessi lasciato che qualcuno mi toccasse, mi sarei disintegrato in un mucchietto di polvere. Poi, sarebbe venuto un vento forte che avrebbe soffiato via quella polvere fino a quando non sarebbe rimasto nulla di me.

Nemmeno un granello di quella polvere. Nemmeno un dannato granello.

Le narici di Rett si erano dilatate e il suo sguardo si era fatto ancora più scuro quando le sue pupille si erano allargate. I peli sottili dei suoi avambracci si erano sollevati assieme alla pelle d'oca.

Ma che diavolo? Anche lui aveva reagito a quel semplice contatto involontario. Com'era possibile?

Si voltò con un gesto brusco e sgraziato, prese la penna appoggiata sul bancone e scrisse qualcosa sul retro del biglietto.

Quando si voltò di nuovo verso di me, non incrociò il mio sguardo. "È il mio numero personale."

Gli presi il biglietto dalla mano, badando a evitare che le nostre dita si toccassero, e fissai i numeri scritti con precisione. "A chi mi serve?"

Rett sollevò lo sguardo, ma non appena io lo incrociai, lui guardò oltre. "Probabilmente a niente, ma te lo do comunque." La sua voce era ora più gracchiante rispetto a prima.

Gesù. Quello sfioramento accidentale gli aveva fatto lo stesso effetto che a me.

Possibile che anche lui fosse gay?

Non glielo avrei chiesto. Non volevo saperlo. Se era... No.

No, anche se in qualche modo avessimo fatto amicizia, mi sarei fermato lì. Non volevo un amante. Non volevo più *provare* nulla per nessuno. Aprirmi a una relazione del genere sarebbe stato un rischio più grande di quello che ero disposto a correre.

Il mio pollice si mosse avanti e indietro sul biglietto da visita. Era leggermente più caldo dove lui lo aveva tenuto?

Che diavolo, Chase! Smettila.

Diedi un energico colpetto con l'indice al biglietto e

annuii. "Grazie. Cercherò di non importunarti troppo spesso."

Rett sbuffò sommessamente, ma continuò a evitare di incrociare il mio sguardo. "Non mi preoccupo."

Non credeva che lo avrei mai chiamato.

Probabilmente, aveva ragione.

"Va bene, allora..."

"Devo chiudere." Voleva che me ne andassi. Forse, le nostre reazioni lo avevano messo a disagio quanto me.

"Giusto," mormorai, voltandomi verso la porta.

Non smisi di muovermi fino a quando non fui fuori dal negozio, sulla mia Bronco, fuori dal paese, sulla montagna e dentro la mia baita.

Nel mio luogo sicuro.

Perché evidentemente, la libreria non lo era.

Capitolo sette

ANCORA UNA VOLTA, stavo facendo qualcosa di autolesionista. Lo sapevo e lo stavo facendo comunque.

Chase non mi aveva mai contattato di persona o via telefono. Probabilmente, aveva buttato via il mio biglietto da visita non appena era uscito dal negozio, tre settimane prima.

Era l'ultima volta in cui avevo visto l'orso in letargo prima che tornasse nella sua grotta.

Avevo rimesso a posto i libri che mi aveva restituito – non firmati, naturalmente – e ogni tanto mi ritrovavo chissà come di fronte a quello scaffale in particolare. La menzogna che mi raccontavo era che dovevo controllare il numero di copie dei suoi libri e dei miei, anche se avevo un ottimo programma gestionale che teneva automaticamente traccia dell'inventario.

Mi ritrovavo perso nei miei pensieri mentre passavo delicatamente le dita sulle coste dei suoi libri, fingendo di accarezzare la sua pelle calda.

Naturalmente, fare quella cosa ai suoi libri non aveva lo stesso effetto su di me come quando le nostre braccia si erano sfiorate quella notte.

Toccare Chase era stato come toccare il fuoco. Le scintille erano schizzate dentro di me, mandandomi fiamme ustionanti dalla testa ai piedi, oltre che facendo scorrere il sangue verso sud e il mio uccello.

Mentre la mia reazione mi aveva mandato in crisi. Chase era parso estremamente turbato dalla sua reazione al nostro semplicissimo, ma accidentale, contatto.

Naturalmente, io lo trovavo attraente. Solo da fuori, non da dentro. E detestavo il pensiero che avrei colto qualunque occasione per toccarlo ancora una volta. Consensualmente, è chiaro.

Alla fine di ogni giornata, dopo aver chiuso il negozio, spento il computer e agganciato il guinzaglio al collare di Timber per portarlo a fare la sua passeggiata serale... Quando mi concedevo di ripensare a quel momento... La mia immaginazione si scatenava e io faticavo a trattenerla.

Mi chiedevo come sarebbe stato se lui avesse accettato che ci toccassimo... che ci baciassimo... e che facessimo altro.

Non mi era mai successo che un singolo, semplice tocco mi facesse tanto effetto. Al punto che mi ritrovavo leggermente ossessionato da quell'uomo.

Se rimanevo abbastanza a lungo di fronte allo scaffale, prima o poi sceglievo uno dei suoi libri da tirare fuori e girare in modo da osservare la datata foto in bianco e nero.

Scattata in un momento in cui lui sembrava essere molto più felice che adesso.

Quando molto probabilmente era sposato, ma prima che la morte di suo marito lo devastasse.

Anche se non avevamo parlato, davo per scontato che fosse quello il motivo per cui era così asociale.

Perdere il suo compagno di vita non gli aveva solo provocato la sofferenza che c'era da aspettarsi, ma aveva anche schiacciato la sua creatività e l'aveva persino spinto a fuggire dalla sua casa a New York. Dove forse era stato circondato da amici premurosi e parenti amorevoli.

Cosa che non aveva a Eagle's Landing. Dove non conosceva nessuno.

Dove non c'era nessuno a sostenerlo. Nessuno con cui parlare. Nessuno che si prendesse cura di lui.

Chase si stava palesemente nascondendo in modo da continuare a leccarsi le ferite dopo un lutto biennale. Molto probabilmente, si nascondeva dalle persone più vicine a lui, preoccupate perché non aveva ancora raggiunto la quinta fase del lutto.

Mi ero informato meglio sulla perdita delle persone care dopo la sera in cui lui si era presentato alla lettura. Oltre a quello che già sapevo, avevo imparato che il processo del lutto era unico per ciascuno e che le fasi non erano scritte nella pietra.

Quando avevo perso mio fratello, avevo costituito un caso da manuale nell'attraversare le cinque fasi tipiche. Ma d'altra parte, non ero mai stato il tipo che si crogiolava nella sofferenza. E non avevo mai gridato contro l'ingiustizia della vita. Vivevo ogni giornata perfettamente consapevole di quel fatto.

Accettavo ciò che non avevo il potere di cambiare. Facevo del mio meglio per cambiare ciò che non potevo accettare.

Se la vita fosse stata giusta, non avrei perso mio fratello in quel modo. Inoltre, non sarei stato solo e avrei trovato la mia anima gemella. Sarei stato più famoso come autore di gialli e non avrei dovuto faticare così tanto per ricavarmi un angolino.

Soprattutto dopo che il grande C.J. Anson mi aveva informato che la mia scrittura era "eccellente." Sentirselo dire era stato elettrizzante, soprattutto da un autore di prestigio come lui, ma non aveva reso più piacevole il mio scarso successo.

Dopo aver parcheggiato ancora una volta dietro il capanno, non avevo fretta di scendere. Spensi il Chevy e fissai l'ingresso posteriore, dove sembrava che nulla fosse cambiato dall'ultima volta in cui ero stato lì.

Mi chiesi se Chase avesse fatto dei lavori all'interno. Se era in casa – e doveva esserlo, dato che avevo parcheggiato accanto alla sua Bronco – forse avrei provato ad abbattere alcune delle sue mura chiedendo di vedere l'interno.

D'altra parte, era possibile che lui si incazzasse perché mi ero presentato di nuovo senza invito e mi mandasse affanculo.

Informandomi, avevo letto che era possibile regredire a fasi precedenti dell'elaborazione del lutto. E anche rimbalzare avanti e indietro fra una fase e l'altra. Probabilmente, Chase stava facendo avanti e indietro tra la fase della rabbia e quella della depressione.

Era decisamente possibile che fosse bloccato in un circolo vizioso da cui non era in grado di liberarsi. Una spintarella avrebbe potuto fargli bene.

Una spintarella da parte mia, naturalmente. Perché a quanto pareva, mi piaceva torturarmi nel tentativo di creare un rapporto migliore con un uomo che non ne voleva nessuno.

Lo avevo sentito forte e chiaro, ma ciò non significava che l'avrei ascoltato. Ma voleva anche dire che dovevo essere pronto a qualunque cosa lui mi lanciasse contro.

Mentre me ne stavo seduto nel mio furgone, indossai un'armatura invisibile e mi preparai alla battaglia.

Sapevo che stavo per fare una stupidata. Ma eravamo entrambi scrittori e se non ci si aiutava fra noi...

Certo, Rett, continua a mentire a te stesso. Sai benissimo perché sei qui. E non è per consegnare i prossimi due volumi della tua serie e dire a Chase che hai finito la prima bozza dell'ultimo.

O per chiedergli se è disposto a leggere il tuo lavoro e darti un'opinione prima che lo mandi al correttore.

Non avrei dovuto stimare la sua opinione della mia scrittura, ma era difficile non farlo. E in verità, sarebbe stato un onore se lui avesse accettato di leggere il manoscritto non rivisto e darmi un parere, positivo o negativo.

Inoltre, mi sarei cagato addosso se lui si fosse offerto di scrivere una prefazione. Quanto sarebbe stato fantastico se l'autore di fama mondiale C.J. Anderson avesse detto ai lettori perché avrebbero dovuto leggere il mio libro?

Calmati, imbecille. Non succederà. Ti aspetti troppo da qualcuno che vuole condividere poco o niente.

Per la centesima volta, mi chiesi se Chase fosse sempre stato così o se lo fosse diventato dopo aver perso suo marito. Forse non avrei mai saputo la risposta, se lui non avesse smesso di portare il lutto.

Ma rimanere bloccato in quel circolo per il resto della vita...

Sarebbe stato triste come quando il signor Coleman era morto da solo in quella baita.

Chase non avrebbe dovuto stare da solo. Era una mia opinione, naturalmente, perché ero sicuro che lui non fosse d'accordo.

Dissi a Timber di fare il bravo, scesi dal furgone e corsi fino ai gradini della porta sul retro, che non aveva vetri. Notai che le finestre nuove sul retro della baita avevano ora delle tende e, sebbene queste ultime fossero aperte, non volevo ficcare il viso contro il vetro per guardare dentro. Invece, feci quello che la maggior parte delle persone civili avrebbe fatto e usai il pugno chiuso per bussare alla porta. La mia bussata suonò più che altro con un tonfo sordo, per via dello spessore del legno.

Non facevano più porte come quella. Chiunque avesse costruito in origine la baita, forse persino il signor Coleman, aveva realizzato anche le porte in cedro massello. Molto probabilmente per renderle a prova di orso.

Tuttavia, in questo caso l'orso viveva dall'altra parte della porta.

Trascinai con impazienza i piedi mentre aspettavo, ascoltando con attenzione per vedere se avrei sentito rumore di passi. La baita non era grande, per cui, se Chase era in casa, doveva trovarsi a pochi metri dalla porta.

Bussai ancora una volta, senza risposta.

Stanco di aspettare, decisi di fare il giro. Forse Chase non aveva sentito il mio furgone che protestava mentre risaliva Coleman Lane.

Tirando a indovinare, Chase probabilmente non avrebbe riparato la strada, dato che le sue condizioni scoraggiavano gli ospiti inaspettati.

Ospiti sgraditi come il sottoscritto.

Avevo notato un nuovo cartello "vietato l'accesso" in fondo alla strada. Ma naturalmente lo avevo ignorato, così come avevo ignorato le condizioni schifose della strada.

Mi fermai all'angolo della baita e lanciai un'occhiata a Timber seduto sul sedile del passeggero del furgone, con la testa fuori dal finestrino, le orecchie dritte e la lingua che penzolava.

Il suo sguardo era fisso su di me. Nonostante la distanza, vedevo chiaramente nei suoi occhi la preghiera di accompagnarmi.

Ci cascai come una pera matura. "D'accordo. Andiamo!"

Con un breve verso entusiasta, il cane saltò giù dal finestrino aperto e toccò terra correndo. Quando mi raggiunse, aveva la coda alta e la sventolava per la gioia di essere stato incluso nella mia piccola ricerca.

"Giuro che sei ossessionato quanto me da quell'uomo, traditore," gli borbottai sottovoce. Mentre procedevamo, Timber mi girò rapidamente attorno, per poi seguirmi da vicino.

Mi diressi verso la facciata della baita e quando non trovai Chase sotto la rustica veranda coperta, salii quei gradini e bussai anche quella porta.

Timber mi sedette accanto mentre aspettavo, spostando lo sguardo da me alla porta come per dire *"Apri e basta, stupido. Cosa stiamo aspettando?"*

"Beh," gli risposi a bassa voce, "se il proprietario ha seguito il mio consiglio e comprato un fucile, non voglio fare una brutta fine. E tu?"

Timber mi guardò, si leccò i baffi e, avrei potuto giurarlo, annuì.

Sospirai.

Che avessi conversazioni complete con il mio cane non era nulla di nuovo. Capitava spesso, dato che vivevo da solo.

Correzione: Timber e io vivevamo da soli.

Probabilmente, mi sarei sentito solo se non avessi avuto lui a farmi costantemente compagnia.

Uh.

Spinsi via un pensiero intrusivo e, dopo aver bussato di nuovo alla porta di legno, udii un silenzio di tomba.

Chase non era in casa. Mentre mi voltavo a scrutare la zona circostante alla ricerca di tracce di lui, notai la legnaia stracolma di legna, oltre che un mucchietto più vicino al capanno e lungo i fianchi della legnaia.

Dietro un albero abbattuto che era stato segato in sezioni molto più gestibili e sistemato accanto al tronco che Chase usava per spaccare la legna.

Timber e io potevamo anche essere leggermente ossessionati da Chase, ma lui sembrava ossessionato dalla legna. Dato che non poteva vederlo, non mi presi la briga di soffocare il sorriso alla stupida battuta che mi attraversò la testa riguardo all'uomo e al suo bastone.

Osservai di nuovo la zona. Il cielo azzurro era vivido, con una singola nube bianca e vaporosa in lontananza vicino alla cima della montagna che si ergeva dietro Eagles Lake. Gli uccelli cinguettavano, chiacchieravano e facevano qualunque cosa facessero gli uccelli durante il giorno, la leggera brezza primaverile era delicata contro la mia pelle e il sole si rifletteva sull'acqua ferma.

Mi accigliai.

Mi sbagliavo. L'acqua non era ferma. C'era una macchia scura che l'attraversava, lasciandosi alle spalle una scia. Una tartaruga? Un castoro? Il buon vecchio Nessie, il mostro di Loch Ness?

"Andiamo," ordinai a Timber, tenendo lo sguardo fisso su qualunque cosa stesse nuotando verso riva. Le mancava ancora parecchio prima di toccare terra.

Sceso dalla veranda, percorsi la distanza di mezzo campo da football fra il lago e la baita con Timber che trotterellava entusiasta al mio fianco.

Fu allora che lo vidi. Un asciugamano buttato sullo schienale di una singola sedia Adirondack di plastica posata sul bordo dell'acqua. Immaginavo benissimo Chase seduto sulla sedia, che la usava per riflettere in tranquillità o anche come posto ispiratore dove scrivere.

Ciò mi fece pensare che anch'io avrei dovuto trovare un posto speciale in mezzo alla natura dove scrivere. L'aria fresca avrebbe potuto aiutarmi, rispetto allo scrivere tutto il giorno nell'angolo sul retro del mio negozio. Un cambio di paesaggio avrebbe potuto farmi venire qualche nuova idea.

L'uggiolare di Timber attirò la mia attenzione. Il mio cane stava guardando l'oggetto in movimento che si avvicinava; poi lanciò un verso acuto e cominciò a saltellare sulla riva fangosa e sassosa.

Strinsi gli occhi e guardai meglio ciò che chiaramente non era una tartaruga.

Quando il soggetto – che consisteva in due occhi, capelli scuri in disordine e una barba – si sollevò dall'acqua, mi si mozzò il fiato.

Ecco la persona che stavo cercando. Non sapeva quanto era pericoloso un lago del genere? Peggio ancora, nuotava tutto da solo.

Ero felice che a Timber non piacesse l'acqua, o il mio cane traditore non avrebbe aspettato e si sarebbe tuffato per andare incontro al suo nuovo migliore amico.

Scossi la testa, per poi limitarmi a respirare quando Chase fu finalmente abbastanza vicino alla riva e in un posto dove si toccava.

Mi soffocai con la saliva quando lui emerse dall'acqua e continuò ad avvicinarci, l'acqua che si faceva sempre più bassa. Mentre deglutivo, il mio pomo d'Adamo si bloccò durante la salita e, dopo un secondo, precipitò sulla terra come un razzo.

L'uomo era completamente nudo.

Nudissimo.

Un orso ignudo.

Il mio cervello cominciò a fare le bizze come un cavo elettrico in cortocircuito.

Chase uscì dall'acqua come uno stramaledetto re, senza il minimo imbarazzo, e lo sguardo che aveva posato su di me non vacillò a ogni passo che faceva.

E non si nascose nemmeno al mio scrutinio vagabondo.

Ma *porca troia...* Il suo corpo... Aveva fatto grandi

progressi nelle tre settimane dall'ultima volta in cui l'avevo visto.

A quanto pareva, nuotare, così come spaccare la legna, faceva molto bene al fisico.

Se solo avesse avuto lo stesso effetto sulla sua salute mentale...

Ma in quel momento, non stavo guardando il suo cervello. Stavo guardando un'altra cosa.

Non avrei dovuto.

Ma non potevo farci nulla. Soprattutto quando quella cosa ballonzolava fra due cosce robuste e leggermente pelose.

"L'acqua è fredda," borbottò Chase.

Mi schiarii la voce e sollevai entrambi gli occhi assieme a un sopracciglio solitario. "Ah sì?" Se era così dopo che l'acqua fredda l'aveva rimpicciolito, allora...

Mi strinsi il labbro inferiore fra i denti. *Geeeeesù.*

Chase fu costretto a smettere di camminare prima di raggiungermi grazie a Timber, che entrato in piena modalità pastore e gli stava girando attorno così da vicino da rischiare di farlo inciampare. Inoltre, il mio pastore tedesco stava abbaiando di gioia con una nota terribilmente acuta mentre cercava di attirare l'attenzione dell'uomo, ma Chase era concentrato su di me.

Si succhiò i denti prima di mormorare: "Sì."

"Allora è meglio che ti scaldiamo." Mi costrinsi a muovermi e afferrai l'asciugamano dalla sedia accanto a me. Lo sollevai tenendolo aperto.

Perché ero un tipo alla mano.

"Cosa ci fai qui? Non ricordo di averti invitato," disse sarcastico Chase, ignorando l'asciugamano alla mia generosa offerta di scaldarlo.

"Ma sì. Devi essertene dimenticato."

"Me lo ricorderei."

"Hai appena detto che non te lo ricordi."

"Ti ho anche chiesto cosa ci fai qui. Non hai risposto."

"Lo farò," gli assicurai. "Prima vuoi l'asciugamano o preferisci asciugarti all'aria?" Io avrei optato per la seconda opzione, ma dubitavo che Chase volesse conoscere il mio parere.

"Non ho nulla da nascondere."

"Si vede," dissi sottovoce.

Speravo che sarebbe entrato nell'asciugamano aperto e mi avrebbe permesso di sfregarlo. Quella speranza venne rapidamente spenta quando lui mi prese l'asciugamano dalle mani e se lo sfregò bruscamente fra i capelli, rimuovendo l'acqua in eccesso.

Avrei pensato che la prima cosa che avrebbe fatto sarebbe stata avvolgerselo attorno alla vita per nascondere il suo bel pacco dai miei occhi vagabondi, ma a quanto pareva quello non era un problema per lui.

Con i capelli umidi e ispidi che andavano da tutte le parti, lui si asciugò poi il viso, le ampie spalle e le braccia gonfie, si sfregò la salvietta sul torace – gli addominali un po' più definiti rispetto all'ultima volta in cui l'avevo visto a torso nudo – poi si prese il tempo di asciugare completamente ciascuna gamba prima di avvolgersi finalmente quel dannato asciugamano attorno alla vita.

Un sospiro di delusione mi sfuggì prima che potessi trattenerlo.

Quando Chase ebbe finito di legarsi l'asciugamano al fianco – mi appuntai mentalmente che anche la sua cintura di Adone, quella V muscolosa all'altezza del bacino, sembrava più definita rispetto a prima – sollevò gli occhi marroni e incrociò il mio sguardo. "Anche quella bella occhiata che mi hai dato era per il mio bene?"

Mi grattai la nuca, poi feci spallucce. "No. Era per me. Grazie."

Chase inclinò la testa di lato. "Non avevi mai visto un uomo nudo?"

"Ne ho visti parecchi, ma nessuno come te di persona." Era molto vero. Nessuno degli uomini con cui ero andato a letto in passato era anche solo lontanamente come Chase.

Non facevo sesso con chissà quali mostri, ma nessuno era mai stato simile all'uomo che avevo di fronte. Sarebbe stato fantastico trovare un uomo che era il pacchetto perfetto. Attraente sia dentro che fuori.

Mi tornò in mente quella volta in cui avevo comprato una nuova macchina del caffè per il negozio. Quando aveva aperto la scatola, entusiasta che fosse finalmente arrivata, ero rimasto deluso nello scoprire che il contenuto era danneggiato.

Con le sopracciglia strettamente aggrottate, Chase passò lentamente lo sguardo lungo il mio viso, fino agli stivali, soffermandosi solo sull'erezione che non mi presi la briga di nascondere. Farlo avrebbe significato renderla ancora più ovvia.

E comunque, non mi vergognavo di essere attratto da lui. Tutti commettevamo degli errori.

E poi, se lui non avesse voluto che io lo guardassi, si sarebbe coperto prima. Non lo aveva fatto e aveva fatto con calma di proposito. Era quella la cosa bizzarra. Soprattutto visto che si comportava come se non gli piacessi.

"Cosa sei?" chiese infine.

Mi ci volle un attimo a capire cosa mi stava chiedendo. "Quello che sei tu."

Avrei potuto giurare che avesse smesso di respirare e si fosse trasformato in una statua di Michelangelo. Per un lunghissimo momento, non sbatté neppure le palpebre.

Poi, come se qualcuno avesse premuto un interruttore, la sua testa si mosse di scatto e il resto di lui riprese vita. "Che significa?"

"Lo sai."

Le sue labbra si abbassarono agli angoli e i suoi occhi si strinsero su di me. "Come fai a saperlo?"

Merda.

Come rispondergli senza fargli pensare che fossi uno stalker? Anche se mi ero comportato come tale quando avevo cercato gli annunci funebri. "Ho tirato a indovinare," improvvisai.

"Allora non hai indovinato."

"Falso. Un uomo etero di solito non si pavoneggia davanti ad altri uomini."

La sua mascella si mosse e lui ringhiò. "Pensi che mi stessi pavoneggiando?"

Era ora di metterlo alle strette, come lui aveva fatto con me. "Non lo stavi facendo?"

"Cosa ci fai qui? Devi rispondere a questa domanda prima che io possa pensare di rispondere alla tua. Sei venuto un'altra volta a vedere come sto?"

"Sono passate tre settimane," risposi, come se quello spiegasse tutto.

"Non me n'ero accorto."

"Non ti annoi a stare qui da solo per settimane?"

"Ti sembro annoiato?"

"No, sembri..."

Chase inarcò un sopracciglio.

"Lo sai come sembri," conclusi tutto d'un fiato.

"Non ci ho pensato molto."

Io sì. Sospirai. "Possiamo ricominciare da capo?"

"Perché?"

"Perché potremmo diventare amici."

"Non ho posizioni vacanti in quel settore," annunciò Chase, per poi fare una carezza sulla testa a Timber, dargli una rapida grattata dietro le orecchie e incamminarsi lungo il breve tragitto verso la baita.

Rimasi immobile per un momento e lo guardai allontanarsi.

Con il mio cane che lo seguiva trottando e scodinzolando. *Traditore!*

Sospirai ancora, poi gridai: "Abbiamo molto in comune."

"No," gridò in risposta a Chase senza fermarsi.

Mi misi in movimento e lo inseguii. Temevo che, se fosse entrato nella baita, mi avrebbe chiuso fuori. E non era solo una preoccupazione: c'erano probabilità concrete che andasse così. "Siamo entrambi scrittori." *Questa era stupida.*

"Allora?"

"Timber vuole bene a entrambi." *Debolissima.*

Il passo di Chase esitò e lui si fermò, abbassando lo sguardo sul mio cane, per poi proseguire verso i gradini della veranda. "Siamo a due."

"Siamo entrambi uomini." *Porca puttana,* quella era anche peggio.

Dandomi le spalle, Chase scosse la testa.

"Uomini *gay.*"

Lui si fermò di nuovo, questa volta con la mano attorno alla maniglia, ma rimase rivolto verso la porta.

"Sono l'unico uomo gay del paese da quando mi sono trasferito qui, più di un decennio fa."

Chase rimase immobile.

Proseguii rapidamente, dato che ora avevo la sua attenzione. "Non l'ho mai detto a nessuno." Era vero. Tutto il paese dava per scontato che fossi etero e quella era la ragione per cui cercavano di affibbiarmi tutte le loro parenti single.

Se qualcuno me l'avesse chiesto, io gli avrei detto la

verità. Ma nessuno mi aveva mai domandato perché fossi ancora single e schivassi tutti i loro tentativi di accoppiarmi.

Chase lasciò andare la maniglia e si voltò verso di me proprio quando arrivai in fondo ai gradini. Il suo volto era privo di espressione. Il suo sguardo era guardingo. Il suo corpo era rigido. "Non ho mai detto di essere gay."

Non salii quei gradini. Rimasi in fondo e mi leccai le labbra, dandomi un secondo per pensare a una scusa per giustificare il fatto che sapevo che Chase era gay.

Lui aggiunse: "E anche se lo fossi, sono affari miei."

"Sono d'accordo. È per questo che non l'ho mai detto a nessuno."

"L'hai detto a me."

"Perché posso capirti."

"Di nuovo–"

"Ora condividiamo un segreto." *Porca miseria, quanti anni avevo? Dieci?*

"Io non ho segreti."

Diceva sul serio? "Nessuno?"

"Un segreto è tale solo se non vuoi che qualcuno lo scopra."

Già, e Chase mentiva riguardi al non avere dei segreti. Ma io non volevo rivelare che sapevo che il suo defunto coniuge era un uomo.

"E i nomi d'arte?" Sarei dovuto tornare in paese, dato che palesemente avevo perso qualunque capacità di comunicare in maniera efficace.

Qualcosa lampeggiò negli occhi di Chase, ma lui lo nascose subito. "Tu non ne hai uno. Usi il tuo nome completo."

Non gliel'avevo detto. Non gli avevo mai detto che il mio cognome era davvero Williams. E di sicuro non gli avevo detto qual era il mio vero secondo nome o la mia iniziale.

"E tu come fai a saperlo?" chiesi, piuttosto sorpreso.

Anche se la sua espressione era ora vuota, il leggero fremito delle sue narici lo tradì. Aveva indagato su di me, proprio come io avevo fatto con lui.

Interessante, ma perché?

"È ovvio," rispose Chase. "È scritto sul tuo biglietto da visita."

Merda. "Non lo hai buttato?"

"Perché avrei dovuto buttarlo?"

Perché a volte non riesci proprio a non essere una grandissima testa di cazzo, ecco perché. "Puoi usare il numero sul retro quando vuoi."

"Non sarà necessario. Ora devo entrare a cambiarmi."

Mi stava congedando, ma io non avevo ancora finito con lui. "Aspetterò. Ho una cosa da darti sul furgone."

"Di qualunque cosa si tratti, non mi serve."

"Ho anche un favore da chiederti."

"Devo ricordarti che non siamo amici?"

"Non ancora." D'accordo, ero colpevolmente testardo. Lo sapevo già e ora anche Chase lo stava imparando.

Abbassò la testa e si fissò i piedi nudi. Non riuscii a resistere alla tentazione di fare lo stesso. Aveva dei piedi molto carini e io presi nota del pelo scuro che decorava le dita. Ne aveva la quantità perfetta. Virile, ma non un cavernicolo.

Non sapevo perché diavolo li trovassi sexy – non avevo mai prestato attenzione ai piedi, a meno che non sembrassero zoccoli fessi – ma con Chase, lo facevo.

Lui scosse la testa, sospirò e la sollevò di nuovo. Quando lo fece, io mi assicurai di tenere lo sguardo sopra la sua cintola. Anzi, sopra il collo.

Attribuii la responsabilità della mia voracità al fatto che non andavo con un uomo da molto tempo.

Era passato almeno un anno dall'ultima volta in cui ero

uscito con qualcuno. Da quando mi ero trasferito a Eagle's Landing, ero stato costretto a cercare gente in zone più popolose, come Williamsport, Scranton o Wilkes-Barre.

Ma erano state tutte storie molto brevi. Più avventure che relazioni. Semplici modi per alleviare la mancanza di intimità del tocco di un altro uomo fino a quando non avrei trovato il successivo. Per un motivo o per l'altro, nessuno degli uomini con cui ero uscito o semplicemente andato a letto era sopravvissuto alla prova del tempo.

Il quale tempo non era durato più di qualche settimana al massimo.

Era un tipo a cui piaceva la sfida di inventare storie originali per i suoi libri. Applicavo lo stesso principio agli uomini. Chase era sicuramente una sfida per me irrinunciabile. Probabilmente, avrei dovuto rinunciare eccome, ma ora mi ero impegnato a fare di lui almeno un amico, se non altro.

Sarebbe diventato mio amico, *porca miseria*, che lo volesse o meno.

Sarei stato il suo Huckleberry.

Mi morsi le labbra. Forse stavo perdendo la testa.

Salii velocemente i gradini dopo che lui ebbe ignorato le mie parole, si fu voltato ed ebbe aperto la porta. "Mi piacerebbe vedere cosa hai fatto con la baita."

"Ne sono sicuro," brontolò lui, entrando.

Non appena lo seguii oltre la soglia, lui si fermò e si voltò, bloccandomi la strada e facendomi arrestare di colpo. "Non ti ho invitato."

Il mio sguardo seguì Timber mentre questi trotterellava nella piccola baita, annusando tutto. "Allora prendo il cane..."

Chase scosse la testa, più per frustrazione nei confronti della mia insistenza che per dire di no.

"E devo ancora darti quello che ti ho portato," insistetti.

"Non mi serve nulla."

Immaginavo che avrebbe detto così. Qualunque cosa pur di brontolare. "Sono i due volumi successivi della mia serie. Non so fino a dove tu sia arrivato."

"Non dovevi farlo."

"Certo che no, ma volevo. Ti rispetto come autore e sono felicissimo che i miei libri ti piacciano. A parte la gente del posto, mi capita di rado di avere dei riscontri sul mio lavoro. Certo, ci sono le recensioni, ma io le leggo poco, dato che sono più per gli altri lettori che per l'autore. E mentre alcune possono essere edificanti e incoraggiarmi a continuare a scrivere, altre possono essere davvero crudeli e mi fanno mettere in discussione quello che scrivo."

Ogni autore aveva doveva affrontare lo stesso problema, ma ciò non rendeva le cose più facili. Tutti i libri che scrivevo erano come dei figli per me e sentirmi dire che il mio bambino era brutto...

"Tu leggi le recensioni che ricevi?" gli chiesi, chiedendomi se si torturasse in quel modo. Avevo letto alcune di quelle recensioni. Per quanto io considerassi geniale la sua serie, non tutti erano d'accordo. E certi commenti erano non solo non richiesti, ma addirittura violenti.

"No," rispose lui. "Il mio editore mi lascerebbe se i miei libri facessero schifo. Dato che vuole che io continui a scrivere, ne deduco che siano belli."

Che umiltà. A differenza di quando era uscito nudo dal lago. "Lo sai che sono belli."

"Non è la mia opinione quella che importa."

Parole più vere non erano mai state pronunciate.

Senza lettori non eravamo autori, solo gente che scriveva. Avere il coraggio di pubblicare le nostre opere e poi vendere quei libri era ciò che faceva di noi degli autori.

Chiunque poteva scrivere, ma non tutti avevano la pelle

abbastanza spessa da pubblicare e subire dure critiche per il loro lavoro, che fossero valide o meno.

La vita nel mondo dei libri non era diversa dal mondo reale. Poteva essere crudele.

"Beh…" Chase inalò profondamente e lanciò un'occhiata alla camera da letto. "Devo cambiarmi. Grazie per essere passato."

"Pronunciare l'ultima frase ti è costato, vero?" chiesi. "Facciamo così: mentre tu ti cambi, io faccio un salto al furgone e prendo i due libri che ti ho portato."

"Se proprio devi."

"Devo," insistetti.

Lui mi fissò per qualche istante e sebbene la sua espressione fosse attentamente vuota, ero sicuro che mi considerasse un pazzoide. Di solito, non mi insinuavo in quel modo nella vita di un'altra persona, ma… Era chiaro che Chase aveva bisogno di un amico.

Semplicemente, non se ne era ancora reso conto.

Prima o poi, l'avrebbe fatto. Ne ero sicuro. E sapevo di essere la persona più adatta.

Lui non si era reso conto nemmeno di quello.

Non appena lui andò in camera da letto e chiuse la porta, io mi chinai su Timber, seduto al mio fianco, ma intento a fissare nella direzione in cui era sparito Chase.

"Resta qui," sussurrai al mio compagno a quattro zampe. "Così lui non mi chiuderà fuori. Dubito che voglia che io ti lasci qui."

Almeno, speravo che Chase non avrebbe rapito Timber. Anche se probabilmente al mio cane non sarebbe dispiaciuto. Era probabile che si sarebbe raggomitolato sul letto di Chase di notte e avrebbe dormito come se quell'uomo fosse il suo papà da quando lui era cucciolo.

"Traditore," mormorai, guardandolo con gli occhi sbarrati.

Il mio cane avrebbe dovuto vergognarsi, ma si limitò a sorridermi e a bofonchiare, facendomi levare gli occhi al cielo.

Peggio ancora, quando io andai al furgone, lui non si preoccupò nemmeno perché me ne stavo andando.

Avrei dovuto davvero lasciarlo lì.

Capitolo otto

NON CAPIVO QUELL'UOMO. Non voleva saperne di rinunciare. Non importava quante volte mettessi in chiaro che la sua amicizia non mi interessava.

Non avevo bisogno di un "socio" e lui stava cercando di insinuarsi in quella posizione.

Tuttavia, ora che sapevo che era anche gay...

La cosa si era fatta pericolosa.

Ammettevo di essere attratto da lui e che normalmente lui sarebbe stato il mio tipo, ma non avevo intenzione di rendermi disponibile. Platonicamente o meno.

Avrei dovuto fare la doccia per sciacquarmi di dosso l'acqua di lago, ma lo avrei fatto una volta avuta la certezza che Rett se n'era andato. Altrimenti, era probabile che lui facesse irruzione nel bagno, controllasse la temperatura dell'acqua e si offrisse di lavarmi la schiena.

Chiusi gli occhi, scossi la testa e, dopo aver inalato profondamente nel tentativo di placare il fastidio crescente, aprii la porta della camera da letto, sperando che avesse capito l'antifona e se ne fosse andato.

La prima cosa viva che vidi fu Timber, seduto fuori dalla porta. Non appena il cane di Rett mi vide, la sua coda cespugliosa cominciò ad agitarsi sul pavimento di legno e lui mi sorrise con quella lunga lingua che penzolava da un lato della bocca.

Era sgraziato quanto il suo dannato proprietario.

Il pastore tedesco si alzò in piedi e mi diede un colpetto alla mano quando gli girai attorno.

Non ero mai stato amante dei cani – o degli animali in generale – ma Thomas e io avevamo una gatta. Perché lui aveva insistito e contro la mia volontà. Io non lo volevo, ma quel felino schizzinoso sembrava aiutarlo con la depressione.

La gatta lo adorava, ma odiava me. Tutte le volte che cercavo di accarezzarla nel tentativo di convivere armoniosamente, lei mi soffiava contro il suo disprezzo, per cui la lasciavo in pace. Poi Thomas era morto e io ero rimasto solo con una gatta che mi odiava. Si scostava persino quando cercavo di darle da mangiare. Avevo cominciato a temere che mi avrebbe ucciso nel sonno.

I gatti sapevano essere creature perfide. Probabilmente, la gatta incolpava me della morte di Thomas.

Eravamo arrivati al punto che Sammie la Siamese se ne stava seduta vicino alla porta d'ingresso, piangendo a tutte le ore del giorno e aspettando che Thomas tornasse a casa.

Non era l'unica ad avere il cuore spezzato. O a sentirsi sola. Io sentivo quanto lei la mancanza di Thomas, se non di più.

Guardare la povera gatta soffrire non faceva che peggiorare le cose per me. Sebbene i miei genitori andassero entrambi per i settanta, avevano accettato di prendere con loro Sammie e lei viveva ora felice.

Io, non tanto.

Ero sicuro che i miei genitori sarebbero stati contentissimi se, assieme alla gatta, anch'io mi fossi trasferito nella loro casa di Panama. Ma no...

Avevo quarantacinque anni e non avevo la minima intenzione di vivere con i miei genitori o anche solo vicino a loro. Non che non volessi loro bene. Gliene volevo ed ero contentissimo che fossero i miei genitori, ma non avevo bisogno che mi dicessero costantemente che dovevo "voltare pagina" e che cercassero di combinarmi appuntamenti con i figli o i nipoti gay dei loro amici. O, peggio ancora, direttamente con i loro amici gay.

No.

All'inizio mi avevano permesso di soffrire a modo mio, ma dopo un po' si erano preoccupati e avevano cominciato a dirmi di cercare aiuto. Continuavano a venire a Long Island per provare a convincermi di persona che non era sano, da parte mia, non proseguire con la mia vita. Mi avevano consigliato che sarebbe stato meglio lasciare quella casa che conteneva troppi ricordi.

E io lo avevo fatto. Mi ero trasferito.

A Eagle's Landing.

In quella baita su una montagna nel bel mezzo di duecento acri di terra.

Per stare *da solo*.

Sfortunatamente, in quel momento non ero da solo. Avevo tanto un visitatore a quattro zampe quanto un individuo molesto a due nella mia baita. Dovevo sbarazzarmi di entrambi e tornare a scrivere. Non avevo ancora raggiunto la mia quota di parole quotidiana e dovevo farlo.

Se non mi fossi attenuto al piano strutturato che avevo steso, sarei rimasto ancora più indietro.

Il problema era che, anche se avevo stabilito una quota di

parole giornaliera molto bassa, non riuscivo nemmeno a raggiungerla. Mi ritrovavo seduto davanti al mio portatile, a perdere il senso del tempo e persino a fissare ciecamente il lago, alle volte; alla fine, in preda alla frustrazione, mi alzavo per andare a fare una passeggiata, spaccare la legna o nuotare.

Oppure... a riprendere la lettura del romanzo di Everett J. Williams che stavo divorando.

Non avrei dovuto essere così duro con lui, ma temevo che, se gli avessi dato un centimetro, lui si sarebbe preso un chilometro intero. E per me, quel chilometro sarebbe stato come camminare a piedi nudi sui Lego di mio nipote, al buio. Ogni passo tormentato nonostante la mia insensibilità.

Il mio sguardo si spostò da Timber ai miei piedi poi ai due libri di Dexter Peabody – le cose che Rett doveva essere andato a prendere dal furgone – sul tavolo di legno riciclato per finire sull'uomo in sé mentre osservava tutto più attentamente di quanto avrebbe dovuto fare.

Quando nuotavo nel lago, di solito lo facevo nudo, per non dover lavare il costume. Dato che non avevo una lavatrice o un'asciugatrice nella baita – e probabilmente, per motivi di spazio, non le avrei mai avute – per ridurre il numero di viaggi in paese per usare la piccola lavanderia a gettoni accanto alla tavola calda, cercavo di non sporcare troppi vestiti.

Avevo un paio di jeans che indossavo esclusivamente per trascinare alberi morti abbattuti fuori dai boschi, oltre che per spaccare e ammucchiare la legna. Quei jeans, ormai, stavano in piedi da soli.

A volte, sciacquavo la roba nel vecchio lavandino e appendevo i vestiti ad asciugare in veranda, ma non era come usare una vera lavatrice con detersivo di qualità.

Avevo fatto di proposito con calma nell'uscire dal lago,

sperando che la mia nudità mettesse a disagio Rett e lo allontanasse.

Ovviamente, non era andata così.

Invece, lui mi aveva guardato come se fossi il buffet del brunch della domenica che servivano all'Eagle's Nest. Tuttavia, l'ispezione visiva di Rett gli aveva dato un aspetto molto più affamato della folla di gente che usciva dalla chiesa e litigava per un piatto di salsicce calde.

"Sei ancora qui," brontolai, anche se non avrei dovuto stupirmi che quell'uomo non sapesse cogliere l'antifona.

Lui si affrettò a chiudere lo sportello dell'armadietto in cui stava sbirciando e si voltò con un sorriso. Non era minimamente in imbarazzo per essere stato colto sul fatto. "Ti avevo detto che avevo qualcosa da portarti." Accennò con il mento ai libri sul tavolo.

Il mio sguardo si posò ancora una volta sui volumi. Mi avvicinai al tavolo e sollevai la copertina del primo con un singolo dito.

Naturalmente.

Li aveva firmati. Feci tutto quello che era in mio potere per congelare la mia espressione mentre leggevo la scritta nella grafia fastidiosamente elegante di Rett.

Al mio ex-autore preferito.
Forse, un giorno, lo sarai di nuovo.
Buona fortuna.

Scossi la testa e trattenni un sorriso. "Grazie."

"Figurati. Cooomunque..." Rett si schiarì la voce, si avvicinò a me e gesticolò a indicare l'interno della baita. "Questo posto ha un aspetto fantastico. Non l'avevo mai visto così pulito."

Perché prima di cominciare a spaccare ossessivamente la

legna mi ero stancato pulendo ogni centimetro della baita dal pavimento al soffitto. Se non ero esausto al calare del sole, non riuscivo a dormire. E se riuscivo ad addormentarmi senza essere esausto, sognavo.

Facevo tutto il possibile per dormire senza sognare.

Gesù, Giuseppe e Maria, Rett stava ancora blaterando...

"E tutti i miglioramenti che hai apportato ti aiuteranno quest'inverno. Il vento può essere crudele e la neve profonda. Hai pensato di ingaggiare qualcuno che passi con lo spazzaneve quando nevica?"

"No."

"Dovresti. È meglio non rischiare di rimanere bloccato qui per giorni."

Restare chiuso da solo nel capanno non mi sembrava una cattiva idea.

"Soprattutto in caso di emergenza," aggiunse Rett.

Avrei potuto giurare che a quell'uomo piacesse sentirsi parlare. "Grazie per la preoccupazione, ma me la caverò benissimo."

"Probabilmente sarai abituato agli inverni rigidi di Jericho."

La mia testa si voltò di scatto nella sua direzione e io strinsi gli occhi. Per sapere quella cosa, avrebbe dovuto indagare oltre la biografia ristretta che avevo in quarta di copertina dei miei libri e sul mio sito personale. Mi ero limitato di proposito a un generico "New York" invece di specificare la zona di Long Island in cui vivevo. Ma nella mia biografia non c'era scritto da nessuna parte che ero gay. Non c'era scritto da nessuna parte che ero stato sposato e che ero vedovo. E non c'era *assolutamente* scritto che avevo vissuto a Jericho.

Era un'informazione che i miei lettori non avevano bisogno di conoscere. La mia vita privata e le mie relazioni non erano affari di nessuno, per cui dove...

Cazzo!

L'annuncio funebre. Doveva essere quello. Rett aveva trovato l'annuncio funebre di Thomas cercando il mio vero nome.

Cazzo, cazzo, cazzo. Avrei dovuto presentarmi con un nome falso a Eagle's Landing, ma non avrei immaginato che qualcuno, in quel paese, mi avrebbe cercato su Google.

Fissai l'uomo che lo avrebbe fatto.

Che lo aveva fatto. "Perché?"

Le sue sopracciglia si sollevarono. "Perché cosa?"

Strinsi le labbra, mi afferrai la nuca con una mano e la massaggiai. Chiusi la distanza fra di noi, tenendo lo sguardo fisso in quello di Rett perché sapesse che l'avvertimento che stavo per fargli era sincero. "Tieni per te qualunque informazione tu abbia riesumato."

"Ecco—"

Sollevai una mano per arrestare qualunque scusa stesse per darmi. "Non provarci. A essere onesti, è un po' inquietante."

Rett sbuffò. "Come se tu non avessi mai googlato nessuno."

Certo che lo avevo fatto, ma non c'era bisogno che lui lo sapesse. "Sono venuto qui per restare anonimo. Mi sono trasferito qui," specificai indicando il pavimento, "per essere lasciato in pace."

"Ho capito. Il tuo segreto è al sicuro con me."

Sperai che fosse vero. "Assicurati che sia così. Ora... Devo—"

"Ti dispiace se do un'occhiata al resto delle modifiche che hai fatto?"

Mi accigliai.

Lui si affrettò a spiegare: "L'unica stanza che non ho

ancora visto è la camera da letto. Prometto di non infilarmi nel tuo letto." Seguì una breve risata.

Chi diceva stronzate del genere?

Quell'uomo era pazzo. Matto da legare. E decisamente inappropriato.

Inalai profondamente nel tentativo di raffreddare la mia irritazione per quell'individuo insistente. Continuai a ripetermi che stava solo cercando di essere amichevole. Ma ciò non significava che la cosa dovesse piacermi e faticavo profondamente a credere che lui non volesse altro. E se lo voleva, io non ero disposto a darglielo.

Non volevo nemmeno essere suo amico, dato che lui sarebbe stato uno di quegli amici fastidiosi che si tolleravano a stento. Quelli che sopportavi solo perché il tuo compagno, la tua famiglia o i tuoi cari amici erano loro amici, per cui non avevi una vera scelta. Amici per associazione.

Ma io la scelta l'avevo.

Sospirai. Se avessi detto di no, avrei fatto la figura del bastardo?

Mi importava di non farla?

A conti fatti, che male ci sarebbe stato se Rett fosse entrato nella mia camera da letto? Magari, una volta visto quello che voleva vedere, se ne sarebbe andato. "D'accordo. Ma sbrigati."

Mi rivolse un sorriso sghembo che era più sexy di quanto avrebbe dovuto essere e si diresse subito verso la mia camera da letto, molto probabilmente temendo che io avrei potuto cambiare idea.

Ci pensai su, dato che guardarlo entrare nello spazio più intimo della baita mi faceva salire le formiche lungo la schiena.

Lo seguii subito, perché non avevo la certezza che non si sarebbe messo a frugare nel cassetto delle mutande. Appoggiato allo stipite con le braccia incrociate, lo guardai girare rapidamente su se stesso all'interno della piccola camera da letto. Non c'era molto da vedere, a parte il nuovo ventilatore da soffitto che avevo fatto installare, assieme alle nuove finestre, più grandi e senza spifferi, da cui si poteva vedere meglio il lago.

A parte quello, la camera era semplicemente pulita e piena di mobili.

"Sembra molto più vivibile rispetto a una volta. Ha più l'aria di una casa."

Una casa che tu stai invadendo.

Ma ero d'accordo con la sua valutazione. Ora mi sembrava una casa.

Avevo un letto matrimoniale in ottone con le lenzuola nuove. Avevo portato con me solo la struttura, il materasso e la rete dalla casa di Jericho. Avevo donato tutte le lenzuola: era stato perlopiù Thomas a decorare la casa e le lenzuola vecchie mi ricordavano troppo lui.

Non volevo dimenticarlo e non lo avrei mai fatto. Ma dormire sotto le stesse lenzuola di quando eravamo una coppia sposata...

Non potevo.

Soprattutto visto che quelle lenzuola avevano il suo odore.

Porca miseria.

Inaspettatamente, mi vennero le lacrime agli occhi. Erano passati circa due anni, ma era come se fosse passato un giorno. Perché averlo perso mi affliggeva ancora così tanto? Perché non riuscivo a "voltare pagina" come tante persone mi incoraggiavano a fare?

Di nuovo: non volevo dimenticarlo, solo alleggerire il dolore del lutto.

Pensavo che trasferirmi lì mi avrebbe messo su quella

strada. Invece, mi aveva fatto cadere nel bel mezzo della strada di Rett Williams. E lui continuava a cercare di investirmi.

In quanto autori, probabilmente dovevamo essere un po' tocchi per scrivere le storie che scrivevamo, perché fu l'autore di polizieschi dentro di me a chiedere: "È qui che l'hanno trovato?"

Chi era quello inquietante, ora? Ma cambiare argomento era un buon modo per uscire dalla mia testa ed evitare di annegare nei miei dispiaceri.

Nessuno di noi scriveva mielosi romanzi rosa. Scrivevamo storie crude di assassini e persone cattive che facevano cose orribili, e il nostro obiettivo era consegnare quelle persone alla giustizia in maniera emozionante e ricca di suspense.

Solo che l'investigatore privato Dexter Peabody era un imbranato, a differenza del mio serio cacciatore di serial killer, il detective Nick Foster.

Non c'era da sorprendersi che Peabody fosse fatto in quel modo, ora che avevo conosciuto l'autore dietro al personaggio.

L'autore in questione si voltò verso di me.

"Coleman," precisai quando la sua bocca si aprì e nulla ne uscì. Dovevo finalmente aver trovato qualcosa in grado di sbilanciarlo.

La sua espressione si fece cupa. "Credo di sì, ma io non sono entrato. Ho lasciato che ci pensasse la polizia."

Anche io avrei voluto non essere entrato, quel giorno. Avrei voluto non avere quel ricordo impresso a fuoco nella memoria per il resto dei miei giorni.

Rimpiangevo di essere stato io a trovare Thomas, ma d'altro canto, avrei provato rimpianto anche se non fossi stato io e fosse stato invece qualcun altro a incappare in lui. O se non l'avessi visto per l'ultima volta.

Solo che... Era sollevato che nessun altro lo avesse visto in quelle condizioni. Lui meritava molto di più.

Mio marito non meritava la mano schifosa che gli aveva servito la vita. Non meritava gli abusi che lo avevano gettato in un abisso così profondo e buio che non era riuscito a uscirne.

Avevo fatto del mio meglio per aiutarlo. Per tendergli la mano e tirarlo fuori da quella fossa. Ma il mio aiuto non era bastato.

Gesù, cazzo, quanto amavo Thomas.

Perché la vita doveva essere così dannatamente crudele?

Perché alcune persone se la cavano alla grande mentre altri pagavano un caro prezzo?

Deglutii, cercando di allentare la stretta alla gola, e scacciare le lacrime sbattendo le palpebre.

Non avrei permesso a Rett di vedermi vulnerabile. *Non* gli avrei dato motivo di "preoccuparsi" ancora di più per me. Avrei potuto incoraggiarlo a ficcare il naso ancora più a fondo nei miei affari. Lui avrebbe usato la sua "preoccupazione" come scusa per continuare a venire da me.

Mi scossi mentalmente e riparai in fretta la crepa nella mia determinazione.

Non farti vedere crollare.

A volte, il lutto mi paralizzava completamente. Fino al punto che avrei voluto scavare una buca e seppellirmici dentro. Erano quei giorni in cui non credevo di essere capace di continuare a vivere senza Thomas.

Sì, avrei dovuto voltare pagina, o almeno accettare il fatto che qualunque cosa facessi non avrebbe cambiato quello che era successo. La perdita dell'unico uomo che avessi mai amato. Quello che si era portato via il mio cuore, lasciandomi un vuoto.

Accigliandosi, Rett si fermò di fronte all'armadio incassato nella mia stanza e lo indicò con il pollice. "Perché mancano le ante? Le stai facendo restaurare? Ho notato che mancano anche in bagno."

Non c'era da stupirsi che, mentre mi cambiavo, lui avesse frugato nel mio bagno. Aveva guardato anche nell'armadietto dei medicinali?

Ma, *accidenti*, non avrei mai pensato di dover rispondere a quella domanda, perché non mi sarei mai aspettato che qualcuno entrasse nella mia camera da letto, o addirittura nella mia baita. E in ogni caso, non mi sarei mai aspettato una persona così intrusiva.

Nemmeno gli operai che avevo assunto per svolgere alcuni dei restauri erano così ficcanaso.

"Hai bisogno di una mano a rimetterle a posto?"

Non riuscii a trattenere lo scossone che mi travolse a quella domanda. Per chiunque altro, sarebbe stata una domanda qualsiasi. Per me, era molto di più.

Dovevo trattenere qualunque emozione lui stesse risvegliando, che se ne rendesse conto o meno.

Rett doveva andarsene. Subito.

Mi stava osservando attentamente quando concluse con "Sarà più facile con un paio di mani in più."

Non avevo bisogno del suo aiuto. Non avevo bisogno di niente da lui, se non che mi lasciasse solo. "Non servono le ante."

"Certo che servono. Gli armadi sono il luogo perfetto per nascondere il casino..."

Gli armadi sono perfetti per nascondere...

"Puoi buttare tutto dentro e chiudere le ante." Rett mimò il gesto di chiudere un armadio, poi si voltò verso di me, non più accigliato. "Devi farne fare di nuove? Conosco una persona che–"

"No."

"Ma–"

Lo interruppi con fermezza. "Il mio armadio non ha bisogno di ante."

Rett era di nuovo accigliato. "Perché non vuoi le ante?"

Porca miseria! Perché ho paura di quello che troverò quando le aprirò.

Succhiai aria fino ad avere i polmoni completamente pieni e poi la esalai dalle narici. "Devo tornare a scrivere."

"Oh? Come procede il prossimo libro?"

Almeno, Rett aveva lasciato cadere l'argomento delle ante. Per fortuna. "Procede... bene," mentii.

"Non sei molto convincente."

Quando lui si avvicinò al punto in cui io me ne stavo appoggiato allo stipite della porta, io mi raddrizzai e lasciai ricadere le braccia lungo il fianco. "Per fortuna che non ho bisogno di convincerti."

"Se hai bisogno di un confronto, io ci sono."

"Buono a sapersi." Mossi una mano alle mie spalle, verso la zona principale della baita, sperando che Rett capisse che era il caso di uscire dalla mia camera e tornare in paese.

O andare ovunque tranne che lì.

Il suo sguardo passò da me alla porta al resto della baita e tornò da me. Annuì.

Finalmente aveva capito?

"Andiamo, Timber," disse rivolto al cane che ancora annusava in giro per la mia stanza e ficcava il muso in mezzo alla roba in fondo al mio armadio senza ante.

Timber sollevò di scatto la testa e tornò da noi scodinzolando lentamente.

Esitai sulla soglia, perché volevo assicurarmi che Rett uscisse effettivamente dalla mia camera. E se non lo avesse fatto, lo avrei guidato come avrebbe fatto un pastore tedesco. Tuttavia, io avrei morso sul serio.

Quando Rett mi oltrepassò, le nostre braccia si sfiorarono ancora una volta accidentalmente, proprio come in libreria.

La mia reazione, questa volta, fu ancora peggiore.

Un fuoco mi attraversò, cogliendomi di nuovo di sorpresa. No, non era semplicemente un fuoco, era un incendio che ardeva rapido, alimentato da venti a gran velocità che bruciavano ogni centimetro di me.

Ogni cellula del mio corpo era bloccata.

Non riuscivo a muovermi. Non riuscivo a battere ciglio.

Non riuscivo nemmeno a respirare.

Non riuscivo a fare altro che guardare il pomo d'Adamo di Rett risalirgli lentamente la gola, stare lì per un secondo e poi tornare al proprio posto.

Il suono di lui che inalava bruscamente attizzò il fuoco dentro di me.

Doveva aver fatto la stessa cosa per lui, dato che i peli sulle sue braccia si sollevarono assieme alla pelle d'oca. I suoi occhi spalancati, lo sguardo ora fisso nei miei, erano più scuri del normale, dato che le pupille si erano dilatate.

Rimanemmo immobili. Entrambi sulla soglia. A pochi centimetri l'uno dall'altro. Con una distanza minima a separarci. Un movimento in qualunque direzione e ci saremmo toccati di nuovo. Se uno di noi si fosse sporto, i nostri corpi si sarebbero congiunti.

Rett era vicino.

Troppo vicino. Abbastanza vicino da far sì che io potessi vedere la giugulare che gli pulsava e le narici che si allargavano leggermente.

Abbastanza vicino da farmi sentire il suo odore.

Il suo calore.

Da farmi intravedere i suoi capezzoli attraverso la morbida maglietta di cotone, duri abbastanza da tagliare il vetro.

L'aria che avevo trattenuto nei polmoni uscì bruscamente da me, le mie tempie cominciarono a pulsare. Il mio sangue cominciò a correre forte.

Non appena il cuore riprese a battermi molto più velocemente del normale, io dissi "Devi andartene," più forte di quanto avrei voluto.

Rett si leccò le labbra e io seguii il movimento, scoprendo che avrei voluto farlo al suo posto.

Che volevo sentire le sue labbra.

Toccare i corti e ispidi peli lungo la sua mascella e attorno alla bocca.

Provare la ruvidezza dei suoi capelli scuri fra le dita.

Affondare i denti nelle sue ampie spalle, nel suo collo, nel...

Ma. Che. Diavolo.

No.

No.

Assolutamente no.

Cazzo.

Non avrei dovuto avere nessun tipo di reazione a quell'uomo.

Era solo un grandissimo rompicoglioni.

Stava già cercando di incunearsi nella mia vita. Dovevo respingerlo.

Non avevo spazio per lui.

Non come amico. Non come... qualunque cosa.

"Qualcosa non va?"

Ora stava facendo lo gnorri.

"Solo che sei ancora qui," mi sforzai di dire. Il mio cuore stava battendo fuori controllo e pompava sangue dove non avrebbe dovuto.

Non volevo quell'uomo.

Non avevo bisogno di quell'uomo.

Dovevo solo convincere il mio uccello, che in quel momento non era d'accordo con me.

Problema suo.

Aspettai che Rett si spostasse dalla soglia per darci quello spazio di cui avevamo tanto bisogno. Quando non lo fece, quando rimase lì con le labbra leggermente schiuse e lo sguardo fisso nel mio, io ruppi il contatto di sguardi e lo oltrepassai, assicurandomi che non ci toccassimo di nuovo, nemmeno per caso.

Finalmente, riuscii a respirare quando lui raggiunse il centro della mia baita e fra di noi ci fu un po' di spazio.

Dandogli le spalle, evitai di vedere l'interesse nei suoi occhi marrone scuro, ma lo ascoltai mentre mi oltrepassava, standomi piuttosto lontano. Quando finalmente ricomparve nel mio campo visivo, lui e Timber erano vicini alla porta.

Dandomi le spalle, Rett esitò con la mano sulla maniglia. Rimase lì fin troppo a lungo. Come se stesse aspettando qualcosa. Cercando di ricordare qualcosa. O persino cercando di capire cosa dire.

Finalmente, con una piccola scrollata di capo, Rett aprì la porta sul retro e uscì sulla piccola veranda.

Prima che avesse la possibilità di chiudersi la porta alle spalle, io seguii lui e Timber per assicurarmi che se ne andasse davvero e che non si nascondesse da qualche parte.

Poi mi tornò in mente una cosa che aveva detto prima.

Prima che andassi a vestirmi.

Prima di quel tocco...

Sapevo che me ne sarei pentito, ma lo chiesi comunque, perché ora ero più che curioso. Soprattutto dato che Rett non aveva più parlato e che non sembrava il tipo che si vergognava a dire quello che pensava.

Mentre Rett scendeva i gradini e si incamminava verso il

suo furgone, io chiamai: "Avevi parlato di un favore. Di che si tratta?"

Lui si fermò a metà strada per il suo furgone e si voltò verso di me. C'era un certo colorito sulle sue guance, non solo per via del nostro contatto, ma anche per quello che era probabilmente fastidio.

Forse dovuto a me.

Non mi importava. Sarebbe stato meglio se lui si fosse stufato di provare a conquistarmi e mi avesse lasciato in pace. Se non era già giunto a quella conclusione, l'avrebbe fatto presto. Ci avrei pensato io. Non potevo permettere che quello che era successo fra di noi alla libreria e ora in camera mia si verificasse di nuovo.

"Non importa."

Oh, sì. Quell'uomo ce l'aveva decisamente con me. O con la sua reazione a me. Proprio come io ero contrariato dalla mia reazione nei suoi confronti.

"D'accordo." Feci spallucce, fingendo che non me ne fregasse un cazzo del favore. "Grazie per i libri firmati."

Mi voltai per rientrare, ma uno strano verso proveniente da Rett mi spinse a fermarmi e a guardarmi alle spalle. Quando lui non disse nulla, io continuai per la mia strada, ma ancora una volta lui mi fermò.

"Ecco..."

Questa volta mi voltai completamente, con un sopracciglio inarcato e la testa inclinata, aspettando che lui tirasse fuori la natura di quel favore. Sebbene fossi curioso, non l'avrei certo implorato di raccontarmelo.

"Ho finito di scrivere il mio ultimo libro."

E cosa voleva, una medaglia? O vantarsi, dato che io ero così indietro con il mio? "E?"

"Speravo..."

Cazzo. "Che io lo leggessi," conclusi al suo posto mentre la tensione nel mio petto cresceva. Avrei dovuto capirlo.

No, non avresti dovuto chiederglielo. Avresti dovuto lasciare che lui se ne andasse invece di invitarlo di nuovo nella tua vita aprendo quella maledetta porta.

Rett annuì, asciugandosi le mani nei pantaloni.

Guarda un po'. Era nervoso. Quell'uomo che non sembrava avere filtri.

"Sì. So che sei impegnato con la tua scrittura. E non hai–"

Lo interruppi bruscamente. "Hai una copia con te?"

La sua bocca si aprì per lo stupore, poi si chiuse di scatto e lui scosse la testa. "Te la posso spedire via e-mail. Mi serve solo il tuo indirizzo."

"Se te lo do, tu mi lascerai in pace?"

La sua bocca si assottigliò a fessura per una frazione di secondo prima di dire, "Non è molto carino."

"Quando e dove ti ho dato l'impressione di essere un tipo carino?"

"Mai. Anzi, tutt'altro."

Porca miseria. Quella risposta mi fece quasi sorridere.

"Non ho ancora letto il resto della serie. È importante?"

Rett aggrottò la fronte. "Aspetta... Vuoi leggerlo?"

Sospirai. "Purché non ci siano spoiler per i libri che non ho ancora letto."

"Non ci sono. Come nel resto della serie, Peabody lavora su un caso completamente nuovo in ciascun libro."

Annuii. Anche io avevo fatto lo stesso con i miei libri. Ciascun volume era indipendente dagli altri. I lettori potevano cominciare in qualunque punto e procedere avanti o indietro.

"D'accordo. Leggerò quando ne avrò la possibilità. Hai fretta?"

"C'è tempo, dato che non ho ancora aperto i pre-ordini.

Ma lo farò non appena avrai finito di leggerlo."

Ma aveva bisogno della mia e-mail.

Se gliel'avessi data, sarebbe stato un altro modo per lui di infilare il piede nella porta.

Nel peggiore dei casi, avrei potuto aprire un account gratuito e usare quello. In quel modo, se Rett fosse diventato troppo fastidioso, avrei potuto cancellare l'account. "La tua e-mail è sul biglietto da visita?"

"Quella del negozio sì."

"Ti manderò un'e-mail cosicché tu abbia la mia."

Rett sorrise. Sorrise davvero, cavolo, un sorriso molto grande e genuinamente felice.

Ancora una volta, io smisi di respirare.

Nel punto in cui si trovava Rett, il sole brillava già, ma quando aveva aggiunto quel sorriso? Era diventato accecante.

Ma la mia attrazione e reazione a lui erano inquietanti.

Mi costrinsi a voltarmi e a rientrare.

"Ehi!"

Cristo in croce, cos'altro poteva volere da me? Avevo già accettato di fare qualcosa per lui. Qualcosa che avrebbe richiesto tempo e avrebbe rallentato ulteriormente la mia scrittura. Inoltre, avrebbe trasformato il mio amore per i suoi libri in lavoro, portandosi via una parte del piacere.

Trattenendo un sospiro, mi voltai un'altra volta.

"Posso chiederti un'altra cosa?"

No. Gemetti sottovoce. "Preferirei di no."

Naturalmente, lui lo ignorò. "Perché in casa non hai foto di te e tuo marito?"

Eh no. Quello no.

"Buona giornata," ringhiai, per poi girare sui tacchi, rientrare e chiudere la porta a chiave.

"Non sembrava molto genuino," chiamò lui mentre sbattevo la porta e tiravo il chiavistello.

Capitolo nove

Sentii per prima cosa il rollio, lo sferragliare e il rombo del motore di un furgone che saliva la stradina. Poi, l'abbaiare molto riconoscibile di un cane entusiasta.

Con una smorfia, diedi un'ultima occhiata allo schermo e salvai il mio lavoro prima di chiudere il portatile e alzarmi in piedi. Non avevo bisogno di andare a vedere chi ancora una volta stesse entrando senza permesso nella mia proprietà.

Merda. Come avrebbe potuto chiedermi il permesso? Non gli avevo lasciato alcun modo per contattarmi, se non di persona. Probabilmente, pensava che io avessi evitato di proposito di scrivergli, mentre in realtà mi ero appena ricordato di essermene dimenticato. Il motivo per cui me ne ero dimenticato era che, per la prima volta dopo che avevo perso Thomas, mi ero seriamente lasciato trascinare dalla scrittura e ne stavo approfittando finché durava.

Un'altra crisi di blocco dello scrittore poteva essere in agguato dietro l'angolo. Quella minaccia mi faceva restare sveglio fino a tardi e alzare presto per non fare altro che scrivere, finché le parole mi venivano facilmente.

Ero grato che scorressero come una diga rotta.

Trascorrere tutto il tempo all'aperto quando c'era bel tempo, assieme ai paesaggi meravigliosi e all'atmosfera pacifica, doveva aver finalmente spronato la mia creatività come avevo sperato.

Ma la pace che avevo raggiunto stava per cambiare rapidamente.

Di nuovo.

Scesi dalla veranda e girai attorno alla baita, diretto verso la direzione in cui sentivo Rett ordinare a Timber di stare sul furgone e il cane che rispondeva piagnucolando e abbaiando sommessamente.

"Lo so, ma non sono sicuro che il sentimento sia ricambiato." La risposta di Rett alla lamentela di Timber mi raggiunse mentre l'uomo, il suo cane e il suo furgone comparivano alla vista quando io svoltai l'angolo.

Il mio passo vacillò alla vista di Rett in piedi vicino alla portiera del passeggero, che accarezzava la testa di Timber che questi sporgeva fuori dal finestrino. Ancora una volta, la lingua del cane penzolava da un lato della bocca alla sua tipica maniera goffa.

"Parli il canesco?" chiamai, rivolto al padrone ugualmente goffo.

Rett si voltò rapidamente nella mia direzione e Timber lanciò un grido acuto ed entusiasta quando mi vide, facendo sussultare il suo padrone.

Mi fecero male le orecchie da quella distanza.

"Parlo la lingua di Timber."

"Timber non è un cane? Avrei detto il contrario."

"Timber vuole comportarsi come se non fosse un cane, come puoi ben vedere."

Mormorai *mmm* e feci altri due passi, fermandomi prima di avvicinarmi troppo e piantandomi le mani sui fianchi. "Cosa ci fai qui?"

"Ti dispiace se lo faccio scendere?"

Sollevai una spalla. Non appena Rett aprì la portiera del passeggero, il pastore tedesco saltò giù, corse agli alberi e sollevò la zampa. Dopo aver finito, corse da me e mi diede un colpetto alla coscia con il naso.

Sebbene io non parlassi la lingua dei cani, mentre lui mi fissava decifrai benissimo la sua espressione da cane bastonato.

Lasciai cadere la mano dal fianco per grattarlo dietro le orecchie, facendo sì che lui si sedesse sul mio piede e chiudesse parzialmente gli occhi per il piacere mentre la sua coda si muoveva lentamente avanti e indietro sul terreno.

"Per qualche motivo, piaci al mio cane. Di solito è più bravo giudicare le persone."

Nella mia vita passata avrei ridacchiato a quel commento, ma la verità era che ormai ridevo di rado. "Immagino che il suo giudizio sia buono come il tuo, dato che continui a presentarti a casa mia. Anche quando sei indesiderato."

Le labbra di Rett si curvarono leggermente agli angoli e lui si voltò per infilare una mano nel furgone, tirando fuori una spessa busta marrone e una confezione di...

Penne?

Dopo aver sbattuto la portiera del furgone, Rett si incamminò verso di me, le gambe lunghe e robuste che divoravano il terreno fra di noi.

Sì, erano penne. Una *dozzina* di penne rosse.

Gemetti.

La busta doveva contenere il manoscritto. Siccome mi ero dimenticato di scrivergli, lui l'aveva stampato.

Trattenni un sospiro.

Con soltanto il corpo marrone nero di Timber a separarci, Rett si fermò e sollevò un sopracciglio scuro. "Te l'avrei spedito via e-mail se tu mi avessi scritto come avevi detto."

Il mio sguardo corse alla busta che lui teneva sollevata fra di noi.

L'uomo era sicuramente determinato. Tuttavia, non potevo fargliene una colpa. Nella vita c'era sempre bisogno di intraprendenza. E lui ne aveva da vendere.

"Di conseguenza," proseguì Rett, "ho pensato che forse tu preferissi i vecchi metodi e ti ho stampato la prima bozza."

"Io non spreco la carta."

Thomas era sempre stato molto attento alla protezione dell'ambiente. Era inorridito quella volta in cui avevo stampato un romanzo di trecento cinquanta pagine – su una sola facciata, tra l'altro – solo per prendere appunti, apportare i cambiamenti necessari nel software di scrittura e buttarlo in una pattumiera di metallo per dargli fuoco.

Non lo feci mai più.

Poche cose rendevano felice Thomas.

La sua gatta Sammie.

Che io prestassi attenzione all'ambiente.

Leggere i miei libri.

Accoccolarsi con me nel letto a guardare Netflix.

Era una lista breve.

Non era che lui non volesse essere felice, ma aveva subito traumi profondi da bambino. Tutto per colpa di quelle persone orribili che erano i suoi genitori. Speravo che bruciassero all'inferno, anche se erano entrambi ancora vivi. A differenza del loro primogenito.

Non mi ero stupito quando non si erano presentati al matrimonio, dato che consideravano il nostro amore, assieme al nostro matrimonio, un abominio.

Non avrei dovuto stupirmi, e anzi, ero rimasto sollevato

quando non si erano presentati nemmeno al funerale. Certo, io non li avevo invitati, ma uno degli amici d'infanzia di Thomas gliene aveva parlato.

Quel giorno ero nervosissimo; temevo che si presentassero e facessero una scenata. Che blaterassero idiozie, dicendo che eravamo due peccatori e che Thomas meritava quello che gli era successo per via del suo modo di vivere.

Era stato meglio che non fossero venuti; altrimenti, probabilmente avrei preso a pugni suo padre e strozzato sua madre, e sarei finito in prigione.

E, a onor del vero, ne sarebbe valsa la pena.

"Di solito, non lo faccio nemmeno io."

Eh?

Accidenti, mi ero distratto. Stavamo parlando di manoscritti stampati, giusto?

Rett sollevò entrambe le sopracciglia. "Ho dovuto ripeterlo solo mezza dozzina di volte per riportarti sulla Terra. Bentornato."

Timber aveva ora appoggiato tutto il suo peso alla mia gamba e mi stava schiacciando il piede, mentre Rett aveva ancora la busta a mezz'aria.

Afferrai il manoscritto e le penne. "Ti aspetti che io avrò bisogno di una dozzina di penne rosse per questo?" Agitai la busta.

"Da quel poco che ti conosco, sì. Probabilmente, ne userai più di dodici, che sia necessario o meno."

In parte stava scherzando, ma in parte era assolutamente serio.

"Sono così terribile?" Conoscevo già la risposta.

"Sì."

"Allora perché sei qui?"

La sua espressione si fece completamente seria quando

lui rispose: "Perché ho la sensazione che tu non fossi così terribile prima..."

Prima di perdere Thomas.

Aveva ragione.

Di noi due, Thomas era stata la parte oscura e io la luce nella nostra relazione e nelle nostre vite. Una vera e propria situazione *yin-yang*.

Ora... La mia luce era stata spenta.

Se vedevo un barlume in lontananza, non potevo allungarmi ad afferrarlo. Quando lo facevo, mi scivolava tutte le volte via dalle dita.

Un verso sofferente ai miei piedi mi spinse ad abbassare lo sguardo. Qualcuno voleva attenzioni. Proprio come il suo padrone.

Sarebbe stato così brutto avere un amico? Qualcuno che comprendeva i lati belli e quelli brutti della scrittura e dell'editoria? Qualcuno che sapeva cosa voleva dire essere gay?

Qualcuno che sapeva cosa voleva dire essere soli?

Anche se Rett non era completamente solo: aveva Timber.

E gli abitanti di Eagle's Landing.

Io non potevo permettermi nemmeno quelli.

Fissando la testa di Timber, mormorai: "Mi sembra una vita fa."

"Ma eri diverso."

Sollevai lo sguardo dal cane al suo padrone. Serrate le labbra, deglutii il groppo che mi era risalito in gola. "Non sarò mai più lo stesso."

Chiusi gli occhi e mi pentii di quelle parole non appena mi uscirono di bocca. Quell'uomo aveva cercato di abbattere le mie mura dall'istante in cui lo avevo conosciuto. Temevo che ci stesse riuscendo.

A quanto pareva, la persistenza pagava. Rett ne era la prova.

Accidenti. Tanti saluti all'obiettivo di nascondergli la mia vulnerabilità.

"Tutto bene?" La sua mano si posò sul mio braccio.

Non va mai tutto bene. Mi schiarii la voce e aprii gli occhi.

Piccole scariche elettriche si diffondevano dal punto in cui le sue dita mi trattenevano. Mi ricordava quando, da bambino, camminavo sul tappeto con i calzini, per poi toccare un oggetto e sentire quella piccola scossa. All'epoca mi sembrava una cosa entusiasmante e, sebbene sapessi quello che sarebbe accaduto, sobbalzavo comunque, per poi scoppiare a ridere.

Ora non stavo ridendo.

E l'espressione preoccupata sul volto di Rett era svanita. Lui fissò il punto in cui mi toccava, ma non tolse la mano. Anzi, accentuò la presa.

Poi, il suo pollice fece un rapido movimento avanti e indietro.

Una carezza? Era quello che stava facendo?

Liberai il braccio dalla sua presa, sfilai il piede da sotto il peso di Timber e feci un passo indietro per riuscire a respirare. "Cosa stai facendo?"

"Mi assicuro che tu stia bene. Eri pallido come un fantasma. Ero preoccupato–"

"Stronzate," ringhiai, cercando di controllare le emozioni impazzite.

Feci un altro passo indietro e sollevai il manoscritto. "Ci darò un'occhiata quando avrà tempo."

Stavo cercando di non cadere in preda al panico per qualunque reazione Rett stesse suscitando tutte le volte che ci toccavamo. Ma cominciavo a vacillare e temevo che, se mi fossi lasciato andare, sarei stato scagliato lontano così forte che qualunque cosa avessi urtato mi avrebbe fatto cadere in mille pezzi.

Non potevo permettere che accadesse.

Avevo bisogno di spazio.

Tempo.

Di stare da solo.

Evitai di guardare Rett mentre facevo il giro largo e mi recavo velocemente alla veranda posteriore. Sono sicuro di aver dato l'impressione che un mostro mi stesse inseguendo.

Perché era vero.

E io dovevo fuggire.

"Chase, aspetta!"

"No," gridai. Non mi importava cosa pensasse lui. Non mi importava di essere maleducato.

Il problema era che mi ero così perso nei miei pensieri da non rendermi conto che lui mi stava seguendo.

Prima che potessi chiudermi la porta alle spalle e lasciarlo fuori, lui era lì. Sulla mia soglia, nella mia baita. Che entrava a forza nella mia vita.

Doveva andarsene. E io dovevo evitare il contatto con lui. Se avessi ignorato la nostra reazione reciproca, forse sarebbe sparita. Forse *lui* sarebbe sparito.

"Rett–" Non riuscivo a guardarlo. Non volevo vedere cosa c'era nei suoi occhi o sul suo viso.

"Stai fingendo di non averlo sentito?"

Certo che sì! "Non sto fingendo proprio niente. Non so di cosa tu stia parlando."

"Stronzate," fece eco lui. "Io l'ho sentito. E anche tu. Come al negozio e l'altro giorno in camera tua. Puoi negare quanto vuoi, ma c'è."

Mi passai l'unghia del pollice sulla fronte. "Non c'è

niente." Non stavo cercando di convincere solo lui, ma anche me stesso.

"Ti rifiuti solo di vederlo."

"Ti sta inventando le cose."

"No."

Mi fermai e mi voltai verso di lui. "Col cazzo."

Era a pochi centimetri da me. Abbastanza vicino da sollevare la mano e toccarlo. Non sarebbe stato stupido. Sarebbe stato come passare la mano dentro una fiamma aperta. Avrebbe fatto male e io mi sarei pentito dell'ustione.

"Quando è stata l'ultima volta che sei stato toccato? Che hai permesso a qualcuno di toccarti o di abbracciarti? O anche solo di darti conforto?"

Le sue domande sussurrate mi contrassero il petto, mi fecero battere pesantemente il cuore. "Non ne ho bisogno."

"Sì che ne hai bisogno. Ne abbiamo bisogno tutti."

"Forse *tu* ne hai bisogno, ma io no."

"Perché sei così dannatamente cocciuto?"

Perché devo esserlo. Non ho scelta.

Negli ultimi due anni ero rimasto appeso a stento a un filo. Non ci sarebbe voluto molto per spezzarlo. Se si fosse rotto, non sarei mai riuscito a ripararlo.

Rett era una minaccia per quel filo malridotto.

Sebbene normalmente sarebbe stato il mio tipo, io continuavo a cercare di convincermi che non avevo più un tipo. Che non mi interessava nessun uomo. Gay, bi o...

Rett era troppo vicino.

"Devi andartene," mi uscì in un rimbombo. Un ordine. Un avvertimento. Un'ultima possibilità.

"Non c'è niente di male in quello che senti quando ci tocchiamo, Chase. Assolutamente nulla. È giusto che tu soffra, ma è anche giusto che provi dei sentimenti. Lasciatelo fare. Lasciati guarire. Non significa che lo dimenticherai.

Non succederà mai. Lui è ancora nel tuo cuore e ci resterà sempre."

"Tu non..." Scossi la testa. "Non ti devo spiegazioni."

"È vero. Ma sebbene tu continui a negarlo, c'è *qualcosa* fra di noi."

"Tutta immaginazione."

La sua testa si inclinò di scatto e la sua mascella si contrasse. "Ti sbagli e io te lo dimostrerò." Rett chiuse lo spazio che ci separava.

"Non ho bisogno di dimostrazioni, ho bisogno che tu te ne vada–"

Prima che mi rendessi conto di quello che stava per succedere e che potessi respingerlo, Rett mi passò una mano dietro la nuca e mi strattonò in avanti, sbattendo le nostre bocche una contro l'altra.

La collisione scatenò un'esplosione che mi stordì per secondo. Quasi la stessa reazione che avevo avuto la prima volta che avevo baciato Thomas, ma...

Diversa. Non migliore, non peggiore... Inaspettata.

Le labbra di Rett si mossero sopra le mie e la sua lingua scivolò sulla cerniera della mia bocca, esigendo l'ingresso.

Il mio cuore cominciò a battere forte. Tutti i minuscoli peli sulla nuca erano scattati sull'attenti.

E il sangue si andava accumulando dove non avrebbe dovuto.

Per un attimo, cacciai ogni pensiero dalla testa, perché erano in conflitto.

Spingilo via. Attiralo più vicino.

Serra le labbra. Fallo entrare.

Il mio uccello aveva reagito all'istante, ma il mio cervello era lento. Confuso.

Non avrei dovuto volerlo, ma volevo di più.

Avrei dovuto avercela con quell'uomo così ardito al punto da baciarmi.

Dovevo fermarlo.

Le mie mani si posarono sul suo petto, ma invece di spingerlo via, le dita si strinsero sulla sua camicia.

Mi bastò aprire leggermente la bocca perché la sua lingua penetrasse all'interno. Spazzando e assaporando ogni angolo. Intrecciandosi con la mia.

Per un attimo mi dimenticai chi ero, dove ero e chi stavo baciando.

Mi mancava tutto quello. Il contatto. La scarica di adrenalina. L'intimità.

Perfetto e imperfetto al tempo stesso.

Voluto e temuto.

Le sue dita mi affondarono nel cuoio capelluto mentre l'altra mano mi stringeva la vita.

Tutto il suo corpo vibrava contro di me.

Quello ero io? Ero io che tremavo? Ero io che stavo per precipitare?

Poi la sua erezione premette contro la mia. La sua erezione premette contro...

La sua erezione premette...

La mia...

Cazzo!

La nebbia si sollevò dal mio cervello e io tornai bruscamente al centro della mia baita con un uomo per cui non volevo provare attrazione. Un uomo che non avrei dovuto baciare. E che non avrebbe dovuto baciare me.

Cosa stava facendo? Cosa sto facendo io?

Era sbagliato. Terribilmente sbagliato.

Non lo volevo.

Non volevo Rett.

Porca miseria, non lo volevo.

Non potevo.

Non volevo.

Gli strinsi la camicia ancora più forte, lo feci roteare, liberai la bocca e lo spinsi via con tutto il mio peso.

Prendendo bruscamente fiato, Rett perse l'equilibrio e barcollò.

Come al rallentatore, vidi il suo piede inciampare in una sedia, facendolo cadere.

Scattai in avanti e mi protesi ad afferrare il braccio che Rett stava agitando prima che lui si contorcesse nel tentativo di arrestare la caduta.

Non ci riuscì.

Il tonfo della sua testa contro l'angolo del tavolo robusto mi fece fare una smorfia e imprecare. "Cazzo!"

Poi le sue ginocchia si piegarono e lui cadde a terra.

Fissai l'uomo sul pavimento.

Aveva gli occhi chiusi.

Cristo, cazzo! Mi lasciai subito scivolare in ginocchio accanto a lui. "Rett!" Gli afferrai il viso e lo voltai verso di me.

Stava fingendo per vendicarsi? O era davvero svenuto?

Gli picchiettai bruscamente con due dita la guancia barbuta. "Rett!"

Porca troia!

Gli voltai leggermente la testa per vedere il punto dove aveva sbattuto e vidi subito il sangue.

Che avevo fatto?

Gli scostai subito i corti capelli castano scuro e fui sollevato nel vedere solo un taglietto. Ma ciò non significava che l'impatto non avesse fatto altri danni.

Come una commozione cerebrale.

Cazzo! Non avevo voluto fargli del male.

Ma era proprio quello che avevo fatto.

Capitolo dieci

Rett

NON SAPEVO ESATTAMENTE DOVE stessi dormendo, ma ovunque fosse, non ero molto comodo. Peggio ancora, avevo la testa appoggiata su un cuscino molto duro e pieno di bozze.

Inoltre, la testa mi pulsava come se avessi una brutta emicrania.

Dovevo trovare un posto più comodo dove dormire.

Aprii gli occhi e li richiusi subito.

Erano due teste quelle sospese sopra di me?

Aprii di nuovo gli occhi di uno spiraglio. Quanto bastava per cercare di distinguere cosa fosse quella roba senza che la luce mi trafiggesse la testa con un coltello da macellaio.

No, nonostante la vista sfocata mi resi conto che quelle non erano due teste, a meno che non fossero gemelli.

E due Chase sarebbero stati decisamente uno di troppo.

O anche due, in quel momento.

L'uomo era in ginocchio accanto a me e mi ci volle qualche istante per rendermi conto che il cuscino sotto la mia testa non era pieno di bozze perché era un pessimo cuscino, ma perché era il grembo di Chase.

E io ero steso sul pavimento di legno.

Nulla di tutto ciò aveva senso.

Sussultai quando sentii Timber piagnucolare forte. Con la coda dell'occhio, vidi una sagoma sfocata a quattro zampe, nera e marrone, che camminava avanti e indietro. Poi, un istante dopo, la testa squadrata del mio cane si infilò fra di noi e il suo lungo muso mi pungolò la guancia.

Chase lo spinse via. "Timber, no. Non adesso. Vai... Vai... Da qualche parte."

Timber non andò "da qualche parte," ma appoggiò il sedere accanto a Chase, spostando la testa fra me e l'uomo chino sopra di me.

Cercai di chiedere "Cos'è successo?" ma le parole mi uscirono più impastate e soffocate di quanto avrebbero dovuto.

Forse non ci sentivo bene io?

Mi girava ancora la testa e non avevo idea del modo in cui fossi finito sul pavimento. O del perché.

Peggio ancora, la mia testa pulsava a un ritmo suo. E Chase mi stava tamponando la nuca con qualcosa. Un panno bagnato? Uno straccio? Qualcosa di umido.

Mi ero tagliato? Qualunque cosa fosse, bruciava spaventosamente e pulsava allo stesso ritmo del resto del mio cervello.

"Sei inciampato."

Mi accigliai e feci per alzarmi.

"Non ti muovere." Chase mi trattenne con una mano premuta sulla nuca e l'altra contro la spalla.

"In cosa sono inciampato? Timber?" Il mio cane era famoso per stare dove non doveva, compreso fra i piedi. A volte, pensavo che stesse cercando di farmi fuori.

"La sedia." Le labbra di Chase si assottigliavano.

"Sono inciampato in una sedia?" Di solito non ero così goffo.

Quando allungai una mano dietro la mia nuca, Chase la schiaffeggiò via. "Non toccare."

"Fa male."

"Questo non vuol dire che dovresti toccarla."

Trattenni l'impulso a levare gli occhi al cielo e dire, "Sì, papà."

Perché Chase era *molto* diverso da mio padre. Soprattutto considerate le cose che avrei voluto fargli...

Già, no. Chase, decisamente, era ben lungi dall'essere come mio padre. Da quel punto di vista, io non ero il tipo che chiamava gli altri uomini "papi."

Normalmente sarei stato felicissimo di avere la testa nel suo grembo mentre lui me la reggeva con la mano, ma in circostanze diverse.

"Vuoi che ti porti all'ospedale?"

"Sanguino?"

Chase mi tolse un tovagliolo umido dalla testa e mi mostrò alcune tracce di sangue. "È solo un taglio."

"Grande abbastanza da richiedere dei punti?"

"No, ma probabilmente ti servirà qualche aspirina."

"Le mie pupille sono marroni?"

Trattenne il respiro quando lui si chinò e fissò direttamente negli occhi.

Porca miseria. "Allora?"

Chase scosse la testa. Anche le sue pupille erano dilatate, ora, e le narici leggermente allargate.

"Allora no. Non voglio andare in ospedale. La mia assicurazione fa schifo."

"Pagherei io."

Lo guardai con gli occhi stretti. "Perché? Sono solo inciampato, giusto?"

"Giusto."

Un lampo di memoria mi rimbalzò nel cervello annebbiato. Mi premetti le dita contro le labbra nel tentativo di schiarire quel ricordo.

Labbra...

Sì, c'erano di mezzo le mie labbra.

Chase mi aveva dato un pugno in bocca? No. Se fosse stato così, la mia bocca avrebbe sanguinato e mi avrebbe fatto male.

Ricordavo le labbra che formicolavano... E...

Porca troia.

Mi tornò tutto in mente di colpo.

Il bacio in cui mi stavo perdendo. Un impatto duro contro il petto prima di perdere l'equilibrio...

Il mio cuore che si fermava e poi mi balzava in gola mentre cadevo all'indietro.

Da dove ero sdraiato – perlopiù sul pavimento e con la parte superiore del corpo in grembo a Chase – il mio sguardo corse all'angolo del tavolo dove avevo lasciato un po' di DNA, qualche capello e un po' di sangue.

"Mi hai spinto." Se suonava come un'accusa, era perché lo era.

Chase mi aveva dato uno spintone, mi aveva fatto cadere sulla sedia e per poco io non mi ero spaccato la testa.

Tutto per un semplice bacio.

D'accordo, forse non era così semplice. In verità, era stato il bacio più bollente che io avessi avuto da molto tempo.

Forse da sempre.

Chase poteva voler continuare a negare l'attrazione fra di noi – o la nostra connessione, o qualunque fosse quella cosa che creava quelle piccole esplosioni dentro di me – ma c'era. Era impossibile negarla.

Beh, Chase la negava.

Ma non poteva negare di avercelo avuto duro quanto me durante il bacio *e* di aver ricambiato.

Tutto prima che...

Avrebbe potuto uccidermi. *Che stronzo.* "Avresti potuto uccidermi," ripetei ad alta voce.

Quelle stesse labbra che avevo baciato si contorsero. "Palesemente, non sei morto."

"Ma sarebbe potuto succedere."

"Ma non è successo."

"Sono inciampato nella sedia solo perché tu mi hai *spinto*."

Lui fece una smorfia ed ebbe almeno la decenza di mostrarsi colpevole. "Non volevo farti del male. È stata una reazione automatica."

"Non è la tipica reazione a un bacio. Sarei potuto morire."

"Ne abbiamo già parlato. Respiri ancora."

"Per tua fortuna!" Premuta una mano contro il pavimento, mi sollevai.

"Non direi." Chase mi spinse nuovamente verso il basso. "Anzi: se respiri, puoi parlare. Resta dove sei."

"No. Sei pericoloso."

"Non è vero."

"Abbiamo prova del contrario."

"Non avresti dovuto farlo," borbottò Chase. "Mi sono... lasciato prendere dal panico."

Ma certo. La reazione iniziale di Chase e la sua erezione dimostravano che il bacio gli era piaciuto. Semplicemente, non ne era contento. "Mi hai colpito per un bacio?"

"Non ti ho colpito. Ti ho solo spinto via."

"Dettagli."

"C'è una chiara distinzione fra le due cose."

"Questo lo dici tu."

Un forte sospiro colmò lo spazio fra di noi. "Adesso ti alziamo e ti mettiamo in un posto più comodo del pavimento."

Mi sollevai quanto bastava per mettermi seduto. "Sarebbe meglio che andassi."

"Sono sicuro che ti gira ancora la testa." Chase cercò di spingermi giù, ma questa volta non ci riuscì. "Probabilmente, non dovresti guidare."

Dirmi che non dovevo andarmene lo stava di certo uccidendo. "Non voglio stare dove non sono desiderato."

"Questo non ti ha fermato in passato."

Non aveva torto.

"Dovresti riposare."

"Dove? Sul pavimento di legno?" chiesi. Perché quell'uomo non aveva nemmeno un dannato divano. Aveva una poltrona dall'aria molto comoda – forse reclinabile – di fronte al caminetto, ma a parte quella, i mobili in quella casa erano ben pochi.

Chase si guardò attorno e un muscolo si contrasse nella sua guancia quando posò lo sguardo sulla porta della camera da letto.

Oh no...

"Ti spostiamo in un posto più comodo. Dato che non ho un divano, dovrai usare il letto."

No. No.

Non era una scelta intelligente. Ma non lo era stato nemmeno baciarlo senza permesso. "Aiutami a raggiungere il furgone. Posso guidare."

"Non dovresti. Non ancora."

"Me la caverò benissimo."

"Tu non stai bene," gridò praticamente Chase. Segno palese che stava perdendo la pazienza.

Beh, non era l'unico.

Dopo essersi alzato di scatto, mi lasciò seduto sul pavimento. Un attimo dopo, si chinò, mi infilò un braccio sotto ciascuna ascella e dietro la schiena. "Aiutami. Non riesco a sollevarti da solo."

"Non voglio stare nel tuo letto."

"Credimi, non lo voglio nemmeno io."

Solo per quello avrei voluto dormire nel suo letto per tutta la notte.

Chase mi aiutò ad alzarmi e non appena ebbi messo i piedi per terra, il mio cervello fece un paio di giravolte e la vista mi si oscurò ai bordi. "Whoa."

"Te l'avevo detto. Dovresti darmi retta."

Avrei levato gli occhi al cielo se non avessi temuto di svenire. "Affermazione discutibile."

Chase sospirò, strinse i denti e io mi appoggiai a lui mentre mi aiutava a percorrere i pochi passi che ci separavano dalla sua camera da letto. Una volta entrati, mi fece sedere sul materasso. Poi, non appena mi fui tirato indietro ed ebbi sistemato il sedere, lui mi sollevò le gambe e le fece scivolare sul letto fino a quando non fui in posizione reclinata.

Il suo letto era decisamente comodo. Avrei dovuto chiedergli quale fosse la marca del materasso.

Chase mi infilò due cuscini sotto la testa, badando a evitare la ferita. "Resta qui. Non ti muovere. Vado a prenderti del ghiaccio." Girò sui tacchi e corse fuori dalla stanza come se il suo sedere avesse preso fuoco.

"Versaci del whisky sul ghiaccio," esclamai prima di sussultare per aver gridato.

Chase brontolò qualcosa, ma io non riuscii a capire quello che aveva detto.

Sospirai. Beh, non mi aspettavo che la serata andasse così.

Per quanto avessi fantasticato di finire nel letto di Chase, nessuna di quelle fantasie prevedeva che fossi solo o con un leggero trauma cranico. Provocato dall'uomo in questione.

"Non ho mais o piselli. Questo è il meglio che posso fare."

"Pensavo che mi avresti portato un whisky con ghiaccio."

"E invece ti becchi gli spinaci surgelati." Chase si avvicinò e mise sul letto un sacchetto di verdura congelata, assieme a un piccolo asciugamano asciutto. Svitò il tappo di una boccetta di Aleve e si mise due pillole sul palmo. "Prendi queste."

"A secco?"

Chase strinse gli occhi per qualche istante. Non appena li ebbe riaperti, marciò fuori dalla porta con una mascella che avrebbe potuto spaccare le pietre.

Mi assicurai di soffocare il sorriso quando tornò meno di un minuto dopo con dell'acqua.

"Non sarà acqua di pozzo," dissi, lanciando un'occhiata al bicchiere.

"Mi stai prendendo per il culo?"

Mi succhiai le labbra, gli presi il bicchiere, mi misi l'Aleve in bocca e lo accompagnai con quella che, al gusto, sembrava acqua di fonte. Almeno non l'aveva presa dal lago e io non sarei morto di dissenteria.

"Solleva la testa."

Come il bravo paziente che ero, feci come lui mi aveva detto, anche se già che c'ero aggiunsi un gemito.

Chase evitò il mio sguardo mentre si chinava su di me e allungava una mano per premermi gli spinaci congelati contro la testa. Sussultai un poco quando il freddo toccò la mia ferita, attirando immediatamente il suo sguardo nel mio.

Molto probabilmente contro la sua volontà.

I nostri sguardi si incrociarono e nessuno di noi respirò.

Né si mosse.

Abbassai lo sguardo sulle sue labbra quando la sua lingua comparve e ci passò sopra.

Oh, sì, anche lui stava pensando a quel bacio.

Avrei voluto assaggiare di nuovo quelle labbra, ma non volevo tentare la sorte. Non potevo essere sicuro che non fosse il tipo da infierire su un uomo infermo.

Sussultai per il dolore che si irradiava dal taglio. "Si vede che non sei mai stato infermiere."

"Se tu non mi avessi baciato, non avresti bisogno di un dannato infermiere," ringhiò lui. "Mi hai colto di sorpresa. Non me l'aspettavo."

A meno che non ricevesse un incoraggiamento, forse non sarebbe mai stato pronto. Ma io non avevo intenzione di farglielo notare, perché lui avrebbe sicuramente negato.

Avevo già imparato che era un tipo molto testardo.

Il letto tremò violentemente quando, dal nulla, Timber ci saltò sopra e, dopo un forte sbadiglio e qualche giro su se stesso per trovare il punto perfetto dove mettersi comodo, si raggomitolò accanto a me, prendendo possesso del letto di Chase.

Sfortunatamente per me, e fortunatamente per Chase, ciò ruppe l'incantesimo. Lui si staccò e mi ordinò brontolando: "Tieni fermo il sacchetto."

Preferirei che lo facessi tu.

Quando feci per prenderglielo, le nostre dita si sfiorarono ancora una volta e lui si comportò come se l'avessi ustionato.

Chase si raddrizzò e indietreggiò dal letto, pulendosi le mani nei jeans come se io avessi qualche malattia contagiosa.

"Troppo tardi. Sei già gay. Non puoi prenderlo da me."

"Non è divertente."

"Forse non te ne sei ancora reso conto, ma io *sono* divertente. Ho un grande senso dell'umorismo. Sei solo troppo avvilito per rendertene conto."

"Di sicuro non abbastanza per dare spettacolo su quel piccolo palco che hai in fondo al negozio."

"Forse no. Ma ora che me ne hai accennato, lo prenderò in considerazione."

"Ti risparmio la fatica: non farlo. Se lo facessi, gli abitanti di Eagle's Landing potrebbero darti la caccia con torce e forconi."

Sorrisi. "Ma guarda: ce l'hai un senso dell'umorismo, nascosto in quella tua fossa profonda. Forse dovresti fare il comico anche tu. Umorismo nero, naturalmente." Diedi un colpetto al letto accanto a me. Quando lui rimase dov'era, lo rassicurai: "Sei al sicuro. Prometto che non ti bacerò mai più."

Prima che lui potesse nasconderlo, qualcosa lampeggiò dietro i suoi occhi alla mia affermazione.

A riprova del fatto che quel bacio non gli era dispiaciuto. Ma come aveva detto lui stesso, l'avevo preso alla sprovvista.

Comprensibile.

E probabilmente, lui ce l'aveva con se stesso perché gli era piaciuto.

Di nuovo, comprensibile.

Lo spintone era stato una reazione spontanea. "Ti perdono."

Chase inclinò la testa e mi fissò, uno sguardo guardingo negli occhi marrone scuro.

"Se tu perdonerai me," aggiunsi, "dato che non avrei dovuto comportarmi in quel modo. Mi dispiace. Spero che avermi baciato non ti lasci con disturbi che richiederanno anni di terapia per superarli."

Lui strinse le labbra.

"Spero che tu non mi odi."

Il suo sguardo corse a Timber accoccolato accanto a me,

che gli faceva il dono inestimabile di peli neri e marroni sul copriletto.

"Che tu voglia ancora leggere il mio manoscritto."

Lo sguardo di Chase corse da Timber a me. "Non stai mai zitto?"

Io feci spallucce. "Non vedo molta gente durante il giorno, anche quando la libreria è aperta. Questo mi spinge a blaterare quando mi trovo con esseri umani in carne e ossa. Anche se è discutibile se tu possa essere considerato tale. Ho avuto conversazioni migliori con un sasso."

"Allora perché continui a provarci?"

Perché sto cercando di abbattere le tue mura. E quando comincio a fare una cosa, non smetto fino a quando non ottengo quello che voglio. Determinato? Sì. Stupido? Può darsi. "Immagino che tu fossi una brava persona nella tua vita precedente. E abbiamo molte cose in comune, che tu voglia riconoscerlo o meno."

Lui mi stupì quando finalmente si sedette sul bordo del letto. Il letto non si era quasi mosso per il suo peso, per cui immaginai che fosse in memory foam o qualcosa di simile.

"Era ora che ti rilassassi."

"Mi siedo solo perché sono stanco di stare in piedi."

Era una cazzata. Si vedeva che si stava lentamente smollando e che era più disposto a chiacchierare. Dovevano essere state le mie provocazioni a superare la sua scorza esterna. "Non devi per forza stare qui con me."

"Se non ti tengo d'occhio, potresti provare i miei vestiti."

"Sei più grosso di me."

"Non molto."

Studiai il suo profilo. Aveva la testa voltata dall'altra parte e stava accarezzando una delle zampe posteriori di Timber, dato che era la più vicina a lui.

"Ti piacciono i cani."

"Non ne ho mai avuti."

Ah, sì, finalmente si era deciso a chiacchierare. Dovevo andare avanti così. "Come mai hai scelto Eagle's Landing?"

"Questa baita. L'estensione della terra. Il panorama. E il prezzo imbattibile."

"Un nascondiglio perfetto."

Chase voltò la testa. Incrociammo gli sguardi. "A quanto pare, no."

Sorrisi. "Certe persone sono più determinate di altre."

"Ma dai?" Chase esalò sommessamente il fiato. "Ti gira ancora la testa?"

"Stai cercando di liberarti di me? Mi ero offerto di andarmene. Sei tu che hai insistito perché rimanessi."

"Hai battuto la testa piuttosto forte."

"Qualcuno deve avermi spinto piuttosto forte."

"Ti ho chiesto scusa."

Le sopracciglia mi schizzarono sulla testa. "Davvero?"

Chase aggrottò la fronte. "Non l'ho fatto?"

"Accetterò la tua scusa se tu rispondi a una domanda."

"Una sola?"

"È piuttosto grossa."

Vidi subito che si stava irrigidendo e chiudendo, quindi mi affrettai a chiedere. "Quando è stata l'ultima volta in cui hai," *fatto sesso,* "avuto un qualche genere di," *rapporto sessuale,* "contatto intimo?" *Sesso?*

"Non sono affari tuoi."

"Hai ragione. Ma voglio che lo diventino."

"Non dovresti."

"Ma lo faccio. Per cui, rispondi, oppure ti voglio in ginocchio a implorare perdono." Cercai di fare una faccia seria e di non sorridere, dato che non gli avrei mai chiesto una cosa del genere.

Un momento. Chase aveva davvero levato gli occhi al

cielo? Era un buon segno. Cominciavo a vedere qualche tendenza umana.

Quando gli diedi di gomito per incoraggiarlo a rispondere, lui si allontanò, ma si voltò leggermente verso di me. Non stava più accarezzando Timber; la sua mano era ora premuta sul letto, molto vicino al mio polpaccio.

Immaginai come sarebbe stato se lui vi avesse chiuso le dita attorno e avesse stretto leggermente.

Per poi salire...

Non distrarti, Rett. "La mia domanda riguardava l'intimità. Sto ancora aspettando la risposta."

"Che ti importa?"

Indicai il pavimento e, con voce più profonda del normale, ordinai: "In ginocchio o rispondi."

Chase sospirò e si passò le dita fra i capelli, arruffandoli ancora più di quanto già non fossero. Non ricordavo che fossero così prima di *quel bacio*, per cui doveva essere colpa del panico che lo aveva colto quando aveva pensato di avermi fatto molto male. "Non lo so."

"Sì che lo sai."

"Da quando..." Strinse le labbra e quella fu una risposta sufficiente.

"Insomma, non c'è stato nessuno dopo tuo marito."

Chase scosse la testa e fissò attraverso la stanza.

Porco mondo, erano passati più di due anni. "Facciamo così... Quando è stata l'ultima volta che qualcuno ti ha toccato?"

"L'ho già detto: due anni fa." Il fastidio nel suo tono di voce era palese e le dita della mano vicino alla mia gamba si strinsero nelle lenzuola abbastanza forte da fargli sbiancare le nocche.

"Non in maniera sessuale," precisai. "Intendo un semplice contatto fisico."

Gli ci volle troppo tempo per rispondere. Per me, ciò era eloquente. E anche doloroso, ma non quanto lo fu la sua risposta. "Quando la mia famiglia mi ha abbracciato al suo funerale."

Ancora una volta, più di due anni prima. "Da allora non hai avuto contatti fisici?"

"No, e non ne voglio." Chase aprì la mano e cominciò a tormentare un filo sporgente.

Il silenzio si prolungò.

Temeva di provare qualcosa e che non si sarebbe più permesso di essere insensibile? Perché voleva restare così chiuso da tutto e da tutti?

Non era sano.

"Fare il monaco non fa bene alla prostata. Né alla salute mentale."

La fronte di Chase si abbassò. "Stai cercando di metterla sul ridere? Perché se è così, ancora una volta non ci riesci."

"Non sto cercando di metterla sul ridere e non sto scherzando riguardo a questa cosa."

Altro silenzio.

Avrei voluto che continuasse a parlare. Stavo creando delle sottili crepe nella sua armatura; avevo solo bisogno di continuare a stuzzicarle, allargandole in modo da potermici infilare.

Provavo un bisogno assurdo di dimostrargli che quello che stava facendo a se stesso – vivere in una bolla e cercare di evitare il resto del mondo – non era sano.

"Anche per me è passato un po' di tempo," confessai, sperando che, se gli avessi rivelato qualcosa di personale, lui sarebbe stato più incline ad aprirsi.

Gli occhi scuri e inquietanti di Chase mi trafissero. "Cosa?"

Essere l'unico uomo gay in una città etero significava che

non avevo amici o compari con cui parlare di frequentazioni o sesso. "Il sesso, dico. Il contatto. Perdermi in un'altra persona. L'intimità. Il piacere condiviso. I sussurri condivisi. I sogni e i segreti. Tutto. Mi manca."

Quella confessione era vera fino in fondo, al cento per cento.

"Allora procuratelo. Non c'è niente che te lo impedisca."

"Hai ragione. Niente me lo impedisce," mormorai. "Tranne me stesso." Esitai per un secondo, poi aggiunsi: "E lo stesso vale per te."

"Ma tu lo vuoi. Io no."

"Sì che lo vuoi, Chase. Stai solo cercando di convincerti del contrario. Non dovresti privarti dell'intimità e del tocco di un'altra persona. Lo sai che puoi averlo anche senza invischiarti in una relazione, giusto?"

"Il sesso può diventare complicato."

"Sì, ma solo se tu glielo permetti. Hai mai sentito parlare di amici con benefici?"

"Anche quello può diventare un casino."

"Questo è vero." Qualunque cosa avesse a che vedere con il sesso e l'intimità poteva diventarlo. Ma era meglio che evitarlo completamente. "Hai mai pensato che il gioco potrebbe valere la candela?"

Chase si alzò di scatto, perché lo stavo spingendo verso qualcosa con cui non era a suo agio. Si recò alle finestre che davano sul lago e fissò fuori, dandomi le spalle.

Timber aveva sollevato la testa e fatto un piccolo verso, ma non appena si fu assicurato che Chase e io eravamo ancora nelle vicinanze, infilò di nuovo il naso nella coda pelosa, richiuse gli occhi e si lasciò sfuggire un rumorino soddisfatto.

Gli passai la mano lungo la schiena. "Ora ricordo tutto del bacio, Chase. Ricordo come è cominciato. Sì, all'inizio eri sorpreso, ma poi ti sei lasciato andare. Fino a quando non ti sei ricordato che non avresti dovuto. È tutto senso di colpa. Credi di stare tradendo la memoria di tuo marito? Non è così."

"Non cercare di psicanalizzarmi."

Non avevo mai perso una persona amata, ma dopo aver letto l'annuncio funebre di Thomas, avevo riflettuto a lungo e profondamente su come poteva essere. Perdere il tuo compagno di vita, la tua anima gemella. La persona a cui avevi giurato fedeltà per il resto della vita.

Thomas non c'era più, ma Chase era rimasto. Il loro "per sempre" era stato troncato. Non sapevo come o perché, ma non aveva importanza. La cosa importante era come Chase aveva affrontato la perdita.

Non bene. C'era da aspettarselo. Ma essere ancora bloccato in quel modo dopo due anni?

Thomas era l'amore della sua vita o lui incolpava se stesso per la morte di suo marito, per qualche motivo.

"Ti sto solo dicendo quello che vedo. Quello che tu non vedi."

"Quello che stai dicendo è che dovrei fare sesso con te." Chase era ancora in piedi di fronte alla finestra, a fissare fuori, ma ora si stringeva il telaio con entrambe le mani.

"Beh... Voglio dire... Non mi stavo offrendo volontario per farti da scopamico, anche se... Porca miseria... Non direi di no. Ma parlavo di chiunque potrebbe attrarti, non di me."

"Ottimo, perché non sono attratto da te."

Sorrisi alla sua schiena. "Pensi che io ci creda? O stai cercando di convincere te stesso?"

Lui si voltò bruscamente. La sua espressione era dura e il suo sguardo ancora più penetrante. "Mi sembra che tu stia bene. È ora che tu te ne vada."

Porca miseria. Forse avevo esagerato.

Ma era un passo. Un passo piccolo, ma meglio di nulla e, credevo, nella direzione giusta.

Tuttavia, era difficile dirlo, dato che Chase era molto incostante.

Speravo di riuscire ad avere qualcosa di costante con lui, ma ci sarebbe voluto del tempo.

Per fortuna, avevo tutto il tempo del mondo.

Capitolo undici

NON DIEDI di matto mentre aiutavo Rett e il suo cane a raggiungere il furgone.

Non diedi di matto mentre lo guardavo andare via.

Non diedi di matto mentre tornavo in veranda e nella mia baita silenziosa.

Niente cani. Niente Rett.

Solo io e i miei pensieri.

Quando rientrai, vidi la busta sul mio tavolo assieme alla scatola di penne rosse e mi diressi subito verso di essa, perché avevo bisogno di qualcosa che mi distraesse.

Dall'uomo. Dal bacio.

Dal fatto che avrei potuto facilmente perdermi dentro Rett solo premendo le nostre labbra le une contro le altre.

Inoltre, avevo bisogno di qualcosa che mi aiutasse a non schizzare. Se non riuscivo a trovare le parole per il mio libro, forse tuffarmi nel suo manoscritto mi avrebbe aiutato.

Perché il mio stretto autocontrollo cominciava a sfilacciarsi lungo i bordi. E io non volevo continuare a giocherellare coi fili come quello del mio copriletto.

Quello su cui Rett si era sdraiato.

Perché io lo avevo ferito.

Non lo avevo fatto apposta, ma non avevo mentito quando gli avevo detto che ero stato preso dal panico.

Era successo davvero. Non perché lui mi aveva baciato senza chiedermelo, ma perché se non lo avessi spintonato, avrei portato più in là quel bacio.

Quello sarebbe stato pericoloso.

Rett era pericoloso. Il fatto era che lo volevo.

E che non potevo averlo.

L'uomo aveva parlato di "scopamici." Non sapevo se dicesse sul serio o se si stesse offrendo, ma nel secondo caso, io non intendevo accettare l'offerta.

Uno dei motivi era che non riuscivo a immaginare che Rett si accontentasse di una relazione di quel tipo. Già sapeva tutti gli affari miei; averlo anche nel letto sarebbe stato peggio.

Ma soprattutto, non avrei sopportato di perdere di nuovo.

Non il cuore.

Non una persona cara.

Non una persona amata.

Il sesso e persino la semplice compagnia potevano trasformarsi facilmente in amore. Era un rischio concreto. Non molte persone che conoscevo erano in grado di tenere separate le due cose, anche se cominciavano così.

Era possibile, naturalmente. La gente poteva fare sesso senza tutta l'intimità che vi si accompagnava. Ma di solito con degli estranei, non con una persona che conosceva personalmente e con cui faceva sesso su base regolare.

Mantenere il sesso impersonale era possibile per Rett? Ne dubitavo parecchio.

Anche se il bacio era durato solo pochi istanti, la paura di innamorarmi di quell'uomo sarebbe potuta facilmente durare una vita.

Nonostante fingessi che lui non mi piacesse, mi piaceva. Anche se era fastidioso e meno divertente di quanto pensava.

Ciò che mi piaceva di lui era più di ciò che non mi piaceva.

Il suo aspetto. Il suo odore.

L'amore che dava al suo cane.

I suoi libri. Il suo atteggiamento ottimista.

Il fatto che teneva aperta la libreria per gli abitanti di Eagle's Landing, anche se ciò gli costava. Il fatto che organizzava attività settimanali in quella stessa libreria in modo che la gente del posto avesse qualcosa da fare.

Era gentile. Era amorevole. Era...

No.

Assolutamente no.

Dopo aver aperto la grossa busta, tirai fuori quella che sembrava un'intera risma di carta. Dubitavo che fossero cinquecento pagine, ma non erano numerate. Tuttavia, i libri di Rett tendevano a essere piuttosto lunghi, a seconda di quanti guai combinava Dexter Peabody nel corso delle sue indagini.

A dire il vero, quando li leggevo, non volevo che i suoi libri finissero se non sapevo che quello successivo era disponibile e pronto perché io cominciassi a leggerlo. Tuttavia, quello che avevo in mano era l'ultimo.

Almeno fino a quando lui non avrebbe scritto il successivo.

Naturalmente, ciò mi ricordò con forza quanto tempo i miei lettori avevano aspettato il mio prossimo libro e perché erano così impazienti.

Il mio primo istinto era stato di rifiutare di leggere il manoscritto di Rett. Non era proprio il caso che io togliessi tempo alla mia scrittura per leggere. Ma se gli avessi detto di no, probabilmente me ne sarei pentito.

I suoi libri mi piacevano. Naturalmente, ora sapevo da dove Peabody aveva preso la sua *stupidaggine* – così si descriveva il personaggio nei libri – il suo senso dell'umorismo.

Dall'autore stesso.

Non potevo dire che Rett fosse davvero uno stupido, o anche solo goffo, ma aveva un modo di fare accattivante, proprio come Peabody.

Anche se non glielo avrei mai detto.

Era già abbastanza fastidioso che quell'uomo fosse come carta moschicida. Che avevo toccato per sbaglio e da cui non riuscivo a liberarmi, non importava quanto mi sforzassi.

Temevo che, se glielo avessi permesso, Rett sarebbe presto diventato un'abitudine.

Prima come collega scrittore. O come amico. Dopodiché...

Era un pendio scivoloso in cima al quale non volevo stare.

Ero già scivolato troppo con quel singolo bacio. Non era durato molto, ma era durato abbastanza da permettermi di orientarmi e capire di chi erano le labbra premute contro le mie.

Non di Thomas, ma di Rett.

Non di mio marito, ma di un uomo che conoscevo a malapena.

Certo che mi mancava l'intimità, ma volevo avere a che fare con un altro uomo, anche solo come "scopamici?" No.

Non potevo permettermi di intraprendere un'altra relazione.

Rett aveva detto che non si poteva considerare un tradimento, e sebbene tecnicamente avesse ragione, per me lo sarebbe stato comunque.

Avevo promesso a Thomas "finché morte non ci separi."

Certo, non mi ero aspettato che la sua morte arrivasse così presto. Sarebbe dovuta arrivare dopo che entrambi fossimo diventati vecchi e grigi e costretti a masticare con le gengive, a usare il girello e l'apparecchio acustico.

Mi ero aspettato che saremmo invecchiati insieme. Che ci sarebbero venute le macchie sulla pelle, le rughe, e che avremmo messo la dentiera. Invece, ero costretto a invecchiare senza di lui.

Mi aveva lasciato.

Mi aveva lasciato solo.

Mi aveva lasciato distrutto.

Mi aveva lasciato senza la voglia di avere mai nessun altro.

Lo amavo con tutto il mio cuore, ma quel cuore e la mia mente erano caduti a pezzi quando lo avevo trovato.

Quando *io* lo avevo trovato. Il giorno peggiore della mia vita.

"Perché mancano le ante?"

Chiusi gli occhi.

"Perché mancano le ante?"

Inalai ossigeno nelle profondità dei polmoni e lo trattenni fino a sentire bruciore.

"Perché mancano le ante?"

La pressione crebbe dentro di me, facendo sì che la mia pelle si stringesse al punto da farmi pensare che si sarebbe strappata. La mia visuale si restrinse e io cominciai a soffocare. Trangugiai disperatamente aria nel tentativo di alleviare la pressione.

Stringendomi la gola serrata, lasciai cadere il manoscritto sul tavolo e barcollai verso l'ingresso della baita.

Avevo bisogno di aria.

Avevo bisogno di spazio.

Avevo bisogno di mio marito.

Ma invece di Thomas, vedevo solo Rett.

Sentivo le sue labbra sulle mie.

Non appena corsi fuori dalla porta e in veranda, caddi in ginocchio, succhiando l'aria notturna nonostante la mia gola continuasse a stringersi e il cuore mi stesse scavando un buco nel petto, mentre una fascia invisibile lo circondava, stringendosi ogni secondo di più.

Stava accadendo di nuovo e io non potevo fare nulla per fermarlo.

Dovevo subire ogni singolo incubo, ogni singolo flashback, ogni singolo attacco di panico.

La mia unica possibilità era tener duro.

Impotente e perduto, mi accovacciai, mi piegai in due e lasciai ricadere la testa tra le mani.

Bisognoso di dimenticare. Timoroso di dimenticare.

Desideroso di voltare pagina. Preoccupato di voltare pagina senza di lui.

Il mio torace sembrava pesante come piombo mentre cercavo di mettermi seduto.

Mentre mi ficcavo le dita nei capelli.

Mentre cominciavo a tirare.

Tirare.

Tirare.

Cercando di distrarmi dall'agonia. Qualunque cosa pur di togliermi da quella fossa oscura di disperazione.

Di ricordarmi che ero ancora vivo.

Il mio cuore batteva ancora. I miei polmoni pompavano ancora.

Ma a parte quello, ero solo un guscio. Un guscio vuoto.

Rett stava cercando di cambiare la situazione, nonostante la mia resistenza.

Stava cercando di aprire quel guscio, di riportare la vita dentro di me.

Il problema era che ci stava riuscendo.

Tuttavia, non potevo avere una cosa senza l'altra. Non ero in grado di scegliere quello che sentivo dentro di me.

Se sentivo una cosa, le sentivo tutte.

Anche ciò che mi lacerava e mi faceva a pezzi.

Non ero pronto.

Non ero pronto.

Non ero...

Buttata la testa all'indietro, lanciai un urlo a pieni polmoni.

Le mie dita continuavano a strapparmi i capelli e io urlavo e urlavo e urlavo, cercando di buttare fuori la rabbia. Il dolore atroce.

Non riuscivo a fermarmi.

Quelle grida tormentate raggiunsero l'acqua. E presto, un grido si mescolò a quello successivo mentre rimbalzavano tutti verso di me, facendosi amplificati. Assordanti.

Conficcandosi nella mia testa. Nel mio cuore. Trafiggendomi l'anima come una lancia.

Gridai fino a quando la mia voce non fu distrutta, fino a quando non ebbi la sensazione che mi sanguinasse la gola.

Ogni grido le grattava dentro come un cucchiaio arrugginito.

Fino a quando non rimase nulla dentro di me.

Fino a quando non fui di nuovo un guscio vuoto, al sicuro.

Intirizzito dentro.

L'unica maniera in cui potevo sopravvivere.

Capitolo dodici

Rett

CERCAI a tentoni il telefono quando suonò. Lo avevo messo in carica, dato che avevo finito di lavorare e al momento me ne stavo appoggiato alla testiera del letto mentre guardavo un film e passavo distrattamente le dita sulla schiena di Timber. Profondamente addormentato e russante, il mio compagno di letto era spaparanzato accanto a me sul materasso, a occupare la maggior parte del letto. Come al solito.

Di solito, non ricevevo messaggi o telefonate così tardi, a meno che non fosse accaduto qualcosa di grave e messaggi di massa non fossero stati inviati a tutti gli abitanti di Eagle's Landing. Un messaggio ricevuto quell'ora della notte poteva significare un incendio. Un'auto schiantata contro un cervo. L'avvistamento di coyote. L'ingresso di un orso nero in una casa. O un incidente molto grave.

Di solito, i semplici pettegolezzi aspettavano il sorgere del sole. Le emergenze no.

Staccato il telefono, lo presi dal comodino e indossai rapidamente gli occhiali da lettura che tenevo accanto al letto. Dopo aver chiuso il negozio e aver portato Timber a fare l'ultima passeggiata, mi toglievo sempre le lenti a contatto.

Ero in grado di guardare comodamente un film senza occhiali, ma per vedere qualcosa di piccolo come lo schermo del telefono, avevo bisogno di aiuto.

Una volta che ebbi modo di leggere il messaggio, ritrassi di scatto la testa.

Non mi curai di trattenere il sorriso mentre scrutavo ancora una volta il messaggio per assicurarmi di aver letto bene.

Sebbene non conoscessi il numero, sapevo benissimo chi era il mittente.

E c'era da scommettere che lo avrei aggiunto ai contatti.

Come va la testa?

È ancora attaccata, risposi con uno sbuffo abbastanza forte da far sì che Timber sollevasse la testa e mi guardasse di sbieco per aver interrotto il suo riposo.

Erano trascorsi tre giorni da quando il mio cranio era entrato in contatto con l'angolo del tavolo del mittente. Tre giorni di silenzio. Tre giorni in cui avevo rivissuto continuamente quel bacio nella mia mente.

Tre giorni in cui mi ero chiesto se Chase avesse fatto lo stesso.

Tre giorni in cui avevo sperato che l'uomo avrebbe accettato l'offerta di diventare scopamici, anche se io non l'avevo fatto esplicitamente, ma vi avevo solo accennato.

E avevo dato per scontato che Chase cogliesse l'accenno.

Era per quello che mi stava scrivendo? Per aprire finalmente un dialogo fra di noi?

Come due esseri umani e non un essere umano e un grizzly insopportabile?

Il trauma cranico era un buon promemoria del fatto che

era meglio aspettare che fosse Chase a fare la mossa successiva.

Ci volle un minuto intero, ma il telefono finalmente vibrò di nuovo fra le mie dita. *Immagino sia un bene.*

Mi stupisce che tu la pensi così. Per quanto trovassi attraente Chase, sarei comunque rimasto soddisfatto da un'amicizia platonica. Quell'uomo aveva bisogno di qualcuno che facesse il tifo per lui. Qualcuno che capisse gli aspetti più importanti della sua vita. *Mi hai perdonato per averti baciato?*

Mi hai perdonato per averti spaccato la testa?

Dipende se hai cominciato a leggere il mio libro o no. Mi ero detto che doveva averlo usato per accendere il fuoco.

Contai dieci battiti del cuore prima di ricevere il messaggio successivo di Chase: *È bello.*

"Whoa," sussurrai, poi mi scusai con Timber per averlo disturbato di nuovo. Lui bofonchiò e si allungò a occupare ancora più spazio. "Sono felice di aver comprato un letto grande apposta per te, altezza reale."

Distolsi l'attenzione dall'ingombro a quattro zampe e tornai all'uomo con due che avrei voluto avere al suo posto.

"Finora sì. A dire il vero, credo che sia la tua opera migliore..."

"Ascolta, Timber: C.J. Anson dice che questo è il mio libro migliore di sempre. Che ne pensi?" Questa volta, non fui degnato nemmeno di un'occhiata storta.

Mi ricordi molto quell'investigatore privato.

Mi accigliai. *È un complimento o un insulto?*

Il personaggio è tuo. Dimmelo tu.

Appoggiai la testa alla testiera e sorrisi al soffitto.

Sì, quell'uomo era chiuso come una videoteca, ma ogni tanto riuscivo a intravedere l'uomo che era stato. O che immaginavo fosse stato.

Allora direi che è un complimento, dato che Dexter è un genio dietro la sua imbranataggine.

Non credo che tu sia imbranato o un genio, fu la risposta.

Il mio sorriso si allargò. *Non mi conosci ancora abbastanza bene per poter essere davvero abbagliato dalla mia geniosità.* Aggiunsi una faccina dal sorriso enorme in fondo al messaggio, per stare sicuro.

Che diamine? Quella non è una parola.

Siamo scrittori. Possiamo inventarcele. Faccina di uomo che fa spallucce.

No. Faccina arrabbiata.

Ridacchiai. *D'accordo, allora facciamo così: abbagliato dalla mia brillantezza.* Faccina di uomo con gli occhiali da sole.

Resta discutibile. Faccina che solleva lo sguardo.

Lascia che te lo dimostri. Faccina di mani che pregano.

Non mi servono dimostrazioni. Devo tornare a leggere, anche se dovrei scrivere. Quando diventerò povero perché non avrò scritto il mio prossimo libro, darò la colpa a te. Faccina di uomo che impreca.

Faccina sconvolta. *Se sei disperato, posso prestarti dei soldi. Anche se probabilmente guadagni un milione di volte più di me, nonostante non fai uscire un nuovo libro da anni.* Faccina con simbolo del dollaro. Faccina con simbolo del dollaro. Faccina con simbolo del dollaro.

Lo stavo prendendo in giro, ma fino a un certo punto.

Il prezzo che lui aveva pagato per quei duecento acri era di pubblico dominio. Era un'informazione facile da reperire on-line. Naturalmente, la casa che Chase aveva venduto aveva probabilmente pagato la proprietà in montagna e gli aveva lasciato abbastanza soldi per finanziare i miglioramenti che aveva apportato.

Quell'uomo sarebbe sopravvissuto. Perlomeno finanziariamente.

Il grande C.J. Anson dice che sono il più grande scrittore di sempre!

Adesso non esageriamo.

Scrissi velocemente *Ora posso morire felice, dato che tutti i miei sogni si sono realizzati.*

"Occazzo." Non avevo pensato prima di inviare quel messaggio.

Dovevo scusarmi? Dovevo aspettare di vedere come avrebbe reagito Chase? Magari non sarebbe successo niente di che.

In risposta, non ebbi altro che silenzio.

Merda. Merda. Merda.

Fissai il mio telefono, sperando di non aver rovinato tutto, implorando che Chase mi scrivesse anche solo per darmi dello stronzo crudele.

Mi masticai il labbro inferiore mentre i minuti passavano uno dopo l'altro.

21:33.

21:34.

21:35

21:36.

Non ce la facevo più ad aspettare. Premetti l'icona del telefono in cima alla nostra colonna di messaggi.

Il telefono squillò ripetutamente, poi scattò la segreteria. "Merda!"

Inviai un altro messaggio invece di parlare. *Scusa. Sono stato uno stronzo. Non volevo.*

Passarono altri due minuti. Forse era meglio limitare le perdite e tornare a guardare il film.

A differenza del sottoscritto, che vuole? comparve sul mio schermo, accompagnato dalla faccina di un uomo che faceva spallucce.

L'hai detto tu, risposi, aggiungendo una faccina triste.

Ma tu l'hai pensato.

Riesci a leggermi nel pensiero fin dalla tua montagna?

Sì, perché fai casino anche quando pensi.

Sbuffai sottovoce per non disturbare il meritato riposo del mio cane. Aveva avuto una giornata faticosa, trascorsa a inseguire conigli nel sonno. *Allora potresti ignorare tutti quei pensieri che ho fatto su di te?* Faccina di mani che pregano.

Quali?

Quelli in cui eravamo entrambi nudi. Contemporaneamente. A fare cose discutibili, ma molto soddisfacenti.

Di nuovo il silenzio.

Digitai rapidamente un altro messaggio per non sembrare un pervertito. *Sai come siamo noi scrittori... A volte, perdiamo il controllo della nostra immaginazione.*

L'unica cosa che non dovevo immaginare era Chase nudo. Sapevo *esattamente* che aspetto aveva quell'orso denudato. Mi ero impresso nella mente quel dettaglio e lo riesumavo spesso.

Altro silenzio.

Siamo gli unici due uomini gay di Eagle's Landing, gli ricordai.

Il solo fatto che siamo entrambi gay non vuol dire che dobbiamo essere amici.

Non ho parlato di amicizia. Puntavo al trofeo e mi sarei accontentato dell'amicizia come premio di consolazione.

Non significa nemmeno che dobbiamo fare sesso.

Potrebbe essere un antistress o un buon modo per lottare contro il blocco dello scrittore.

Perché mai tu vorresti fare sesso con me? Sono un cazzone avvilito, ricordi? O te ne sei dimenticato?

Ma io ho VISTO il tuo cazzone. Faccina con gli occhi a cuoricino.

L'acqua era molto fredda. Faccina tartaruga.

APPUNTO. Faccina melanzana.

Le dimensioni non sempre contano. Faccina ammiccante.

Parla per te. Faccina con bocca incernierata.

Appunto, rispose lui.

Sei passivo? chiesi io, aggiungendo cinque faccine con gli occhi sbarrati.

Buonanotte.

ASPETTA!

Rinuncia, Peabody.

Mai, Foster. Scoppiai a ridere ancora una volta, svegliando Timber.

Fissai il telefono e aspettai.

Non poteva essere finita così. La conversazione stava andando bene. Ora avevo la speranza che la situazione di Chase stesse migliorando. E anche quella fra di noi.

Chiesi subito *Sei sempre stato dichiarato?* per cercare di proseguire la conversazione.

Mi ci volle un'eternità per ottenere una risposta, ma quando arrivò, il mio cuore cominciò a battere all'impazzata.

Da quando avevo quindici anni. Quando ho detto ai miei genitori che mi piacevano i maschi.

E? Volevo che continuasse a parlare.

Sobbalzai quando il mio telefono squillò. Non riuscii a passare il dito sullo schermo abbastanza in fretta. Rimasi col fiato sospeso mentre mettevo il vivavoce.

Per qualche istante, pensai che Chase mi avesse chiamato per sbaglio, dato che non sentivo altro che silenzio.

Com'era prevedibile, quell'uomo era frustrante.

La sua voce profonda rimbombò dal telefono. "All'inizio

mi dissero che ero confuso e che era solo una fase." Chase scoppiò in una risata brusca. "Che mi sarebbe *passata.*"

Porca troia. Chase mi aveva dato un'informazione personale. Stavo davvero abbattendo le sue mura?

Meglio ancora, mi aveva *chiamato.* Oppure stavo dormendo e me l'ero sognato? L'ennesima fantasia di una lunga lista.

"Timber, sto dormendo o sta succedendo davvero?" sussurrai.

"Come?"

Scossi la testa. "Niente." *Cazzo. Non rovinare tutto, Rett.* "Quindi i tuoi genitori non ti sostenevano?"

Chase sospirò all'altro capo del telefono. "Alla fine, sì, ma c'è voluto del tempo. Dopo un po', si sono resi conto che non era una fase dovuta agli ormoni e che non mi sarebbe passata. Soprattutto dopo che ho sposato..." La sua voce si spense.

Non sapevo se Chase se ne rendesse conto, ma si rigirava spesso la fede alla mano sinistra. Quella che continuava a portare pur non essendo più sposato ed essendo ufficialmente vedovo. Ma ero sicuro che, in cuor suo, si sarebbe sempre considerato il marito dell'amore della sua vita.

Probabilmente, io avrei fatto lo stesso se avessi perso la mia anima gemella.

"Quando ti sei sposato." Lo dissi in un modo che concludeva la frase invece che lasciarla in sospeso.

Non l'avrei costretto a pronunciare il nome di suo marito. Non quando la ferita era ancora tanto fresca.

"Sì," rispose lui. "Il matrimonio li ha convinti che non avrei mai cambiato idea. All'inizio, pensavano che fosse una mia decisione essere gay, essere diverso. Tu e io sappiamo che non funziona così."

Era verissimo. La gente che pensava che fosse una scelta

si sbagliava di grosso. E se le persone che ti circondavano non lo accettavano, potevi rischiare la vita.

Un giorno, le preferenze sessuali della gente non avrebbero avuto importanza e nessuno si sarebbe ritrovato ai margini, ma purtroppo ciò non sarebbe accaduto durante le nostre vite. C'erano ancora tanti bigotti che non accettavano la diversità.

Era uno dei motivi per cui avevo tenuto segreta la mia omosessualità agli abitanti di Eagle's Landing. Non volevo mettere a rischio il mio rapporto con loro. Alcuni erano sicuramente di mentalità aperta, ma temevo che altri non lo fossero. Anche se il problema non sarebbe stato mio, ma loro, avrei dovuto comunque affrontare eventuali pregiudizi.

"Ora non hanno più problemi" disse Chase riportandomi alla nostra conversazione. "Mi hanno sostenuto molto quando ho perso..." Prese profondamente fiato. "Quando sono rimasto vedovo."

"Vivono da queste parti? O vicino a dove abitavi prima, a Jericho?"

Forse non avrei dovuto menzionare il luogo in cui Chase viveva un tempo: avrebbe potuto ricordargli che sapevo di lui più di quanto volesse.

Era venuto a Eagle's Landing per mantenere l'anonimato. Io glielo avevo rovinato.

Dopo una breve esitazione, lui rispose. "No. Un po' di tempo fa, sono andati in pensione a Panama, che tu ci creda o no. Era più economico che vivere qui negli Stati Uniti. Vado a trovarli quando posso e li sento spesso. Finalmente, hanno capito come usare la chat video senza avere il sonoro disattivato o avere la testa fuori dall'inquadratura e costringermi a guardare i loro petti mentre parliamo. Vivono una vita fantastica da espatriati e si godono la pensione. Sono contento per loro."

"Sì, sei proprio un tipo contento," gli dissi sarcastico, per poi pentirmene immediatamente. Stavo cercando di spingerlo ad aprirsi, non a chiudersi come una cozza.

"Comunque..." giunse un borbottio attraverso il mio telefono.

Stava cercando di chiudere la conversazione. Era troppo presto. Cercai disperatamente qualcos'altro da dire. "Quante penne rosse hai esaurito?"

Un rumore in aggiunse dal telefono. "Tutte."

"Ma guarda. Hai davvero un senso dell'umorismo."

"Non stavo scherzando."

Risi. Un secondo dopo, fui colto dal panico. "Aspetta, davvero?"

Chase stava soffocando una risata? Era possibile? No. Non poteva essere. Era il caso di chiederglielo o era meglio tenere la bocca chiusa e sperare di aver sentito bene?

La bocca chiusa era sempre l'opzione più sicura. Soprattutto per me.

"Ho detto che è la cosa migliore che tu abbia mai scritto. Non mentivo."

"Potrei baciarti!" *Porca miseria.* Mi affrettai a trattenere l'entusiasmo. "Metaforicamente. Non voglio tentare di nuovo la sorte. Dopo l'ultima volta che ti ho baciato, ho avuto un'emicrania per due giorni ed è stato difficile scrivere."

Aspettai. Una scusa. Una manifestazione di solidarietà. Qualcosa.

Non ottenni altro che silenzio.

E altro silenzio.

Finalmente, Chase disse: "Ti riporterò il libro quando lo avrò finito."

Sarebbe stato scortese chiedere quanto tempo ci avrebbe messo?

Non volevo mettergli fretta, ma ero curioso riguardo alle

correzioni che aveva segnato. "Oppure basta che mi mandi un messaggio e Timber e io verremo a prenderlo. Non voglio recarti disturbo."

"Ma no. Te lo riporterò la prossima volta che sarò in paese."

Ora perché in quel modo sarebbe stato meno tentato? Perché noi due non saremmo rimasti soli fra i boschi nella sua baita?

Hmm. "Sai dove trovarmi."

Il telefono morì.

"Beh, accidenti, Timber. Non solo mi ha scritto, mi ha *chiamato.* E meglio ancora, il mio ultimo libro gli piace. Mi sa che sto facendo progressi."

Timber sollevò la testa e mi rivolse un'occhiata esasperata, per poi appoggiare il muso sul materasso con un grugnito.

Una cosa era certa: non riuscivo a smettere di sorridere. Nonostante il film molto sanguinoso di Stephen King che stavo guardando.

Capitolo tredici

LANCIAI UN'OCCHIATA all'appartamento sopra The Next Page. Era tardi, ma speravo che Rett fosse ancora sveglio. La luce che faceva capolino attraverso le persiane indicava che molto probabilmente lo era.

Era una pessima idea.

Sarebbe stato più intelligente lasciare il manoscritto sotto i tergicristalli del furgone.

Lanciai un'occhiata sulla destra e dietro le mie spalle, verso la mia Bronco parcheggiata dietro la libreria. La piccola zona asfaltata era grande abbastanza per due posteggi. Sulla sinistra del parcheggio, dove mi trovavo al momento, c'era un piccolo cortile erboso circondato da una recinzione metallica. Non c'era davvero spazio sufficiente perché Timber potesse fare movimento, ma molto probabilmente bastava perché il cane facesse i suoi bisogni quando il tempo era brutto.

Avrei potuto lasciare la spessa busta sul Chevy, all'ingresso posteriore del negozio, o salire silenziosamente i gradini e lasciarla sulla porta dell'appartamento, al secondo livello. Poi incrociare le dita e sperare che Rett la trovasse prima che piovesse.

Oppure avrei potuto salire quei gradini e bussare alla maledetta porta.

Non lo avevo avvertito che stavo arrivando.

Non gli avevo nemmeno detto che avevo finito la lettura.

Ma d'altra parte, non avevo messo in programma di essere così irrequieto nella mia baita da aver bisogno di fare un giro in auto.

Fino alla libreria.

E alla fine, da Rett.

Quell'uomo era nei miei pensieri da quel maledetto bacio.

La mia mente continuava ad alternare il momento in cui le nostre bocche si erano fuse alla ferita alla nuca che gli avevo provocato.

Il senso di colpa mi divorava.

Per essermi lasciato baciare, perché gli era piaciuto, e poi perché mi ero lasciato prendere dal panico e l'avevo spintonato. Peggio ancora, quello stesso senso di colpa mi penetrava fino alle ossa perché non riuscivo a smettere di pensare a lui.

Mi ero detto che, se avessi finito di leggere il manoscritto e glielo avessi riportato, levandomelo dalla vista, avrei potuto tornare ai miei soliti programmi.

Cioè solitudine, tristezza e autocommiserazione.

Oltre a non lasciare che nessuno si avvicinasse a me per paura di perdere quello che restava del mio cuore se avessi dovuto subire un altro lutto.

Dopo la morte di Thomas, avevo perso l'equilibrio e tutto il mio mondo si era rovesciato. Per proteggere me stesso, non volevo far altro che concentrarmi sulla mia carriera e sulla mia famiglia, rimanendo in contatto con l'occasionale chat video.

Il mio piano era consistito nel mantenere la vita il più semplice possibile fino a quando non sarei stato pronto ad affrontare la roba più complicata. Rett avrebbe potuto facilmente prendere il mio desiderio di semplicità e trasformarlo in qualcosa di molto complicato.

Se io glielo avessi permesso.

Nonostante opponessi resistenza, ora ero in fondo ai gradini, a fissare la veranda di legno senza luci dietro l'appartamento.

Inalai a fondo l'aria notturna e mi riempii completamente i polmoni. Essendo tardo giugno, faceva caldo, ma non c'era umidità. Ero sicuro che quella stesse arrivando.

Stavo solo procrastinando quello che ero venuto a fare. Restituirgli il manoscritto con i cambiamenti da me suggeriti.

Sì, quello era l'unico motivo per cui avevo guidato per dieci minuti per arrivare in paese.

Come no.

Non avevo altri motivi per essere lì. Figuriamoci.

Strinsi i denti e salii i gradini.

La veranda di Rett poteva anche essere piccola, ma era accogliente, con un paio di sedie, un tavolino, delle lucine spente, un paio di alte piante in vaso e persino uno di quei tendoni che facevano ombra d'estate.

Il retro dell'edificio dava su una stradina secondaria al momento vuota. Ero sicuro che fosse così per tutto il giorno, dato che Eagle's Landing non era un paese trafficato, ma sonnolento. Un altro vantaggio dell'aver comprato la baita.

Pace e tranquillità a non finire.

Almeno prima di Rett.

Bussai alla porta con una finestrella a semicerchio sulla sommità. Non sentii i passi dell'uomo. Invece, sentii Timber che abbaiava all'impazzata e ringhiava dietro la porta e vidi la sommità della testa di Rett nella finestrella mentre questi si avvicinava. Il tutto mentre gridava al pastore tedesco di darsi una calmata.

Dopo lo scatto di un chiavistello, la porta si aprì di uno spiraglio e la gamba nuda, ma pelosa, di Rett, si infilò nel varco, probabilmente per impedire al cane di correre fuori.

O di mordere un potenziale intruso.

Una volta che il volto di Timber fu comparso nello spazio tra la porta e lo stipite e il cane mi riconobbe, Rett spalancò gli occhi e aprì la porta quanto bastava perché Timber corresse fuori. Il cane cominciò subito a muoversi in cerchio attorno a me, scodinzolando e abbaiando entusiasta. Sussultai quando le strida acute mi penetrarono le orecchie come un piccone.

Non avevo idea che i cani potessero essere tanto teatrali.

Dato che Rett non aveva acceso la luce in veranda accanto alla porta, l'appartamento illuminato alle sue spalle lo faceva sembrare una silhouette scura. Quando fece un passo indietro, finalmente potei vederlo con più chiarezza. "Cosa ci fai qui?"

Avevo la gola secca e ruvida come carta vetrata quando deglutii. Il mio sguardo passò dalla sua testa di capelli in disordine fino ai suoi piedi nudi. Indossava solo un paio di boxer larghi, neri o blu scuro, e una maglietta allargata e lisa che pubblicizzava il bar locale, The Roost. La maglietta era così vecchia che un capezzolo faceva capolino da sotto un piccolo buco e c'era una dubbia macchia marrone a forma di rene sopra l'ombelico.

"Stavi dormendo?"

Rett scosse la testa. "No, ma ero a letto con una birra e un film."

"Non volevo interromperti."

Rett fece spallucce, attirando la mia attenzione sul modo in cui la vecchia maglietta gli fasciava le spalle larghe e gli stringeva i bicipiti. "La birra si è sgasata e il film fa schifo."

Infilai le labbra sotto i denti fino a quando l'impulso a sorridere non svanì.

"Resti fuori o vuoi entrare?" Rett mosse la mano verso l'interno in un cenno di invito.

Entrare in casa sua avrebbe potuto non essere intelligente.

Dagli la busta, Chase, e vattene da qui.

Rett inclinò la testa. "Non mordo mica."

Ma io lo vorrei. Sollevai la busta. "Sono solo passato a riportarti questo."

Il suo sguardo corse al manoscritto per poi tornare al mio viso. Aggrottò la fronte. "Avresti potuto riportarmelo domani mattina."

"Non volevo aspettare."

"Ho tempo in abbondanza per farlo avere al mio correttore. Non ho intenzione di pubblicarlo prima di sei mesi."

"Come ho già detto, non volevo aspettare."

"Si vede. Sono le dieci passate."

"Davvero?"

Uno dei suoi sopraccigli scuri si sollevò. "Non sai che ore sono?"

"Mi sono distratto."

"Entra," insistette lui, voltandomi le spalle e allontanandosi dalla porta aperta. Esclamò da sopra la spalla: "Vuoi una birra?"

La volevo?

Sì, ma non sapevo se fosse il caso di accettare. Quell'uomo era già abbastanza allettante anche senza alcol. C'era il rischio che la mia determinazione d'acciaio si fondesse.

Era già grave che vedere Rett in pigiama mi facesse scorrere metallo liquido nelle vene.

La mia attenzione fu attirata dal movimento elegante delle sue anche mentre si allontanava da me. Mi assicurai che Timber mi seguisse prima di chiudere la porta.

Il cuore mi martellava nel petto, dato che stavo entrando in una situazione con la quale non ero del tutto a mio agio. Mi concentrai sull'appartamento invece di provare a uccidere le formiche che mi zampettavano sulla pelle.

La libreria era un edificio di buone dimensioni, per cui aveva senso che anche la casa di Rett fosse spaziosa. Passai lo sguardo su tutto quello che c'era nel mio campo visivo e capii che avevo ragione. Era più grande della mia baita. Le pareti erano coperte di foto, tanto di famiglia quanto di animali selvatici, assieme ad altre immagini naturalistiche più generiche.

Mi chiesi se Rett avesse la passione per la fotografia. Quel pensiero mi spinse a rendermi conto che non sapevo molto di lui. Solo le basi.

La zona subito oltre la porta era un ambiente aperto, proprio come la mia baita, ma più lucida e moderna. Il salotto aveva un caminetto a gas incorporato, con una televisione a schermo grande montata sulla parete sopra di esso. Di fronte a quella parete si trovava un grosso divano componibile in pelle dall'aria molto comoda. Sul pavimento, proprio di fronte al divano, c'era una grande cuccia circolare.

Mentre osservavo tutto, seguii Rett nella zona accanto, che era una cucina di discrete dimensioni. Era pulita e ordinata. Ogni cosa sul piano di lavoro sembrava avere il proprio posto. Non c'erano piatti sporchi nel lavandino. Non c'erano bicchieri vuoti sul piano. Non c'era cibo lasciato fuori, tranne qualche banana appesa a uno di quegli strani apparecchi.

Pensavo che fosse uno di quei gadget da cucina che la gente comprava, ma non usava mai.

A quanto pareva, mi sbagliavo.

Rett aprì il frigorifero si allungò a prendere qualcosa. E mentre lo faceva, io posai lo sguardo sul suo posteriore, soffermandomi sul sedere e sul modo in cui il cotone sottile dei boxer si tendeva sulle natiche molto sode e dalla forma perfetta.

Distolsi a forza lo sguardo, perché non avrei dovuto adocchiarlo come se fosse un bocconcino allettante.

Quando si voltò dopo aver chiuso la porta del frigo, aveva due bottiglie di birra Sea Dog Sunfish fra le mani. Ne stappò una e me la offrì. Io mi avvicinai e gliela presi di mano, leggendo l'etichetta.

"Hai mai bevuto la Sea Dog?" chiese Rett.

"Una volta ho provato la loro birra al mirtillo."

"Oh, quella è buonissima. La fanno con i mirtilli selvatici del Maine. Ne faccio ordinare casse intere a Rick, in modo da poterla comprare qui."

"Rick?"

"Il proprietario del Roost. Ci sei mai stato?"

Scuotendo la testa, risposi: "No."

"È un baretto assonnato."

Proprio come l'intero paesino.

"Rick è una brava persona."

Sentii forte e chiaro il tacito "A differenza di te."

Mi portai la bottiglia alle labbra e la birra chiara e fredda mi scivolò lungo la gola. Il sapore era davvero buono, liscio e rinfrescante. Forse avrei dovuto passare dal Roost per prenderne un paio di confezioni.

Non ero un forte bevitore, ma a volte mi andava di bere una buona birra. La Sea Dog sembrava la marca perfetta da sorseggiare seduto in veranda, a poggiare i piedi e fissare il lago mentre ascoltavo i rumori della fauna locale.

Dovevo dire qualcosa invece di starmene lì come un imbecille. "Come va la testa? È guarita?"

Rett bevve un lungo sorso dalla sua bottiglia, la posò sul piano accanto al frigo e mi si mise di fronte.

Ci fissammo a vicenda per qualche secondo senza che nessuno di noi sbattesse le palpebre e proprio quando cominciavo a innervosirmi e stavo per fare un passo indietro per avere più spazio, lui si voltò e si infilò le dita nei capelli per scriminarli. Si vedevano ancora tracce della ferita.

Accidenti. "È rimasto il segno," mormorai.

"Per fortuna, è piccolo. Sparirà."

L'uomo era sicuramente ottimista. Ma d'altra parte, sembrava ottimista in generale.

Quando si voltò di nuovo verso di me, ci ritrovammo ancora una volta con le punte dei miei stivali che toccavano i suoi piedi nudi. Avrei potuto giurare che nessuno di noi respirasse mentre ci fissavamo a vicenda, separati da pochi centimetri.

"Perché sei qui?" chiese Rett con voce più roca del normale.

"Te l'ho già detto." Bevvi due altri sorsi abbondanti di birra. Speravo che avrebbe spento il calore che si sollevava dal mio ventre.

"Quando hai finito?"

"Ha importanza?"

Rett annuì.

Ovviamente. Stava cercando di analizzare i miei processi mentali e le mie azioni. "Questa mattina."

"E ora sei qui..." Rett voltò la testa per guardare l'orologio digitale del fornello. "Alle dieci e mezza di sera."

"Ecco..." Non avevo una buona scusa.

La sua testa si inclinò di lato. "Ecco..."

"Scusa se ti ho disturbato," conclusi.

Perché di sicuro non avrei ammesso che avevo pensato a lui fino a quando non mi era sembrato che mi si stesse per spaccare la pelle.

Non gli avrei detto che mi ero masturbato sotto la doccia, quella mattina, pensando a quel bacio.

Non gli avrei detto che per poco non l'avevo rifatto quella sera. E non gli avrei detto che era quello il motivo per cui ero salito sulla mia Bronco e avevo parcheggiato dietro la sua libreria prima di potermi convincere a non farlo.

No. Non gli avrei detto nulla di tutto ciò.

"Ho pensato che, se lo te avessi dato questa sera, tu avresti potuto cominciare la correzione domani mattina presto."

Lui sollevò il mento e strinse gli occhi, vedendo la verità e non la menzogna che aveva appena tirato fuori.

Le mie dita accentuarono la presa sulla bottiglia ora sudata. Per infrangere il suo incantesimo su di me, mi portai la birra alla bocca e trangugiai quello che restava. Dato che ero abbastanza vicino da raggiungere il tavolino della cucina, ci posai la bottiglia sopra senza spostare lo sguardo di un centimetro.

"Ancora?"

Sì. Volevo un altro bacio.

Annuii.

Respirai un po' più facilmente quando lui si allontanò da me per prendere un'altra Sea Dog dal frigo. Dopo averla stappata, tornò da me, ma non si fermò fino a quando non fummo ancora una volta piede contro piede.

Naturalmente. Perché lui *sapeva.*

Invece di offrirmi la birra, se la tenne vicino al petto, costringendomi ad allungare la mano.

"Perché sei qui, Chase?" La sua domanda, questa volta, non era solo roca, ma era appesantita da altri interrogativi taciti oltre a quello che lui aveva posto.

Avvolsi la mano attorno alla bottiglia fredda, ma sentivo soltanto le sue dita calde che la stringevano sotto le mie.

Il dorso delle mie dita gli sfiorò il caldo petto attraverso il cotone sottile.

Mi schiarii la voce. "Te l'ho detto."

"Cosa non mi stai dicendo?"

Troppe cose che non volevo condividere.

Quando tirai la bottiglia, cercando di portargliela via, lui se la tenne stretta al petto e la seguì. Senza nemmeno volerlo, lo attirai contro di me.

Fino a quando non fummo così vicini che i nostri respiri si mescolarono.

"Perché sei qui, Chase?" sussurrò lui, il pomo d'Adamo che gli risaliva lentamente la gola per poi scendere di nuovo.

"Non lo so," sussurrai in risposta. Lo sapevo; solo, non volevo ammetterlo. Avevo paura di concedermi di avere quello che davvero volevo da Rett. Quello che lui mi offriva spontaneamente. Quello che avrei potuto accettare sponta-neamente. "È stato un errore."

"Commettiamo tutti degli errori."

Lo sapevo fin troppo bene.

Tuttavia, da certi errori non ci si poteva riprendere. Speravo che non fosse uno di quelli, dato che ne avevo già fatti abbastanza per una vita.

"Perché sei qui, Chase?"

"Quante volte me lo vuoi chiedere?" Cercai di porre la mia domanda in tono infastidito. Non ci riuscii. Invece, essa suonava leggermente disperata.

"Tutte quelle che serviranno per farmi dire la verità."

"Ti ho dato la verità."

"Mi hai dato una comoda scusa. Ma dentro di te, sai che non è per quello che sei qui."

Perché era così frustrante? A onor del vero, la colpa era mia, dato che questa volta ero stato io a venire da lui e non il contrario. "Come fai a saperlo?"

"Anche se stai facendo del tuo meglio per nasconderlo, lo vedo nei tuoi occhi, chiaro come il giorno."

Cazzo. Ruppi il contatto di sguardi. "Te lo stai immaginando."

"Stronzate. Lo riconosco perché voglio la stessa cosa."

"Io voglio solo essere lasciato in pace."

"Ma sei qui, nel mio appartamento. A tarda sera. Con una scusa molto debole."

"Non sarei dovuto venire." Era vero.

"Ma lo hai fatto, per cui... Adesso?"

"Dovrei andarmene." Anche quello era vero.

"Prima di avere quello per cui sei venuto?"

Svuotai la seconda bottiglia di Sea Dog in due sorsi.

Rett scosse la testa e prese un'altra birra dal frigo, la stappò, buttò il tappo sul piano assieme agli altri e mi porse la mia terza birra.

Non esitai ad accettarla.

Stavo cercando di usarla per rafforzare le mie mura. Ma naturalmente, quello era un altro fallimento, dato che esse stavano lentamente cominciando ad abbassarsi.

Rett accennò con il capo alla mia terza birra. "Se la bevi in fretta come le altre due, non ti lascerò andare da nessuna parte per un po'."

Quell'uomo era frustrante sotto diversi punti di vista.

Tenendo lo sguardo fisso nel suo, sollevai la bottiglia, me la portai alle labbra, aprii la bocca e tranguggiai l'intera birra in un sorso solo.

La sua bocca si arricciò lentamente in un sorriso, poi lui annuì.

Annuii anche io e posai la bottiglia vuota accanto agli altri cadaveri.

Allungai di scatto la mano, afferrai la maglietta di Rett e lo strattonai verso di me, sperando che il cotone sottile non si sarebbe strappato e non ci avrebbe fatto cadere.

Ciò non accadde, ma Rett andò a sbattere contro di me. Prima che lui potesse riprendere fiato, io chinai la testa e portai la mia bocca vicino alla sua. Non baciandolo. Non ancora.

Semplicemente, respirando.

Cercando il coraggio di fare quello che volevo fare all'uomo stretto a me. Petto contro petto. Piedi contro piedi. Bocca contro bocca.

E ora...

Erezione contro erezione.

"Ho detto che non ti avrei baciato mai più. Questa volta non mi farai perdere conoscenza, vero?" sussurrò Rett contro le mie labbra.

"No, perché questa volta sarò *io* a baciare *te*, dato che è l'unico modo per zittirti."

"Beh, non è l'unico, ma–"

Sapevo benissimo quali erano gli altri modi, ma avremmo cominciato con un bacio. Per compensare l'ultimo disastro. Dovuto ai miei complessi.

Con una mano, afferrai Rett dietro il gomito e con l'altra affondai le dita nella sua nuca, schiacciando le nostre bocche assieme a tutto il resto.

Nell'istante in cui la bocca di Rett si aprì in un gemito, la sua lingua si intrecciò alla mia.

Non ci fu nulla di delicato nel nostro bacio. Era crudo.

Brusco. Puramente sessuale. Non era dolce o intimo, né trasmetteva sensazioni romantiche.

Il bacio che condividemmo era per *il momento*. Tutto lì.

Serviva solo a dimostrare a me stesso che ero in grado di avere un contatto fisico senza un attaccamento emotivo. Che potevo dargli quello che voleva, prendere quello che volevo io e voltare pagina.

Forse persino dimostrare a entrambi che eravamo pessimi l'uno per l'altro.

Non saremmo stati granché come scopamici. Non saremmo stati granché come amici con benefici.

E non...

Cazzo.

Rett mi strinse i capelli sulla nuca così forte che non avrei potuto allontanarmi nemmeno se avessi voluto. L'altra mano scese lungo la schiena per trovare il mio sedere e affondò le dita nella mia carne coperta di Denim, stringendomi ancora più forte contro di lui. Il suo membro duro sfregò contro il mio.

Quando lui gemette nella mia bocca, io accettai avidamente e ricambiai. Anche se non era stata mia intenzione.

Non volevo fargli capire quanto lo volevo. Quanto avevo bisogno di quel contatto fisico. Quanto mi piaceva quel bacio. Quello programmato, non quello che avevo dovuto subire quando non ero pronto.

Oggi ero pronto.

A quello e ad altro.

Continuavo a ripetere a me stesso che, se quella sera fossimo andati oltre un bacio, non avrebbe significato nulla. Sarebbe stato solo uno sfogo sessuale.

Avremmo semplicemente soddisfatto i nostri bisogni di base.

Negli ultimi tre giorni, avevo continuato a dirmi che

avremmo potuto limitarci al sesso, che non dovevamo andare oltre. Un semplice e molto necessario contatto fisico.

Nessun attaccamento. Niente di più.

Nessun rischio di ferite emotive.

Nessun rischio di distruzione per il mio cuore già graffiato e ammaccato.

Rett mi fece scivolare nuovamente la mano sul sedere, fermandosi sulla cintura dei jeans, per poi infilare le dita fra il denim e la mia pelle *bollente*.

Il suo tocco mi ustionò, ravvivando il fuoco che mi lambiva il ventre. Spingendomi a inclinare la testa e a prendere la sua bocca in maniera più completa, a spingere la lingua più a fondo, ad assaporare ogni angolo.

Il suo fiato corto... Il suo membro che scivolava lungo il mio... Il modo in cui mi tirava i capelli fino a farmi bruciare gli occhi... in cui le sue dita giocherellavano con la fessura del mio sedere...

Tutto quello che faceva Rett mi accendeva dall'interno. Faceva sì che quelle fiamme guizzanti diventassero un fuoco ruggente.

Spingendomi a volere di più. Ad avere bisogno di più.

Lo strattonai e, con i corpi ancora stretti l'uno all'altro, cominciai a camminare all'indietro, badando a non infrangere la connessione. Lui rimase con me a ogni passo mentre ci spostavo via dalla cucina e verso il corridoio che sicuramente portava alla camera da letto.

Fu allora che mi resi conto che, sebbene mi fossi preparato mentalmente al bacio, non mi ero preparato a nulla di ciò che sarebbe potuto seguire.

Non avevo portato nulla. Preservativi, lubrificante, niente.

Se Rett non ne aveva, sarebbe stato un problema.

E se li aveva, con chi li aveva usati in passato?

Con nessuno del paese, a occhio e croce. Era stato costretto a cercare altrove. Aveva corso il rischio di portare un uomo a casa nella speranza che nessuno li vedesse?

Aveva detto di non essere "dichiarato" a Eagle's Landing. Capivo il perché, ma ciò significava che, se voleva fare sesso, doveva spostarsi.

Perché mi importava? Perché mi ero fissato sulle altre persone con cui Rett poteva aver fatto o fare ancora sesso.

I suoi "scopamici."

Magari ne aveva uno in ogni paese vicino e voleva fare di me uno di loro, perché sarei stato più vicino e più comodo.

Smisi di guidare quando lui prese il sopravvento, usando la presa sui miei capelli e sul mio sedere per strattonarmi, dato che non sapevo quale fosse la porta della sua camera da letto.

Rett indietreggiò lentamente lungo il corridoio e in qualche modo riuscimmo a continuare il bacio. Le nostre labbra non si separarono mai.

Non riuscivo a saziarmi della sua bocca su di me, del modo in cui la sua lingua lottava con la mia per mantenere il controllo, del brontolio profondo che risaliva dal profondo della sua gola.

Il mio uccello pulsò e le mie palle si fecero pesanti. Il mio cuore martellava come la batteria a un concerto rock. Per una frazione di secondo, sperai che le mie reazioni non fossero dovute a un attacco di panico.

Non era il momento per uno di quelli. Quando perdevo la vista, l'udito e il contatto con la realtà. Quando tutto diventava soffocante e io non volevo altro che stringere le palpebre e raggomitolarmi fino a quando non passava.

Rett mi lasciò i capelli e il sedere, allungò una mano dietro di sé per aprire la porta della camera da letto e finalmente io staccai la bocca.

Qualcosa mi sfiorò la gamba; doveva essere Timber, ma non guardai, perché non riuscivo a distogliere lo sguardo da Rett.

Le sue pupille erano dilatate al punto da far sembrare i suoi occhi quasi completamente neri. Il suo petto ansimava in fretta quanto il mio. Un rossore spuntava dal collo allargato della sua maglietta e gli colorava la gola. Le sue labbra erano schiuse e vi uscivano brevi sbuffi d'aria.

"Porca troia," sussurrò con voce tremante.

Ero d'accordo. *Porca troia.*

Tutte le volte che ci eravamo sfiorati accidentalmente, era stato come se il fulmine mi avesse crepitato sulla pelle. Mi aveva spaventato e messo in ansia, dato che non avevo mai reagito in quel modo.

Con nessuno.

Nemmeno con...

Le paratie d'acciaio calarono di colpo, escludendo quel pensiero. Non potevo pensare a *lui* mentre ero nella camera da letto di un altro uomo. *Con* un altro uomo.

Non potevo.

Non volevo.

Non se volevo continuare a guardarmi allo specchio.

Capitolo quattordici

Chase

Non appena Rett mi trascinò in camera da letto agganciando un dito al passante della mia cintura, usò il piede per scacciare Timber dalla stanza e si affrettò a chiudere la porta, escludendo il cane.

Ne comprendevo la necessità, ma evidentemente lo stesso non si poteva dire per il suo cane. Sentire la teatralissima crisi di nervi di Timber fu come avere un secchio d'acqua gelida versato sulla testa.

Ma prima che potessi staccarmi, tornare alla realtà e fare ritorno alla mia baita, Rett mi spinse contro la porta con le nostre dita congiunte e le mie mani bloccate accanto alla testa. Si mise naso a naso con me, fissandomi dritto negli occhi con un'espressione determinata sul viso.

"Non ce la faccio," mi costrinsi a dire, cercando di convincermi a non andare oltre con lui.

Sarebbe stato un errore. Avrebbe dato a Rett più potere su di me di quanto io fossi pronto o disposto a dargli. Inoltre, temevo che se avessi aperto la porta fra di noi, lui sarebbe corso dentro con la delicatezza di un toro.

"L'hai già fatto," mormorò Rett mentre premeva la fronte contro la mia e stringeva le mie dita.

"È solo che... Non riesco..." Me ne sarei pentito, non importava quanto lo volessi.

"È stato solo un bacio."

Sì, era stato solo un bacio. E anche molto di più. Era stato la promessa di ciò che sarebbe potuto succedere dopo. E mi aveva fatto venire voglia di fare un sacco di cose con Rett.

Cercai di liberarmi, ma Rett accentuò la presa. "È stato solo un bacio, spontaneo, ma insignificante."

Che falsità. Rett stava cercando di impedire che io mi lasciassi prendere dal panico e lo chiudessi fuori. Ma qualunque cosa dicesse, non c'era verso che quel bacio fosse insignificante.

Mi aveva reso duro, pesante e voglioso di lui. Non mi sentivo così da due anni, da quando avevo smesso di concedermelo. In quel momento, mi sentii un sacco di merda.

E tutto ciò mi preoccupava.

Non potevo affezionarmi a quell'uomo né a chiunque altro.

Non potevo.

Era più sicuro restare da solo. Per non dire molto più facile.

Ma baciarlo mi aveva spinto a rendermi conto di quanto mi mancasse anche l'intimità.

Mi mancava essere abbracciato, essere baciato, il contatto pelle contro pelle. L'eccitazione durante l'attività e la soddisfazione che le inseguiva.

Molto probabilmente, avrei potuto avere quelle cose con Rett, ma a quale prezzo? Non solo per me, ma anche per lui.

"Stai pensando troppo," sussurrò Rett. "Siamo solo due uomini che si godono la reciproca compagnia."

L'intuito di quell'uomo poteva essere fastidioso. "Non sono sicuro che io me la stia godendo."

"Perché ti stai lasciando divorare dal senso di colpa."

"Non posso concedermi di volere questa cosa. Ti voglio, ma non posso..."

"Non è un tradimento, Chase."

"A me sembra proprio di sì." Sebbene cercassi di nasconderlo, il mio sussurro aveva un suono tormentato. C'era una guerra in corso nella mia testa e nel mio cuore. Ma, a ogni modo, dovevo essere onesto con Rett. Lui sapeva che faticavo, ma non sapeva esattamente perché. "Io lo amo. Non smetterò mai di amarlo. Non c'è nessun altro per me, anche se lui non c'è più. Nessuno. C'è sempre stato solo lui." Inalai a fondo, riempiendomi completamente i polmoni prima di concludere con "Mi dispiace. Non dovrei–"

"Non credi che, se lui lo sapesse, vorrebbe che tu voltassi pagina?"

"Se *lui* lo sapesse? Lui non lo saprà mai, ma io sì. Dovrò convivere con me stesso."

"Lui non vorrebbe mai che tu ti isolassi dagli altri. O che non tornassi a vivere la tua vita come andrebbe vissuta. Vorrebbe che tu fossi felice. Vorrebbe che tu ricordassi i momenti belli di voi due, ma che non ti soffermassi sulla sua perdita."

"E tu come fai a saperlo? Non l'hai mai conosciuto." La mia fronte si abbassò e la mia rabbia risalì gorgogliando dal profondo di me. Cercai di separare le nostre mani, ma lui non fece altro che accentuare la presa sulle nostre dita agganciate e mi bloccò ancora più strettamente contro la parete, usando il corpo.

Ero sicuro di essere più forte di lui e che sarei riuscito a spingerlo via, se ci avessi provato. Ma l'ultima volta era stata un disastro. Il mio obiettivo non era fargli del male, ma evitare di subirne io.

"Hai ragione: non lo conosco. Ma credo che fosse una brava persona, visto che tu lo amavi così tanto. E la maggior parte delle brave persone non vuole che quella che amano rimanga immersa nella sofferenza per più di due anni. Il fatto è che... Io non sto cercando di prendere il suo posto, Chase. Non lo farei mai. Quello che hai avuto con lui è tuo e lo rimarrà per sempre. Quello che avresti con me è qualcosa di nuovo. Diverso. Potrebbe essere leggero, divertente, niente di serio. Non c'è niente di male nel concedertelo. Nell'avere più di quello che ti stai permettendo di avere. Credo proprio che tu ti stia flagellando per qualcosa su cui non hai avuto il controllo."

Aveva ragione, ma ciò non mi rendeva le cose più facili.

L'inibizione era mia. Non di Thomas. Non di Rett. Mia e solo mia.

Forse, se non avessi perso mio marito in quel modo, avrei gestito le cose diversamente.

Forse, se non fossi stato io a trovarlo.

Forse, se avessi saputo cosa aveva portato Thomas a prendere quella decisione devastante.

Forse, se avessi prestato più attenzione. Se avessi controllato più spesso...

Forse... Quanti "forse." Tutti troppo tardivi.

Sì, avevo bisogno di voltare pagina, quando in realtà avrei preferito tornare indietro nel tempo. Volevo ricominciare da capo. Assicurarmi di fare tutto il possibile per far sì che Thomas capisse di essere voluto e amato, che io gli sarei rimasto accanto a qualunque condizione. Per assicurarmi che si prendesse cura di se stesso. Per assicurarmi che stesse bene prima che io partissi, quel giorno, invece di dare per scontato...

Aveva avuto una ricaduta. D'altra parte, anch'io.

A ogni modo, in quel momento non era Thomas a stringermi le mani, non era Thomas a inchiodarmi alla porta. Non era Thomas ad avere la fronte premuta contro la mia.

No, quello non sarebbe successo mai più. Non avremmo condiviso mai più momenti del genere.

Avrei avuto solo i ricordi. Fino a quando non avrei perso anche quelli.

Un "Chase" sussurrato mi spinse ad aprire gli occhi che non mi ero reso conto di aver chiuso. Mi riportò alla camera da letto di Rett e alla situazione in cui mi trovavo.

Con Rett.

Così diverso da Thomas.

Rett era come un raggio di sole scintillante in contrasto con le nubi scure e tempestose di Thomas.

Tirando a indovinare, i giorni buoni di Rett erano più di quelli cattivi, mentre i giorni cattivi di Thomas erano stati più di quelli buoni.

Ma non era stata colpa sua.

Porca miseria, nemmeno mia. Allora perché mi torturavo così tanto? Perché non riuscivo a godermi l'uomo con cui ero senza essere gravato dal senso di colpa per quello che avevo perso?

"Concedici solo questa sera."

Oppure? "Se lo facessi, tu cosa ti aspetteresti dopo?"

Rett ritrasse la testa per far sì che ci guardassimo più chiaramente in faccia. "Assolutamente nulla più di quello che tu saresti disposto a dare," disse in un modo che mi deluse.

Non avrebbe dovuto, ma inaspettatamente, lo fece.

Era disposto a prendere qualunque cosa io fossi disposto a dargli e nulla di più.

Sebbene fosse quello che volevo, non era giusto nei suoi confronti. E non avevo idea del perché non si aspettasse nulla di più che io e lui facessimo sesso.

A meno che quella non fosse una menzogna. O... completamente normale per lui. Poteva darsi che fosse semplicemente una persona in grado di separare l'attrazione fisica dall'attaccamento emotivo.

Purtroppo, io non ero mai stato uno di quei tipi. Per me, sesso e intimità andavano a braccetto. Il sesso non era solo un atto; per me aveva sempre avuto un significato. Non ero mai stato il tipo da avventure o storie di una notte. Non quando ero più giovane e di sicuro non ora.

Ciononostante, lui era disposto a fare quella cosa senza aspettative e a non farsi problemi quando non avrebbe avuto altro da me. Ma per me poteva essere lo stesso?

Non ero sicuro se fosse possibile. Un'altra preoccupazione valida che mi tormentava.

Peggio ancora, quanto sarebbe stato imbarazzante il futuro se la cosa fosse andata orribilmente male? Considerato che entrambi vivevamo nello stesso paese. E facevamo lo stesso lavoro.

E che eravamo attratti l'uno dall'altro come due maledette calamite.

"Non so se ho mai avuto a che fare con un pensatore come te."

Non ero mai stato così... Prima che la mia vita cambiasse in maniera drastica. Avevo mancato dei dettagli e ora non potevo rischiare di mancarne degli altri.

Tuttavia, cominciavo a preoccuparmi che lui mi conoscesse meglio di quanto io conoscevo me stesso. Lo ritenevo impossibile, ma avrei potuto sbagliarmi. "Tu non hai idea di quello a cui sto pensando."

"A dire il vero, sì. Ce l'hai scritto in faccia."

Spensi immediatamente la mia espressione, facendo sì che un sorriso si allargasse lentamente sul volto di Rett. Non perché fosse felice o divertito; stava cercando di sopportare la mia insopportabilità con un sorriso.

Lo sapevo fin troppo bene.

Per quanto avessi amato Thomas, certi giorni era stato difficile convivere e avere a che fare con lui. Verso la fine, era capitato più spesso che no. Non avrei dovuto essere cieco di fronte a quel segnale, ma ero occupato. Impegnato nell'uscita del mio ultimo libro e con tutto il "rumore" che vi si accompagnava.

Viaggi, firmacopie, talk show, di tutto. Ovunque e dovunque il mio agente letterario e il mio editore potessero mandarmi per aumentare le vendite e rimpolpare i loro profitti. Ero con l'acqua alla gola e mi ero dimenticato di prendermi il tempo per controllare lo stato d'animo di Thomas.

Aprii la bocca per chiedere scusa a Rett, ma la chiusi prima che quella scusa potesse prendere forma. Rett poteva anche essere fastidioso per le sue numerose insistenze, ma in fondo, si vedeva che era un brav'uomo.

Meritava molto meglio di me. Anche solo per una notte. "Sarebbe meglio che andassi."

"Ma non lo farai."

Lo conoscevo a malapena, ma in qualche modo, lui conosceva fin troppo bene me. Aveva una specie di dono. "Sei molto sicuro di te."

"E tu sei molto insicuro."

Non ero mai stato così, in passato, ma *porca miseria*, lui ci aveva visto giusto un'altra volta. Quel fatto lo rendeva ancora più fastidioso. "È per questo che dovrei andarmene."

Finalmente, lui lasciò andare le nostre mani giunte e mi circondò il viso con le dita calde, sfiorandomi delicatamente la guancia la barba con il pollice destro. "È per questo che non dovresti."

Il suo tocco mi faceva delle cose che non volevo approfondire e io mi costrinsi a non sfregare la guancia contro il suo palmo. A non incoraggiarlo a continuare ad accarezzarmi.

Riuscivo a stento a tenermi insieme.

Avevo paura che, se gli avessi permesso di confortarmi o consolarmi, sarei caduto a pezzi. E se fosse successo, forse non sarei riuscito a rimettere assieme i frammenti.

"Provaci. È tutto quello che ti chiedo. Se dovesse esserci imbarazzo o se l'alchimia che credo esista fra noi si rivelasse inesistente, nessun problema: possiamo restare amici."

"Non siamo amici."

Il sorriso sul suo viso divenne genuino. "Lo siamo. È solo che tu non te ne sei accorto."

Accidenti, Rett era così attraente. E naturalmente, lo sapeva.

Un sorriso. Una carezza. Qualche parola. Non doveva fare grandi sforzi per attirarmi.

E la cosa mi spaventava terribilmente.

Se non mi fossi trovato in quel particolare momento della mia vita, gli sarei stato addosso come una cozza. Ma sapevo di essere un disastro. E anche il perché. Nonostante desiderassi altrimenti, non potevo farci proprio niente.

Mi ero tuffato volontariamente nel pozzo scuro e profondo di Thomas, pensando di poterlo aiutare a risalire. Palesemente, non c'ero riuscito e non era il caso di trascinare qualcun altro a fondo con me. Non volevo essere responsabile di aver preso un tipo felice e molto vivace come Rett e averlo reso avvilito come me.

Tutto perché lui voleva fare sesso con me.

E perché io volevo fare sesso con lui.

Le mie labbra si abbassarono. "Solo sesso. Niente aspettative, d'accordo?"

"Ho detto che avrei accettato qualunque cosa tu fossi disposto a darmi."

"Perché dovresti accontentarti del minimo?"

Lui fece spallucce. "Perché in questo momento, non ho niente."

Non era assolutamente vero. "Hai un sacco di cose." Rett aveva una libreria, la sua carriera di autore, un appartamento fantastico, un paese che gli era vicino e un cane fedele.

"Sai cosa voglio dire."

Lo sapevo benissimo.

Stavo fissando un uomo che aveva molti meno complessi di me. Non potevo fargliene una colpa.

"Va bene," mi uscì in un sussurro così debole che io stesso faticai a sentirlo.

Le sue sopracciglia spiccarono un balzo. "Come?"

Feci una smorfia, succhiai aria e dissi, "D'accordo," ma non fu molto più forte.

Il cuore mi batteva all'impazzata mentre aspettavo che un fulmine mi colpisse per aver tradito un uomo che non era più in vita. Stupido, lo sapevo. Avrei voluto potermi levare dalla testa quel senso di colpa che mi tormentava, ma non ci riuscii.

"Non ho sentito."

Mi chinai fino a quando non fummo naso a naso e ripetei: "Va bene."

Appena i suoi occhi si spalancarono e la sua bocca si aprì, io la catturai con la mia.

Due violenti battiti del cuore dopo, il mio membro si era trasformato ancora una volta in acciaio e le nostre lingue ballavano il tango.

Con le mani sui miei fianchi, lui ondeggiò avanti e indietro, sfregando il suo membro contro il mio, facendomi uscire un po' di testa. Ma era esattamente quello di cui avevo bisogno. Dimenticare tutto, tranne l'uomo che stavo baciando.

L'uomo che stavo per scopare.

Accidenti. Chi avrebbe scopato chi? Non ci avevo pensato. Non quando ero sceso dalla mia montagna, non quando avevo attraversato il paese e nemmeno quando avevo parcheggiato la mia Bronco accanto al suo furgone Chevy.

Non avevo immaginato che saremmo arrivati a quel punto.

Ancora una volta, mi ero sbagliato. Stavo per andare più in là di quanto mi ero aspettato.

Quando Rett prese il controllo del bacio e mi spinse la lingua fuori dalla sua bocca e dentro la mia, cominciai a pensare che forse non avrebbe funzionato comunque. Se nessuno di noi avrebbe voluto fare il passivo, avrebbe potuto essere un problema.

E il modo in cui lui mi stava baciando mi faceva pensare che di solito non fosse passivo.

Non lo ero nemmeno io.

Avrebbe potuto essere un problema.

Ero stato sposato con Thomas – e, più di recente, con la castità – talmente a lungo che ero un po' arrugginito quando si trattava dei pro e dei contro delle frequentazioni. O, in questo caso, delle avventure.

Stavo praticamente ricominciando daccapo e avrei dovuto navigare a vista.

Ne sarebbe valsa la pena?

Sussultai quando Rett mi pizzicò un capezzolo, strappandomi ai miei pensieri vagabondi.

Porca miseria. Non ebbe bisogno di dire una parola per farmi capire che stavo di nuovo pensando troppo. Tornai a concentrarmi sull'uomo in sé.

Lasciando che Rett prendesse per qualche istante il

controllo del bacio, mi ero reso conto che ne sarebbe valsa la pena. Le nostre bocche sembravano fatte l'una per l'altra. Si incastravano alla perfezione, senza il minimo imbarazzo.

Il solo baciarlo aveva fatto sì che i fuochi nel profondo delle mie viscere bruciassero ancora più luminosi e più forti. Mi aveva fatto venire voglia di buttarlo sul letto, mettermi sopra di lui e scopare fino a quando entrambi non fossimo diventati una massa fremente e sudata.

Non volevo fare l'amore.

Non volevo fare sesso "pulito" o elegante.

Volevo affondare in quell'uomo, scopare come due animali selvaggi – con denti e unghie e incoraggiamenti udibili – e venire con lui prima di andarmene svuotato e soddisfatto.

Una cupola basilare, ma animalesca.

Dopo essere venuti entrambi, ci saremmo stretti le mani e saremmo tornati a essere colleghi autori e...

Forse amici.

Glielo avrei concesso, perché non potevo permettermi altro.

Ma a quello avrei pensato più tardi. Ora ero pronto a perdermi nell'uomo che stavo baciando. E a sfruttare quel tempo per dimenticare tutto ciò che mi riempiva il cervello di statica su base quotidiana.

Per un breve periodo, volevo levarmi di dosso le catene che mi appesantivano e dimenticare tutto il resto.

Non avrei avuto il blocco dello scrittore, una famiglia soffocante, Thomas.

Solo Rett.

La sua bocca, il suo uccello, il suo culo, il suo atteggiamento positivo, persino la sua *stupidaggine*. Volevo tutto.

Gli afferrai la maglietta e quando lo spinsi all'indietro –

non per respingerlo, ma per avvicinarlo al letto – sentii il cotone della vecchia maglietta che si strappava.

Conclusi il bacio, succhiando immediatamente boccate d'aria per riprendere fiato mentre sfilavo la maglietta dal torace di Rett sopra la testa. La lasciai cadere sul pavimento e prima che lui potesse afferrare la mia, allungai le braccia p e me la tolsi per poi lasciarla cadere ai nostri piedi.

"Va bene," sussurrai di nuovo, la voce tesa come il mio membro pulsante.

"Va bene," mi fece eco Rett, anche lui in un sussurro, ma tremante. Il suo corpo vibrò contro il mio quando usai il petto nudo per spingerlo all'indietro. Un passo... due passi... tre passi, fino a quando le sue gambe non toccarono il materasso.

Ma io non smisi di muovermi finché entrambi non cademmo sul letto alle spalle di Rett, il mio peso che lo bloccava contro il materasso. Sotto di me, la sua erezione era dura e calda, e mi bruciava il bacino attraverso i jeans e i boxer.

Un pensiero canaglia di prenderglielo in bocca e succhiarlo fino a ridurlo a un ammasso disossato e piagnucolante mi attraversò di colpo.

Fissai nei suoi occhi marrone scuro, che da semichiusi si erano spalancati. "Cosa c'è?"

Strinsi gli occhi e sorrisi.

"Cazzo," sussurrò lui. "Cosa sta succedendo? Non ti avevo mai visto sorridere. Devo preoccuparmi?"

Invece di rispondere, mi tolsi da sopra di lui e mi rimisi in piedi, gli afferrai i boxer all'altezza dei fianchi e glieli strattonai lungo le gambe.

Gesù.

Il suo membro duro era lungo e piuttosto grosso. La punta luccicava, probabilmente perché io ci avevo spalmato sopra il suo stesso liquido seminale quando gli avevo strappato via i boxer.

Sebbene Rett fosse sdraiato sul letto, aveva ancora i piedi piantati sul pavimento. Gli allargai le cosce con le ginocchia e mi inginocchiai a mia volta, grato che la camera da letto avesse una moquette spessa.

Non avevo più l'età per volermi inginocchiare direttamente sul cemento o sul legno.

Quando Rett sollevò la testa, notai che un leggero rossore si era sollevato dal suo petto per arrivare fino alle guance. Piantate le mani sulle sue cosce muscolose, le allargai ancora di più e mi trascinai in avanti fino a quando non vi fui stretto in mezzo.

Non appena lui si protese verso quell'erezione, io gli allontanai la mano e gli presi il membro nel pugno, masturbandolo, mungendolo fino a quando una gocciolina quasi trasparente comparve sulla fessura.

"Porca troia," ansimò lui, guardandomi.

Tenni lo sguardo fisso su quella perla lucente, tentato di portarla via con la lingua, e continuai a muovere la mano sulla sua grossa asta, la pelle setosa in contrasto con la ruvidezza delle mie dita.

In quanto scrittore, in passato non avevo mai avuto calli. Da quando mi ero trasferito alla baita e avevo spaccato innumerevoli corde di legna, avevo le mani ruvide come quelle di un taglialegna. Non sapevo se la sensazione fosse migliore o peggiore per lui, ma a quanto pareva non gli dispiaceva, dato che a ogni mio movimento verso l'alto, il suo bacino imitava il movimento in senso opposto.

A ogni salita, il suo bacino scendeva. A ogni discesa, il suo bacino saliva.

Con un gemito, lui continuò a pompare nel mio pugno. "Gesù, Chase. Non ci metterò molto a venire. Sono un fuoco d'artificio acceso e la miccia si sta esaurendo."

Sollevai lo sguardo dal suo membro alla sua faccia. "Stai dicendo che non vuoi che io ti tocchi?"

"Un corno! Certo che voglio che tu mi tocchi. Ho fantasticato su questo momento dalla prima volta in cui sei entrato nella mia libreria. Vedi? È proprio questo il problema. Siccome ho fantasticato e ora sta succedendo davvero... Non voglio mentire..." La sua testa ricadde nel letto, infrangendo il contatto di sguardi. "Sarò come un dodicenne che fa un sogno erotico."

"Allora non vuoi che ti lecchi l'uccello o che te lo succhi in punta?"

Rett si immobilizzò completamente e, un attimo dopo, la sua testa si risollevò. "Solo se insisti."

Ancora una volta, i nostri sguardi si incrociarono e mentre erano così, io abbassai la testa e glielo presi in bocca.

Volevo assicurarmi di tenere gli occhi aperti. Mentre glielo succhiavo. E anche mentre lo scopavo. Volevo tenere in riga il cervello e non permettergli di confondere la persona con cui ero.

Non volevo dimenticare nemmeno per un secondo di essere con Rett. Dovevo assicurarmi che fossimo solo noi due nella stanza.

Non c'era posto per nessun altro.

Solo tu e lui, Chase. Nessun altro. Fai con calma e permettiti di dimenticare. Permettiti di goderti l'esperienza. Di goderti lui. È disponibile. Lo vuole. Ti vuole.

Fagli vedere quanto anche tu vuoi lui... nonostante certi tuoi atteggiamenti.

Disseppellisci il vecchio Chase, quello integro, e seppellisci temporaneamente quello rotto.

Anche se solo per stasera.

Dagli questa cosa.

Dalla a te stesso.

Sarà un altro passo verso la guarigione, non importa quanto tu creda che dovresti continuare a soffrire.

Rett aveva ragione. Ti punisci per qualcosa su cui non avevi molto controllo. Pensavi di averlo, ma ti sbagliavi.

Quando allargai la gola e praticamente lo ingoiai fino in fondo, il suo bacino si sollevò di scatto dal letto e le sue dita strinsero le lenzuola accanto al suo bacino.

"Porca miseria," gemette lui.

Ancora una volta, lo presi il più a fondo possibile, fin quasi allo scroto, fermandomi solo un attimo prima di soffocare o vomitare. Rett esalò rumorosamente il fiato, poi gemette ancora. Ciò mi incoraggiò a continuare a fare su e giù con la bocca lungo la sua asta dura, succhiando e leccando, usando persino i denti per grattare la punta sensibile.

Per qualche istante, mi concentrai sulla punta, passando la lingua attorno al bordo, succhiando per qualche secondo per raccogliere il liquido saporito prima di usare la parte piatta della lingua per seguire il percorso del costone spesso e pulsante della parte inferiore.

La pelle sottile e liscia come raso aveva un sapore leggermente salato. Avvolte due dita attorno alla base, strinsi fino a quando le vene non risaltarono prima di prenderlo nuovamente tutto in bocca.

Questa volta, lui piagnucolò e sbatté entrambe le mani sul materasso mentre il suo corpo, il bacino e le gambe guizzavano attorno a me.

Le parole che pronunciò in seguito suonavano affannose e furono spezzettate da ciascun movimento della mia testa. "Se mi fai venire..." Lo presi in bocca completamente. "Non riuscirò a scoparti..." Me lo feci scivolare fuori dalla bocca fino a restare sospeso sopra la punta carnosa. "Almeno per un po'..." Mi fermai mentre lui finiva. "Non so tu, ma ci metto molto di più a riprendermi da quando ho passato i quaranta."

Lo stesso valeva per me, ma...

Lo lasciai andare. "Tu non mi scoperai." Tanto valeva chiarire la cosa e non aspettare fino a quando non sarebbe stato troppo tardi. Nel caso il problema dovesse risultare insuperabile.

Quando lui sollevò la testa, occhi scuri guardarono nei miei e ci rimasero. Io lo fissai a mia volta, aspettando che lui contraddicesse quello che avevo detto.

Non avrei dovuto stupirmi quando non lo fece. Ciò mi spinse a pensare che, anche se Rett di solito non era passivo, avrebbe fatto un'eccezione quella sera.

Per me.

Altrimenti, avrebbe rischiato di non fare proprio sesso.

Lo voleva più di quanto lo volessi io, quello era palese. Anche se, in quel momento, io ero disposto a darglielo. Ma perché lo ottenesse, avevo intenzione di prendere quello che volevo io.

Quando la sua testa ricadde sul letto, io abbassai gli angoli della bocca per evitare che si sollevassero in un sorriso.

Dopo aver agganciato le braccia sotto le sue cosce, usai le spalle per spingergli le ginocchia contro il petto.

Rett sollevò di nuovo la testa. "Cosa..."

Lo ignorai, concentrandomi invece su quello che avevo a pochi centimetri dalla faccia.

Cominciando da subito sotto il bordo della punta, passai la lingua lungo la sua asta, seguendo la cucitura dello scroto fino al punto dove esso incontrava il perineo. Premetti la bocca e succhiai.

"Porcaaa... troiaaa..."

Tenendo le braccia avvolte attorno alle sue gambe, gli passai una mano attorno al membro, cominciai a lavorarmelo e a prendere in mano il suo scroto, scostandolo.

Poi mi misi al lavoro.

Facendolo impazzire.

Pompando il suo membro con il pugno, lavorandomi delicatamente le sue palle con le dita e passando le labbra lungo il suo perineo fino a raggiungere il suo buco grinzoso.

Rett non aveva idea che sarei venuto alla sua porta, quella sera. Non aveva avuto tempo di prepararsi per quello che stavamo per fare, ma non me ne importava.

Volevo quello che volevo nonostante le conseguenze. Quando giocavo, mi giocavo tutto.

La mia fame dell'uomo sul letto ruggì dentro di me.

Mi scoprii completamente insaziabile. Affamato.

Non appena passai la lingua attorno al suo buco raggrinzito, le cataratte si aprirono e un'onda anomala mi travolse e mi attraversò. Trascinandomi sotto e affogandomi nel puro pensiero di Rett.

In quel momento, ottenni quello che volevo. Quello di cui avevo disperatamente bisogno... Nessun passato. Nessun futuro.

Ero finalmente presente nel momento.

Capitolo quindici

Rett

PORCA TROIA.

Porca troia.

Porcaaa... troiaaa.

Sollevai la testa per guardare lungo il mio corpo e fra le mie gambe piegate e allargate e vidi Chase nella *mia* camera da letto, in ginocchio sul *mio* pavimento, che leccava il *mio* culo.

Non ricordavo che le mie fantasie ci si avvicinassero anche solo lontanamente.

Di sicuro non mi lamentavo. Era molto meglio di quanto avevo sognato. E per di più, lui era davvero bravo.

Il mio unico rimpianto era che nulla di tutto ciò era stato programmato.

Per un attimo, una punta di vergogna prese il sopravvento.

Non mi ero preparato. Non mi ero rasato, per cui ero

peloso come un'aiuola incolta. Ciò significava che tutto ciò che Chase vedeva, toccata e assaggiava era *au naturel*.

Il "vero Rett," molte ore dopo la mia ultima doccia.

Ma, ehi, se a lui andava bene così, andava bene anche a me. Volevo godermi quello che lui stava facendo senza che l'ansia mi tormentasse in fondo al cervello.

Non gli avevo chiesto io di farlo, per cui tutti i suoi gesti dipendevano completamente da lui. Se avessi saputo, gli avrei detto di aspettare la prossima volta.

Ma...

Temevo che non ci sarebbe stata una prossima volta, solo un "mai più." Sarebbe stato un vero peccato.

Fra lui che mi segava l'uccello, giocava con le mie palle e mi stuzzicava il culo con la lingua...

Stavo per esplodere. Gli sarebbe bastato premere il mio pulsantino con quella sua lingua abile...

Accidenti... eccolo... *eeeee* arrivederci...

Ciao... Ciao... Addio.

I fuochi d'artificio mi riempirono il cervello e lo stomaco e può darsi che io abbia persino piagnucolato mentre il mio bacino si sollevava dal letto e il mio uccello veniva come una fontana, dipingendomi calde strisce di sperma sul ventre.

Chase continuò a masturbarmi con una presa più leggera, evitando di proposito la mia punta ora sensibilissima. Qualche istante dopo, dopo che lui mi ebbe prosciugato, ogni muscolo che si era irrigidito quando ero venuto adesso non esisteva più.

Ero diventato un sacco vuoto abbandonato sul letto.

Fissando il soffitto in una nebbia di pura soddisfazione, divenni vagamente consapevole del momento in quella sua lingua si ritrasse e le sue mani lasciarono il mio membro ancora guizzante e il mio scroto ora vuoto.

Mi limitai a respirare, riprendendomi da ciò che era accaduto e aspettando con ansia quello che stava per succedere. Era trascorso troppo tempo dall'ultima volta in cui qualcuno che non ero io mi aveva fatto venire. Ora mi chiesi perché avevo aspettato.

Beh, sapevo il perché. Le avventure occasionali e passeggere non erano mai state il mio genere. Le frequentazioni... Tanti saluti. Erano quasi impossibili, dove vivevo. E richiedevano molti più sforzi di quelli che avevo il tempo di fare.

Raccolsi le forze per sollevare la testa e fissare l'uomo che credevo mandato dal destino. La possibile causa della mia attesa.

Se era vero...

La sorte mi aveva giocato uno scherzo crudele? Perché mai avrei voluto stare con uno come...

Chase.

Figo, sì. Sexy, assolutamente. Di buona compagnia, assolutamente no.

La nube sospesa sopra la sua testa era troppo scura per me. Certo, il tempo sarebbe potuto cambiare. Ma lo avrebbe fatto?

Inalai profondamente dal naso e poi buttai fuori tutto.

Chase valeva il lavoro, per quanto potenzialmente frustrante potesse essere?

Quando si alzò, si slacciò i jeans e si abbassò quelli e i boxer lungo le gambe grosse, muscolose e piacevolmente pelose; io contrassi le labbra e lasciai vagare il mio sguardo su di lui, ora che era completamente nudo.

Valeva *davvero* lo sforzo? Onestamente, non avrei saputo dirlo. Era troppo chiuso per capirlo e io non sapevo quale fosse stata la sua personalità prima di perdere suo marito.

Forse era sempre stato così e non sarebbe mai cambiato. Speravo che non fosse vero e che sotto la superficie frantumata ci fosse un seme che valeva la pena di coltivare.

Ma non c'era nessuna garanzia.

E se avessi cercato di aiutarlo e non avessi trovato altro che resistenza? Saremmo arrivati a detestarci? Valeva la pena correre il rischio?

Chase si accarezzò l'erezione e per una frazione di secondo rimpiansi che non fosse la mia mano a farlo. Prima che potessi mettermi seduto e allungare una mano verso di lui, lui mi fermò dicendo: "I preservativi e il lubrificante? Dove li tieni?" mentre si guardava attorno.

Ehmm... "Non ne hai nel portafogli?"

La sua risposta, "Tu non ne hai?", mi disse tutto quello che dovevo sapere.

Chiusi gli occhi e scossi la testa. Ora eravamo entrambi nudi e nessuno dei due era pronto a portare avanti la situazione.

Figurarsi.

"Non tieni preservativi o lubrificante in casa?"

Lui aveva la faccia tosta di suonare contrariato quando era stato *lui* a presentarsi senza invito?

Aprii gli occhi per guardar male il suo viso accigliato. "Sei venuto qui a scoparmi e non ne hai portati?"

"Non sono venuto qui a scoparti," ringhiò lui, nudo con l'uccello in mano.

Sospirai. "Certo. Come no. Continua a mentire a te stesso."

La sua mascella divenne dura come la sua erezione. A occhio e croce, non sarebbe rimasto duro a lungo e io ci avrei rimesso.

Porca miseria.

Poi mi tornò in mente dove tenevo un po' di roba. Nel furgone. Dai tempi in cui incontravo altri uomini in altri paesi per bere, mangiare qualcosa o... il mio "dolce" preferito.

Feci un rapido inventario mentale del cruscotto. Da

quanto erano lì quei preservativi? Avevo ancora lubrificante a sufficienza? Non avrei saputo la risposta fino a quando non sarei sceso a controllare.

Abbassai lo sguardo sul mio ventre sporco di seme e sul membro ora flaccido.

Non solo Chase era difficile, ma anche cercare di fare sesso con lui lo era!

Strinsi i denti e sollevai una mano. Rimasi colpito quando lui comprese il mio segnale non verbale e me l'afferrò per aiutarmi a rialzarmi.

Dopo aver recuperato la mia vecchia maglietta dal pavimento, me la passai sul ventre, rimuovendo la prova della mia eiaculazione.

Chase era in grado di rovinare persino un sogno erotico.

"Allora?"

Ancora una volta... *Lui* aveva il coraggio di suonare infastidito? "Seriamente? Ti comporti come se la colpa fosse mia?"

"Chi non tiene preservativi e lubrificante in casa?"

Mi fermai mentre indossavo i boxer, sollevai la testa e lo guardai di nuovo storto. "Vogliamo scommettere che non ce ne sono nemmeno nella tua baita?"

Naturalmente, quello gli fece chiudere la bocca.

"Proprio come pensavo. Perché comprare il lubrificante quando la lozione funziona ugualmente? E mi lascia pure la pelle morbida." Mimai il gesto di masturbarmi, poi accennai con il capo al comodino dalla parte opposta del letto, dove c'era un'enorme bottiglia di lozione. Di quelle formato famiglia, con l'erogatore, che compravo da Costco. Non ci andavo spesso, ma quando ci andavo facevo anche scorta di fazzoletti.

Anch'essi posati vicino al letto.

Con un sopracciglio inarcato, Chase spostò lo sguardo dal mio comodino a me.

Brontolai "Non giudicarmi" a mo' di avvertimento e finii di infilarmi i boxer.

"Dove vai?"

"In mutande? Da nessuna parte. Ma dopo che avrò indossato un paio di jeans, andrò al mio furgone per controllare se ho quello che ci serve nel cassetto."

"Tieni le cose nel furgone."

Buffo: non sembrava che me lo stesse chiedendo, ma che stesse confermando un sospetto.

"Sì. Perché la mia amica a cinque dita è la mia unica partner, da queste parti. Almeno... Fino a stasera." Sollevai entrambe le sopracciglia. "Se tu mi avessi detto che saresti passato..."

"Non ero venuto qui per fare sesso."

"Certo. Ci crediamo tutti." Scossi la testa, presi i jeans che mi ero tolto prima dalla sedia vicino all'armadio, me li infilai, trovai una maglietta che non fosse sporca di sperma e me la infilai sopra la testa. Quando riportai lo sguardo su Chase, vidi che mi stava osservando.

Il suo membro era ora sgonfio quanto il mio e le sue mani erano piantate sui fianchi nudi.

"Perché diavolo fai quella faccia infastidita? Sono io quello che deve vestirsi e correre al furgone. Sono io che si piegherà in due e prenderà un cazzo nel culo. Sono io quello ha estratto la pagliuzza più cor–" Abbassai lo sguardo sul suo membro. "Hai ragione, l'acqua era fredda. Non c'è niente di corto in quella cosa. Almeno questo."

Non attesi la risposta di Chase. Invece, aprii bruscamente la porta della camera da letto, schivai Timber che si comportava come se avesse rischiato di morire perché lo avevo chiuso fuori e uscii dal mio appartamento, fermandomi giusto per prendere le pantofole alla porta.

Nel giro di pochi minuti, andai al furgone e tornai indietro. Presi quello che avevo trovato e mi dissi che avrei guardato meglio una volta rientrato.

Fui sollevato quando finalmente ebbi luce a sufficienza da leggere la data di scadenza sulla scatola dei preservativi e per vedere quanto era pieno il tubetto di lubrificante. Per fortuna, era tutto a posto. I preservativi erano ancora buoni e il tubetto era pieno per tre quarti.

Senonché uscire all'aria fresca mi aveva spinto a ripensarci. A ripensare all'insopportabile orso che mi aspettava in camera da letto.

Ancora una volta, mi chiesi se valesse la pena di fare la lotta con un grizzly scontroso per arrivare all'orsacchiotto coccoloso che poteva esserci dentro di lui.

Nel profondo, pensavo di sì.

Senza rallentare il passo, mi tolsi con un calcio le pantofole e tornai alla camera da letto, per trovare Chase appollaiato sul bordo del mio letto con Timber seduto fra le sue gambe, la lingua penzoloni, che guardava l'uomo nudo sul *mio* letto con gli occhioni luccicanti.

A riprova del fatto che il cane che avevo cresciuto sin da quando era cucciolo, che sfamavo due volte al giorno con cibo costoso, per il quale compravo regali per il compleanno e Natale *e* che portavo a spasso tutti i giorni era un traditore.

Bastava che un bell'uomo entrasse dalla mia porta e il mio compagno a quattro zampe si trasformava in Benedict Arnold.[1]

Perché il mio *ex*-cane fedele non aveva gusti migliori?

Aspetta. Forse avrei dovuto chiederlo a me stesso.

"Timber," esclamai. "Fuori."

Timber non si mosse.

Ovviamente. Non quando qualcuno lo grattava sotto il mento.

L'espressione sul volto del mio cane passò dall'adorazione all'estasi.

Fantastico. Avrei dovuto essere io quello in preda all'estasi.

"Timber, fuori!"

Ignorai l'uomo che aveva inarcato un singolo sopracciglio e mi concentrai sul cane dall'udito selettivo. Dopo essermi avvicinato, buttai preservativi e lubrificante sul materasso e individuai una pallina da tennis che faceva capolino da sotto il letto. La presi, la mostrai a Timber e la lanciai fuori dalla porta.

Con un abbaiare acuto, Timber schizzò fuori dalla mia stanza a velocità smodata. Sbattei la porta per chiuderlo fuori e sospirai.

Quando mi voltai di nuovo verso il letto, colsi appena in tempo il momento in cui le labbra di Chase si sollevarono leggermente per uno sconvolgente istante e pensai che forse avrebbe sorriso. Ma lui riuscì a nascondere in tempo la propria reazione.

Aveva gli occhi al cielo. "Come può una persona piacermi contemporaneamente così tanto e così poco?"

"Continuo a farmi la stessa domanda."

"Eppure sei qui."

Chase inclinò la testa di lato. "Eppure sono qui."

"Ti ricordo che, dato che ti sei presentato senza invito, non sono responsabile di eventuali inconvenienti." Anch'io inclinai la testa e spalancai gli occhi per lanciare un messaggio.

"Lo so."

"Non ti dà fastidio?"

"Se lo facesse, non sarei seduto nudo sul tuo letto ad aspettare che tu venga qui in modo che io possa dimostrarti quanto poco mi dà fastidio."

"*Ohhh.*"

"Già, oh."

Un lato della mia bocca si sollevò. "Ora mi piaci un po' più di cinque minuti fa."

"Che sollievo."

"Pensa a dopo. Ma... ehm..." Sollevai un dito per dire *aspetta un minuto.* "Prendo un asciugamano." Andai nel bagno completo collegato alla mia camera da letto, presi un asciugamano dall'armadio e, dopo essere tornato, lo lanciai a Chase. Lui lo afferrò e se lo strinse al petto, quindi tolse il copriletto e lo buttò per terra, per poi stendere il grande asciugamano mentre io mi spogliavo.

Una volta nudo, ce l'avevo di nuovo duro.

E non ero l'unico.

Quando Chase si fu seduto sul bordo del letto, io mi misi fra le sue gambe nel punto dove prima si trovava Timber. "Devo mettermi in ginocchio così mi gratti la testa?"

"Anche a te tremerà una zampa come a Timber?"

Ah, sì. Ecco. Una traccia di senso dell'umorismo.

Quella, da sola, mi fece pensare che, sì, ne sarebbe valsa la pena. *Lui* sarebbe valso la pena. Avrei solo avuto bisogno di un po' di comprensione e di molta pazienza.

"La mia gamba può tremare, ma non per i grattini al mento." Gli occhi scuri di Chase sollevarono lo sguardo dalla mia erezione, ora perpendicolare al resto del mio corpo. "Notevole, eh?"

"Per te quella roba lì sarebbe notevole?"

Scoppiai a ridere. "Non le dimensioni – anche se mi hai fatto venire un complesso di inferiorità – ma la capacità di ripresa."

"*Ah.*"

"*Ah?*"

"Non ne avrai bisogno," spiegò lui.

"Sì, lo hai già detto," dissi sarcastico.

"È un problema?"

"Normalmente, potrebbe esserlo. Questa sera, farò un'eccezione per te. Spero che tu la apprezzi."

Chase si alzò bruscamente dal letto, spingendomi a fare un passo indietro. Quando la sua mano serpeggiò, si avvolse attorno alla mia nuca e mi strattonò verso di lui, mi sbatté contro il suo petto.

Chase mi portò subito la bocca all'orecchio, facendomi il solletico con i peli ispidi, per mormorare: "Lo apprezzo."

Un brivido mi percorse.

Non era solo la sua voce a eccitarmi, ma tutto di lui. La forza con cui mi tratteneva. L'ampiezza delle sue spalle e del petto. I peli scuri che gli coprivano il torace, il basso ventre e le cosce. La sua massiccia erezione premuta contro la mia.

La sua personalità non era granché, ma del resto non potevo lamentarmi.

Meglio ancora, visto che Chase mi guardava come se lui fosse un leone affamato e io una gazzella ferita, mi resi conto che forse avevo sguinzagliato una belva.

E mi andava benissimo.

Accettavo gentilezza e asprezza. Parole e silenzio. Velocità e lentezza. Qualunque cosa Chase mettesse sul piatto, purché io ricevessi la mia porzione.

Incuneai le mani fra di noi per piantarle sulla fitta moquette che gli decorava il petto, per trovare entrambi i suoi capezzoli. Quando sfiorai le punte dure con i polpastrelli dei pollici, lui prese di nuovo la mia bocca.

Questa volta, quando assunse il pieno controllo, mi baciò come se stesse cercando di mangiarmi in un sol boccone. Ma prima che io potessi perdermi in quel bacio, lui lo concluse, voltandoci entrambi e spingendomi sul letto.

Atterrai rimbalzando. "Culo su o culo giù?"

"Culo su."

Mi misi al centro del letto e mi sedetti sull'asciugamano. "Ho bisogno che tu ti ricordi che stai scopando me. Non intendo essere un buco che tu fingi appartenere a un altro. Se è questo quello che vuoi, non faremo niente." Quando lui tacque... "Chase..."

Chase annuì.

"È deciso: culo giù. Se non ti piace, quella è la porta. Se hai la testa altrove, preferisco che tu te ne vada piuttosto che fare da sostituto." Trattenni il fiato mentre aspettavo la sua risposta, che giunse nella forma di lui che prendeva il contenitore di Tush Cush e me lo lanciava in grembo. Lo sollevai. "Prima che io lo apra, ho bisogno di sentirtelo dire."

"Considerato quanto parli, sarebbe difficile fingere che tu fossi un altro."

"Insomma, quello che stai dicendo è che dovrei parlare per tutto il tempo per essere sicuro che tu rimanga presente e non finisca da qualche parte nella tua testa."

"Quello che sto dicendo è... stai zitto."

Mi sfuggì una risata incontenibile. Ma quella risata svanì subito quando lui salì sul letto. Mi spostai rapidamente verso la testiera, assicurandomi di avere ancora l'asciugamano sotto per evitare di sporcare troppo le lenzuola, poi aprii il coperchio del lubrificante.

Mentre me ne versavo una generosa quantità sull'indice e il medio, Chase stava aprendo un preservativo. Iniziai a prepararmi con il Tush Cush, sotto lo sguardo di Chase.

Uno sguardo attento.

Ciò mi diede un motivo di dare spettacolo, piantando i piedi sul letto e sollevando il sedere per spalmare generosamente lubrificante attorno al mio buco, infilando le dita dentro. Dopo aver ficcato abbastanza lubrificante dentro di me, feci dentro e fuori con le dita in una maniera seducente e, speravo, non troppo imbarazzante.

Dovevo aver ottenuto il risultato, dato che, mentre lui mi guardava, la sua mano faceva su e giù lungo la sua asta, il preservativo dimenticato nell'altra mano.

Quando io calcai la mano, aggiungendo piccoli gemiti e grugniti assieme a qualche colpo d'anca, lui scosse la testa, si infilò il preservativo e mi strappò il Tush Cush di mano. "Ti comporti mai come una persona normale?"

"La vita è troppo breve per essere normali. So fare finta quando ce n'è bisogno."

Lui si applicò generosamente il lubrificante sul membro coperto di lattice e, quando ebbe finito, chiuse il tappo e me lo mise sul comodino in modo che fosse a portata di mano.

Astuto.

Era da un po' che non lo prendevo, dato che quella non era la mia preferenza. Non lo odiavo, ma preferivo sturare che essere sturato.

In ginocchio, Chase si infilò fra le mie gambe piegate, mi afferrò le caviglie e, come quando mi aveva leccato, mi spinse le ginocchia contro il petto. Allentai muscoli in preparazione quando lui passò il medio lungo il mio perineo e fino all'ano, e senza preavviso me lo infilò dentro.

"Preferirei–" Il suo dito si arricciò e mi accarezzò la prostata. "No. Bene così."

Con il suo dito ancora affondato nel culo, che mi stuzzicava in quel punto magico, lui si chinò e prese la mia bocca.

D'accordo, avrei potuto abituarmici.

Chase continuò a baciarmi mentre sfilava il dito dal mio buco, se lo puliva nell'asciugamano e poi si spostava in avanti. Passò la testa del membro lungo il mio perineo fino a quando non fu contro il bersaglio. Dove lui lo voleva.

Dove lo volevo anch'io.

Un colpetto, la spintarella, una bussata alla mia porta posteriore. Poi Chase avanzò premendo mentre io approfondivo il bacio, il che mi spinse a chiedermi se lo stesse facendo solo per zittirmi.

Rilassai l'anello di muscoli, accogliendo Chase dentro di me.

Lui colse l'occasione per penetrare più a fondo, piano e con prudenza. Arretrando, spostandosi, avanzando, facendosi strada dentro di me e allargandomi nel processo.

Più lui procedeva, più io mi sentivo pieno, più mi distraevo, il che mi rendeva solo metà partecipe del bacio.

Ma quando lui fu finalmente dentro fino in fondo, quando non poté procedere oltre, quando ebbe le palle schiacciate contro il mio sedere, smise di baciarmi, sollevò la testa e mi fissò.

La sua espressione era guardinga, il suo sguardo indecifrabile e lui non si stava più muovendo. Si limitò a respirare e fissarmi.

Cominciai a preoccuparmi sul serio.

Se n'era già pentito?

"Ci sei?" chiesi.

Fui sollevato quando lui rispose con un "Sì." E rimasi anche un po' infastidito perché sembrava leggermente sorpreso. Tuttavia, mi colse alla sprovvista quando chiese. "Tutto bene?"

Sorpresa delle sorprese. Stava controllando come stavo. Non me l'ero aspettato da lui ed ero compiaciuto che ci tenesse abbastanza da chiedermelo. "Tutto bene."

"Non sono delicato."

"Non lo avrei mai detto."

"Non sarò delicato," ripeté l'avvertimento, anche se Chase non aggiunse altre spiegazioni. Ma d'altra parte, non avevo bisogno: avevo capito.

C'erano un luogo e un momento per il sesso duro. Così come per l'amoreggiare gentile. Quello non sarebbe stato il secondo scenario. Tuttavia, non c'era bisogno che lui mi avvertisse, perché il primo mi andava benissimo.

Solo che lui non lo sapeva.

Chase rimase immobile fino a quando non gli assicurai: "Non mi rompo."

Capitolo sedici

GLI AVEVO DETTO che non mi sarei rotto, ma qualche istante dopo cominciai a pensare di avere torto. Era possibile che fossi decisamente frangibile, dato che l'uomo mi ricordava un grizzly nella stagione dell'accoppiamento.

Mi stava ficcando l'uccello dentro il più bruscamente e rapidamente possibile. Per un attimo, fui grato di essermi lubrificato generosamente.

Perché... *Whoa.* Qualunque tumulto emotivo Chase stesse vivendo, lo stava usando per alimentare le sue azioni. O almeno, quella era la mia impressione. Poteva darsi che scopasse sempre in quel modo.

Una volta che le sue grosse zampe si furono strette attorno ai miei polsi e mi ebbero bloccato contro il letto, lui sfregò la barba contro la mia e il suono che ne uscì mi ricordò un'unghia su una striscia di velcro. Continuò a passarmi quei peli ruvidi e ispidi lungo la gola, grattandomi la pelle, facendomi diventare ancora più duro.

Si sollevò, mi afferrò il labbro inferiore con i denti e morse così forte che pensai mi avesse fatto sanguinare. Quando mi lasciò andare il labbro, ci passai la lingua sopra per verificare che non avesse lacerato la pelle.

Non lo aveva fatto.

Mordendomi il collo, Chase seguì la stessa strada su cui aveva trascinato la barba.

Affondò i denti nella mia spalla, quanto bastava per scatenare un'ondata di endorfine dentro di me. Il mio gemito si trasformò in un grugnito quando lui serrò i denti sulla mia carne nello stesso momento in cui io sollevai il bacino per andargli incontro affondo per affondo.

Sì, un animale selvatico era stato scatenato dentro di lui. Non faceva sesso da almeno due anni. Per me, ne era passato più di uno.

Entrambi eravamo più che pronti per quella cosa. Per una connessione che si verificava solo mentre facevamo sesso con un partner. Fare da soli poteva servire allo scopo, ma quello era quanto. Mancava il legame personale.

Chase continuò a sbattermi l'uccello dentro, le palle che mi colpivano il culo a ogni energica pompata.

Quando lui cominciò a mordicchiarmi il petto, spostai le gambe avvolgendogliele attorno ai fianchi per dargli un accesso migliore. Dopo aver preso un capezzolo nella sua avida bocca, lui succhiò forte e grattò i denti sulla punta, strappandomi un gemito e facendomi inarcare la schiena in segno di incoraggiamento. Chase fece avanti e indietro fra un capezzolo e l'altro, alternando l'uso della bocca a quello dei denti.

Oh, sì, baciarmi non era l'unico modo per farmi smettere di parlare, come lui stava scoprendo rapidamente.

Tuttavia, siccome mi aveva bloccato le mani contro il materasso, io non potevo afferrargli il sedere o tirargli i capelli, cosa che morivo dalla voglia di fare. Mossi le braccia a indicare che doveva lasciarmi andare, ma lui lo ignorò e continuò a farmi uscire di testa. Scopandomi. Succhiandomi. Mordendomi. Passando la barba e i denti sulla mia carne ora sensibile e accaldata.

Poi... tutto si fermò.

I miei polsi sostennero la maggior parte del suo peso mentre lui si sollevava fino ad avere il viso sospeso sopra il mio. Una ciocca di capelli ispidi gli ricadeva a casaccio sulla fronte e io avrei voluto scostargliela dagli occhi dallo sguardo cupo e meditabondo per vederli più chiaramente.

Per cercare di capire cosa gli passava per la testa.

Anche se aveva un occhio parzialmente coperto, vedevo che non stava guardando *attraverso* di me, ma *me*.

Il sollievo mi travolse quando mi resi conto che non stavo venendo usato come un sostituto per il suo amore perduto. Era palese, dalla sua espressione, che era consapevole di chi era con lui.

Almeno in quel momento. Speravo solo che rimanesse così mentre correvamo verso la destinazione ultima.

"Chase..."

Lui scosse la testa una singola volta, mi lasciò andare le braccia e mi ficcò le dita fra i capelli, usando la presa serrata per inclinarmi con forza la testa e allungarmi la gola fino a quando non fu completamente esposta. Mi sarei aspettato che ci passasse la mano attorno e stringesse. Mi sentii leggermente deluso quando non lo fece. Anche se non avevo mai avuto la passione per quelle cose, non ero contrario all'idea di provare qualcosa di nuovo.

Invece di diventare brusco come pensavo avrebbe fatto, Chase mi prese di nuovo la bocca. Baciandomi forte. Baciandomi profondamente. Baciandomi fino a quando non fui di nuovo senza fiato.

Mi trapanò ripetutamente il sedere, il movimento del membro sulla prostata che mi faceva gocciolare sempre più liquido seminale, spalmando il fluito setoso fra di noi e sulla nostra pelle. Il modo in cui il suo peso premeva sulla mia erezione, da solo, avrebbe potuto farmi venire di nuovo.

A ogni affondo, io rispondevo, facendo scivolare il membro nella pressa dei nostri corpi. Fino a quando non mi ritrovai su un confine molto netto.

Una mossa sbagliata... No, una mossa *giusta* e sarebbe stata la fine per me.

E naturalmente, fu quella mossa tutto ciò che ci volle. Venni e sporcai di nuovo.

Dopo aver staccato la bocca da quella di Chase, i miei polmoni annasparono mentre trangugiavo aria. Il bacino di Chase non era l'unica cosa che pompava: anche il suo petto lo faceva. Faticava a respirare quanto me. Ma il suo era un ansimare breve, secco. Vedevo nei suoi occhi – anche se ora stava evitando il mio sguardo – che anche lui era vicino.

Quando strinse i denti e fece una smorfia, capii che era giunto il momento di scrivere la parola *fine*...

Chase si sollevò di scatto appoggiandosi sulle braccia, chiuse gli occhi, lasciò ricadere la testa in avanti, affondò altre due volte e poi, quando esalò il fiato, venne.

Ogni suo muscolo si tese mentre rimaneva affondato dentro di me, i nervi sensibili che circondavano il mio buco che mi fecero capire che aveva finito di godere.

Dopo, rimase dentro di me sorprendentemente a lungo, più di quanto mi aspettavo.

Aveva paura di uscire o stava cercando di mantenere la connessione il più a lungo possibile? Forse era una combinazione di entrambe le cose.

Attesi con pazienza, lasciando che fosse lui a muoversi quando era pronto, dato che io stavo bene così. Non mi dispiaceva avere il suo peso addosso e la mia unica urgenza sarebbe stata quella di infilargli le dita sotto il mento e sollevargli il viso per vederlo meglio. Vedere se sarei riuscito a decifrare quello che provava, perché non dubitavo che lo stesse nascondendo.

Naturalmente, la cosa non era sconvolgente, anche se un po' mi deludeva.

Quando lui sollevò la testa, la sua espressione era guardinga e la sua mascella si strinse bruscamente. Forse stava mascherando il senso di colpa dovuto all'essersi permesso quella cosa, quel momento con me. Con una persona che non era colui che amava con tutto il suo cuore.

Perché quello era ovvio.

Ma in ogni caso, quella sera era stata un grosso passo avanti per lui. Due anni erano molto tempo per rimanere bloccati nell'inferno, per cui speravo che quello che avevamo fatto quella sera lo avrebbe aiutato a rompere il cerchio che lo faceva oscillare continuamente fra la depressione e la rabbia e lo spingesse verso la fase successiva del lutto: l'accettazione.

Non che io avessi le palle abbastanza grandi da pensare che fare sesso con me avesse un potere simile. Il mio ego non era così gonfio.

A proposito di cose gonfie... Il membro di Chase stava cominciando a diventare l'opposto. Presto, non avrebbe avuto altra scelta che uscire e fare quello che doveva fare.

Quando lui si spostò, io mormorai, "Aspetta," e voltai il più possibile il busto verso il comodino, dato che la metà inferiore del mio corpo era ancora bloccata dal suo solido peso.

Dopo aver agganciato con un dito la scatola dei fazzoletti, la feci scivolare verso di me. Non appena riuscii ad avere una buona presa, mi lasciai ricadere sul letto e gli porsi la scatola. "Ne avrai bisogno."

Senza dire una parola, Chase prese qualche fazzoletto

dalla scatola, per poi scivolare lentamente fuori da me e togliersi il preservativo, avvolgendolo con cura in un fazzoletto e usando gli altri per pulirsi.

Avrei avuto bisogno di fare lo stesso, ma non dove mi trovavo. Rotolai giù dal letto, portandomi dietro l'asciugamano per non lasciare ricordini, e andai in bagno a pulirmi.

Seguendo la solita routine, rimossi il lubrificante in eccesso e mi lavai, temendo che, prima che io avessi finito e fossi tornato indietro, Chase potesse aver lasciato il mio appartamento.

Trattenni il respiro mentre aprivo la porta del bagno e lo esalai non appena vidi che Chase era ancora lì. Nella mia stanza. Seduto in fondo al mio letto, con lo sguardo su di me.

Continuando a non dire un accidente, lui si alzò e mi girò attorno per entrare nel bagno mentre uscivo. Il tutto assicurandosi che non ci toccassimo.

Mentre Chase era in bagno, io mi infilai i boxer e mi sedetti a gambe incrociate al centro del letto, aspettando. Non avevo idea di cosa sarebbe successo dopo. Di che strada avremmo preso.

Chase avrebbe potuto restare. O avrebbe potuto andarsene.

Non intendevo spingere per l'una o l'altra cosa. Gli avrei dato lo spazio per capire da solo cosa voleva. Doveva essere lui a decidere di intraprendere quel viaggio di guarigione e accettazione. Io ero disposto a dargli una mano, ma non potevo costringerlo.

Se l'avessi fatto, lui avrebbe piantato i piedi e opposto resistenza. Magari avrebbe addirittura fatto un passo indietro, chiudendomi fuori.

Per cui, sì, quella serata era stata un passo avanti, ma ciò non significava che fosse definitivo. Chase avrebbe ancora potuto avere delle ricadute.

Non appena la porta si aprì, un Chase nudo si avvicinò all'estremità del letto. "Tutto bene?"

Che me lo avesse chiesto confermava che teneva agli altri. La recinzione sormontata da filo spinato che si era costruito attorno serviva solo a proteggere lui. Incarnava il vecchio detto: "Il gatto scottato teme l'acqua fredda."

"Sì. E tu?" Quando lui non rispose, capii che il suo stato emotivo era precario. Che sorpresa. "Non è tradimento, Chase. Non importa come ti sembra."

"Non c'è bisogno che me lo ripeti. So cos'era e cosa non era."

Oh, sì, qualcuno era nervosetto. "Davvero?"

"Smettila di pensare di conoscermi meglio di quanto io conosca me stesso. Non mi conosci."

"No, non ti conosco come vorrei. Sempre che tu sia d'accordo ad approfondire."

"Come amici?"

Sollevai una spalla. "Amici. O di più."

"Non voglio di più."

Passai una mano sul letto. "L'abbiamo appena fatto, di più. E se dici che è stato un errore, faccio entrare Timber perché ti morda il sedere."

"Non mi morderà."

Non era falso. "Perché lo hai corrotto."

"È un tipo pretenzioso. Proprio come il suo padrone."

Le mie sopracciglia spiccarono un balzo. "*Ohhh.* Hai fatto una *battuta?*"

"A dire il vero, no. Ero serio."

Mi schiaffeggiai il ginocchio nudo e feci una risata nasale. "Che simpatico umorista!"

Lui sospirò, raccolse i boxer dal pavimento e se li infilò su per le gambe forti dal pelo scuro.

Mi stupii quando non fece lo stesso con i jeans. Tuttavia,

non dissi una parola, per non spaventarlo come una talpa che faceva capolino fuori dalla tana alla luce del giorno.

Dovevo gestire il "dopo" con molta cura.

Scesi dal letto. "Prendo dell'acqua. Tu ne vuoi?"

"Devo andare."

"No che non devi. Non c'è niente e nessuno ad aspettarti in quella baita." Accennai con il capo al letto. "Siediti. Lascia che ti porti una bottiglia d'acqua." *Poi potremo parlare.*

Naturalmente, non dissi l'ultima cosa ad alta voce, per non dargli un motivo di spaventarsi e fuggire.

Senza aspettare risposta, andai in cucina e, naturalmente, non appena aprii la porta della mia camera, Timber il Traditore praticamente mi travolse nella fretta di andare da Chase. Imprecai sottovoce e presi due bottiglie di acqua fredda dal frigo.

Quando tornai nella stanza, scoprii che Chase non stava accarezzando Timber, il quale era molto deluso. No, era seduto sul materasso a capo chino, con i gomiti piantati sulle cosce e le mani che penzolavano fra le ginocchia divaricate. Stava fissando la sua fede nuziale, rigirandola come d'abitudine.

Trattenni le parole che volevano uscirmi di bocca, ricordandomi per la centesima volta che, uno, dovevo avere pazienza con quell'uomo, e due, tutti affrontavano il lutto in maniera diversa e secondo le loro tempistiche.

Gli offrii l'acqua. "Ti sei trattenuto."

Lui mi strappò la bottiglia dalle dita e, con la fronte aggrottata, sollevò lo sguardo sul mio viso. "Cosa stai dicendo?"

"Mi hai detto due volte che non saresti stato gentile. Perché dirmelo e poi non mantenere?"

Chase aprì l'acqua e inclinò la testa all'indietro, attirando il mio sguardo sulla sua gola che si muoveva mentre ne ingoiava un terzo.

Quando ebbe finito, si asciugò la bocca con il dorso del polso. "Vuoi dire che sei deluso?"

"Intendiamoci: sono *tutto* tranne che deluso. Fare sesso con te è stato più soddisfacente di quanto mi piacerebbe ammettere. In realtà, volevo che facesse schifo, per non essere tentato di farlo di nuovo," scherzai. "Comunque, non c'era motivo di trattenerti."

"Non l'ho fatto."

"Stronzate."

"Se vuoi sapere la verità—"

"Voglio sempre sapere la verità." Le uniche persone che preferivano le menzogne erano quelle troppo fragili per affrontare la verità. Io non ero così e non lo sarei mai stato. Per me, le menzogne potevano essere più deleterie che prendere la verità in faccia.

La verità poteva anche essere dolorosa, ma almeno era reale.

"Ecco la verità... Mi sono trattenuto perché stavo cominciando a perdere il controllo. Avevo paura di farti del male."

Avevo paura di farti del male. A riprova del fatto che, nel profondo, Chase era un uomo premuroso. Dovevo solo rimuovere quegli strati duri e cicatrizzati per raggiungere il vero uomo.

"A meno che non ti piacciano cose particolari come il bondage, tagliare o soffocare, non mi farai del male. E non mi spaventerai. Non mi dispiace il sesso estremo. Anche se mi piacciono pure i momenti gentili che si accompagnano all'intimità. Comunque, la cosa più importante del sesso è che sia *piacevole*. Dovremmo essere d'accordo almeno su quello."

"È stato piacevole?"

"Sì," risposi io.

"Allora smettila di lamentarti."

Sospirai. "Non mi stavo lamentando. Ti sto solo dicendo che non devi trattenerti con me."

"Era la nostra prima volta insieme e volevo..."

Ignorai la parte riguardo alla nostra "prima" volta insieme. Concentrandomi su quella, avrei potuto spaventarlo. "Volevi?" pungolai.

Chase si chiuse a riccio.

Merda. Avevo sbagliato comunque.

Era finita; Chase cominciava a chiudersi completamente. Lo vedevo dalla sua espressione e dal modo in cui le sue dita stavano quasi stritolando la bottiglia d'acqua. Le emozioni stavano cominciando a infiltrarsi dentro di lui e a lui la cosa non piaceva.

Tuttavia, Chase non si alzò e non si vestì. Rimase seduto sul letto con il mio cane infedele ai piedi. Ciò mi fece pensare che volesse qualcos'altro da me e che avesse paura di chiederlo o di prenderlo.

D'altra parte, era possibile che mi sbagliassi completamente. Capitava, ogni tanto.

Ma non avrei mai saputo cosa lui volesse o di cosa avesse bisogno se Chase non era disposto a parlarne. Comunque, non riuscivo a immaginare che Chase Jones volesse parlare schiettamente in quel modo. Era più sicuro per lui rimanere in superficie e non approfondire.

Per lui, approfondire avrebbe potuto significare recarsi in un posto oscuro e spaventoso.

Poteva anche non piacermi che lui fosse così chiuso, ma capivo il perché.

Ancora una volta dovevo usare pazienza e, se non ne avevo, avrei dovuto dirgli di tornare a casa e poi lasciarlo in pace. Quei piccoli, ma significativi segnali che continuavo a cogliere mi davano la speranza che lui volesse liberarsi dal pantano emotivo in cui al momento era immerso.

Dato che si era già ritirato in se stesso, mi dissi che tanto valeva provare. Male non avrebbe fatto. "Hai parlato della nostra 'prima volta.' Sei ancora qui perché ne vorresti una seconda più tardi?"

Chase si passò una mano sulla bocca e mi fissò. Ovviamente, non alla *Voglio succhiarti l'uccello.* Purtroppo.

Prima che lui potesse cassare l'idea di restare, proseguii: "Stai pensando che sono pazzo a volere che tu resti. E forse lo sono."

"Non sono sicuro del perché..." Chase lasciò la frase in sospeso prima di concludere il pensiero.

"Onestamente, non ne sono sicuro nemmeno io, dato che sei piacevole come un tronco d'albero marcio."

Ma tu guarda. Avevo intravisto uno sfuggente guizzo di labbra.

In quell'istante, mi colpì la consapevolezza che, da quel momento in poi, il mio nuovo scopo nella vita sarebbe stato far sorridere quell'uomo. E non per finta. Un sorriso vero, genuino. O meglio ancora, farlo ridere.

Perché me ne fregasse un cazzo della contentezza di quell'uomo...

Forse avevo bisogno di terapia quanto lui.

Chase finì l'acqua nella bottiglia, poi riavvitò il tappo con calma. Dopo aver finito, si alzò in piedi, posò la bottiglia vuota sul mio comodino e venne da me. Sebbene la sua espressione fosse seria, nel suo sguardo c'era confusione e io lo sentii fin dentro di me.

Mi voleva. Voleva restare. Ma il suo cuore e la sua mente erano di nuovo in guerra l'uno con l'altro.

Quando i suoi piedi nudi toccarono i miei, io sussurrai: "Resta. Dimentica tutto ciò che sta fuori da questa stanza per una notte. Concedítelo e concediti una pausa, per una volta. Te lo meriti e nessuno ti giudicherà per aver approfittato di un po' di compagnia e di intimità. Soprattutto io. Sai perché? Ne ho bisogno quanto te. Forse per me non sono passati due anni, ma è passato comunque troppo tempo. Forse non vuoi ammettere di averne bisogno anche tu, ma io non ho problemi a farlo. Ne ho bisogno, Chase, e tu hai quello di cui ho bisogno. Ti chiedo di restare."

"Per tutta la notte?"

Quel rimbombo profondo e delicato mi fece delle cose che la voce di nessun uomo aveva mai fatto.

"Finché ti sentirai a tuo agio." Anche se fosse rimasto solo per qualche ora, sarebbe stato un altro passo avanti. "Io ci sarò, fin quando vorrai."

"Continuo a non sapere perché..." Ecco di nuovo il dubbio. Prima che potessi spiegarmi ancora una volta, lui mi rivolse un singolo cenno del capo e disse: "Va bene."

Rimasi a bocca aperta. Ero sconvolto.

Poi Chase approfittò della mia bocca aperta e se ne impadronì.

***

Fiato caldo mi accarezzò la pelle. Gemetti e mi voltai...

Per ritrovarmi faccia a faccia con un maschio molto più peloso di Chase.

Il mio cane svergognato era in mezzo al letto, sdraiato sulla schiena, con tutte e quattro le zampe in aria, la testa inclinata nella mia direzione e lo sguardo su di me.

Lui sorrise.

Io mi accigliai.

Tanti saluti al sesso spontaneo mattutino. Il mio stesso cane me lo aveva impedito.

Mi stiracchiai dalle mani ai piedi e avvertii un certo fastidio. Non molto, ma quanto bastava per ricordarmi che Chase e io avevamo fatto sesso ieri sera. La seconda volta, lui si era rilassato abbastanza da farmi vedere le cose che gli piacevano.

Era persino rimasto quando pensavo che sarebbe corso via.

Mi sollevai sui gomiti e lanciai un'occhiata all'altro lato del letto... Vuoto.

In qualche modo, Chase era riuscito a svicolare fra il momento in cui io mi ero addormentato e adesso. Tutto senza svegliarmi. Era un'impresa, soprattutto visto che io avevo un dannato cane.

"Dov'è andato?"

Timber si lasciò ricadere su un fianco, mi guardò e poi sbadigliò ampiamente.

"L'hai lasciato andare senza svegliarmi?"

Timber il Traditore fece un piccolo *woo-woo*.

"Non potevi farlo quando lui è uscito di nascosto?"

Il mio cane si leccò i baffi, per poi starnutire.

Lasciai ricadere la testa sul cuscino e fissai il soffitto, chiedendomi incuriosito a che ora fosse andato via Chase.

Non dubitavo che fosse accaduto poco dopo che avevamo fatto sesso per la seconda volta.

La notte prima, Chase mi era sembrato affamato entrambe le volte.

Di attenzione. Di semplice contatto fisico.

Di un'intimità più complessa.

Io ero disposto a dargli quello e molto altro ancora.

Qualunque cosa volesse, io gliela potevo offrire. Lui doveva solo accettarla.

Sebbene la notte prima avesse dimostrato che fra noi c'era un'affinità fisica, ciò che mancava ancora era il legame emotivo. Sapevo che non era il caso di aspettarmelo, ma avevo ancora un barlume di speranza che un giorno ci sarebbe stato.

Volevo qualcosa di più da un uomo che forse non era disposto a darlo. Cercavo di convincere me stesso che ciò era dovuto al fatto che Chase era il primo uomo gay che viveva nei paraggi da quando mi ero trasferito a Eagle's Landing.

Ma prima, avrei dovuto prendere appuntamento per farmi esaminare la testa. Perché una persona sana di mente non avrebbe scelto un uomo simile come sfida.

Decisamente no.

Ma d'altra parte, noi scrittori eravamo gente un po' strana. Dovevamo esserlo. Ascoltavamo le voci della nostra testa e scrivevamo tutto quello che dicevano.

Non poteva certo essere considerato normale.

Sospirai, mi passai le mani sul viso e mi alzai dal letto. "Forza, traditore. Ti faccio uscire."

Timber saltò giù dal letto con un abbaiare entusiasta e attese con impazienza vicino alla porta della camera mentre io mi guardavo attorno per cercare il punto in cui erano finiti i boxer dopo che Chase me li aveva strappati di dosso la seconda volta.

Non avevo idea di che fine avessero fatto. A meno che lui non li avesse presi come trofeo. Un promemoria di quanto era stata piacevole la nostra serata insieme.

Sbuffai.

Se non altro, la serata era stata gradevole dal punto di vista sessuale. L'emotività e la conversazione erano state un po' carenti.

Mi rassicurai che prima o poi sarebbero arrivate, una volta che lui si fosse liberato dal lutto e dal senso di colpa che lo appesantivano.

Dopo aver tirato fuori un paio di mutande pulite dal cassetto, me le infilai su per le gambe.

Prima Timber. Poi la doccia.

Poco dopo, e soprattutto, un'intera caffettiera. Avrei avuto bisogno di caffeina in abbondanza per riuscire a combinare qualcosa.

Magari, più tardi avrei mandato un messaggio a Chase per vedere come stava. Ma per il momento, l'avrei lasciato in pace.

Speravo solo che non si stesse incolpando di qualcosa. Mi era sembrato un po' più sciolto durante la seconda sessione di sesso e io l'avevo preso come un buon segno.

Ma anche allora si era trattenuto.

Un passo alla volta...

Timber mi oltrepassò correndo quando io uscii dalla camera da letto, guardandomi attorno per assicurarmi che Chase non fosse ancora nel mio appartamento ad aspettare che mi svegliassi.

Ovviamente non c'era.

Ma quella che mi stava aspettando sul piano della cucina era la busta con il mio manoscritto.

Avevo dimenticato che quella era la scusa che lui aveva usato per presentarsi l'altra sera.

Dopo aver fatto uscire Timber, tornai alla busta, tirando fuori le pagine che componevano la mia prima bozza.

Le parole scritte in inchiostro rosso sulla sommità della prima pagina attirarono la mia attenzione. *Non ho molto da dire, se non... Non cambiare niente.*

Non mi aspettavo un appunto del genere da parte di Chase, noto anche come C.J. Anson.

Passai un dito sulla sua grafia. Era fatta di segni netti e poco leggibili, come quella di un medico.

Sfogliai le pagine, trovando solo qualche refuso e delle piccolissime correzioni grammaticali. A parte quello, non c'era molto.

Di nuovo, sconvolgente.

Pensavo che Chase avrebbe massacrato interi brani, facendo sembrare il mio manoscritto la scena di un omicidio a furia di segni rossi.

Con un sorriso, sbattei il manoscritto sul piano, poi fischiettai fino alla doccia.

Sì, più tardi sarei andato a trovare il signor Chase Jones.

Non vedevo l'ora.

Capitolo diciassette

Chase

IN PIEDI sulla riva del lago, fissai l'acqua senza vedere un accidente. Ero esausto dalla notte prima, dato che non avevo chiuso occhio.

Non prima di fare sesso con Rett. Non dopo.

Il senso di colpa mi schiacciava mentre ero nel letto di Rett, per cui me ne ero andato. Per evitare che lui provasse a convincermi a restare, mi ero allontanato furtivamente dopo che si era addormentato. Non volevo dare spiegazioni o discutere perché non volevo trascorrere lì tutta la notte.

Non potevo.

Non potevo e basta.

A peggiorare le cose, per quanto Rett fosse fastidioso, *mi piaceva*. Per quanto non volessi, *mi piaceva*.

Se avessi voluto soltanto qualcuno con cui fare sesso, avrei potuto trovarlo altrove. Uno sconosciuto senza nome in un paese vicino. Non era difficile trovare un'avventura. C'erano delle app specifiche.

Ma non volevo un altro e la cosa mi inquietava. Inoltre, ero furioso con me stesso, dato che avevo pensato che non avrei mai più voluto nessuno.

Dopo aver perso Thomas, avevo giurato di rimanere casto per il resto della mia vita. Dicendomi erroneamente che non avrei mai avuto bisogno di nessuno. Che lui era stato il mio unico e solo. Che non avrei mai tenuto a qualcuno come avevo tenuto a mio marito. Che avrei potuto trascorrere il resto dei miei giorni da solo e sarei stato benissimo.

La dura verità era che andava tutto tranne che benissimo.

E che io non ero nulla, se non confuso.

Sebbene i pensieri nella mia testa fossero scombussolati, una cosa era chiara...

Fare sesso con Rett la notte prima aveva fatto sì che mi rendessi conto di quanto ero vuoto dentro e che ciò che restava del mio vecchio me era un fantasma.

Mi rigirai la fede all'anulare sinistro. Non avrebbe dovuto essere metallo freddo. Avrebbe dovuto ustionarmi, bruciare la mia carne perché avevo infranto i miei voti. A Thomas. A me stesso. Alla nostra unione.

Palesemente, ero debole, perché avevo permesso alla mia attrazione nei confronti di Rett di spingermi a infrangere il mio giuramento personale di non andare mai con nessuno.

Feci girare l'anello più veloce.

Più veloce.

"Merda!" Me lo tolsi dal dito e lo lanciai il più forte possibile, il più lontano possibile. "È colpa tua. Tua! Non solo hai fatto del male a te stesso, ma mi hai ferito in maniera irreparabile! Perché diavolo hai pensato che fosse giusto? Che lasciarmi fosse giusto? Non lo era. Hai distrutto te stesso e hai distrutto anche me."

Le mie ginocchia non riuscivano più a sostenermi e si piegarono sotto il peso schiacciante. Affondarono nella terra morbida sulla riva del lago e io mi raggomitolai su me stesso, cercando di alleviare il dolore insopportabile allo stomaco e al petto.

Gridai fino a quando non mi si crepò la voce. Fino a quando non mi fece male la gola. Fino a quando la vista non mi si sfocò per via delle lacrime che non ero più in grado di trattenere. Non riuscivo a impedire che il petto mi si spaccasse, lasciando scoperto il buco dove un tempo si trovava il mio cuore.

Alleviando il proprio dolore, Thomas aveva lasciato alla persona che amava una perdita devastante e traumatizzante.

Il mio petto ansimava per un grido che non aveva né inizio né fine. Non riuscivo più a prendere fiato mentre i singhiozzi sconquassavano il mio corpo. Fino a quando non ci fu più nulla che potesse uscire.

Mi stavo spaccando in due, scoprendo il vuoto dentro.

Persi il senso del tempo mentre tutto mi crollava intorno.

Solo una volta che i miei pensieri cominciarono a schiarirsi, quando fui di nuovo in grado di respirare e non rimase più nulla da espellere, mi resi conto di quello che avevo fatto.

Qualcosa che non avrei dovuto fare.

Mi raddrizzai e passai lo sguardo sul lago. "Merda!" La mia imprecazione risuonò sull'acqua piatta. "Merda!"

Come mi era saltato in mente? Avevo gettato via una parte importante del mio matrimonio. Il simbolo che ci univa. L'anello che lui aveva scelto per me. L'unica cosa che mi restava di lui a parte le ceneri, le foto e i ricordi.

Mi alzai di scatto e corsi in acqua, non volendo perdere tempo a spogliarmi. Non avevo idea di fosse finito l'anello, ma dovevo recuperarlo prima che venisse risucchiato nella fanghiglia sul fondo del lago e diventasse impossibile trovarlo.

Non sarei uscito dall'acqua prima di averlo trovato.

Prima di averlo fra le dita.

Cominciando da dove pensavo fosse caduto, mi tuffai sotto l'acqua gelida. Gli stivali si riempirono subito, appesantendosi, e i miei vestiti si inzupparono. Il peso cominciò a trascinarmi a fondo.

Nonostante avessi gli occhi aperti, non ci vedevo nulla nell'acqua limacciosa, per cui trascinai le dita nel fango, cercando a tentoni.

Niente.

Niente.

E ancora niente.

Gli stivali pieni d'acqua rendevano impossibile spingermi con i piedi e difficile nuotare. Temevo che l'anello fosse finito nell'acqua troppo profonda.

Ma, *porca miseria*, non sapevo dove fosse finito. Sapevo solo che non era più al suo posto. Al mio dito.

Gesù. Non intendevo uscire senza averlo trovato. A costo di annegare.

Continuai a cercare disperatamente. A ogni passata delle dita nel fango, l'acqua diventava ancora più opaca; ora non vedevo più a un palmo dal naso.

Il panico mi artigliò la gola già scorticata e il cuore mi batté in maniera incontrollabile contro il petto. Mi iperconcentrai sulla ricerca, ignorando tutto tranne l'obiettivo di ritrovare ciò che avevo perso, ciò che imprudentemente avevo buttato.

Ogni oggetto solido che le mie dita sfiorarono era una pietra viscida o una roccia aguzza. Il fondale era coperto da quelle che sembravano migliaia di quelle cose. E quando non era roccia, le mie dita toccarono legnetti o chiazze di vegetazione marcia.

Non trovai nulla di liscio e circolare. Il simbolo dell'infinito. Dell'eternità.

Di quello che ci eravamo promessi.

Thomas aveva infranto quella promessa.

Ciononostante, sapevo di doverlo perdonare, o la mia "eternità" sarebbe rimasta bloccata nel dolore. Dovevo concedermi di mollare la presa. L'altra sera lo aveva dimostrato ed era stata un punto di svolta.

Quello non mi impediva di rivolere l'anello che Thomas mi aveva dato. Me lo aveva infilato al dito il giorno del nostro matrimonio, perché mi amava quanto io amavo lui.

E non importava quello che aveva fatto o perché: io lo amavo ancora e lo avrei amato fino alla fine.

I miei polmoni bruciavano, gli occhi non servivano più a niente. La paura di non trovare mai più l'anello mi annegava come il lago torbido.

Qualunque lacrima avessi versato fu subito lavata via dall'acqua. Ma ciò che non si poteva lavare via erano i miei rimpianti.

Il mio corpo cominciò a lottare contro di me, ordinandomi di riemergere e prendere fiato. Ma non potevo. Non potevo fermarmi. Non ancora. Se l'avessi fatto, avrei perso traccia di dove avevo già cercato. Non avrei respirato fino a quando non lo avrei trovato.

Doveva essere da qualche parte.

Mentre il naturale istinto di sopravvivenza cercava di convincere il mio cervello a piantare gli stivali sul pavimento e spingerli verso la superficie, il mio cuore spezzato cercava di convincermi a lasciar perdere e far sì che la solitudine e il dolore atroce venissero lavati via per sempre.

C'era una guerra in corso.

E non importava chi avrebbe vinto tra il cuore e la mente: io avrei perso comunque.

Tuttavia, la scelta mi fu portata via quando qualcosa si strinse attorno al mio petto, strattonandomi.

Cercai di sfuggire a qualunque cosa mi avesse afferrato.

La fascia stretta attorno al mio petto e sotto le mie braccia accentuò ancora di più la presa e io la artigliai, cercando disperatamente di infrangere la sua presa.

Un braccio. Un braccio umano.

Stavo delirando per la mancanza di ossigeno? Stavo finalmente perdendo la ragione?

Quando la mia testa emerse in superficie, io annaspai, poi tossii una parte dell'acqua che avevo inalato, ma i miei polmoni faticarono comunque a respirare.

Sbattei le palpebre, cercando di vedere chi mi stesse trascinando fuori dal lago.

Ti pareva, cazzo.

I miei polmoni gorgogliarono quando riuscii a inalare abbastanza aria da parlare. "Lasciami... andare..." La mia voce aveva un che di innaturalmente roco.

"Non ti lascerò andare fino a quando non saremo usciti da questa maledetta acqua," gridò lui, un misto di paura e rabbia che gli colorava la voce. Nonostante la vista sfocata, era impossibile non notare la durezza della sua mascella e il fastidio nel suo sguardo.

Avrei potuto lottare, ma se lo avessi fatto, avrei rischiato di far annegare anche lui. "Non posso ancora uscire!" *Gesù,* persino il mio gridare suonava come se fossi ancora sott'acqua.

"Sì che esci! Sei freddo e rigido come una mezzana di manzo congelata."

Cercai di ritrarmi e di sprezzare la sua presa. "Non ho finito!"

Lui non rispose e non mi lasciò andare fino a quando non fummo entrambi in ginocchio nell'acqua bassa lungo il bordo del lago, entrambi col fiato corto, che cercavamo di inalare l'aria che i nostri polmoni volevano. A quel punto, non riuscivo a capire se fossero lacrime o acqua di lago quelle che mi scorrevano in rivoli lungo le guance.

"Cosa cazzo stavi facendo?"

Oh, sì, era incazzato. "Ho perso... una cosa."

"Nel lago?"

Anche. Annuii, perché in quel momento parlare richiedeva troppo sforzo. Se mi fossi sforzato troppo, avrei rischiato di crollare e singhiozzare come un bambino.

Non volevo che Rett mi vedesse piangere. Non volevo che vedesse quanto disperato e distrutto ero, sebbene l'istinto mi dicesse che lo sapeva già.

Senza più la forza per alzarmi, rimasi dov'ero e mi limitai a sollevare lo sguardo quando sentii "Prendi la mia mano. Lascia che ti aiuti a uscire."

Lascia che ti aiuti...

A differenza del sottoscritto, Rett si trovava ora sul terreno solido della riva, con la mano tesa. "Prendi la mia cazzo di mano, Chase. Non posso portarti di peso!" gridò. "Anche tu devi aiutare te stesso. Non posso farlo per te. Posso solo aiutarti."

Il mio primo istinto fu di dirgli che non avevo bisogno del suo aiuto, pur sapendo che era vero il contrario.

Avevo bisogno di aiuto. Di molto aiuto. E per qualche motivo, quell'uomo era disposto a darmelo. Ma non capivo perché volesse assumersi un tale peso.

Un brivido dal profondo delle mie ossa mi attraversò e i miei denti cominciarono a battere in maniera incontrollabile.

"Dammi quella cavolo di mano, Chase. Stai andando in ipotermia. Le labbra ti stanno diventando blu."

Chissà come, riuscii a trovare la forza di sbattere la mano nella sua e lui mi tirò in piedi. Quegli stessi piedi facevano un rumore viscido negli stivali a ogni passo che cercavo di fare fuori dall'acqua e su terreno più solido.

Ma ero stanco. Prosciugato. Avevo a malapena la forza per muovermi. Ciò non impedì a Rett di trasformarsi in un cavallo da tiro abbastanza forte da trascinarmi fisicamente lontano dal lago e dalla mia fede perduta.

Che forse non avrei trovato mai più. Che forse era andata persa per sempre.

Quella possibilità mi spinse a puntare i piedi e a inclinarmi all'indietro, costringendo Rett a fermarsi. "Devo tornare indietro."

"Per cosa? Stavi annegando, cazzo. Non te lo permetterò. Non finché ci sarò io."

"Non sto cercando di annegare. Devo trovarlo." Non volevo proprio dirgli cosa avevo buttato via incautamente come l'idiota che ero.

"Trovare cosa?"

Quando scossi la testa, spruzzai acqua di lago dai capelli. "Cosa ci fai qui?"

"Trovare cosa?" chiese di nuovo Rett.

"Cosa ci fai qui?" ripetei.

"Rispondi alla mia domanda e io risponderò alla tua."

Confessai con imbarazzo: "La mia fede."

Il suo sguardo cadde automaticamente sulla mano che si rifiutava di lasciare andare, anche se continuava a strattonare per liberarla. I suoi occhi marrone scuro, irritati dall'acqua di lago e circondati da ciglia nere umide e appuntite, corsero a me. "Come hai fatto a perderla? Sei ancora vestito e indossi gli stivali! A meno che, dopo che ti ho sorpreso nudo, tu non abbia cominciato a nuotare con i vestiti addosso."

La sua rabbia, bordata di sarcasmo irritato, era così densa che riuscivo a sentirne il sapore. "Non preoccuparti di come l'ho persa. La cosa importante è che devo trovarla." Tossii di nuovo, con i polmoni che facevano ancora un suono bizzarro. Sputai altra acqua di lago per terra.

"Non adesso."

"Non puoi decidere quello che devo fare."

Rett mi strattonò il braccio così forte che quasi persi l'equilibrio. "Posso e lo farò, dato che a quanto pare non sei lucido."

"Chi cazzo ti credi di essere?" In parte gridai e in parte tossii mentre tiravo con tutto il mio peso.

"D'accordo. Affogati pure."

Non mi aspettavo che rinunciasse così facilmente o che mi lasciasse la mano così all'improvviso. Di conseguenza, caddi all'indietro e atterrai sul sedere nell'erba a metà fra il lago e la baita.

Stordito, rimasi seduto, tremante di freddo, battendo i denti, con la pelle intirizzita e ogni centimetro di me fradicio. I piedi erano diventati blocchi di cemento ghiacciato negli stivali.

Mi stropicciai gli occhi quando li sentii di nuovo bruciare.

Trassi qualche respiro profondo per cercare di liberare i polmoni e di scendere dalla montagna russa emotiva. "Mi dispiace," mi sfuggì prima che potessi trattenermi.

"Con chi ti stai scusando? Con me? Con Thomas? Con te stesso?"

Evitai tanto il suo sguardo quanto le sue domande.

Dita forti si strinsero attorno alla mia mascella e mi sollevarono il viso. "Chase."

Quando finalmente lo guardai, lui scosse la testa, si accovacciò di fronte a me, mi passò una mano attorno alla nuca e strinse. "Dobbiamo portarti dentro, toglierti quei vestiti e scaldarti."

Il suo tono di voce era molto più basso rispetto a prima.

Pietà. Ecco cos'era.

Sebbene fosse estate, l'acqua era sempre abbastanza fredda, perché il lago era alimentato da una sorgente sotterranea fresca. Quando nuotavo, lo facevo per breve tempo, per rinvigorirmi. Di solito, restavo immerso solo fino a quando non riuscivo più a sopportare la temperatura.

Per essere ghiacciato fino alle ossa, dovevo aver cercato l'anello più a lungo di quanto mi fossi reso conto. O magari era successo perché avevo frugato sul fondo invece di nuotare sulla superficie scaldata dal sole.

Faticavo a sopportare quello che lessi negli occhi di Rett, sotto la fronte pesantemente aggrottata. "Lascia che ti aiuti. "La sua preghiera sussurrata era tangibile e sofferente e non fece altro che alimentare il dolore insopportabile dentro di me.

"Perché? Perché cazzo vuoi aiutarmi? Sono..." *Inserire termine.*

Qualunque parola avrei aggiunto non sarebbe stata piacevole, ma molto probabilmente sarebbe stata adatta. Rett non aveva bisogno che io concludessi.

"Sì, lo sei, e per tua fortuna, io capisco perché." Lui si alzò e tese di nuovo la mano. "Forza. Stai tremando. Ti romperai i denti se vai avanti così. E se perdi tutti i denti, potrei non volerti più baciare." Le sue labbra ebbero un leggero guizzo prima che lui le stringesse.

Quando gli presi la mano, lui mi aiutò ancora una volta a rialzarmi e, senza dire una parola, raggiungemmo faticosamente la mia baita ed entrammo. Lui mi portò subito in bagno e aprì la doccia.

Mentre l'acqua si scaldava, Rett mi tolse i vestiti, dato che le mie dita erano intirizzite e tremavano così forte che mi sembrava impossibile slacciarmi e sfilarmi gli stivali. Persino lui faticò a togliermi i jeans bagnati.

Quando io fui nudo, lui scostò la tenda della doccia e mi spinse sotto il getto. L'acqua calda che mi scorreva sui capelli, lungo il viso e sul resto del corpo cominciò a riportarmi alla realtà.

Soprattutto dopo che Rett spinse via la tenda e, ora nudo anche lui, si fece piccolo per entrare. Dovevo avere il cervello in pappetta, perché non avevo pensato al fatto che anche lui si era tuffato nell'acqua gelida completamente vestito, anche se non c'era rimasto altrettanto a lungo.

Il box doccia era grande a sufficienza per una persona sola, per cui Rett dovette incunearsi dietro di me. Dopo essersi premuto contro la mia schiena, mi passò entrambe le braccia attorno e mi piantò le mani sul petto, lasciando che l'acqua scorresse addosso a entrambi, scaldandoci. Un semplice atto di conforto, per nulla sessuale.

Chiusi gli occhi, mi crogiolai nel contatto della sua pelle contro la mia, nella pressione del suo corpo, nel modo sicuro con cui mi stringeva. Fra il vapore che inalavo, il calore del corpo di Rett dell'acqua calda della doccia, presto ripresi vita. Non ci volle molto prima che smettessi di tremare, i miei denti non battessero più e i miei muscoli si sciogliessero.

In tutto ciò, non fu scambiata una parola e nessuno si aspettò nulla. Mi limitai a crogiolarmi nel sostegno silenzioso e nella comprensione di Rett.

A un certo punto, il getto d'acqua si interruppe e lo scivolare della tenda della doccia mi spinse ad aprire gli occhi. Con un colpetto gentile, Rett mi incoraggiò a uscire.

Mi allungai verso l'asciugamano appeso al termoarredo, ma Rett lo prese per primo, sfregandomelo sulla pelle e scaldandomi ancora di più.

Facendomi quasi sentire di nuovo un essere umano.

E la cosa mi spaventava.

Temevo che il muro che mi ero costruito attorno fosse l'unica cosa che mi teneva insieme e che se lo avessi abbassato...

Se lo avessi abbassato, forse non sarebbe rimasto nulla che Rett potesse salvare.

Perché era chiaro... che quello era ciò che stava cercando di fare.

Ancora non avevo idea del perché.

Quando fui asciutto, lui prese un altro asciugamano dal mucchio nello stretto armadietto senza ante e si asciugò rapidamente, sfruttando strategicamente il suo corpo spazioso per impedirmi di uscire fino a quando non avesse finito.

Palesemente, non voleva perdermi di vista.

"Timber?" mi uscì di bocca con voce gracchiante. Fra le grida e l'acqua sporca del lago, la mia gola l'avrebbe pagata cara per un po'.

"Il mio cane ti piace più di me."

Da quello che sapevo di quell'uomo, riuscivo a immaginarlo dire qualcosa di simile se stava scherzando. Oggi, quelle parole erano tinte di sofferenza e forse un poco di tristezza.

Provocate da me.

Da me.

Rett continuava a credere di non piacermi. Ma d'altra parte, non gli avevo mai dato ragione di pensare altrimenti.

Nonostante la mia riluttanza e la mia paura a lasciare che qualcuno si avvicinasse a me, dovevo rimediare alla situazione. Ma non ero sicuro di esserne in grado.

In verità, non avrei dovuto incoraggiarlo a percorrere il sentiero del volermi aiutare. C'era il rischio che gli facessi più male di quanto non avessi già fatto. Volevo evitare che si tagliasse su uno dei miei bordi laceri.

Meritava molto meglio di uno come me. Uno che indossava il proprio tragico passato come un mantello. Che invece di toglierselo, se lo stringeva addosso e lo usava come scudo.

Sfortunatamente, quello scudo non mi proteggeva. Assolutamente no. Anzi, mi stava distruggendo dall'interno.

Fissai il mucchio di abiti bagnati sul pavimento del bagno. I suoi e i miei vestiti combinati. Circondati da una pozzanghera che mi ricordava il lago da cui lui mi aveva tirato fuori.

Rett mi aveva salvato quando io mi sarei lasciato annegare.

Voltai lo sguardo verso di lui. "Dov'è Timber?" chiesi di nuovo.

Non sapevo perché me ne importasse; forse volevo solo distrarmi da quello che avevo fatto. Dal salvataggio da parte di Rett. Dalla vita in generale.

"Se ascolti bene, puoi sentirlo che piagnucola fuori in veranda in attesa che lo facciamo entrare."

"Dov'era?"

Rett sollevò una spalla nuda. "Non appena sono arrivato qui, si è messo a inseguire uno scoiattolo."

"Non avevi paura che scappasse?"

Le labbra di Rett si curvarono in un sorriso mezzo storto. "No. Di solito, dopo un po' si ricorda chi gli vuole bene, chi si prende cura di lui e qual è il suo posto. Non si allontana molto."

"Ti è fedele."

"Sì." Rett inclinò la testa mentre mi guardava. "E ora è fedele anche a te."

"Io non sono niente per lui."

"Sei più di quanto tu ti renda conto."

"Non ha senso."

"Come tu ben sai, Chase, a volte la vita non ha senso. Ma bisogna fare buon viso a cattivo gioco, perché non c'è altra scelta."

"C'è sempre una scelta."

"Ma alcune di quelle scelte – anche se fatte solo per te stesso – possono avere effetto sugli altri. Per cui, se ti importa degli altri, può succedere che tu abbia una scelta sola. Ma alla fine, avere una sola scelta è davvero avere una scelta?"

Il mio cuore mancò un battito. Rett sapeva?

Impossibile. Sapeva che Thomas era morto, ma non come o perché.

Suggerii: "Perché non lo fai entrare?"

"Perché non voglio lasciarti solo."

"Sto bene," mentii.

"Stai tutt'altro che bene."

Avrebbe potuto lasciarmi solo e andare a prendere il suo cane, ma credeva di non avere scelta.

Aveva dimostrato di avere ragione.

Di nuovo.

Capitolo diciotto

Rett

NON VOLEVO LASCIARLO DA SOLO. Nemmeno per i pochi secondi che ci sarebbero voluti per aprire la porta e far entrare Timber. Ciononostante, confidavo che il mio cane sarebbe riuscito a tirare fuori Chase dalla mestizia.

Qualcosa aveva spinto quell'uomo a buttare la fede nel lago. Temevo che il motivo fossimo io e quello che avevamo fatto l'altra sera. Il senso di colpa doveva pesare molto a Chase, anche se, in realtà, lui non aveva motivo di sentirsi colpevole.

Ma vederlo che si agitava in fondo a quel lago freddo e che poi lottava contro di me quando avevo cercato di tirarlo fuori...

Dimostrava che la sua realtà era coperta di rabbia, depressione e senso di colpa. Se lui non se ne fosse liberato, dubitavo che sarebbe sopravvissuto.

Tirando a indovinare, dopo aver perso suo marito si era mantenuto il più insensibile possibile per non sprofondare per sempre e, la sera prima, la situazione era cambiata quando era stato costretto ad affrontare i suoi sentimenti.

A quanto pareva, quel confronto era stato insopportabile.

Non ero un esperto di salute mentale, ma mi ero informato parecchio riguardo alla mente umana e al modo in cui reagivamo a certi eventi, come la morte. Merito del fatto che ero un autore di gialli. Davo molta importanza alla reazione precisa dei personaggi.

E dopo aver letto tutti i libri di C.J. Anson, sapevo che anche lui faceva così.

Ma quando si trattava di lui stesso, era cieco.

Una volta che ci fummo legati in vita degli asciugamani asciutti, mi feci accompagnare da Chase fuori, per strizzare i vestiti fradici e buttarli sulle sedie a dondolo e sulla ringhiera per farli asciugare, oltre che per far entrare il mio cane nervoso e frignone nella baita.

I pastori tedeschi tendevano a sintonizzarsi sulle emozioni dei padroni e quel giorno Timber non faceva eccezione. Continuava a muoversi irrequieto fra il sottoscritto e Chase, guardandoci costantemente entrambi.

Osservai con attenzione quando Chase passò le dita lungo la schiena setosa di Timber e affondò poi le dita nel pelo folto del cane, come se si stesse tenendo aggrappato per non cadere. Quei gesti rendevano palese che era ancora in guerra con le sue emozioni. E che avrebbe potuto rimanere così per un po'.

Dovevo avere pazienza e comprensione. Per fortuna di Chase, ne ero abbondantemente fornito.

Dopo aver preparato il caffè e averne dato una tazza fumante a Chase, mi appoggiai al piccolo piano di lavoro del suo cucinino e lo osservai da sopra l'orlo della tazza di ceramica mentre lui andava alla finestra a guardare verso il lago.

Dove aveva "perso" la fede nuziale.

Ero sicuro che, se me ne fossi andato, lui sarebbe tornato subito nell'acqua. Molto probabilmente per non uscirne mai più.

Non sarei riuscito a perdonarmi se avessi permesso che accadesse una cosa del genere. Ciò significava che non sarei andato da nessuna parte fino a quando Chase non fosse stato abbastanza stabile da poter essere lasciato solo. Tuttavia, non potevo più tacere. "Chase... Il domani verrà sempre, con o senza di te. Come già sai, se tu rinunci, la cosa non avrà lo stesso effetto su di te come sulle persone che abbandonerai."

Lui non mi aveva detto come era morto Thomas, ma mi ero fatto una discreta idea.

"Non mi rimane nessuno," borbottò lui.

"Hai dei parenti. Hai degli ammiratori che ti vogliono bene, anche se non ti hanno mai conosciuto di persona. E... hai me."

"Non ho chiesto il tuo parere o il tuo aiuto."

"Forse no."

"Niente 'forse.'"

"Chiariamo una cosa: non mi interessa se non vuoi il mio aiuto. O la mia opinione. Te li darò comunque. E sai una cosa? Tu li accetterai, cazzo. Ti ricordi quella conversazione riguardo alle scelte che abbiamo fatto in bagno? In questo caso, ti do una sola scelta: accettare il mio aiuto. Certo, potresti avere l'impressione di non avere nessuna scelta."

Lui si voltò, lanciando un'occhiata malevola nella mia direzione mentre stringeva la tazza fumante così forte da far impallidire le nocche. "Non so chi cazzo tu creda di essere per entrare nella mia vita in questo modo–"

"Sai chi sono e io so quello che stai passando."

"Non lo sai."

"Ho perso mio fratello–"

"Io ho perso il mio cazzo di *marito*. Non è la stessa cosa."

"Non è esattamente la stessa cosa, no, ma entrambi abbiamo perso una persona cara. Una persona che era parte di noi. È abbastanza simile da permettermi di capire quello che stai passando."

"Tu non puoi capire."

Trattenni un sospiro. *Pazienza, ricordi? Pazienza!* "Il lutto può essere pesante. Perché non mi permetti di alleggerire il peso?"

Chase si passò l'unghia del pollice sulla fronte e abbassò la testa fino ad avere il mento appoggiato al petto, che si solle-vava e si abbassava più velocemente del normale.

Stava per crollare. Di nuovo.

Appoggiai subito la tazza alle mie spalle e mi spinsi via dal piano, cercando di non calpestare le zampe di Timber mentre mi girava freneticamente attorno.

Quando raggiunsi Chase, gli tolsi la tazza di caffè dalle dita e la posai sul piano accanto alla mia. Senza sprecare tempo, tornai da lui.

Ora aveva le mani strette a pugno mentre cercava di tenersi insieme e tratteneva le lacrime.

Quello era un giorno cruciale. Finalmente, Chase stava lasciando andare tutto quello che si era tenuto imbottigliato dentro. Di certo, ora stava soffrendo in maniera pazzesca, ma speravo che, una volta che sarebbe tutto finito, lui si sarebbe sentito meglio e avrebbe visto più chiaramente il futuro. Oltre a rendersi conto di avere nella sua vita delle persone che gli volevano bene e tenevano a lui.

Che volevano che lui rimanesse al mondo. Che volevano che lui fosse di nuovo felice e integro e non più a pezzi.

Non appena il suo corpo singhiozzò, Chase digrignò i denti e mi voltò le spalle.

Per nascondere la sua crisi. Per celare quelle lacrime.

Lo sapevo perché in passato avevo pianto anch'io. E come

per la maggior parte degli uomini, cresciuti nella convinzione che il pianto fosse una dimostrazione di debolezza, avevo scoperto che farlo era un'esperienza catartica.

Chase doveva concedersela. Non sarebbe mai riuscito a voltare pagina e guarire se non avesse affrontato tutto ciò che lo lacerava. Soprattutto se non faceva altro che ignorarlo e tenerlo nascosto.

Ma non era l'unico a soffrire. Anche io soffrivo per lui.

Avrei voluto poterlo aiutare ad alleviare il suo dolore, anche se solo un poco. Nonostante il mio desiderio, quella era una strada che lui doveva scegliere personalmente di percorrere. Non potevo farlo per lui. Potevo solo camminargli accanto e restare a portata di mano nel caso avesse bisogno di me.

Timber era in piedi fra di noi, la testa inclinata mentre ascoltava il tentativo di Chase di soffocare i singhiozzi. Allontanai il cane e premetti il mio petto nudo contro la schiena nuda di Chase. Agganciato un gomito attorno al suo collo e un braccio attorno alla sua vita, lo attirai a me.

Subito, lui si irrigidì e ogni suo muscolo si trasformò ancora una volta in cemento. Stringerlo fra le mie braccia era come abbracciare una statua di cemento.

Ci sarebbe voluto del tempo perché lui si liberasse di tutto ciò che teneva rinchiuso nel profondo di sé. Forse ora non se ne rendeva conto, ma ogni momento di quell'estrazione sarebbe valsa la pena. Un po' di sofferenza a breve termine avrebbe potuto allentare il dolore a lungo termine.

Mentre ce ne stavamo davanti alla finestra, io lo abbracciai per quelle che sembravano ore, quando in realtà si trattò probabilmente di dieci minuti.

Anche quando il suo pianto si fece silenzioso, le sue lacrime rimasero assordanti.

Una volta che il suo respiro fu finalmente rallentato, lui si rilassò fra le braccia e cominciò a scivolare sul pavimento, non avendo più le forze per sostenere il proprio peso.

Io lo seguii, non volendo spezzare la nostra connessione. Volevo che sapesse che ci sarei stato finché lui avrebbe avuto bisogno di me.

Appoggiate le labbra sulla sua tempia, promisi: "Puoi opporti quanto ti pare, ma io ti tengo e non ti lascerò andare."

Non sarei andato da nessuna parte. Sarebbero dovuti venire dei grizzly selvatici a trascinarmi via.

Dopo aver frugato negli armadietti, trovai un barattolo di sugo per la pasta e una scatola di spaghetti, per cui quello fu ciò che preparai per Chase più tardi quella sera, dopo essere riuscito a convincerlo a mangiare. Ci ritrovammo a mangiare fuori, sulla veranda che dava sul lago.

O meglio, io mangiai e lui piluccò il cibo. Timber fu felice di aiutarlo finendo gli avanzi.

Colsi Chase che fissava l'acqua, ma lui non parlò più della fede. Ciò non significava che non sarebbe tornato a cercarla nel momento in cui io me ne fossi andato.

Per cui, non me ne andai.

Dopo aver lavato i piatti, misi assieme qualcosa di più adatto a Timber della pasta, poi aiutai un Chase emotivamente svuotato e fisicamente esausto ad andare a letto e mi misi accanto a lui.

Tutto senza la minima resistenza o protesta da parte sua.

Nemmeno quando mi raggomitolai attorno a lui, premendo il naso contro la sua nuca e abbracciandolo per tutta la notte.

Una volta che il suo respiro si fece lento e costante, finalmente mi rilassai quanto bastava per permettermi di chiudere gli occhi. Persi conoscenza in meno di un minuto, dato che Chase non era l'unico emotivamente esausto.

Quando mi svegliai, ero solo.

Mi raddrizzai di scatto e impiegai qualche istante a orientarmi. E quando lo feci, mi resi conto che...

Chase non c'era. Timber non c'era.

Merda.

Se Chase era tornato nel lago, Timber probabilmente stava correndo lungo la riva e abbaiando nella sua direzione.

Sempre che il mio cane non avesse visto un altro scoiattolo e non si fosse lanciato all'inseguimento.

Merda.

Mi alzai dal letto e corsi alla finestra. Non si vedeva nessun cane in giro. Ma soprattutto, l'acqua del lago era ferma.

Era troppo tardi o troppo presto?

Tirai velocemente fuori un paio di boxer asciutti e puliti dal primo cassetto del cassettone di Chase e li indossai bruscamente.

Le mie narici si dilatarono quando sentii...

Odore di bacon. E caffè.

Il mio stomaco brontolò e io respirai un po' più tranquillamente, dato che Timber non era proprio capace di cucinare.

Sorrisi e non appena spalancai la porta della camera da letto, l'odore della colazione mi colpì dritto in faccia.

Che Chase fosse in piedi a cucinare poteva significare che quella mattina si sentiva meglio.

Naturalmente, con lui ai fornelli, Timber gli era seduto accanto che lo fissava voglioso, la lingua penzoloni da cui scendeva un filo di bava.

Il mio cane stava mendicando un boccone di qualcosa che gli era proibito mangiare. "Niente bacon per lui."

Chase, vestito solo con un paio di comodi pantaloncini di

cotone che gli delineavano bene il culo, si guardò alle spalle. "Troppo tardi." Tornò a girare con la forchetta il bacon scoppiettante in una padella di ghisa.

"Allora toccherà a te pulire la sua diarrea."

"Non credo, dato che lui se ne andrà con te."

"Ah, non sono invitato alla colazione?" chiesi, mettendomi alle sue spalle e fulminando di nascosto il mio cane con lo sguardo perché aveva mangiato il maiale.

"Dopo colazione," rispose Chase, togliendo il bacon dalla padella e mettendo le striscioline croccanti in un piatto foderato di tovaglioli di carta per assorbire il grasso in eccesso.

"Che buon profumino," mormorai mentre Chase rompeva le uova con una mano nella padella in cui aveva cotto il bacon. "Ma tutto quel grasso potrebbe otturarmi le arterie." Chase, con quei pantaloncini aderenti, era invece decisamente otturabile.

Mentre lui monitorava le uova nella padella, io gli passai un braccio attorno alla vita e baciai la pelle calda al centro della sua ampia schiena nuda.

Chase sussultò, quindi posò la forchetta e si voltò verso di me fra le mie braccia. Pensavo che mi avrebbe spinto via, invece mi stupii spaventosamente quando mi circondò con le braccia. "Grazie."

Porca troia. Non mi aspettavo nemmeno la gratitudine. "Per cosa?"

"Per ieri. Per ieri sera." Chase sospirò. "Per avermi sopportato quando non eri obbligato a farlo."

Non appena Timber piagnucolò perché non stava ricevendo attenzioni, Chase mi lasciò andare e si voltò di nuovo verso il fornello.

Grazie, cane, per aver rovinato il momento. "È uscito?"

"Sì."

Porca miseria. "Sei bravo con lui. Dovresti prendere un cane."

"Non voglio un cane."

"Sono molto di compagnia." Lo sarei stato anch'io.

"Sto bene qui da solo."

"Perché sei così testardo?"

"Solo per darti fastidio."

Dato che non era girato verso di me, non potevo sapere se stesse scherzando o se dicesse sul serio. Due settimane prima, non ci avrei nemmeno pensato: avrei optato per la seconda alternativa. Questa mattina, forse era vera la prima. "Beh, ci sei riuscito. Ora puoi smettere. È faticoso."

"Non sei costretto a restare qui."

"Hai ragione. Non sono costretto. Ma ci sono, per cui non fare lo stronzo."

Presa una spatola dal piano, Chase girò le uova, le lasciò cuocere per qualche istante e poi ne mise due perfettamente fritte su ciascun piatto, assieme a quattro strisce di bacon.

Una volta finito, Chase portò entrambi i piatti in tavola, tallonato da Timber che si lasciava dietro una scia di bava. "Puoi prendere il caffè?"

Dopo aver preso due tazze, ci sedemmo a fare colazione come se il giorno prima non fosse successo niente. La cosa era al tempo stesso rassicurante e preoccupante.

Che fosse la calma prima di un'altra tempesta? Oppure la notte prima era stata finalmente il punto di svolta per Chase? Era possibile che lui fosse e pronto ad andare avanti con la sua vita e lavorare per raggiungere la felicità?

Seduti l'uno di fronte all'altro, Chase evitò il mio sguardo e si concentrò sul cibo, mangiando con più entusiasmo rispetto alla sera prima.

Poteva essere un buon segno.

"È buono," mormorai prima di ficcarmi in bocca un altro boccone di uovo fritto.

"Sono uova al tegamino e bacon. Potrebbe prepararli anche una scimmia."

Forse. Ma non lo aveva fatto una scimmia: Chase aveva preparato la colazione a *me*. Non mi aveva buttato fuori dalla porta la sera prima, mi aveva lasciato dormire mentre portava fuori il mio cane e mi aveva preparato da mangiare.

Non volevo farne un dramma, ma per me, era una cosa *molto* importante. E apprezzavo quella svolta.

Non appena entrambi avemmo finito di mangiare, Chase presi i piatti vuoti e tornò a prendere le tazze. Dopo averle riempite entrambe, accennò con il capo alla porta. Mi dissi che voleva che io me ne andassi, ora che avevano finito.

"Sediamoci fuori."

Ma tu guarda: mi sbagliavo.

Annuii, cercando di non entusiasmarmi troppo, e lo seguii in veranda, spostando i nostri jeans ancora bagnati dalle due sedie a dondolo e dalla ringhiera della veranda in modo che potessimo sederci.

Una volta preso posto sulle sedie a dondolo, sorseggiammo il caffè in amichevole silenzio mentre Timber esplorava e marcava il cortile. Rimanendo nel mio campo visivo, per fortuna.

Per un attimo, riuscii a immaginare noi due che ci sedevamo fuori tutte le mattine, condividendo il silenzio e la natura mentre sorseggiavamo il caffè prima di cominciare entrambi a scrivere.

Meglio non fantasticare. Non volevo portare sfortuna. E non volevo restare deluso.

Chase era il primo uomo a cui ero seriamente interessato da molto tempo.

Come Chase, anch'io avrei dovuto sottopormi a terapia,

perché dovevo essere pazzo per accollarmi lui e i suoi problemi.

Sfortunatamente, al cuore non si comanda, nemmeno alla mente. Che pure continuava a mettermi in guardia.

Con la coda dell'occhio, vidi Chase concentrato sul lago calmo di fronte a noi. "Parlami di lui," lo incoraggiai a bassa voce.

Chase bevve un lungo sorso di caffè e dopo averlo fatto, si voltò verso di me con la fronte aggrottata. "Perché?"

"Voglio conoscerti meglio e lui è una grossa fetta di te."

"Mi stupisce che tu voglia conoscermi meglio dopo il modo in cui ti ho trattato."

Sollevai e abbassai una spalla. "Come ho detto ieri sera, capisco quanto è stata dura perderlo. Anche perdere mio fratello è stato duro per me." Aggiunsi: "E inaspettato." Come immaginavo fosse stato per Chase perdere Thomas.

Non poteva essere accaduto in seguito a una lunga malattia. Era stato un lutto improvviso, che non aveva dato a Chase il tempo di prepararsi mentalmente.

"Hai parlato con qualcuno?"

Chase si voltò di nuovo verso il lago, evitando di fatto il mio sguardo. "La persona con cui parlavo non c'è più."

"Un professionista, intendo."

"No. Uno psicologo non può cancellare quello che è successo."

Forse no, ma avrebbe potuto aiutarlo a gestire il dolore. "A volte, parlare fa bene. A occhio e croce, tu ti sei tenuto stretta la perdita non parlando di lui o di quello che è successo."

Chase si portò la tazza alle labbra, trangugiò il resto del caffè e posò la tazza vuota sul pavimento accanto alla sedia a dondolo. Dopo essersi passato le dita fra i capelli, guardò Timber che esplorava il bordo degli alberi.

Il suo petto si sollevò lentamente quando trasse un respiro profondo e per poco io non caddi dalla sedia quando lui cominciò addirittura a parlare...

Naturalmente, ascoltai.

"Ci siamo conosciuti che avevamo poco più di vent'anni. Io studiavo alla Brown University e lui lavorava in un banchetto di gelati da quattro soldi sul marciapiedi di Ocean City, Maryland, dove io e alcuni miei amici andavamo durante la pausa primaverile."

"Lui non studiava?"

Chase scosse la testa, ma rimase concentrato su Timber, che stava seguendo qualche pista affascinante. "No. Aveva faticato a prendere il diploma, per cui aveva rinunciato ad andare all'università."

Chase fece una pausa, come in attesa che io gli chiedessi altro, ma io stavo facendo del mio meglio per tenere la bocca chiusa ed evitare di tempestarlo di domande. Il che, lo ammetto, mi veniva difficile. Soprattutto quando avrei voluto sapere perché Thomas avesse avuto problemi a scuola.

Avrei potuto tirare a indovinare.

"Ci siamo piaciuti subito e abbiamo trascorso praticamente tutta la vacanza insieme. Alla fine della settimana, non riuscivo a immaginare di non rivederlo più e lo stesso valeva per lui, per cui abbiamo cominciato una relazione a distanza mentre io finivo l'università. Era dura stare lontani, ma riuscivamo a trascorrere la maggior parte delle mie vacanze e delle estati insieme..."

Chase proseguì raccontandomi dell'estate dopo la laurea, durante la quale aveva scritto il suo primo libro mentre faceva un lavoro che odiava.

Dopo che Thomas aveva letto la prima bozza, aveva detto a Chase che anche il resto del mondo doveva leggerla. Aveva insistito che Chase aveva del vero talento e che le sue parole avrebbero dovuto essere condivise con gli altri. Ciò aveva spinto Chase a cercare un agente e dieci mesi più tardi, dopo aver quasi rinunciato ad avere risposta, finalmente qualcuno lo aveva ricontattato.

L'agente aveva chiesto il manoscritto completo e, dopo averlo letto, aveva subito espresso il desiderio di rappresentarlo e aveva detto che i grandi editori si sarebbero contesi quel libro.

Aveva ragione.

Il manoscritto di Chase era stato messo all'asta, i diritti erano stati acquistati per una cifra assurda che comprendeva un anticipo a sei cifre e la carriera di scrittore di Chase era decollata.

Chase aveva lasciato il lavoro schifoso e aveva inseguito il sogno di scrivere a tempo pieno.

Alcune di quelle cose le sapevo già dalle mie ricerche online, ma lasciai che lui mi raccontasse la sua storia come voleva e a un passo per lui comodo. Incredibilmente, riuscii a non interromperlo nemmeno una volta.

Forse perché mi mordevo la lingua tutte le volte che ero tentato di farlo.

"Thomas venne a vivere con me subito dopo che trovai casa dopo la laurea. Mi sostenne sempre, emotivamente e finanziariamente, mentre io continuavo a scrivere. Non ci volle molto prima che io guadagnassi più di lui e potessi ricambiare il favore."

Da un momento all'altro, Chase smise di parlare. Smise e basta. Come se quella fosse la fine della storia. Ma io sapevo che non era così.

Un conto era ricordare come si erano conosciuti, ma il resto...

Lo incoraggiai dicendo: "Vi siete conosciuti e vi siete

innamorati. Vi sostenevate a vicenda... Sembrerebbe perfetto."

Chase voltò la testa e i suoi occhi marrone scuro scavarono dentro di me. "Non era perfetto."

Nessuna relazione lo era, ma io stavo cercando di incoraggiarlo a proseguire.

Pur sapendo che la storia da raccontare era ancora lunga, se quello era tutto ciò che lui mi avrebbe dato quel giorno, avrei accettato quelle briciole e sperato che in seguito lui si sarebbe aperto di più.

Poteva darsi che quello fosse l'inizio della condivisione reciproca delle nostre vite. Passato, presente e futuro. Anche se solo in amicizia.

Naturalmente, io volevo di più, ma non sapevo se Chase sarebbe mai stato pronto.

"Non ero mai stato con nessun altro."

Whoa. Quella era una confessione che non mi ero aspettato assolutamente. "Nessuno?"

Lui si strinse nelle spalle. "Avevo baciato qualche uomo..." Poi scosse la testa. "No, non uomini... *ragazzi* all'università, prima di conoscere Thomas, ma nient'altro. Non ero mai andato oltre il limonare, ma quei baci mi avevano aiutato a confermare che ero gay. Quando ho conosciuto Thomas, ho capito subito che lui era 'quello giusto' e mi è sembrato naturale andare oltre. Per cui... lo abbiamo fatto. Col tempo, siamo diventati inseparabili e abbiamo imparato l'uno dall'altro, ci siamo profondamente innamorati e alla fine... ci siamo sposati. Avrebbe dovuto essere perfetto."

"Non importa quanto una relazione sia bella, Chase: non sarà mai perfetta. Sospetto che, se una relazione sembra perfetta, probabilmente è tutto falso. La coppia nasconde qualcosa. Abbiamo tutti alti e bassi. Abbiamo tutti delle brutte giornate. Non importa quanto possiamo amare una persona, capiterà spesso che quella non sia d'accordo con noi, ci infastidisca o ci frustri. Fa parte della natura umana."

"Certo che avevamo dei momenti brutti. Eravamo entrambi passionali e tendevamo a discutere per delle stupidaggini. Ma non portavamo rancore e i classici disaccordi non erano nostro problema principale."

"Qual era?"

Quando lui si passò le mani sul viso, mi resi conto che stavamo arrivando alla parte più dolorosa. Ero tentato di trovare del nastro adesivo e sigillarmi la bocca per non dire nulla che potesse scoraggiarlo dal parlare.

Quando Timber salì di corsa i gradini, venne prima da me per una breve grattatina sotto il mento e poi andò da Chase e si sedette fra le sue gambe. L'uomo affondò le dita nello spesso doppio manto del mio pastore tedesco mentre grattava, facendo sì che gli occhi di Timber si chiudessero a metà in preda alla pura estasi.

Ero un po' geloso del mio cane? Sì, accidenti. Non perché Timber voleva l'attenzione di un altro uomo, ma perché il mio cane stava ottenendo l'attenzione fisica che io avrei voluto ricevere da Chase. Ma coccolare il mio cane quando ero fuori fase sembrava sempre tranquillizzare la mia anima e non volevo negare quel beneficio a Chase.

Mentre passavo le dita sul collo e la schiena di Timber, Chase voltò nuovamente gli occhi scuri verso di me. "Quello che sto per dirti deve restare fra noi."

Annuii, preparandomi mentalmente.

Il pomo d'Adamo di Chase si sollevò di scatto, per poi ricadere quando lui deglutì faticosamente. "Ho bisogno di sentirtelo dire."

"Qualunque cosa tu mi dirai, io la terrò per me."

Chase mi fissò per qualche istante e, quando io annuii per rassicurarlo, ricambiò il cenno del capo. Riportata l'attenzione sul mio cane, proseguì. "Thomas aveva sempre avuto problemi di depressione. All'inizio, me lo aveva nascosto. Era preoccupato che io non avrei voluto stare con lui se avessi saputo che prendeva dei farmaci. Insomma, era imbarazzato. Ma quell'imbarazzo e la sua vergogna perché non era 'normale' derivavano dal modo in cui lo trattavano i suoi genitori. Loro non accettavano che lui fosse gay. E non accettavano che fosse depresso. Pensavano che gli sarebbe passata."

"Impossibile."

Odiavo sentire storie di genitori che non accettavano i loro figli. Io ero stato fortunato. Il che mi ricordò che dovevo chiamare i miei genitori e ringraziarli per essere stati così comprensivi. Non avevano idea di quanto mi avessero facilitato la vita amandomi incondizionatamente.

"Giusto. Ma loro non volevano sentir ragioni. Erano religiosissimi e lui sapeva che non lo avrebbero mai accettato. Per cui, aveva fatto finta di essere etero fino a quando non aveva conosciuto me. Non aveva mai lasciato che qualcuno vedesse il vero Thomas. Era stato costretto a interpretare un ruolo per sopravvivere. Solo dopo che ci eravamo innamorati aveva cominciato a liberarsi di parte della vergogna che gli era stata inculcata. La portava come un mantello, per quanto io cercassi di aiutarlo a rimuoverlo. Ciononostante, io gli ero sempre accanto e lo aiutavo ad accettare se stesso."

Suonava familiare...

Chase era stato per Thomas quello che io volevo essere per Chase. Sempre che lui me lo permettesse.

"Quanti anni aveva quando ha cominciato a sospettare di essere gay?"

"Dodici o tredici... Aveva delle domande, naturalmente. Ma il suo più grande errore fu rivolgersi ai suoi genitori. Qualcosa che qualunque bambino dovrebbe poter fare." Chase si accigliò e scosse la testa, continuando ad accarezzare

Timber, che nel frattempo gli aveva appoggiato la testa sulla coscia. "I suoi genitori inorridirono. Dissero che essere gay era peccato e che lui aveva bisogno di aiuto. La depressione ebbe inizio dopo che i suoi genitori lo costrinsero a sottoporsi a una terapia di conversione quando era bambino." Le dita di Chase si irrigidirono sulla schiena di Timber, facendo sì che il mio cane aprisse gli occhi, soprattutto dopo che Chase gridò, "Era un bambino, cazzo!" Le sue parole riecheggiarono attraverso il lago. "Non poteva essere curato o riparato, perché non era malato o rotto! Non ancora, almeno. Passò l'inferno e ciò gli lasciò danni permanenti. Quella merda dovrebbe essere illegale dappertutto. Solo perché non ci conformiamo alle credenze degli altri non vuol dire che siamo rotti e dobbiamo essere riparati. Meritiamo di essere accettati e rispettati per quello che siamo."

La terapia di conversione era una cosa orribile. Ancora una volta, fui grato di avere dei genitori comprensivi e amorevoli. Non riuscivo a immaginare di essere trattato come se ci fosse qualcosa che non andava in me e come se dovessi essere riparato manco fossi un vaso spaccato.

"Chase, tu sfondi una porta aperta." Mi protesi e gli afferrai la mano che non stava usando per accarezzare Timber, stringendola. "Io ho avuto la fortuna di non dover affrontare cose del genere. Mi hanno bullizzato alle superiori? Sì. Cercavo di essere il meno visibile possibile, ma c'era sempre qualche ragazzino che cercava di farmi sentire di merda, che mi prendeva in giro o che diceva cose stupide. Ma i miei genitori mi sostenevano, mi volevano bene per quello che ero e me ne vogliono ancora. Non lo avevano mai sospettato, ma quando sono uscito allo scoperto si sono comportati come se non fosse successo nulla di importante. Mi hanno detto che mi avrebbero sempre voluto bene. Volevano che io fossi felice, con chiunque mi mettessi. Se c'è una cosa in cui li ho delusi, è il fatto che sono ancora single a quarant'anni suonati."

Mi portai la mano di Chase alla bocca. Quando gli sfiorai le nocche con le labbra, le sue dita si mossero nelle mie.

Era rimasto chiuso tanto a lungo che sembrava che qualunque contatto affettuoso lo sorprendesse. Ciò mi faceva dolere il cuore.

"Perché sei ancora single?"

Porca miseria, avevo commesso l'errore di parlare di me stesso e dei miei genitori, dandogli l'occasione di aggrapparsi a quell'argomento ed evitare di proseguire la sua storia.

"Semplicemente... non ho ancora trovato l'amore della mia vita e non voglio accontentarmi." Era una risposta breve, ma sincera, perché doveva riportare la conversazione sulla relazione di Chase con Thomas. Non parlare di me. "Sarebbe bello se un giorno i giovani LGBTQ+ non dovessero uscire allo scoperto. Se tutti venissero automaticamente accettati per quello che sono. Se l'amore e l'attrazione sessuale fossero legati strettamente agli individui e non alle aspettative di genere. Dobbiamo aiutare i nostri giovani, non opprimerli cosicché facciano fatica nella vita e subiscano danni permanenti e debilitanti. Come mi sembra di capire sia successo a tuo marito."

Capitolo diciannove

Rett

"Quando, finalmente, Thomas mi confessò quello che gli era successo da giovane, io mi informai sulla terapia di conversione per cercare di capire perché lui soffrisse, perché faticasse ad arrivare alla fine di ogni maledetta giornata."

Non avevo molte informazioni sulla terapia di conversione, ma ne sapevo abbastanza. In quanto membro della comunità LGBTQ+, sapevo che molti Stati l'avevano messa al bando, perché era stato dimostrato che era completamente inefficace e che finiva per fare più danni che altro.

Il fatto che le persone ritenessero possibile che qualcuno cambiasse il proprio orientamento sessuale o la propria identità di genere, di solito a forza, mi faceva infuriare come probabilmente faceva con Chase. Quei giovani non erano accettati dalle loro famiglie e dalle loro comunità e si sentivano dire ripetutamente che c'era qualcosa che non andava in loro, che avrebbero dovuto vergognarsi per le persone da cui erano attratti o che amavano.

La verità era che cercare di "convertire" l'orientamento sessuale o l'identità di genere di un ragazzino aumentava il rischio di depressione e triplicava la probabilità che quel giovane tentasse il suicidio. E molti ci riuscivano, il che era una tragedia a sé stante.

"Quel programma lo aveva distrutto. Il rifiuto dei suoi genitori lo aveva devastato. Non appena era stato grande abbastanza per andarsene da casa, lo aveva fatto e non aveva mai più rivolto loro la parola."

Non riuscivo a immaginare di non essere accettato per quello che ero e di essere costretto a diventare un'altra persona. Quando era stato sottoposto a quella pratica barbara, era come se Thomas si fosse sentito dire dal sangue del suo sangue che sarebbe stato respinto a meno che non avesse cambiato una parte integrante di se stesso, anche se ciò era impossibile.

Come diceva la canzone di Lady Gaga, *"Baby, I was born this way."*

Stando a quanto aveva detto Chase, Thomas si era finto "riformato" fino a quando non aveva potuto fuggire. Ma ormai aveva già subito danni irreparabili.

Quella cosiddetta "terapia" nociva avrebbe dovuto essere considerata un crimine ed essere messa fuori legge in tutti gli Stati. Che ciò non fosse già accaduto era orribile. Chiunque costringesse un bambino alla terapia di conversione avrebbe dovuto vergognarsi; lui, non i giovani che cercavano di vivere le loro verità.

"Quando prendeva le medicine, era il Thomas di cui mi ero innamorato. Purtroppo, quando la vita andava bene, quando lui si sentiva bene o, come diceva lui, 'normale,' tendeva a smettere di prenderle. Io lo tenevo d'occhio come un falco, ma non abbastanza, a quanto pare. Perché non me ne sono accorto. Non mi sono accorto che stava precipitando in un buco nero." Chase accentuò la presa sulle nostre dita congiunte, al punto da farmi quasi male. "Purtroppo, io avevo una scadenza a breve ed ero chiuso nel mio ufficio a scrivere tutto quello che dovevo scrivere. Non notai i segnali, anche se lui era molto più importante per me del denaro o del successo. E di sicuro era più importante dei miei personaggi immaginari. Se solo si fosse rivolto a me... se solo avesse detto *qualcosa*... io avrei spento il computer, avrei lasciato perdere quel maledetto libro, avrei mandato a farsi fottere il mio agente e il mio editore e avrei fatto qualunque cosa per salvarlo. Onestamente, pensavo che avesse finalmente trovato la pace dopo che ci eravamo messi insieme. Che la sua vita con me fosse perlopiù felice e contenta. Che fossimo una coppia solida." Le parole gli si bloccarono in gola e lui tossì bruscamente. "Quanto cazzo mi sbagliavo."

Non lo incoraggiai a proseguire. Volevo che Chase mi raccontasse la storia sua e di Thomas solo se era pronto. Già vedevo dalla sua espressione quanto gli stesse costando quello che aveva già detto.

Ciononostante, raccontare quella storia avrebbe potuto aiutarlo a purificarsi.

"Se solo avessi individuato le sue difficoltà. Perché non ce l'ho fatta? Ero davvero così impegnato? Le altre cose stavano risucchiando il mio tempo e distraendo la mia attenzione da lui? Niente... *Niente* era più importante di Thomas per me. Assolutamente niente. E per un attimo, io me ne sono dimenticato. Me ne sono dimenticato perché pensavo che stesse bene. Si comportava come se stesse bene. Mi sbagliavo. Stava soffrendo con un sorriso appiccicato alla faccia. Usandolo come una maschera per nascondere al mondo la verità. Una maschera per nasconderla a me, l'unica persona che gli rimaneva sempre accanto quando non stava bene. Doveva solo dire qualcosa. Dovevo solo prestare attenzione. E nel momento in cui ho abbassato la guardia... È bastato quello. Un errore da parte mia. Un errore da parte sua."

La colazione mi si rimescolava nello stomaco. Avrei voluto prendere Chase fra le braccia e alleviare la sua angoscia e il suo senso di colpa. Mentre un semplice abbraccio non avrebbe potuto farlo, speravo che continuare ad ascoltare gli sarebbe stato in qualche modo d'aiuto.

"Quel giorno..." Chase strinse gli occhi e deglutì. Li tenne chiusi mentre proseguiva, molto probabilmente rivivendo *quel* giorno. "Quel giorno avevo un appuntamento con la mia agenzia pubblicitaria per discutere dei piani per la mia uscita successiva. Mentre tornavo a casa, rimasi bloccato in coda per colpa di un incidente ed ebbi paura che sarei arrivato in ritardo. Avevamo prenotato al ristorante. Non appena entrai in casa, lo chiamai." Chase scosse la testa, aprì gli occhi e voltò lo sguardo verso il lago. "Lui non rispose. Corsi di sopra e feci una doccia veloce, pensando che fosse sul retro ad aspettare che tornassi a casa..." Trasse un respiro lungo, lento, e lo esalò assieme alle parole "Quando ho aperto l'armadio per prendere i vestiti..."

Chase si interruppe e mi si mozzò il fiato. Avevo i crampi alle dita da tanto strettamente gli tenevo la mano. Perché sapevo quello che stava per arrivare e mi colmava di terrore.

Lo sapevo, ma ciò non significava che fossi pronto.

Se non ero pronto a sentire ciò che stava per arrivare, non potevo immaginare quanto pronto non fosse stato Chase quando aveva vissuto quei momenti che gli avevano cambiato la vita.

Lo sentii a stento quando sussurrò: "L'ho trovato. Era lì."

Chiusi gli occhi, *provando* a immaginare quello che aveva scoperto Chase, *provando* a immaginare quanto doveva essere devastante trovare una persona amata così...

Ma potevo davvero immaginarlo, non avendolo vissuto?

"Se fossi tornato a casa prima..."

Aprii gli occhi e gli strattonai la mano in modo che mi guardasse. Una volta che i nostri sguardi si incrociarono, gli chiesi: "Credi che sia stata colpa tua? Perché eri in ritardo?" più bruscamente di quanto avrei dovuto. Non ero riuscito a trattenermi, perché la mia prima reazione sarebbe stata quella di gridare e scrollarlo per essersi incolpato di qualcosa al di fuori del suo controllo, per il gesto disperato di un altro; ma mi trattenni, perché avrebbe fatto più male che bene.

"No, c'è dell'altro. Il ritardo era solo un dettaglio. Col senno di poi, c'è un intero elenco di cose che hanno portato a quel momento, a quello che lui ha fatto. Quella mattina, quando ci eravamo salutati, mi aveva baciato più a lungo del solito. Ma non sapevo che sarebbe stata l'ultima volta. Avevo fretta e mi ero spazientito perché lui non voleva lasciarmi andare. Ma *io* mi sono dimenticato. *Io* ho dimenticato di fermarmi e controllare come stava. È colpa mia.

"Non so come, ma non avevo notato che aveva smesso di andare alle sedute di terapia e di prendere i farmaci. Non gli ho chiesto nulla e avrei dovuto farlo. Alla fine, non so perché lui si sia dato per vinto. Perché abbia deciso di smettere di vivere. Avrei fatto qualunque cosa in mio potere se lui si fosse aperto con me riguardo alle sue difficoltà più recenti. Se solo ne avesse parlato con me. Avevamo combattuto tante battaglie insieme. Ma quella... Quella l'ha combattuta da solo."

Chase sfilò la mano dalla mia e se la passò sui pantaloncini. La sua bocca si aprì, ma ci volle qualche istante prima che ne uscisse qualcosa.

"Ha combattuto da solo. E ha perso. Ha. Perso. Cazzo. E ho perso anch'io. Non sono niente senza di lui. Niente. Quando si è tolto la vita, mi ha tolto anche la mia, lasciando solo un guscio vuoto. Un cazzo di guscio vuoto."

Per quanto volessi insistere che quello che stava dicendo

non era vero – che non era vero che lui non era nulla, che non era solo un guscio, che era molto di più – non intendevo sminuire il valore delle sue affermazioni. Se Chase si sentiva così, voleva dire che ci credeva. Era una cosa sua, che non intendevo sottrargli.

Tuttavia, c'erano altri modi per convincerlo. Per dimostrargli che aveva ancora una vita da vivere. Che gli altri lo stimavano ancora.

La sua famiglia. I suoi ammiratori. Io.

"Perché?" La sua voce era tesa e trasudava agonia. Ogni grammo di quella singola parola mi penetrò nel profondo dell'anima. "Perché voleva che io lo trovassi? Perché mi ha fatto una cosa del genere?"

La sua voce si ruppe assieme al mio cuore.

Non sapevo cosa dire, cosa fare per alleviare il suo dolore. Era molto più profondo di quanto avevo creduto in origine, dato che Chase si sentiva responsabile e incolpava se stesso.

Non sapevo se la situazione sarebbe mai cambiata.

Non volevo né avevo bisogno di chiedere altri dettagli riguardo al suicidio di suo marito. Immaginavo che fosse quello il motivo per cui le ante erano state rimosse dagli armadi e mai rimpiazzate. Cosa che normalmente non si faceva. Costringerlo a dirlo ad alta voce non sarebbe stato giusto. Se lui avesse voluto dirmelo, riesumare altre cose che aveva sepolto, io avrei ascoltato. Per quanto difficile e sgradevole sarebbe stato per entrambi. Per lui, perché avrebbe rivissuto quell'incubo. Per me, perché lo avrei vissuto con lui.

Sebbene fossi disposto ad ascoltare qualunque cosa lui dicesse, non importava quanto sarebbe stato difficile sentirla, non mi aspettavo che le sue parole successive mi raggelassero fino alle ossa.

"Non dimenticherò mai i segni lasciati dai suoi calci sull'interno delle ante. Non so se sia stata una reazione istintiva..." Chase scosse nuovamente la testa come se stesse cercando di scrollarsi di dosso quel ricordo. "O se si fosse pentito della sua decisione e stesse cercando di vivere. Non lo saprò mai, perché non sono tornato a casa in tempo per salvarlo. E siccome lui non mi ha lasciato un biglietto, non mi ha dato una chiusura. Nemmeno un 'Ti amo' o un 'Mi dispiace' per avermi lasciato. Non mi ha chiesto scusa pur sapendo che sarei stato io – non uno sconosciuto – a trovarlo. Lo *sapeva*, ma ha scelto comunque di farlo lì e in quel modo. Sapendo che sarebbe stata la persona che lo amava di più a trovarlo. La persona che lo amava e lo accettava nonostante i suoi difetti e i suoi problemi. La persona che lo aveva sostenuto e aveva promesso di restargli accanto nel bene e nel male. La persona che aveva giurato di restare con lui in salute e malattia."

La mano che non era affondata nel pelo di Timber si strinse a pugno.

"Avevo pronunciato quei voti perché ci credevo davvero. E pensavo che ci credesse anche lui. Non voglio mentire... Ogni tanto, penso di raggiungerlo. Di fare in modo che restiamo insieme per sempre. Per molto tempo, ho pensato che non sarei riuscito a tirare avanti senza di lui. Ma poi ho pensato a come mi sono sentito dopo. Completamente svuotato. Tradito. Distrutto."

Sebbene il suicidio terminasse l'agonia della persona che si toglieva la vita, era solo l'inizio delle sofferenze per coloro che le sopravvivevano. A volte, la persona non riusciva a vedere al di là della propria sofferenza per rendersene conto.

"Per cui, eccomi qui. Negli ultimi due anni, ho fatto del mio meglio per sopravvivere nonostante non volessi fare altro che arrendermi. Ieri, tu mi hai ricordato il motivo per cui non l'ho fatta finita dopo averlo trovato. Non volevo fare la stessa cosa alla mia famiglia. Alle persone che mi volevano bene e che mi sarei lasciato alle spalle."

Sebbene quello che aveva fatto Thomas non fosse colpa di Chase, il senso di colpa gravava ancora molto su di lui. Ero sicuro che soffrisse di incubi dopo aver trovato l'uomo a cui aveva votato il cuore.

Quando il silenzio ci avvolse, aspettai per vedere se Chase avesse altro da dire, altro da riesumare.

Quando sembrò che lui avesse finito, che avesse tirato fuori tutto ciò di cui era disposto a sbarazzarsi, mi decisi a parlare. "La vita può passarci sopra come un bulldozer, Chase. A volte rimaniamo sepolti. Altre volte ci alziamo e ci spolveriamo. Ma farlo richiede molta energia. Alcune persone arrivano al punto di non avere più energia sufficiente a tirare avanti, a continuare a fare forza. Ad attraversare l'oscurità alla ricerca della luce. Soprattutto quando quella luce è solo un barlume."

Non ero sicuro se quello che avevo detto sarebbe stato utile, ma in quel momento mi sentivo impotente e non avevo nient'altro da dargli. Verrebbe da pensare che il sottoscritto, in quanto scrittore, dovrebbe conoscere sempre le parole giuste da dire. Sfortunatamente, non funzionava così. I personaggi immaginari erano appunto immaginari; niente a che vedere con la sofferenza di una persona in carne e ossa.

Dopo essermi alzato dalla sedia a dondolo, scostai Timber in modo da potermi inginocchiare ai piedi di Chase. Dopo avergli passato le mani attorno alla vita, gli misi la testa in grembo. Non era esattamente un abbraccio, ma era un collegamento fisico. Non sapevo se lui ne avesse bisogno o se lo apprezzasse. Tuttavia, ne avevo bisogno io stesso dopo tutto quello che avevo scoperto.

"Mi dispiace che tu abbia dovuto affrontare una cosa del genere. Mi dispiace che tu abbia perso l'uomo che amavi. Ma avevi ragione: il tuo lutto è completamente diverso dal mio. Sento la mancanza di mio fratello così forte che mi fa ancora male, nonostante siano passati degli anni, ma la sua morte è stata provocata da un incidente imprevedibile e casuale. Quella di Thomas è stata intenzionale. Alleviando la sua sofferenza, l'ha passata a te. Forse non se ne è nemmeno reso conto."

"Probabilmente no. Non era lucido. Ho scoperto più tardi che aveva smesso di prendere le medicine e di sottoporsi alla terapia, perché si era illuso di stare meglio." Quando Chase fece per rigirarsi la fede, naturalmente, non la trovò.

Mi misi seduto, gli afferrai la mano e premetti le labbra sull'anello di pelle pallida che gli avvolgeva il dito. Il segno dell'anello si sarebbe riempito, prima o poi, e la pelle si sarebbe abbronzata a sufficienza da essere indistinguibile dal resto. Oppure, un giorno, un nuovo anello avrebbe rimpiazzato quello perduto.

Chase chiuse gli occhi e sussurrò: "Ho paura di dimenticarlo."

"Non ti serve l'anello per ricordarlo."

"Toccarlo è un'abitudine. Un modo per sentirmi più vicino a lui."

"È un'abitudine adesso, ma ti assicuro che non ti dimenticherai mai di lui, nemmeno senza l'anello. Non ci riusciresti nemmeno volendo, Chase, perché lui ha lasciato un segno qui." Gli premetti le dita sul cuore. "Non si dimentica il male e non si dimentica il bene. Si tende a dimenticare la mediocrità. E da quanto mi hai raccontato, il vostro amore era tutto tranne che mediocre."

"Per quanto forte fosse il nostro amore, non ha potuto guarire il danno già fatto."

Sfortunatamente, in quel caso, era così. "A volte l'amore non basta, non importa quanto sia forte, e non è colpa tua. Tu amavi Thomas più di chiunque altro e sono sicuro che lui lo sapesse. Pensa a tutti quei begli anni in cui lo hai circondato con il tuo amore e la tua accettazione."

Chase annuì ed esalò il fiato, volgendo gli occhi scuri verso di me, che ero ancora in ginocchio, aggrappato a lui per mostrargli il mio supporto. "Non ho mai detto niente a nessuno di tutto questo. Non credevo che ne sarei mai stato capace. Non so nemmeno perché l'ho detto a te. Ma una cosa è certa: non voglio parlarne mai più."

"Prendo come un complimento che tu ti sia sentito abbastanza a tuo agio con me da raccontarmelo. Grazie per averlo condiviso in modo da aiutarmi a capire quello con cui hai a che fare."

Chase si era aperto a me e io lo consideravo un enorme passo avanti. Per lui e per noi.

Naturalmente, mi rendevo conto che non c'era un "noi." Ma il fatto che mi avesse raccontato la sua storia significava che si fidava di me e dimostrava che stimava la mia amicizia, per cui lo prendevo come un passo avanti in senso positivo. Speravo che le cose fra di noi avrebbero continuato a crescere da quel momento in poi.

Avremmo potuto lavorare sul resto lentamente o velocemente quanto voleva Chase. Io ero disposto a dargli tutto il tempo di cui aveva bisogno. Tuttavia, se lui non voleva la stessa cosa che volevo io, se preferiva che le cose fra di noi rimanessero platoniche, avrei accettato anche quello.

Ero semplicemente grato di aver trovato una persona che poteva capirmi e che viveva così vicino a me.

Non appena lui si alzò e mi attirò in piedi, si recò alla ringhiera. La posizione del sole nel cielo attirò la mia attenzione.

Merda. Era tarda mattinata e io dovevo andare ad aprire la Next Page prima che qualcuno in paese cominciasse a preoccuparsi per me. Ma non volevo lasciare Chase. A onor del vero, non ero *pronto* a lasciarlo. Si era appena lacerato ed era ancora vulnerabile.

Feci una smorfia. "Devo andare ad aprire la libreria, ma non voglio lasciarti solo."

Quando Chase si voltò verso di me, la sua espressione era solenne, ma sembrava a posto. Almeno in superficie. Speravo che non fosse solo una finzione. "Me la caverò."

"Sono sicuro che tu te la caverai, ma io no. Promettimi che non farai niente di stupido. Se me lo prometti, io ti prometterò di trovare qualcuno che abbia a disposizione un metal detector impermeabile o subacqueo per cercare il tuo anello."

Chase mi rivolse un sorriso sghembo che non era un vero sorriso e non gli arrivava davvero agli occhi. "Prometto di non fare niente di stupido."

Agitai un dito nella sua direzione, costringendomi a sorridere a mia volta in modo da non sembrare preoccupato. "Guarda che me ne ricordo."

Prima che potessi abbassare la mano, Chase mi afferrò il polso e mi strattonò verso di sé, avvolgendomi con le braccia e prendendomi completamente alla sprovvista.

Premette la fronte contro la mia e rimanemmo in quell'abbraccio per un momento sorprendentemente lungo.

Alla fine, Chase sussurrò: "Grazie."

Se quello non scaldò il mio cuore pulsante, nulla lo avrebbe fatto. "Non devi ringraziarmi," sussurrai in risposta, credendo a ogni parola.

"Sì, Rett, devo."

"NON DEVI RINGRAZIARMI."

"Sì, Rett, devo."

Quello scambio non solo mi sciolse il cuore, ma si lasciò una crepa alle spalle. Chase diede seguito a quelle parole prendendo le mie labbra in un bacio tenero. In seguito, si aggrappò ancora a me per un momento molto lungo. Condividemmo solo uno spazio, in modo che lui potesse riprendersi emotivamente dal danno che aveva subito discutendo di quel giorno.

Io rimasi fra le sue braccia per tutto il tempo di cui lui aveva bisogno, fino a quando alla fine non mi lasciò andare, anche se entrambi eravamo riluttanti.

Aprirsi con me poteva essere per Chase la possibilità di un nuovo inizio. Naturalmente, lui non avrebbe mai dimenticato Thomas, il loro amore e la loro fine. Ma forse, i bordi taglienti attorno a quella tragica fine si sarebbero smussati e lui si sarebbe concesso di guarire, invece di continuare a tormentarsi per qualcosa su cui non aveva mai avuto il controllo. Anche se aveva creduto erroneamente di averlo.

Se Thomas non avesse fatto quello che aveva fatto in quel giorno specifico, nessuno garantiva che ciò non sarebbe accaduto in un altro momento, perché la depressione era una battaglia quotidiana.

Il mio cuore mancò un battito quando, prima che io uscissi, Chase mi chiese se più tardi sarei tornato.

Chase Jones non mi stava più spingendo via, ma attirando a sé. La nostra connessione poteva essere timida e fragile in quel momento, ma esisteva ancora.

E ora ero sicuro che non avrebbe fatto altro che diventare più forte.

Avrei messo un cambio di vestiti nel furgone prima di tornare alla sua baita, quella sera, tanto per stare sicuri...

La scusa che mi raccontai era che non volevo prendere in prestito i vestiti di Chase per tornare a casa, come avevo fatto quella mattina. Un altro buon motivo per preparare un borsone era portare un costume da bagno. Perché dopo aver chiamato Harry del ferramenta, ero riuscito a trovare un metal detector subacqueo.

Con il quale avevo intenzione di cercare la fede nuziale di Chase.

Speravo di trovarla, per il suo bene. Ma ero deciso a non arrendermi prima di trovarla.

Proprio come ero deciso a non arrendermi per quanto riguardava lui.

Capitolo venti

Quasi tutte le sere nelle ultime tre settimane, dopo aver chiuso il negozio, Rett aveva caricato se stesso e il suo cane sul furgone e aveva risalito la montagna per raggiungermi. In tutto quel tempo, non avevamo fatto altro che parlare e trascorrere le notti insieme, condividendo la cena e il letto.

Non avevamo però fatto sesso.

Dopo aver smosso e liberato tutto quello che mi ero tenuto dentro, non ero pronto. E lui lo rispettava, anche se avevo visto lubrificante e preservativi nel borsone che portava con sé.

Qualche volta, mi ero offerto di andare io a casa sua e trascorrere la notte lì, ma a lui andava bene stare con me alla baita, un luogo al riparo da sguardi curiosi. A quanto pareva, temeva i pettegolezzi di paese, anche se non c'era nulla su cui spettegolare. Non ancora.

Quella sera, la situazione sarebbe cambiata. Ero pronto a fare un passo avanti nell'intimità fra di noi, dato che la mia mente era in una posizione migliore rispetto a tre settimane prima.

Solo che lui non era a conoscenza dei miei progetti.

Non lo vedevo più come un animale molesto che cercava di abbattere le mie mura. Perché per quanto io opponessi resistenza, in qualche modo lui era riuscito a oltrepassare le mie barriere.

In quelle tre settimane fondamentali, io avevo aperto il cuore e l'avevo accolto perché cominciasse a riempire quel vuoto.

Non era amore. Per il momento, era rispetto, un'amicizia solida e una compagnia preziosa.

Nemmeno una volta lui aveva insistito per fare sesso. Invece, aveva pazientemente aspettato che io fossi pronto.

Nemmeno io avevo insistito al riguardo, perché volevo che il momento fosse giusto. Ma ero stanco di aspettare.

Soprattutto, non volevo voltare pagina con qualcuno che non fosse Rett.

Uno dei motivi per cui avevo aspettato era che sapevo benissimo che il sesso con lui poteva diventare appiccicoso. Anche senza che lui lo ammettesse ad alta voce, era palese che voleva più di un'amicizia con benefici. Non c'era bisogno che lo dicesse, perché lo vedevo nelle sue azioni, nelle reazioni e nella scelta di parole. E anche nel modo in cui mi guardava.

Non aveva mai detto di no quando lo aveva invitato a dormire da me. Anche se mi ero aspettato che prima o poi si rifiutasse per frustrazione, dato che non gli stavo dando quello che ero sicuro volesse e stesse aspettando.

Per cui sì, lui aveva fatto degli accenni, ma non aveva insistito. Si limitava a lasciare la porta socchiusa; quando io sarei stato pronto ad aprirla, lo avrei trovato in attesa dall'altra parte.

Anche se non riuscivo ancora a immaginare perché volesse una relazione con me, apprezzavo il fatto che avesse una scorta infinita di pazienza e comprensione quando si trattava di avere a che fare con me, il mio passato e i miei problemi.

Onestamente, non credevo di valerne la pena. Lui non era d'accordo.

Feci un sorrisetto. Forse era un po' tocco. Quella possibilità mi spingeva a pensare che forse saremmo stati bene insieme.

Insieme.

Stavo davvero prendendo in considerazione un'altra relazione quando avevo giurato a me stesso di aver finito con quella roba? Soprattutto quando si trattava di un uomo che conoscevo solo da pochi mesi, durante la maggior parte dei quali avevo continuato a respingerlo?

Non appena sentii il suo furgone risalire Coleman Lane, finii l'ultima frase del capitolo che stavo scrivendo e chiusi il portatile. Ormai, conoscevo bene i grugniti e i gemiti del suo Chevy quando saliva la mia montagna.

Avevo cercato di sistemare alcuni dei solchi e delle buche più profondi, ma non appena arrivava un temporale forte, la pioggia lavava via il terriccio e la pietra che avevo usato. Ero giunto alla conclusione che non ne valeva la pena. A meno di non pagare per far asfaltare l'intera strada sterrata – il che sarebbe costato una fortuna – avrei dovuto tenermela così com'era. O meglio, *avremmo* dovuto, dato che Rett veniva alla baita ormai tutte le sere.

Mai, nelle ultime due settimane, aveva dormito nel suo letto. Tranne che per l'occasionale pisolino pomeridiano.

Dopo che avevo lanciato l'anello nel lago e, il mattino dopo, avevo buttato fuori tutto quello che mi ero imbottigliato dentro, le parole sembravano scorrere molto più facilmente.

Ero sollevato di aver ricominciato a scrivere e dovevo ringraziare Rett per quello.

Lanciando un'occhiata all'anulare ancora vuoto, aspettai che Timber girasse di corsa attorno alla baita e salisse in veranda per i grattini alle orecchie e al sedere che gli spettavano. Un'altra routine che era diventata un'abitudine. E che sorprendentemente mi piaceva.

Non avrei mai pensato che mi sarei affezionato così tanto a un cane. Oltre che al suo padrone.

Ma quella sera Timber non fu l'unico a girare di corsa all'angolo. Quello che inizialmente scambiai per un cucciolo di orso nero lo seguì, cercando di mordergli la coda mentre il pastore tedesco trottava verso di me.

Strinsi gli occhi. Cosa diavolo era quello?

"Cosa diavolo è quello?" gridai mentre Rett seguiva i due animali a un passo molto più breve. "Hai preso un altro cane?"

"No."

No? "Allora che cos'è?"

"Voglio dire, sì, ho preso un altro cane. Ma non per me."

Il cucciolo nero aveva la testa squadrata, il pelo ispido e le zampe enormi. Ci avevo visto giusto: era un cagnolino che si spacciava per cucciolo di orso nero.

"È una femmina e si chiama Onyx."

"Non mi avevi detto che avresti preso un altro cane. Sporca in casa?" L'ultima cosa di cui avevo bisogno era che un cucciolo facesse i bisogni in giro per la mia baita.

"Ha dieci settimane; secondo te?"

Fantastico. "E ti aspetti che dorma nel mio letto questa notte?" Non sarebbe mai successo, nemmeno se lui avesse detto di sì. Non avevo intenzione di svegliarmi nel bagnato. Non nel genere di bagnato che piaceva alla maggior parte degli uomini etero, almeno.

"Non ancora. Ho portato una gabbietta e una cuccia."

Aveva portato cosa?

La cagnolina riuscì finalmente a chiudere le fauci attorno alla coda di Timber e cominciò a tirarla. Timber parve paziente con la turbolenta cucciola come Rett era stato con me.

"Onyx!" la rimproverò Rett mentre saliva i gradini e mi avvicinava al tavolino dove lavoravo all'aperto.

Avevo già ricevuto un paio di preventivi per l'aggiunta di una grande stanza per tutte le stagioni che avrebbe quasi raddoppiato i metri quadri della mia baita. Fino ad allora, intanto che il tempo reggeva, continuavo a lavorare in veranda.

"Onyx," ripetei sbuffando.

Rett imprecò mentre staccava la bocca della cucciola dalla coda del povero Timber. "Puoi cambiarle nome, se non ti piace."

Esitai. "Perché dovrei cambiare nome al tuo cane?"

Sospirando – dato che Onyx si era aggrappata al fondo della gamba del pantalone di Rett e la stava strattonando con gusto, naturalmente ringhiando – Rett si lasciò cadere sulla sedia accanto a me. "Perché è tua."

Lo fissai come se avesse perso la testa. Che poi era vero. "Scusa... cosa?"

"Non serve che ti scusi. Basta che mi ringrazi."

Scossi la testa. "Per cosa?"

"Per averti procurato una fedele compagna."

"Devi aver battuto quella testaccia dura talmente forte da dimenticare che ti avevo detto che non volevo un cane."

"È una cucciola."

"Che diventerà un *cane*." Dovevo abbassare la voce oltre al livello di panico provocato dalla potenziale responsabilità per un'altra creatura vivente.

Rett gesticolò verso il lago. "Ti piace nuotare in quell'acqua gelida. Nel caso tu non lo sapessi, i terranova *adorano* nuotare. Tu non dovresti nuotare da solo e ora non sarai costretto a farlo."

"Perché dovrei aver bisogno che un cane venga a nuotare con me?"

"E se dovessi affogare?"

"La risposta è semplice: affogherei. Cosa dovrebbe fare un cane dall'aria stupida?"

"Trascinarti fuori dall'acqua."

"Hai molta fiducia in quella cucciola di una dozzina di chili che è tutta zampe e pelo."

Lui mi ignorò. "Ti ho anche portato le sue cose. Prego, eh."

"Non ti ho ringraziato e non ho bisogno di cose per cani, perché non voglio un dannato cane."

Rett si strinse nelle spalle. "Troppo tardi."

"Perde il pelo?"

"I cani hanno il pelo? Nel sacchetto con le cose ho messo anche una spazzola e un pettine apposta. Dopo vado a prenderla dal furgone."

Dopo cosa? "Sbava?"

Rett scosse la testa. Non sapevo se fosse una risposta negativa o una semplice manifestazione di impazienza.

"Quanto diventerà grossa?"

"Non puoi semplicemente dire 'grazie?'"

"No."

"È solo una parola."

"E quella," dissi indicando la cagnolina che stava ora masticando la gamba di una sedia, "è un impegno almeno decennale."

"Per il quale un giorno mi ringrazierai."

"Dopo che tutti i miei mobili saranno stati rosicchiati?

Certo che sì. Non stupirti se ti ritroverai una cagnolina legata alla veranda del negozio."

Rett sospirò. "In tal caso, la caricherò di nuovo sul furgone e la riporterò qui."

"Non voglio un cane."

"Lo hai messo in chiaro."

"Allora dovresti rispettare la mia decisione."

"Lo farei se fosse valida."

"Rett."

"Chase. Fidati di me. Ti prometto che mi ringrazierai."

"Con sacchetti di merda di cane incendiati sullo zerbino?"

"Pensavo avessi smesso di fare lo stronzo."

Inclinai la testa e sollevai le sopracciglia mentre lo guardavo. "Ah sì?"

Rett sbuffò. "In caso contrario, ti puoi sbrigare?"

Sospirai e, una volta che la cagnolina ebbe finito di masticare la mia sedia di legno, si avvicinò e si sedette goffamente di fronte a me.

La fissai. Era davvero grossa per avere dieci settimane. "Quanto diventerà grande?"

"Ah... Uh..." Rett si grattò la fronte ed evitò il mio sguardo. "Non saprei... Quarantacinque chili... più o meno?"

Raccolsi la mascella dalle assi del pavimento. "*Più o meno?* Come ti è venuto in mente che potessi volere un cane che da adulto peserà quasi la metà di me e probabilmente mangerà più di me?"

"Perché ho visto come te la cavi con Timber." Aprii la bocca, ma lui mi fermò sollevando una mano. "Ti garantisco che Onyx ti farà bene."

"Non posso permettermi di sfamarla."

Rett levò gli occhi al cielo. "Ma per favore. Mi hai detto quanto ti hanno dato di anticipo per il libro su cui sta lavorando. Non voglio sentirti dire che non te la puoi permettere. Onyx potrebbe mangiare filetto tutte le sere e tu non diventeresti comunque povero."

"Perché sei così dannatamente testardo?"

Chase si voltò verso di me con un sopracciglio inarcato. "*Io?*"

"Sì, tu."

Il secondo sopracciglio raggiunse il primo a metà della fronte. "Ti sei guardato allo specchio?"

"Sì, e il mio riflesso è quello di un tizio assolutamente ragionevole."

Rett emise un suono a metà fra uno sbuffo e una risata. "*Vaaaa* bene. Vedo che qualcuno è illuso questa sera."

"Sì, dato che, senza chiedermelo prima, mi hai portato un cane da quarantacinque chili che mi manderà sul lastrico."

"Mio Dio," borbottò Rett, abbassando la testa e scuotendola. "Hai vinto. Domani la riporterò dall'allevatore."

Davvero?

Contrassi le labbra e fissai la cucciola mentre riflettevo sul da farsi. Avrei potuto uccidere Rett per aver superato ancora una volta il limite; avrei potuto mandare Onyx a casa con lui e costringerlo a riportarla da dove veniva; oppure...

Gemetti. "D'accordo. La prenderò per un giro di prova."

"Non è un'automobile."

"Probabilmente diventerà altrettanto grossa."

"Nei giorni in cui non ti tufferai nell'acqua ghiacciata, potresti portarla a passeggiare con te. Ti terrà al caldo nelle fredde notti d'inverno e–"

"Non ci sei tu per quello?"

Quando lo interruppi, la sua bocca era aperta e dopo la mia domanda, rimase tale. Non ne uscirono parole.

Accidenti. Era riuscito a lasciarlo senza parole. Pensavo fosse impossibile.

Quando Rett recuperò le parole, disse: "Non sono qui tutte le notti."

"Ah no?" Nelle ultime tre settimane, non aveva dormito con me per sole due notti. Stava spaccando il capello in quattro.

"Non comportarti come se tu non mi chiedessi di venire qui tutte le notti e io fossi entrato a forza nella tua vita."

"Rett." Lui alzò una mano e sorrise. "D'accordo, confesso: non ci credo nemmeno io." Un lato della mia bocca si sollevò.

Rett rimase di nuovo a bocca aperta. "Whoa. È un sorriso quello?"

"No."

Rett si alzò dalla sedia, si mise di fronte a me e mi allargò le gambe con le ginocchia in modo da potercisi infilare in mezzo. "Chi è che sta mentendo, ora?"

Il mio mezzo sorriso si trasformò in un sorrisetto. "È vero che non voglio un cane, Rett."

"Troppo tardi."

"La terrò se tu mi aiuterai a prendermene cura."

"Nessun problema."

"Ciò significherà trascorrere più tempo qui."

"Ride bene chi ride ultimo: nemmeno quello è un problema," insistette Rett, mentre il sorriso si allargava sulla sua faccia.

Gli afferrai il bacino e lo avvicinai a me. "Stavo pensando..."

Lui gemette. "Devo preoccuparmi?"

"Solo se non hai portato i preservativi e il lubrificante. In tal caso, allora sì, dovresti preoccuparti. Come probabilmente già sai, lo sputo non è la stessa cosa."

Rett mi afferrò i capelli e li usò per tirarmi la testa indietro e girarla da una parte e dall'altra mentre strizzava gli occhi. "Cos'è successo a Chase Jones? Gli alieni lo hanno rapito e l'hanno sostituito con qualcun altro? Qualcuno che sorride e fa battute, anche se orribili? Conosco lo sconosciuto seduto di fronte a me?"

Mi strinsi nelle spalle. "Il punto è che... Vorrei conoscerti meglio."

"Mi conosci da mesi."

"Nudo."

La sua bocca formò una O. "*Ooooh*."

"A partire da questa sera."

"*Oooooooh*."

"Altro che *ooooh*, se non hai portato il lubrificante."

"In caso contrario, Harry's Hardware non è lontano."

Mi sfuggì una risatina prima che potessi trattenerla. "Vuoi usare olio per motori?"

"Wow. Ma guardati. Se un vero comico. Sul serio, chi è questo nuovo Chase? Anche a me piacerebbe conoscerlo meglio."

"Sono pronto per ricominciare da capo. Grazie a te."

Il sorriso di Rett si disintegrò. "A me?"

Inclinai la testa. "A te."

"No, Chase. Sei tu il responsabile del tuo cambiamento, non io."

"Se non fosse stato per te, sarei ancora..." Non c'era altra parola per descriverlo. "Avvilito."

"Sono felice di averti potuto aiutare, ma non posso prendermi il merito."

"Se non fosse stato per te, sarei ancora bloccato nel mio inferno personale," dissi, più fermamente questa volta.

"Io... non so cosa dire."

"Di' che hai portato lubrificante e preservativi."

"Certo che li ho portati. Non sono mica scemo."

"Allora è tutto a posto."

Rett si staccò, lo sguardo serio e la fronte aggrottata. "Sei sicuro, Chase? È tutto a posto? Sei *davvero* pronto?"

"È da un po' che non penso ad altro."

Quegli stessi occhi si strinsero. "Da quanto?"

"Almeno una settimana."

"E vuoi fare sesso con me solo adesso? Abbiamo dormito l'uno accanto all'altro per tutte le notti."

"Vedilo come una sorta di pre-preliminari."

"Diciamo pure *edging*. Ho aspettato..."

"Lo so."

"Lo voglio più di quanto tu possa immaginare."

"Anch'io lo voglio. Ma volevo assicurarmi di avere la testa nel posto giusto. Non sarebbe stato giusto nei tuoi confronti, altrimenti. Come quella prima volta."

Rett mi scrutò in viso. "Tu consideri quella prima volta un errore?"

Dovevo scegliere attentamente le parole. Non volevo fare assolutamente del male a Rett. "No, non è stato un errore. È stato il primo passo per uscire dalla mia fossa di disperazione."

"E ne sei uscito?"

Rett non sembrava credermi. "Tu non pensi?"

"Non, non del tutto."

Non aveva torto. "Non smetterò mai di amarlo o di sentire la sua mancanza, Rett. Sono sempre stato sincero al riguardo."

"Lo so. Sarebbe egoistico, da parte mia, credere altrimenti. E non lo vorrei. Quello che c'era fra voi due era speciale. Forse non era perfetto, ma di sicuro era vero amore."

"Grazie."

"Per cosa? Per aver riconosciuto la verità?"

"Per non essere geloso del mio amore per mio marito."

"Mai. Il fatto è che... Sapere che tu sei capace di amare

così forte, così completamente, mi fa sperare che un giorno potresti amarmi altrettanto."

Tutta l'aria nei miei polmoni svanì. Faticavo a respirare mentre una fascia invisibile si stringeva attorno al mio petto. Fissai Rett, incapace di formulare parole.

Finalmente, quando ne fui in grado, riuscii solo a mormorare il suo nome. "Rett..."

I suoi occhi si chiusero per l'istante che gli ci volle a esalare dal naso. "Dimentica quello che ho detto. Non avrei dovuto."

Inghiottii il groppo che avevo in gola. Un groppo fatto della paura di deluderlo. "Può darsi che tu ti aspetti troppo da me."

Le punte delle sue dita sfiorarono i peli ispidi che mi coprivano la mascella. "Non credo. Non sminuirti."

"Non lo sto facendo. È solo che non voglio farti del male."

"Allora non farlo."

Una risposta semplice a un problema complesso. "Magari fosse così semplice."

"Può esserlo. Se diventa difficile, è perché tu l'hai reso tale, Chase. Sei tu ad avere il potere. Te l'ho dato per un motivo."

"Lo apprezzo più di quanto tu possa immaginare, ma non dovevi farlo."

"Sì, dovevo. E guarda dove siamo arrivati."

"Dove siamo arrivati?"

La sua fronte si corrugò quando le sue sopracciglia si sollevarono. "Beh, sembra che tu stia per ricevere un bel premio."

Mi alzai in piedi, costringendolo a fare un passo indietro. "A dire il vero, sembra che *tu* stia per ricevere un bel premio."

"Questioni di lana caprina. Sempre di roba sugosa si tratta."

"Sì, ma di sugo bianco, non rosso."

Rett tentennò, piegò le labbra verso l'interno, quindi buttò la testa all'indietro e scoppiò a ridere. Una risata piena e ricca che proveniva dal profondo di lui e che riecheggiò nella radura che circondava la mia baita.

Quando quel suono magnifico raggiunse le mie orecchie, mi fece sorridere per il piacere e il sollievo. Temevo che, standomi vicino, Rett avesse perso la gioia di vivere. Che il mio essere un cazzone avvilito avesse reso tale anche lui. Nonostante fosse stato lui a scegliere di passare del tempo con me.

Ancora una volta, non capivo perché fosse rimasto, ma ero dannatamente felice che l'avesse fatto.

Se non fosse stato per lui...

Senza dubbio... Se non fosse stato per lui, sarei diventato un eremita triste e solitario. Ero già diretto in quella direzione. Era il motivo per cui avevo comprato quella proprietà. Il mio piano era stato di nascondermi da tutti. Di nascondermi dalla vita.

Gli dovevo molto perché era stato cocciuto e non si era arreso. Non sapevo se sarei mai riuscito a ripagarlo. Ma non significava che non ci avrei provato.

"Perché non mi stai baciando? Hai paura di prendere qualcosa?" scherzò lui.

Sì. Sentimenti.

Ingoiai quella verità. Temevo che fosse troppo tardi. In quelle due notti che lui non aveva trascorso con me, mi era mancato.

Mi era mancato *molto*. Pensa un po'.

Io ero altrettanto sorpreso.

Quell'uomo era presto diventato un'abitudine. Un'abitudine che non ero sicuro di voler perdere, né presto né tardi. Mi piacevano le nostre conversazioni. Mi piaceva trascorrere la serata con lui. Mi piaceva vederlo seduto di fronte a me a colazione, che sorseggiava caffè e chiacchierava dei progetti per la giornata mentre mi guardava storto quando passavo a Timber un boccone di bacon o di salsiccia.

In fin dei conti... mi piaceva semplicemente stare con lui.

E non potevo dimenticare che anche la notte in cui avevamo fatto sesso era stata piacevole. Sarebbe stato molto meglio se mi fossi permesso di godermela invece che agire automaticamente.

Quella sera, sarei stato più presente che allora. Incredibilmente, il periodo trascorso con Rett aveva fatto sì che mi sentissi di nuovo quasi umano.

A voler ammettere la verità, più che quasi.

L'irruzione di lui e Timber nella mia vita avevano avuto un effetto più benefico di quello di qualunque psicoterapeuta. Quell'uomo sembrava avere dei poteri magici.

Ma non glielo avrei mai detto. Si sarebbe montato la testa.

Naturalmente, in quel momento avevo cose migliori da fare con la bocca. Ed ero sicuro che lui avrebbe detto lo stesso.

Capitolo ventuno

Chase

TENENDO le labbra appiccicate a quelle di Rett in un bacio intenso, passionale e molto eccitante, lo feci camminare all'indietro verso la mia camera da letto, usando il suo bacino per orientarlo mentre lui mi stringeva con forza il viso con entrambe le mani.

Se fosse inciampato, saremmo caduti entrambi. Sperai che nessuno dei cani ci intralciasse.

Non appena avevamo oltrepassato la porta in veranda ed eravamo entrati nella baita, io gli avevo sfilato la maglietta, senza prestare attenzione a dove sarebbe atterrata – sulla testa di Timber, a quanto pareva – fino a quando Rett non aveva emesso un suono di gola. Continuando a rifiutarmi di rompere il bacio, avevo guardato con la coda dell'occhio e visto Onyx impadronirsi della maglietta, sbattendola da una parte e dall'altra mentre trottava orgogliosa come se avesse vinto un premio.

Non dubitavo che Rett avrebbe avuto bisogno di una

maglietta nuova. Non conoscevo bene i cuccioli, ma sapevo che potevano essere distruttivi. Una buona spiegazione del perché Rett aveva portato una gabbietta oltre alla cuccia.

Se finalmente avremmo fatto sesso, non volevo dovermi preoccupare che la cucciola mi distruggesse la casa e mi distraesse.

Quella sera, volevo dedicare a Rett tutta la mia attenzione. Quella sera, gli avrei dimostrato quanto apprezzavo lui e tutto quello che aveva fatto. Quella sera, volevo perdermi nell'uomo di cui mi stavo innamorando, nonostante la mia resistenza.

Meritava tutta la mia concentrazione e altro ancora.

Era ora che ricavasse qualcosa dalla nostra "relazione," che fino a quel momento era stata a senso unico. Era sempre stato lui a dare e ora...

Toccava a me.

Quando Rett si staccò dal nostro bacio, ritrasse la testa per potermi vedere in viso. "Perché sorridi?"

Strinse le labbra e scosse la testa. "Nessun motivo."

Torcendo le labbra, lui mi lanciò un'occhiata insospettita. "Tu hai in mente qualcosa."

Mi strinsi nelle spalle. "Io no, ma quella cucciola sì. Non possiamo metterla da qualche parte per tenerla fuori dai guai mentre vi ci ficchiamo noi?"

Rett agitò le sopracciglia. "*Hmm*. Ci ficcheremo nei guai?"

"Il piano era quello, ma la sorpresa del cucciolo non voluto potrebbe rovinarlo."

Lui sollevò un dito fra di noi. "Puoi mettere il tappo mentre vado a prendere la gabbietta e la allestisco? O rovinerà l'atmosfera?"

"L'atmosfera verrà rovinata se quel cane cagherà sul pavimento."

Rett fece una smorfia. "Hai ragione. Torno subito."

Non appena gli lasciai i fianchi, lui mi oltrepassò di corsa, diretto verso la porta sul retro. Lo seguii per aiutarlo a portare dentro non solo il borsone, dato che avrebbe avuto bisogno dei preservativi e del lubrificante che di solito ci metteva dentro, ma anche di tutte le cose della cucciola.

Qualcuno aveva portato un po' troppa roba. Il che significò che dovemmo fare diversi viaggi fra baita e furgone per trasportare l'intero bottino. Non avevo idea che i cani avessero bisogno di tutta quella roba.

Per fortuna, ciò non rovinò l'atmosfera, dato che Rett lavorava a torso nudo. Anzi, faticavo a distogliere lo sguardo da lui per concentrarmi sul tirar fuori i giocattoli, le ciotole e tutto il resto delle cose di cui la cucciola avrebbe avuto bisogno.

Una cucciola che apparentemente sarebbe rimasta.

Rett mise una grossa cuccia a forma di cerchio sotto la finestra della mia camera da letto e preparò la grossa gabbietta di metallo accanto a essa. Dopo aver fatto entrare la cucciola attirandola con un biscotto, si affrettò a chiudere lo sportello e a bloccarlo.

"Solo per non sentir piagnucolare," spiegò.

"Parli di te o di Onyx?"

Rett si voltò verso di me con un singolo sopracciglio inarcato. "Ti ricordi quando hai detto che non sono abbastanza divertente per fare il comico?"

Le mie labbra ebbero un guizzo. "No."

"Ah ah. Beh, io sì. Non avevi diritto di parola allora e non ce l'hai adesso. Non cambiare mestiere."

Timber si mise nella cuccia, girò su se stesso diverse volte e finalmente si lasciò ricadere con un grugnito mentre la cucciola cominciava il piagnucolio che io avrei dovuto ignorare.

Non ero sicuro che ciò fosse possibile. Si poteva fare sesso con i tappi nelle orecchie? Probabilmente sì, se ne avessi avuto un paio. "Hai dei tappi per le orecchie nel borsone?"

"Buona, Onyx," esclamò Rett voltando la testa mentre mi avvicinava. "A dire il vero, non cambiare lavoro comunque. Sei troppo bravo in quello che fai. Deluderesti tutti i tuoi lettori e probabilmente provocheresti una rivolta."

"Vivo per compiacere."

"Fa sempre piacere sentirselo dire..." Rett sorrise, agitò le sopracciglia e indicò il rigonfiamento nei suoi pantaloni.

"Sei stato così duro tutto il tempo?"

"Non tutto il tempo, ma per buona parte. Stai dicendo che ce l'ho così piccolo che non te n'eri accorto?"

"Stai cercando complimenti?" ribattei. Quell'uomo non ce l'aveva certo piccolo. E nemmeno enorme. Era perfetto.

"So quello che ho," annunciò orgogliosamente lui.

"Allora saprai anche che l'unico motivo per cui non me ne sono accorto è perché mi hanno messo al lavoro nel trasporto di carichi eccezionali per una creatura a quattro zampe."

"Beh, ora puoi pensare a questa creatura a tre zampe." Rett si indicò con il pollice.

Scoppiai a ridere.

"Accidenti," sussurrò lui.

"Cosa c'è?"

"Non sai quanto è bello sentirti ridere."

Avevo pensato la stessa cosa quando era stato lui a ridere. "La verità è che è piacevole ridere. Ancora una volta, ti devo ringraziare."

Rett si mise piede contro piede con me e mi afferrò la maglietta. "Se continui a ringraziarmi così, mi monterò la testa... Aspetta." Mi afferrò la mano e la premette contro la sua erezione. "Troppo tardi."

Risi di nuovo, ma non tolsi la mano. Invece, circondai la sua erezione avvolta nel denim. Calda, dura e dannatamente allettante.

Ma sì, era bello ridere, finalmente. Sorridere. E voler zittire qualcuno a forza di baci.

No, non qualcuno. Nello specifico, Everett James Williams. Un uomo che non mi aveva dato per spacciato quando io ne avevo più bisogno.

"Dato che hai in mano la mia maglietta, perché non me la togli?" suggerii.

Lui mormorò sensualmente: "Certo."

Dopo che mi ebbe sfilato bruscamente la maglietta, la buttò in cima al mio cassettone. Dovevo perdere il vizio di gettare i vestiti sul pavimento o di lasciare le scarpe in giro. Altrimenti, con un cucciolo in casa, avrei potuto dover comprare un guardaroba nuovo.

Lanciai un'occhiata all'armadio aperto. Avrei dovuto anche pensare di re-installare le ante e verificare se farlo mi avrebbe provocato una crisi. Ma in qualunque caso, l'armadio andava reso a prova di cucciolo, se Onyx sarebbe rimasta.

No, non *se*. Sapevo già che sarebbe rimasta. Speravo solo che non sarebbe stata l'unica.

Non ero pronto perché Rett si trasferisse da me, naturalmente: era troppo presto. Avevamo dormito molto insieme, di recente, ma quella sarebbe stata solo la seconda sera in cui avremmo fatto sesso. Tuttavia, speravo che il suo stare da me più spesso che no proseguisse.

Le ultime tre settimane avevano reso chiaro che Eagle's Landing poteva ora essere chiamata ufficialmente casa. Un luogo permanente dove ricominciare. Un posto nuovo da cui riprendere la mia vita.

Probabilmente, avrei dovuto sforzarmi un po' per fare qualche conoscenza in paese, in modo da non essere etichettato come il bizzarro "scrittore" asociale della montagna. Non tutti sapevano che ero l'autore C.J. Anson, ma prima o lo avrebbero scoperto.

"Il mio animale preferito..." mormorò Rett mentre passava le dita sul mio petto e seguiva la striscia scura di peli fino a soffermarsi sulla vita dei miei jeans. Cominciò a slacciarli.

Inclinai la testa con fare interrogativo.

"Un orso nudo," rispose lui.

Mi passai una mano sul petto villoso. "Ti piace il mio tappeto?"

"Adoro il tuo tappeto. È un cuscino morbido e perfetto per la mia testa quando mi addormento sul tuo petto."

"Non devo depilarmi, allora?"

Rett fece un sussulto teatrale. "Non osare."

"Fa caldo in estate."

"Piccolo, qui fa sempre caldo." Rett aggiunse un basso ringhio sexy alla fine della frase.

Aspetta... Un angolo del mio occhio si contrasse. "Piccolo?"

"Non ti piace?"

Non ne ero sicuro.

"Non ti hanno mai chiamato così?"

"No."

"Solo 'stronzo?'"

"Per molto tempo, era la parola giusta."

"Per fortuna, la situazione è cambiata."

"Sono certo che tu ti senta sollevato."

Rett mi avvolse la mano attorno alla nuca e la sua bocca rimase sospesa sopra la mia. "Non ne hai idea."

Per una volta, si sbagliava. Avevo un'ottima idea.

"Se non ti piace che ti chiami 'piccolo,' dato che si suppone che siamo entrambi esperti di parole, dovremmo riuscire a trovare un'alternativa migliore. Come 'ciccino.'"

"Un semplice 'Chase' va benissimo, ma possiamo provare anche 'piccolo.' Ma non osare chiamarmi 'ciccino.'"

Rett ridacchiò contro la mia bocca. "Abbiamo finito di parlare e ci dedichiamo alle faccende importanti, *Chase*?"

"Sei tu quello che parla trop–"

Rett mi rubò il resto delle parole quando catturò la mia bocca. Gliela lasciai per qualche secondo prima di riprendermela. "Giù i pantaloni," ordinai.

I suoi occhi si illuminarono e lui fece un passo indietro in modo che entrambi avessimo spazio per toglierci scarpe, calze e jeans. Dopo che i nostri vestiti finirono in una pila disordinata sopra il mio cassettone, ci fronteggiammo nudi.

Passai lo sguardo su Rett, da capo a piedi. Anche se non facevamo sesso da un po' di tempo, ci vedevamo nudi praticamente tutti i giorni. Quello che stavo osservando non era niente di nuovo, ma vedere Rett completamente nudo era sempre un'esperienza sconvolgente.

Tutto, di lui, era splendido. Il suo aspetto, la personalità, l'approccio alla vita.

Che lo sapessi dall'inizio o no, lui era esattamente quello di cui avevo bisogno per uscire dal mio abbattimento. Per tornare a una specie di normalità. Per essere in grado di respirare più facilmente senza sentirmi soffocare.

La sua pazienza e la sua determinazione erano la ciliegina sulla torta intelligente, attraente e divertente. Una torta che io avevo una gran voglia di mangiare.

Avrei continuato ad amare Thomas e a sentire la sua mancanza per il resto della mia vita, ma dovevo fare spazio anche per Rett. Per fortuna, a lui non sembrava dispiacere condividere quello spazio, un altro motivo per...

Apprezzarlo.

Aveva trovato un posto nel mio cuore e aveva riempito parte di quel vuoto.

Feci la voce profonda e ordinai: "Sul letto."

La sua bocca che si arricciò in un sorriso era un chiaro "sì," ma il suo scuotere la testa mi disse che non voleva quello. "No, non ancora."

"Allora cos–" Ingoiai il resto di quello che stavo per dire quando lui scivolò lungo il mio corpo e si mise in ginocchio.

Anche lui stava per ingoiare qualcosa.

"D'accordo, allora..."

Rett sollevò lo sguardo nel mio e chiese: "Sei sicuro?"

Annuendo, risposi: "Questo posticipo non mi dispiace."

Lui ridacchiò di nuovo e avvolse due dita attorno alla base del mio membro voglioso. "Sei sicuro?" chiese di nuovo. "Perché non vorrei che–"

Lo interruppi subito. "Sono sicuro. Fai con calma."

Gli tremarono le spalle quando prese in bocca solo la punta.

Gesù Giuseppe e Maria.

Tesi i muscoli delle gambe e bloccai le ginocchia. La vista di lui in ginocchio ai miei piedi con il mio uccello in bocca...

Mi si mozzò il fiato e il mio cuore accelerò.

E mentre lui manipolava il mio membro con la bocca e la lingua calde e umide...

Porca troia.

Quando buttai indietro la testa e le mie palpebre si chiusero, le mie dita accarezzarono i capelli setosi di Chase e io resistetti alla tentazione di stringere il pugno e afferrarne una manciata.

In precedenza, gli avevo detto che potevo essere duro. Non era una menzogna, ma, cosa interessante, non avvertivo quello stesso impulso con Rett. Non ancora, almeno.

Aveva detto di essere in grado di reggere e io l'avrei

tenuto in mente per il futuro. Ma quella sera non era una questione di pelli sudate che picchiavano l'una contro l'altra fino a quando entrambi non avremmo raggiunto l'orgasmo. Quella sera era una questione di rafforzare la connessione fra di noi. Di sviluppare quello che speravo sarebbe diventato un legame infrangibile.

Di stabilire una relazione e un'amicizia ancora più solide.

Forse era per quello che la perdita di Thomas mi aveva colpito così tanto. Lui non era solo mio marito, l'uomo che amavo e rispettavo, ma era anche il mio migliore amico. Lo specchio della mia anima. Potevo dirgli qualunque cosa. Lo avevo fatto.

Rett si era fatto avanti, più che disposto a fornirmi quello sfogo necessario. Una persona che non temeva di dirmi quando facevo lo stronzo o quando mi sbagliavo.

Non aveva paura di ferire i miei sentimenti. Mi diceva la verità, non importava quanto potesse essere duro il colpo.

La sua onestà e il suo punto di vista erano preziosi per me.

Lui era prezioso per me.

Ci avevo messo un po' a rendermene conto e ora che l'avevo fatto...

Eravamo lì. In quel luogo e in quel momento.

Sì, quello che stavamo per fare avrebbe potuto essere considerato semplice sesso, ma entrambi sapevamo che sarebbe stato molto di più.

Un altro passo avanti. Per me. Per noi.

Un altro punto per chiudere la grande ferita lasciata dalla morte inaspettata di Thomas.

Il dolore non era più così acuto. La sofferenza non era più così profonda.

Stando al sito che Rett mi aveva consigliato e che parlava

delle fasi del lutto, avevo finalmente raggiunto la fase dell'accettazione.

A proposito di accettazione...

Rett mi stava praticamente ingoiando tutto l'uccello. Qualche volta, gli aveva toccato il fondo della gola, ma ciò non lo aveva fermato. Continuò a succhiarmi profondamente e intensamente, facendo sì che le mie dita si flettessero nei suoi capelli allo stesso ritmo della sua bocca.

Rett strinse la base usando una mano e mi strattonò delicatamente le palle con l'altra mentre la sua bocca si muoveva su e giù il mio membro più duro dell'acciaio.

Mi persi nelle strizzatine, negli strattoni, nelle leccate e nelle succhiate.

Quando le mie gambe non furono più in grado di sostenere il mio peso, le mie ginocchia cominciarono a piegarsi e cominciai a faticare a pensare al prossimo capitolo da scrivere, alla cucciola, alla situazione mia e di Rett, a qualunque cosa mi impedisse di venirgli in gola...

Gemetti. "Rett." Ero arrivato al limite.

Era trascorso tanto tempo...

Settimane dall'ultima volta in cui avevo scopato Rett e prima ancora un paio d'anni. La mia resistenza era poca. La mia pazienza ancora meno.

Non aiutava che Rett fosse molto capace. Ero stupito di essere durato così a lungo.

Strinsi la presa il meglio possibile nei suoi capelli corti e glieli tirai, a indicare che doveva lasciarmi andare e alzarsi, dato che ero pericolosamente vicino.

"Non voglio venirti in bocca." Scossi la testa quando mi resi conto di quello che avevo detto. "Cioè, sì. Ma non ora."

Il mio membro pulsante luccicava quando gli scivolò fuori dalle labbra. Anche le labbra di Rett luccicavano.

"Alzati." Lo afferrai dietro i gomiti e lo incoraggiai ad

alzarsi prima di essere tentato di dire, "'Fanculo" e venirgli in bocca.

Sapevo che, se lo avessi fatto, me ne sarei pentito. Volevo entrare in lui, in una connessione molto più profonda di un semplice pompino.

Fra il calore nel suo sguardo, il gonfiore della bocca, il leggero colorito delle guance...

Mi girava la testa da tanto volevo quell'uomo.

Proprio *quell'*uomo.

E lui aveva aspettato.

Aveva aspettato che io mi mettessi al passo con lui. Senza lamentarsi una sola volta.

Era entrato nel mio letto quasi tutte le sere, sapendo che l'unico contatto fisico che avrebbe ricevuto da me sarebbe stato un abbraccio o semplicemente il tenerci per mano. Mi aveva appoggiato la testa in grembo mentre guardavamo film o serie tivù sul televisore della mia camera da letto.

Per tutto quel tempo, non c'eravamo baciati. Non avevamo giocato né ci eravamo provocati. Anche dopo essere andati a letto, la nostra relazione fisica si era limitata a lui che mi abbracciava da dietro o mi appoggiava la testa sul petto.

Aveva aspettato quando non doveva.

Aveva aspettato quando probabilmente non voleva.

Aveva aspettato. Me. Quella cosa.

La sua attesa era finita.

Gli avrei dato quello che voleva e avrei preso quello di cui avevo bisogno.

Se lui avesse avuto bisogno di più, avrei fatto tutto ciò che era in mio potere per darglielo. Anche se ciò significava aprirmi il petto e offrirgli il cuore e l'anima.

Se li meritava, assieme alla mia gratitudine.

"Cosa c'è?"

Mi concentrai sul volto accigliato di Rett. "Assolutamente nulla."

"Chase..."

Non mi piacque lo sguardo nei suoi occhi. Il misto di dubbio e delusione crescente.

"Ti sei fermato. Ci hai ripensato?"

Aveva frainteso la mia titubanza. "Assolutamente no. So esattamente cosa voglio." Gli afferrai la mano e lo trascinai verso il letto. "Te."

Capitolo ventidue

Chase

RAGGIUNTO IL LETTO, usai la mano di Rett per farlo girare. Non appena lo lasciai andare, gli piantai entrambi i palmi sull'ampio petto e spinsi.

Sorridendo a trentadue denti, Rett cadde all'indietro e atterrò rimbalzando sul materasso. La risata spontanea che si riversò da lui mi strappò un sorriso.

Con i piedi che toccavano il pavimento, le ginocchia piegate sul bordo del letto e la testa sollevata, i suoi occhi scuri, raggrinziti agli angoli, mi guardarono. La sua testa non era l'unica cosa alzata. Il suo grosso e duro membro se ne stava appoggiato al suo bacino, la perla luccicante di liquido seminale che mi tentava in equilibrio sulla fessura.

"Dov'è il borsone?" chiesi.

"Vicino alla porta sul retro."

La mia baita era piccola, ma in quel momento la porta sul retro sembrava lontanissima. "Non ti muovere."

"Ma ti pare? Non vado da nessuna parte."

Dopo avergli scattato una foto mentale mentre era sdraiato nudo e completamente eretto sul mio letto, io mi costrinsi ad andarmene per prendere il suo borsone.

Forse era ora che lui cominciasse a lasciare delle cose a casa mia, per evitare che fosse costretto a continuare a portarsele dietro tutte le volte che stava da me. E forse era ora che io cominciassi a fare scorta di lubrificante e preservativi, dato che era solo la prima di quella che speravo sarebbe stata una lunga serie di notti insieme.

Non dovevo fare cazzate.

Buttai il borsone sul tavolo della cucina – fuori dalla portata dei dentini distruttori – e frugai alla ricerca di quello di cui avevamo bisogno.

All'improvviso, un pensiero mi colpì... Ecco perché il mio corpo vibrava come un cavo scoperto. Non era solo eccitazione sessuale, ma il brivido e la pregustazione di...

Non scopare, ma *fare l'amore* con Rett. La nostra prima notte insieme era stata solo sesso, ma questa sera desideravo che fosse diverso. Non volevo che lui pensasse che lo stavo usando, dato che ciò era ben lungi dall'essere vero.

Tornai di corsa alla camera da letto con i preservativi e il lubrificante, e li buttai sul materasso accanto a Rett, in modo che fossero a portata di mano.

Lui spalancò gli occhi quando, senza fermarmi, mi buttai in ginocchio ai *suoi* piedi. "Chase..."

"Ti devo più di quanto sarò mai in grado di restituirti."

Rett si allungò verso di me. "Non mi devi nulla e non devi farlo questa sera."

Ignorai la sua mano tesa. "Hai ragione, non devo. Ma voglio." E poi, così avrei guadagnato un po' di tempo.

Se mi fossi tuffato subito dentro di lui, probabilmente ci avrei delusi entrambi. Peggio ancora, mi sarei messo in imbarazzo. Dovevo attingere alle scorte infinite di pazienza di Rett.

Avrebbe potuto essermi d'aiuto se mi fossi concentrato su qualcosa che non fosse ficcare l'uccello in uno dei buchi di Rett. Succhiarglielo prima avrebbe potuto servire allo scopo.

"Non discuto," disse lui, e la sua testa ricadde sul letto. Mosse una mano a indicare il suo basso ventre. "Fai quello che ritieni necessario." Finse un sospiro impaziente.

"Sei sicuro?" Nascosi il sorriso.

La sua testa si mosse leggermente. "Non preoccuparti per me. Cederò alla violenza."

Circondata la sua erezione con la mano, gliela sollevai dal fianco; ora, un filo di sperma dondolava precario.

Mi leccai le labbra e poi leccai lui, lasciando che il suo gusto salato mi avvolgesse la lingua.

Rett gemette e mosse il bacino sul letto. Il mio sguardo corse dal suo membro al suo viso. Lui aveva gli occhi chiusi e i denti stretti.

"Non ho fatto ancora niente."

Un occhio si aprì e si voltò nella mia direzione. "Non preoccuparti per me. Vai avanti e torturami pure."

Scossi la testa. "Se insisti."

"Insisto."

Dopo che gli ebbi preso la punta in bocca, lui emise un respiro brusco. Con il suo membro che mi pulsava nel palmo, succhiai la punta, per poi usare il piatto della lingua e tracciare la parte inferiore lungo lo spesso costone. Quando raggiunsi lo scroto, presi un testicolo in bocca e lo succhiai delicatamente prima di fare lo stesso con l'altro, strappandogli un altro lungo gemito.

"*Geeeesù*, Chase." La sua roca reazione e le sue dita che stringevano le lenzuola mi incoraggiarono a proseguire. Potevo fare di meglio.

Sollevai la testa quanto bastava per dire "Prendi il lubrificante."

Se lui era appeso a un filo ora, quando avevo fatto pochissimo, lo attendeva una sorpresa bella grossa.

La sua testa si sollevò di scatto dal materasso e la sua bocca era leggermente schiusa mentre lui mi fissava. "Cosa hai in mente?"

"Prendi il lubrificante," ripetei.

La sua mano scattò nella direzione dove si trovava il tubetto e, senza guardare, lui lo cercò a tentoni fino a trovarlo. Non appena lo ebbe afferrato, allungai la mano sopra il suo ventre. "Lubrificami le dita."

"*Oooh.*"

"Cedi anche a questo?"

Rett stappò il tubetto, disse: "Subirò" e mi spruzzò una generosa quantità sull'indice e sul medio.

Usando la punta della lingua, seguii la cucitura dello scroto, risalii lungo il costone e, quando raggiunsi ancora una volta la punta, glielo presi in bocca il più possibile. Non ero bravo come lui, ma potevo compensare in un altro modo.

Usando il medio scivoloso, passai attorno all'anello esterno dell'ano, per poi penetrare leggermente, spalmando il lubrificante dentro e fuori fino a quando non fu ben distribuito prima che il mio secondo dito raggiungesse il primo.

"Chase."

Adoravo sentire il mio nome sulle sue labbra, soprattutto considerato come gemeva. Mi impose la sfida di portarlo fino al punto in cui lo avrebbe cantilenato senza nemmeno accorgersene. Magari finché non mi avrebbe implorato di finirlo perché lo avevo portato al punto in cui non ce la faceva più.

Il mio stesso membro si fletté mentre immaginavo di portarlo fino in cima a una montagna e poi spingerlo giù.

Ci saremmo arrivati.

Mentre la mia bocca lavorava la metà superiore della sua erezione e il mio pugno quella inferiore, lo succhiai il più forte e il più a fondo possibile, le mie due dita che facevano dentro e fuori da lui.

Il suo bacino si sollevò mentre la mia bocca si abbassava. Le sue pareti interne si strinsero e il suo sedere si sollevò a ogni carezza delle mie dita sulla sua prostata.

Stuzzicando. Stimolando. Incoraggiando.

"Chase..."

Ignorai la sua preghiera mormorata e continuai nella mia missione di farlo impazzire. Di lasciarlo sul letto completamente svuotato e costretto a riprendersi da tanto forte era venuto.

Con la punta del suo sesso gonfia in bocca, passai la lingua attorno al bordo e spazzolai il flusso continuo di liquido seminale provocato dalla stimolazione di quel magico organo grande come una noce.

Non smisi nemmeno per un secondo. Nemmeno quando le sue dita si strinsero nei miei capelli e lui cominciò a spingermi e tirarmi la testa, cercando di controllare il mio ritmo.

Lo lasciai fare.

Quella serata era tutta per lui. Il mio obiettivo era semplicemente far sì che si sentisse voluto e non dubitasse di quanto io lo apprezzavo. Le parole, semplicemente, non bastavano.

Non poteva spingere il suo membro troppo a fondo, perché il mio pugno chiuso glielo impediva. Quando sollevai lo sguardo, Rett aveva ancora gli occhi serrati e la sua bocca si muoveva come se stesse parlando, ma da essa non uscivano suoni.

Una scarica di desiderio mi attraversò dal cuoio capelluto fino alle dita dei piedi. Guardarlo era pericoloso. Temevo che sarebbe bastato a farmi esplodere.

Ero in conflitto. Dovevo sbrigarmi per non venire prima

di essere tutto dentro di lui, ma non volevo nemmeno mettermi fretta. Rett meritava di meglio.

Fai il bravo, Chase. Per Rett.

Mi feci un discorsetto motivazionale, cercando di non sentire i suoni che provenivano dall'uomo che avrei voluto solo girare e penetrare. Cercando di non vedere le sue reazioni. Cercando di non prestare attenzione alle risposte incontrollabili del suo corpo.

Provai a ignorare tutto.

Impossibile.

Quando le dita di Rett mi affondarono nel cuoio capelluto in maniera quasi dolorosa, lui cominciò a borbottare ripetutamente il mio nome fino a quando le parole non si mescolarono l'una all'altra.

Avendo raggiunto la prima parte del mio obiettivo, ero pronto a passare alla seconda.

Feci dentro e fuori con le dita dal suo sedere e lo succhiai il più forte possibile, facendo saltellare il suo bacino.

"Chase..." uscì fuori in un respiro mozzo. "Chase..."

Non volevo staccare la bocca da lui per il tempo necessario a incoraggiarlo verbalmente a lasciarsi andare, per cui ripetei quelle parole nella mia mente con la stessa velocità con cui lui pronunciava il mio nome.

Lasciati andare. Lasciati andare. Lasciati andare.

"*Aaaah, merdaaaaaa,*" gridò Rett. Il suo bacino scattò verso l'alto, quasi sloggiando le mie dita affondate, e seme caldo e salato mi coprì la lingua, mi riempì la bocca. Faticai a tenere testa al suo flusso infinito di godimento.

Quando Rett ebbe finito, quando non ebbe altro da darmi, si fuse con il materasso e si rilassò così tanto che sembrò svanire nel letto. Divertito, mi resi conto che mi ricordava uno di quei personaggi dei cartoni animati dopo che era stato investito e appiattito.

Quando finalmente lui mi lasciò andare la testa e mi liberò, io ritrassi lentamente le dita alla bocca. Appoggiato alle ginocchia ora doloranti, mi raddrizzai e lo guardai disteso sul mio letto.

Se non fosse stato per il suo respiro affannoso, avrei pensato di avergli succhiato la vita.

Un'impresa notevole, se possibile.

Ero così dannatamente duro che mi faceva male e non vedevo l'ora di tuffarmi dentro di lui, ma palesemente Rett aveva bisogno di un minuto. Decisi che, mentre lui si riprendeva, io avrei cercato di uscire dalla stanza senza svegliare la cucciola o Timber e sarei andato in bagno a lavarmi le mani.

Quando tornai, Rett si era buttato un braccio sugli occhi e aveva in faccia un sorriso molto pigro. "Non credevo che avrei mai sperimentato qualcosa di meglio del mio Autoblow AI ma... eh... La tua bocca ci va molto vicino."

Autoblow AI? Avrei dovuto cercarlo su Google alla prima occasione. O meglio ancora, farmi fare una dimostrazione.

"Solo vicino?" lo presi in giro, in piedi sul bordo del letto fra le sue cosce allargate.

Quando Rett si levò il braccio dal viso, esso ricadde pesantemente sul letto e lui mi fissò, gli occhi ancora fuori fuoco. "L'altra volta è stato bello, ma questa sera è stato meglio ancora. Diciamo solo che non mi lamenterei se lo facessi di nuovo più tardi."

Inarcai un sopracciglio. "Più tardi?"

"Andrebbe bene anche domani sera."

"Me lo segno."

"Scrivilo anche sul calendario per il resto della settimana." Il suo sguardo si posò sulla mia erezione dolorante che sporgeva rigida dal mio corpo. "Sembra scomodo."

"Lo è."

"Vuoi una mano?" chiese Rett agitando un sopracciglio.

"Non mi dispiacerebbe," ammisi.

"Mi offro con piacere volontario."

"Ottimo, visto che sei l'unico qui."

"Stai dicendo che devi accontentarti di me?" chiese lui, fingendosi offeso.

"Non direi accontentarmi, no."

"*Beeeeh*, se ti sei invaghito di un altro..."

Invaghito? Eravamo finiti nell'Ottocento senza che io me ne rendersi conto?

"Per caso ti sei *invaghito* dell'idea di scrivere romanzi storici? Hai un nome d'arte segreto che avevi tenuto nascosto?"

Rett arricciò il naso. "No. Lascia perdere i balli, le carrozze e gli afrori corporei. Preferisco morte, sangue e casi difficili."

"*Hmm*. Idem. Scivola in su."

Lo fece e io salii sul materasso e lo seguii camminando sulle ginocchia mentre scivolava fino alla testiera.

Quando Rett si infilò un cuscino sotto la testa, gli dissi: "Non ti serve. Non sotto la testa, almeno."

"Oh, e dove mi serve?"

Quando io tesi la mano, lui si strappò il cuscino di sotto e me lo diede.

"Testa giù, culo su."

Lui non esitò a girarsi e, quando lo fece, io gli infilai il cuscino sotto i fianchi per allargarli. "Anche quello è un buon posto," confermò.

"Allarga le natiche. Fammi vedere dove lo vuoi."

Un rossore si diffuse dal collo e scese leggermente lungo la schiena di Rett. Non lo avevo mai visto, ma d'altra parte, prima di Rett, non avevo mai fatto sesso con qualcuno che non fosse Thomas. Ero sicuro che avrei scoperto tante nuove cose con Rett, sia a letto sia fuori.

Ero ansioso di allargare tanto i miei orizzonti quanto, forse, anche la mia cerchia molto ristretta.

Afferrata ciascuna natica con una mano, Rett espose il suo buchetto tentatore, ancora umido di lubrificante, al sottoscritto. Ce ne sarebbe voluto dell'altro prima che io andassi avanti.

"La prossima volta, prima lo mangerò." Senza spalmarci sopra lubrificante non commestibile.

Il letto tremò violentemente al mio annuncio. Stupore, sorpresa o meraviglia? Forse tutti e tre.

"Subirai anche quello?" chiesi.

"Subirò qualunque cosa tu mi faccia, piccolo."

Piccolo.

Non ero ancora sicuro riguardo a quel nomignolo. Non mi ero mai visto come il *piccolo* di qualcuno. Amante o marito, sì. Piccolo? Avrei dovuto abituarmi o trovare un'alternativa. Ma non ora. Avevo cose più importanti da fare.

Come Rett.

Presi un preservativo dalla confezione, strappai l'incarto e me lo srotolai con calma lungo il membro pulsante, che aveva un battito cardiaco proprio. Mi lubrificai generosamente, aggiungendo anche dell'altro lubrificante attorno al buchetto rugoso di Rett.

"Sei pronto?" chiesi in un roco sussurro quando ebbi finito di prepararmi e mi fui messo in posizione.

"*Siìì*. Sono prontissimo." Rett aveva la testa nascosta fra le braccia incrociate, ma la sollevò. "Sarai duro questa sera?"

"Non era mia intenzione. Perché?"

Silenzio.

"Rett..."

"Prendimi come fai normalmente. Non trattenerti per me."

"Volevo che questa sera fosse..." *Speciale.*

"Possiamo renderla quello che vogliamo. Dopotutto, è la *nostra* serata. Questo è il *nostro* inizio. Possiamo fare come vogliamo. Il che significa scoparmi come ti piace scopare. Non voglio che tu ti trattenga. Voglio tutto quello che sei, Chase. Il bene, il male, il bello e anche il brutto. Voglio il vero Chase. L'uomo che eri e l'uomo che sei diventato."

Riflettei sulle sue parole e, naturalmente, giunsi alla conclusione che Rett aveva fastidiosamente ragione. Di nuovo. Era raro che quell'uomo si sbagliasse.

Sì, quello era il *nostro* inizio. Avremmo potuto costruire la nostra relazione come volevamo. Come entrambi avevamo bisogno.

Avremmo potuto gettare le fondamenta quella sera, passando ufficialmente da amici ad amanti. Per poi passare da amanti a qualcosa di più quando sarebbe giunto il momento giusto.

Nessuno di noi aveva fretta. Non c'era alcuna pressione. Avevamo tempo in abbondanza per trovare il nostro assetto e fare le cose per bene.

Ora che lui sapeva quasi tutto di me, sarebbe stato più preparato ad affrontare i miei "momenti," se e quando si fossero manifestati. Non potevo promettergli che non sarei scivolato di nuovo nell'oscurità, anche se temporaneamente, ma mi sarebbe stato di immenso aiuto sapere che lui era pronto a tirarmi fuori.

In cambio, volevo esserci per lui, sostenerlo in ogni aspetto della sua vita, soprattutto con la sua attività e la sua scrittura.

Dato che lui mi aveva aiutato a rialzarmi, io gli sarei

rimasto vicino quando lui avrebbe avuto bisogno di qualcuno a cui appoggiarsi.

Lui era stato il mio pilastro; ora io volevo essere il suo.

Perdermi nei miei pensieri aveva raffreddato la lava che mi scorreva nelle vene quanto bastava da far sì che non temevo più di disfarmi dopo i primi trenta secondi dentro di lui.

Come al solito, la pazienza di Rett mi stupì. Non mi stava mettendo fretta. Non si lamentava del tempo che stavo impiegando. Aspettava che io fossi pronto.

Non doveva aspettare ancora.

Io ero pronto e il momento era arrivato.

Mi mossi in avanti e gli passai delicatamente una mano sulla schiena e il sedere mentre reggevo il mio membro nell'altra. Separate le sue natiche muscolose, passai la punta su e giù lungo il suo buco luccicante.

Vederlo rilassato e aperto in quel modo mi spinse a non sprecare altro tempo. Appoggiai la testa del membro sulla sua apertura e spinsi. Rett si allargò attorno a me mentre io mi seppellivo dentro di lui. Con un brivido, la sua schiena si inarcò leggermente e io continuai a premere fino a quando non fui dentro fino in fondo.

Trattenni l'impulso a martellarlo ripetutamente e mi ripresi quanto bastava chiedere: "Tutto bene?"

"Sì," mi rispose lui con la testa fra le braccia, la voce soffocata. "Benissimo."

La sua reazione mi aiutò a rilassarmi e ad aspettare qualche istante.

Tuttavia, il bisogno di inchiodarlo al materasso fino a venire stava salendo rapidamente. Vi lottai contro, ricordando a me stesso che quella sera non dovevo farlo.

Ondeggiando il bacino, trovai un ritmo costante e gentile.

I miei movimenti ebbero l'effetto opposto di quello previsto. Invece di lasciarsi andare, di perdersi in quello che stavamo facendo, Rett si stava irrigidendo.

Strinsi i denti e mi trattenni. Quella sera non era solo una questione di sesso, ma era un'occasione per noi di connetterci, di condivisione e di intimità, ricordai a me stesso.

"Se non vuoi darmi il cento per cento, Chase, almeno dammi il cinquanta. Ora come ora, mi sembra che tu mi stia dando il dieci."

"Scusa," mormorai. Aveva ragione. Naturalmente!

Inalando a fondo, chiusi gli occhi e ripresi a muovermi.

Cominciai lentamente, per poi accelerare pian piano il ritmo, prendendolo più velocemente e più a forte. Finché la stanza non si riempì del suono di pelle che sbatteva, grugniti bruschi e gemiti profondi. Finché le sue dita non afferrarono le lenzuola come se avesse paura di ritrovarsi con la testa attraverso la testiera.

Fino a quando non gridò il mio nome, incoraggiandomi a prenderlo più forte. Fino a quando un velo di sudore non gli coprì la pelle. Fino a quando gocce di traspirazione non mi caddero dal mento per formare una pozzanghera nell'incavo della sua schiena.

Io non rallentai e lui non mi chiese di farlo.

Tutte le volte che scattava in avanti, lui mi sbatteva il sedere contro, venendomi incontro affondo per affondo.

Rimanendo in posizione, Rett voltò la testa sul materasso quanto bastava per vedere cosa stavo facendo.

Ricaddi su di lui, mordicchiandolo lungo la spina dorsale. Grattando con i denti lungo le sue scapole. Dovetti affondare le ginocchia più a fondo nel materasso per restare fermo ed evitare di essere premuto sul letto da ogni spinta martellante.

Gli leccai il sudore dalla nuca, per poi succhiare quel punto delicato dove la sua spalla e il suo collo si incontravano. Con una mano piantata sulla sua nuca, gli bloccai la testa per tenerlo fermo. Le mie dita si chiusero istintivamente, afferrandogli i capelli così forte che sicuramente gli stavo facendo bruciare il cuoio capelluto.

Ma non rallentai.

Non ancora. Non prima che lui me lo dicesse.

Stavo cavalcando l'onda e portando Rett con me. Ogni movimento, ogni rumore che lui faceva, mi spingevano ad andare oltre.

"Così, piccolo. Così. Proprio così," incoraggiò lui.

Stava prendendo tutto quello che gli stavo dando e chiedendo altro ancora.

Era indistruttibile.

Ma io lo ero?

La pressione crebbe nel mio basso ventre e le mie palle si contrassero. Il bisogno di venire mi attraversò come un'ondata, cercando di tirarmi sotto e di farmi cedere.

Non volevo venire così, con lui a faccia in giù. Purtroppo, nella fretta, non ci avevo pensato.

Quando mi fermai, da Rett giunse un verso di protesta. Sistemai le nostre gambe e ci rotolai sul fianco. Gli passai il braccio sotto, stringendolo a me. L'altro glielo avvolsi attorno alla vita, trascinai le mie dita sul suo ventre e, non appena trovai un capezzolo dalla punta dura, lo torsi nello stesso istante in cui affondavo i denti nella pelle soda della sua carne. Non a fondo quanto avrei fatto normalmente, al punto da arrivare quasi a lacerare la pelle, ma abbastanza forte da far sì che lui sobbalzasse contro di me e gemesse.

Tuttavia, mi trattenni comunque, timoroso di fargli del male, dato che non sapevo quali fossero i suoi limiti. Non ancora. Ci sarebbe voluto del tempo e molta esplorazione per scoprire fin dove potevamo spingerci e per capire cosa funzionasse fra di noi e cosa no.

Prima o poi ci saremmo arrivati, se era quello che lui

voleva davvero. Avrei dovuto mettere alla prova quanto "duro" lo mettesse a suo agio.

Thomas aveva un'alta soglia del dolore e aveva sempre voluto farlo il più duro possibile. Ora che ci pensavo, il lavaggio del cervello che gli avevano fatto da ragazzino poteva averlo spinto a credere di meritare di essere punito. Quante volte gli avevano mentito dicendogli che Dio lo avrebbe punito perché era gay? Innumerevoli, tristemente.

Quando, in realtà, era ben lungi dall'essere così.

Che io gli lasciassi pomfi e morsi, graffi e lividi, e tutto il resto delle cose che lui mi implorava di fargli quando facevamo sesso, poteva aver alimentato quel pensiero senza che io me ne rendessi conto.

Quando Thomas mi aveva detto tutto quello che aveva subito durante la terapia di conversione, mi aveva confidato che gli avevano detto che sarebbe andato all'Inferno perché era gay. Gli avevano dato del depravato, del peccatore, scagliandogli contro molti altri insulti. I partecipanti gli avevano promesso che, se avesse obbedito, la sua vita sarebbe stata di certo migliore. Sarebbe stato accettato, amato e accolto in Paradiso. Non doveva far altro che pensare e comportarsi in modo diverso. Non doveva far altro che "cambiare."

Un'impresa impossibile.

Si erano aspettati che lui si trasformasse in qualcosa che non era. In una persona che non sarebbe mai stato. Invece, aveva dovuto fingere di conformarsi per sfuggire alle torture.

Merda, avrei dovuto accorgermene. Sfortunatamente, era un'altra cosa che non avevo notato in un lungo elenco.

Ero deciso a fare di meglio con Rett. Mentre apprendevo gli errori che avevo commesso con Thomas, mi rendevo conto che potevo fare di più. Usando più consapevolezza. Essendo più presente. Era il minimo che potessi fare per una persona cara.

Rett che mi spostava la mano dal suo basso ventre al suo membro mi riportò alla realtà e al letto. Ce l'aveva di nuovo duro, la punta umida. Lo afferrai e cominciai a masturbarlo al ritmo dei miei affondi.

"Ce la fai a venire ancora?" gli sussurrai contro l'orecchio.

"Sì. Fammi venire ancora, ti prego."

Rett cominciò a contorcersi a ogni decisa passata del mio membro sulla sua prostata. A ogni movimento del mio pugno sul suo membro.

Chiudendo gli occhi, premetti il naso sulla sua nuca, succhiando aria il più rapidamente possibile. Tutt'uno con Rett, venni trascinato in un momento nuovo, un luogo nuovo. Una vita nuova.

Quella era la mia casa, ora. Quel paese, quella baita, quell'uomo. Mi ero finalmente ritrovato dopo essermi perso.

Non ero più immerso nel senso di colpa.

Avevo speranza.

Avevo pace.

Avevo Rett.

La mia vita stava ora tornando piena dopo essere stata spaventosamente vuota per gli ultimi due anni.

Il bacino di Rett guizzò e il suo membro pulsò mentre lui grugniva e io catturavo gli spruzzi di seme nel palmo.

Il suo orgasmo mi scaraventò dritto in vetta. Rallentai gli affondi, prendendolo ora più gentilmente. Afferrati i suoi capelli, gli voltai la testa per sigillargli le labbra con le mie.

Poi... Precipitai dal bordo in caduta libera.

Il mio grugnito tramutato in gemito fu catturato fra di noi mentre affondavo un'ultima volta e venivo.

Quando finalmente atterrai, gli lasciai con riluttanza la bocca, ma continuai a stringerlo con la guancia premuta contro la sua, entrambi che ci limitavamo a respirare e a condividere uno spazio.

All'inizio, non avevo voluto avere nulla a che fare con lui. Avrei voluto che mi lasciasse in pace. Ma ora... Ci incastravano meglio di quanto mi fossi mai aspettato.

Ci incastravamo alla perfezione.

Per una volta, ero io il "cucchiaio grande" e volevo restarlo il più a lungo possibile.

Non volevo muovermi. Non volevo rompere la nostra connessione.

Purtroppo, avrei dovuto farlo.

Quando lui contorse il torace un po' di più, colsi lo sguardo tenero nei suoi occhi e le sue labbra molto baciabili curvate in un sorriso altrettanto tenero.

Controllai come stava. "Tutto bene?"

"Benissimo."

Per fortuna, non gli avevo fatto male; anzi, il contrario. "Pronto all'uscita?"

Lui mi passò le dita calde sulla guancia, lungo le labbra, per poi grattarmi la barba con le unghie. "No, non ancora. Resta."

"Presto non avrò scelta," lo avvisai.

"Aspetta fino a quando non devi."

"Non voglio che il preservativo perda."

"Non importa se perde. Come te, non ho fatto sesso con nessun altro nell'ultimo anno."

Lo sapevo già. Ma sentirmelo dire di nuovo mi scaldò dall'interno.

Purtroppo, quella non era l'unica cosa a scaldarmi. Fra tutti e due, la nostra temperatura corporea combinata doveva essere pari a quella del sole.

Il ventilatore a soffitto non bastava a rinfrescarci. Un

conto era sciogliersi per la soddisfazione sessuale, un altro per il surriscaldamento.

Mi staccai dalla schiena di Rett, tenni fermo il preservativo con le dita e lo avvisai che stavo uscendo.

Dopo averlo fatto, mi tolsi il preservativo pieno e lo annodai mentre Rett si lasciava ricadere sulla schiena con un lungo e protratto sospiro. Tirai fuori un paio di fazzoletti dalla scatola accanto al letto, avvolsi il preservativo usato e mi pulii le dita.

Con un lungo gemito, Rett si stiracchiò. "Vado a pulirmi e porto *effe u ori* i cani."

"Che ne dici se li porto *effe u ori* io mentre tu ti pulisci?" proposi.

Accettò l'offerta.

Scendemmo entrambi dal letto e Rett indossò subito i boxer prima di lanciarmi i miei. Li afferrai a mezz'aria e me li infilai mentre lui faceva uscire Onyx dalla gabbietta. Timber era in stato di allerta da quando Rett aveva pronunciato la parola "fuori," questa volta tutto attaccato.

Anche la cucciola avrebbe dovuto imparare quella parola. Avrebbe dovuto imparare molte cose. Sfortunatamente, dato che non sapevo quasi niente di cuccioli, più tardi avrei dovuto rivelare a Rett che sarebbe stato lui il responsabile dell'addestramento di Onyx. Sarebbe stata la punizione per avermi sorpreso con un cane che non volevo.

Quando Timber corse fuori dalla camera da letto, entusiasta di uscire, la cagnolina gli si accodò. Letteralmente: gli morse la coda e si fece trascinare dal pastore tedesco molto più grosso.

Mi grattai un orecchio e scossi la testa. Quel cane sarebbe stato molto difficile.

Fissai l'altra cosa difficile della mia vita mentre andava in bagno. Anche io dovevo uscire.

"Rett," chiamai.

Lui si fermò sulla soglia e si guardò alle spalle nude. Mi ci volle un istante per riprendermi, perché vederlo lì – attraente, sexy e scopato di fresco – mi fece perdere non solo il fiato, ma anche il filo dei pensieri. Inoltre, mi resi conto di quanto ero fortunato perché lui era rimasto e mi aveva assistito durante il mio periodo più buio.

Non era costretto a farlo, ma lo aveva fatto comunque. Per quel motivo, io gli dovevo la verità e dovevo essere schietto riguardo a quello che stava succedendo nella mia testa.

"So che ci conosciamo da pochi mesi e che ci siamo avvicinati solo nelle ultime settimane, ma spero di aver messo in chiaro, questa sera, quanto ti voglio. Quanto apprezzo averti nella mia vita. Quanto sei importante per me. Ciò detto..."

"Ciò detto...?" mi incoraggiò lui, cauto in viso.

Non volevo scoraggiarlo con quello che stavo per dire, ma dovevo dirlo per evitare fraintendimenti. "Spero tu sia d'accordo che dobbiamo comunque andarci piano."

La sua espressione preoccupata svanì e fu sostituita da una smorfia. "Mi sa che devo cancellare il noleggio dello smoking, allora. Perderò la caparra." Comparve un sorrisone. "Scusa... Sì, sono d'accordo. Dobbiamo andarci piano."

Dato che quel sorriso gli illuminava gli occhi, non dubitavo che fosse genuino e che lui non stesse nascondendo i suoi veri sentimenti. Ma volevo essere sicuro. Non volevo dare nulla per scontato, dato che in passato avevo già commesso quell'errore. "Non è un problema?"

"Piccolo, ci sono andato piano dal giorno in cui ti ho visto alla tavola calda. Nonostante tu sia un grizzly brontolone, ti volevo già allora e avevo intenzione di averti. Ma non sapevo quale montagna avrei dovuto scalare per raggiungerti o se ne valesse lo sforzo."

"Ne è valso lo sforzo?"

"C'è voluto un po'... Ma sì, la salita è stata difficile, ma meritevole."

Annuii e, ammiccando, Rett sparì.

Continuando a sfoggiare quel sorriso bellissimo.

———

NON APPENA I miei occhi si aprirono, mi resi conto che era decisamente troppo presto per essere svegli.

Probabilmente, mi ero svegliato per via delle segherie che lavoravano a pieno regime nella mia stanza.

Fuori sincrono, naturalmente.

Rett era appiccicato al mio fianco, con un braccio e una gamba buttati sopra di me che mi bloccavano contro il letto.

Dormiva sempre così. Come se avesse paura che me ne andassi e sparissi per sempre.

Non lo biasimavo, dato che era quello il modo in cui avevo lasciato Long Island. Non avevo detto a nessuno che mi sarei trasferito fino a quando non ero già partito. All'epoca, non volevo che nessuno cercasse di convincermi a non andare a vivere a Eagle's Landing.

Ero felice di aver agito in quel modo, ma capivo in parte la preoccupazione di Rett. Tuttavia, avrei dovuto rassicurarlo che non aveva nulla di cui preoccuparsi.

Non sarei andato da nessuna parte. Avevo trovato il mio posto lì e, sebbene avessi pensato che non avrei mai più trovato la felicità, era successo.

Mi districai con prudenza da Rett e mi alzai dal letto, cercando di non disturbare lui o i cani.

Dopo aver portato fuori i cani per l'ultima volta prima che ci addormentassimo, Rett non aveva rimesso Onyx nella gabbietta come avrebbe dovuto. Il cane era ora raggomitolato accanto a Timber nella cuccia. Entrambi russavano più forte dell'essere umano di novanta chili che dormiva nel mio letto.

Scossi la testa. Rett mi aveva comprato un dannato cucciolo di terranova.

Ma poteva darsi che la cucciola sarebbe stata il ponte che ci avrebbe permesso di legare. Un *progetto* congiunto su cui avremmo potuto lavorare per avvicinarci.

Non lo sapevo. E forse non lo sapeva nemmeno Rett. Tuttavia, lui sembrava avere un forte intuito riguardo alla nostra relazione e a ciò di cui aveva bisogno.

Dato che necessitavo di bere dell'acqua e di andare in bagno, mi incamminai praticamente in punta di piedi verso la porta. Mi fermai quando qualcosa attirò il mio sguardo. Il vassoietto che tenevo sul comodino per buttarci gli spiccioli. Era proprio accanto al mucchio dei nostri vestiti, ora piegati con cura.

C'erano volute due settimane, ma alla fine Rett aveva trovato la mia fede nuziale usando il metal detector subacqueo preso a prestito. Tutti i giorni, dopo aver chiuso la Next Page e prima che ci sedessimo a cena, lui era uscito per almeno un'ora e aveva cercato mentre io preparavo il cibo e tenevo occupato Timber in modo che non se ne stesse sulla riva del lago ad abbaiare ininterrottamente mentre Rett era immerso.

A Timber non piaceva nuotare, per cui non era contento quando io e Rett entravamo in acqua. Avevo preso in considerazione l'idea di comprare una barchetta in modo che il dannato cane potesse venire con noi e smetterla di lanciare quelle grida acute che spaccavano i timpani.

Rigirandomi lentamente l'anello fra le dita, lo osservai. Poi guardai il mio dito vuoto prima di volgere lo sguardo verso Rett che dormiva, ora steso sulla schiena con un braccio buttato sopra la testa e l'altro sul petto, e un russare sommesso che gli usciva dalla bocca spalancata.

Riportata l'attenzione sulla fascia d'oro, la rimisi con cura nel vassoietto.

Mi ero aspettato che me la sarei rimessa subito all'anulare nel momento in cui l'avrei avuta fra le mani. Quando Rett me l'aveva data la sera in cui l'aveva trovata, io avevo stupito entrambi non facendolo. Non avevo in mente di rimetterla nel suo vecchio posto.

Soprattutto non dopo questa sera.

Sebbene non volessi sbarazzarmene – era ancora un simbolo importante del mio matrimonio con Thomas e avrebbe sempre avuto un significato speciale – il suo posto non era più al mio dito. Invece, decisi che avrei comprato una catenella d'oro e l'avrei portata al collo, in modo da averla sempre vicino al cuore.

Lanciata un'ultima occhiata all'uomo nel mio letto e ai due cani – al mio futuro al completo – un sorriso mi attraversò il viso mentre andavo in cucina.

Capitolo ventitré

Lo vedevo nella sua espressione.

Lo vedevo nel suo modo di fare.

Chase era felice. Davvero felice. Quello bastava a far sì che avere a che fare con lui quando non lo era ne valesse la pena. Per fortuna, quei momenti non capitavano più spesso.

Era arrivato al punto da socializzare in paese e tutti sapevano che era C.J. Anson. Aveva persino fatto qualche lettura alla libreria, attirando un buon pubblico.

Meglio ancora, non soffriva più del blocco dello scrittore.

Perlopiù, Chase era un uomo diverso rispetto a quando era arrivato a Eagle's Landing. L'aria fresca, il sostegno dei paesani e il mio amore avevano avuto un effetto miracoloso.

Quando gli avevo proposto di partecipare alla festa natalizia annuale al Roost, lui mi aveva stupito accettando. Non aveva protestato e non era stato necessario pungolarlo. Gli avevo messo una mano sulla fronte per verificare che non avesse la febbre.

In risposta, lui mi aveva spinto via la mano e aveva detto: "Se è quello che vuoi, Rett..."

Certo che era quello che volevo. Volevo farmi vedere in pubblico con l'uomo di cui mi ero innamorato. Con l'uomo con cui ora vivevo. Con l'uomo con cui mi aspettavo di trascorrere il resto della vita.

Non c'era un giorno preciso in cui ero andato "ufficialmente" a convivere con Chase. Era successo e basta. Ogni settimana, sempre più della mia roba finiva a casa sua e lo stesso valeva per quella di Timber.

Avevo deciso di lasciare vuoto il mio appartamento e di non darlo in affitto. Era un buon posto dove rifugiarci nel caso il vento di nordovest avesse coperto la zona di neve o se alla sua baita fosse venuta a mancare la corrente per molto tempo. Il generatore di emergenza era utile solo per brevi periodi.

E poi, tenermi disponibile l'appartamento mi dava un posto dove cucinare e spazio in abbondanza da usare come deposito, dato che la baita era piuttosto piccola. Soprattutto per due uomini e due cani di grossa taglia. Non sarebbe andata molto meglio nemmeno dopo che la stanza climatizzata sarebbe stata aggiunta, la primavera dopo.

Non sapevo esattamente come avessimo fatto, ma in qualche modo eravamo riusciti a tenere nascosto per mesi che eravamo amanti e che vivevamo insieme.

E ora era metà dicembre.

Tutto, fra di noi, si era sistemato. Non molto facilmente, all'inizio. C'era voluto un po' di tempo e un po' di pazienza, ma c'eravamo riusciti.

Naturalmente, avevamo ancora i nostri inconvenienti. Ma non era nulla che non potessimo risolvere lavorando insieme per andare e oltre.

Chase e io, Timber e Onyx formavano una piccola famiglia. Altri avrebbero potuto pensare che non fosse tradizionale, ma per noi era perfetta.

Io gestivo la libreria e scrivevo laggiù durante la settimana, mentre Chase continuava a realizzare i suoi romanzi alla baita. Nel fine settimana, entrambi mettevamo da parte la scrittura e andavamo a camminare, a nuotare e persino a fare delle gite.

Dopo che una sera ero tornato a casa e avevo trovato due quad nuovi di zecca sotto una tettoia che Chase si era fatto recapitare qualche settimana prima, avevamo anche cominciato a guidare attraverso la proprietà. Farci seguire dai cani li aiutava a sfogare un po' di energia. Avevamo aggiunto persino delle piattaforme sul retro dei quad, in modo che i cani, una volta stanchi, potessero farsi dare un passaggio.

Erano contentissimi. E anche noi.

L'acquisto dei due veicoli aveva a malapena intaccato l'anticipo per l'ultimo libro di Chase. Probabilmente, era uno dei vantaggi dell'andare a letto con un autore famoso che vendeva milioni di copie dei suoi libri.

Era sempre attento quando si trattava di menzionare i suoi guadagni, ma presto aveva scoperto che non ero invidioso del suo successo. Anzi, ero orgoglioso di lui. Volevo solo il meglio per lui, di qualunque cosa si trattasse.

Passai lo sguardo all'interno del bar, stracolmo di tutti gli abitanti della zona. A meno che qualcuno non fosse malato, tutti si sforzavano di presentarsi prima o poi nel corso della serata, anche quando non potevano fermarsi a lungo.

Era stato allestito un ricco buffet, lucine colorate colmavano l'interno del bar e un albero di Natale completamente addobbato era posato in un angolo. Birra e altre bevande scorrevano abbondanti e la scaletta delle canzoni era un misto di melodie festive e normali. La musica doveva essere alta perché la si potesse sentire al di sopra del frastuono delle voci, dato che pettegolezzi, notizie e osservazioni personali venivano condivisi a ogni tavolo e in ogni angolo.

Quando il mio sguardo passò sulla folla, si posò su Chase che attraversava e aggirava gruppetti di persone mentre tornava dal bagno. Ogni tanto lo fermava qualcuno che voleva salutarlo o voleva sapere come andava il suo ultimo libro.

Lui salutava e annuiva, stringeva mani e abbracciava le donne e le ragazze che glielo chiedevano. Se farlo lo metteva a disagio, lo nascondeva bene.

Quando finalmente raggiunse il tavolino alto dove io ero seduto ad aspettarlo, la prima cosa che fece fu prendere la sua pinta. Non riuscii a distogliere l'attenzione dalla sua gola robusta che ondulava mentre lui trangugiava metà della sua birra alla spina.

"Sei già stufo della gente?" lo presi in giro.

"È un po' soffocante," ammise lui, pulendosi il labbro superiore dalla schiuma.

Non sembrava più un taglialegna selvatico. Era tornato a tagliarsi regolarmente i capelli e a radersi il viso, per avere un aspetto pulito e professionale. A me mancava un po' l'aspetto da montanaro vigoroso. Ai suoi addetti alle relazioni pubbliche, no.

Quello che non gli permettevo di radersi erano i peli del petto, per quanto lui si lamentasse che lo tenessero troppo al caldo. Sarei rimasto profondamente deluso se non mi fossi perso in quel tappetino spesso tutte le notti. Esso rendeva l'ex-grizzly brontolone tollerabilmente coccoloso.

"Che hai da sorridere?"

Sollevai lo sguardo dal suo collo al suo viso. "Niente."

Lui mi lanciò un'occhiata che diceva chiaramente che non mi credeva. Nulla di cui stupirsi. Feci spallucce.

La sua bocca si aprì e si chiuse subito quando Dolly

apparve dal nulla per affiancarsi a lui. La donna strinse la spalla di Chase. "Sono tanto felice di vederti qui, Chase!"

"Io sono felice di esserci."

Inarcai un sopracciglio e mi schiarii la voce. Ora *io* non credevo a lui.

La moglie del sindaco si rivolse a me. "Avevi detto che saresti venuto in dolce compagnia!"

Merda. O la va... "Sì."

"Beh, splendore, dov'è? Non vedo l'ora di conoscerla. Ti prometto che non le metteremo paura."

Certo che no. Serve stato impossibile.

"*Lui* è qui," dissi, accennando a Chase.

Il quale si trasformò in una statua di cemento di fronte ai miei occhi.

Dolly fece schioccare la lingua. "Birbante, mi hai fatto uno scherzo. Speravo che ti fossi finalmente trovato la ragazza."

Avevamo discusso più volte di "uscire allo scoperto" con gli abitanti del posto, ma non avevano scelto un momento preciso. Chase aveva lasciato la decisione a me. Mi ero detto che quella sera era l'occasione perfetta. Sarebbe stato meglio se la gente avesse visto e sentito la verità direttamente da noi, piuttosto che udirne una versione distorta attraverso la rete dei pettegolezzi.

Dolly mi strinse l'avambraccio. "Ti troveremo qualcuna. Anche a te, Chase. Non c'è bisogno di startene tutto solo in quella baita isolata. Oh! Ecco Margaret! Devo raccontarle del figlio di Sasha. Divertitevi, ragazzi, e cercate di non ubriacarvi troppo."

"Anche tu, Dolly," risposi, senza nascondere il divertimento mentre la donna si dirigeva dritto verso la moglie di Harry il ferramenta.

Scesi dallo sgabello e offrii la mano a Chase. Lui la fissò

accigliato, come se fosse un serpente a tre teste. "Sei sicuro di volerlo fare questa sera?"

"Se non fossi sicuro, non lo avrei detto a Dolly per prima."

"Non riuscirai mai più a rimettere il gatto nel sacco, lo sai, vero?"

"Certo che lo so. Prendi la mia mano," insistetti.

"Non sono sicuro che sia una cosa intelligente, Rett," disse sottovoce lui.

"Forse. Forse no. Ma non possiamo nascondere quello che siamo l'uno per l'altro per sempre... Prendi la mia mano."

Chase osservò la mia mano tesa sospesa fra di noi. "Ti avverto... Se la prendo, tu prenderai il mio cuore."

Whoa. "Ed è un problema?"

"Se lo fosse, non farei questo..." Chase sbatté la mano nella mia e intrecciò le nostre dita. "Hai sempre fastidiosamente ragione. Questa sera *è* il momento perfetto." Dopo aver inalato profondamente e utilmente, ci fece voltare verso il centro del bar, dove i tavoli erano stati spostati per lasciare spazio a chi voleva ballare. "Facciamolo."

Annuii e gli sorrisi. "Facciamolo."

"Per tua informazione, odio ballare. Sto facendo un sacrificio."

"La cosa non mi stupisce. Dai, facciamo finta di saper ballare qualche lento."

Chase mi attirò con sé fino a quando non raggiungemmo mezza dozzina di coppie mature che trascinavano i piedi sulla pista da ballo al ritmo del classico *At Last* di Etta James.

Era la canzone perfetta per quel momento.[1]

Una volta trovato un punto in cui non avremmo intralciato nessuno, Chase si voltò verso di me e mi attirò a sé. "Pronto?" sussurrò.

"Mai stato più pronto," sussurrai in risposta.

Lui mi curvò una mano dietro la nuca e mise l'altra in fondo alla mia schiena, stringendomi ancora più forte. Agganciate le mie braccia al suo collo, mi appiccicai a lui dal petto al bacino, senza lasciare alcun dubbio su chi e cosa fossimo l'uno per l'altro.

Il nostro "bromance" non era più tale. Dopo che avevamo scaricato la "b," era diventato qualcosa di molto più serio.

Non volli guardarmi attorno per vedere se qualcuno ci stesse osservando. Diedi per scontato che lo stessero facendo, dato che si udivano sussurri e mormorii tutto attorno a noi anche al di sopra della musica. Non si riusciva a capire esattamente cosa stessero dicendo gli altri, ma nessuno ci avvicinò. Nessuno gridò frasi offensive. Nessuno ci accompagnò all'uscita.

Sperai che quello fosse un buon segno. Sebbene al momento sembrasse tutto a posto, ci sarebbe voluto un po' prima che le palpitazioni nel mio stomaco cessassero.

Con la guancia appiccicata alla mia, Chase mormorò, "Ignorali" nel mio orecchio. "Ci si abitueranno o no. Ci accetteranno o no. Se non lo faranno, sarà un problema loro, non nostro."

"Siamo in un paese piccolo," gli ricordai. Era uno dei motivi per cui per anni avevo tenuto per me il fatto che ero gay. D'altra parte, non avevo avuto ragione di "uscire allo scoperto" prima.

Ora una ragione l'avevo e stava ballando con me.

"I paesi piccoli non cambieranno mai se nessuno ci prova."

"Stai dicendo che siamo dei pionieri?" scherzai.

"Non direi proprio. Quello che stiamo facendo è ben poco rispetto a quello che hanno fatto altri per spianare la strada e a quello che altri ancora faranno dopo di noi. Questa sera è solo un momento in un lungo viaggio che altri hanno già percorso."

Chi era quell'uomo? "Ma guarda un po' chi ha ragione, per una volta."

La sua risata vibrò contro di me e la sua presa si accentuò. "Beh, tu sei comunque avanti. Un punto per me contro il tuo milione."

"Hai molto da recuperare."

"Ho tempo."

Rimanemmo sulla pista da ballo, muovendoci lentamente nella nostra piccola bolla e ignorando il resto del mondo, quando la canzone cambiò in *All I Want for Christmas is You* di Mariah Carey. Una canzone più festiva.

Quando cantai il ritornello a Chase, lui scosse la testa e disse: "Sono già tuo."

"Spero che mi lascerai condividere il tuo cuore con Thomas."

"È già così," giunse in un rimbombo profondo. "Grazie per essere disposto a condividerlo."

Smisi di ballare e, inclinata la testa, incrociai il suo sguardo. "Sono solo onorato di condividerlo con lui. Anche se lui non c'è più, spero tu sappia che l'amore non ti verrà mai portato via. È qui dentro." Gli diedi un colpetto sul cuore e, sotto la sua camicia, sentii la fede che ora Chase portava a una catena appesa al collo. "Nella vita si può amare più di una persona. Non è un interruttore che si accende e si spegne. I nostri cuori sono in grado di espandersi per includere tutte le persone che vogliamo. Non c'è un limite all'amore. È infinito, persino dopo la morte." Feci una pausa per lasciare che quelle parole facessero presa, poi aggiunsi: "Ora dimmi che ho ragione, così posso segnarmi un altro punto. Non voglio che tu mi recuperi."

Chase scosse la testa e sbuffò: "Hai il brutto vizio di avere sempre ragione."

"Ah! Ovvio." Mi avvicinai di nuovo a lui, cominciai a muovermi e poi mi resi conto... "Porca troia, ho dimenticato di dirti una cosa importante!"

In realtà, non me l'ero dimenticato, ma volevo farlo agitare un po' prima di rivelare quello che avevo da dire. E poi, in quel modo lui avrebbe prestato più attenzione.

Chase premette nuovamente la guancia contro la mia mentre ci muovevamo in cerchio, il bacino che ondeggiava avanti e indietro al ritmo della musica. "Cosa? Il mio agente ti ha finalmente procurato un contratto con uno dei cinque grandi editori?"

"No," risposi. Ottenere un contratto di pubblicazione non era fondamentale per me. Ero già soddisfatto della mia carriera di autore. "È più importante."

"Anche quella è una cosa importante."

Ovviamente. Chase era sempre stato pubblicato in maniera tradizionale. "Non quanto questa."

Non appena lui si tese per l'impazienza, voltai il viso per il tempo necessario a nascondere il sorriso fino a quando non riuscii a controllarmi.

"Allora?" pungolò infine lui quando io non gli diedi subito quello che voleva.

Gli misi una mano sulla nuca e avvicinai la bocca al suo orecchio in modo che nessuno ci sentisse. "Ascolta bene quello che sto per dire."

"Rett..."

"Chase..."

"Gesù Cristo," ringhiò lui.

"Ti..."

Chase sospirò, accentuando la presa delle dita sulla mia vita. "Mi..."

"Ti amo."

I suoi piedi smisero bruscamente di muoversi e ciò arrestò anche me. Ancora una volta, ci ritrovammo immobili al centro della pista da ballo.

"E me lo dici adesso? Qui?" La sua espressione passò dallo stupore alla confusione a... chissà che cosa. Non riuscivo a seguire quel flusso improvviso di emozioni.

"Sì. Perché no?"

"Non potevi dirmelo più tardi, a casa?"

"Vuoi che me lo rimangi per il momento?"

Chase ritrasse la testa e mi fissò, la fronte ora increspata in un cipiglio. "Non puoi rimangiartelo. È troppo tardi."

"Certo che sì. Sono le mie parole. Posso rimangiarmele quando voglio."

"No, Rett. È qui che ti sbagli." Incrociato il mio sguardo, Chase disse: "Ora sono *mie* parole e io non te le ridarò. Mai."

Poi mi baciò proprio lì. Nel mezzo della pista da ballo, nel mezzo del Roost, nel mezzo di Eagle's Landing.

Quel bacio fu straordinario e nessuno di noi due lo avrebbe mai dimenticato.

IL CIELO ERA un misto di arancione, giallo e rosso mentre il sole cominciava a calare dietro le montagne. Più salivamo, più mi preoccupavo per la discesa. Oltre alla minaccia di essere aggrediti da fauna carnivora, c'era il rischio di slogarci una caviglia su un sasso o di inciampare in un albero caduto.

I cani andavano avanti in esplorazione, ma rimanevano in vista. Per fortuna, Onyx imparava in fretta ed era facile da addestrare. Che Timber fosse un buon insegnante contribuiva. Se la cagnolina si allontanava troppo, l'istinto del pastore tedesco si attivava e lui la riportava al suo posto.

Quando finalmente raggiungemmo la vetta, avrei giurato di aver perso un polmone lungo la strada. Non avevo idea del perché Chase non sbuffasse e ansimasse come me.

Probabilmente, il mio allenamento non era buono quanto il suo.

Tuttavia, quel giorno non avevamo risalito la montagna per fare esercizio.

Verso l'ultimo dell'anno, avevamo discusso di cosa fare con le ceneri di Thomas. Fino ad allora, non sapevo che Chase ne fosse in possesso. Avevo dato per scontato che suo marito fosse sepolto in un cimitero di Long Island.

Aveva senso che Chase non avesse voluto lasciarsi Thomas alle spalle e lo avesse voluto tenere sempre con sé.

Mentre scoprire che Chase aveva ancora le ceneri di suo marito nascoste da qualche parte era stata una sorpresa, scoprire che voleva spargerle sulla proprietà mi aveva stupito ancora di più.

Eravamo a letto a tarda sera, a guardare un film che parlava di una donna che affrontava il suicidio del marito, quando lui aveva sollevato l'argomento. Essendo inverno, aveva detto di voler aspettare fino a quando il tempo non fosse migliorato.

Io ero completamente d'accordo, dato che il clima invernale poteva essere imprevedibile. "Vuoi farlo da solo?"

Chase aveva dovuto riflettere sulla risposta per un po' prima di darla. "Non so se ne sono in grado."

Apprezzavo il fatto che lui non nascondesse mai quanto lo aveva reso vulnerabile la perdita di suo marito. Ciò mi spingeva ad amarlo ancora di più. Dimostrava che era ben lungi dall'essere freddo e distante – la prima impressione che avevo avuto di lui – ma che invece era estremamente leale e sapeva amare profondamente.

Quando si impegnava, si impegnava con tutto se stesso.

"Beh, non devi farlo per forza. Io rispetterò qualunque decisione tu prenda. Posso accompagnarti in vetta, se vuoi. Oppure posso fermarmi lungo la strada e lasciare che tu prosegua da solo, se ne hai bisogno. In qualunque caso, ti aspetterò. Che sia quaggiù alla baita, a metà strada o accanto a te sulla cima."

Alla fine, Chase mi aveva voluto con sé. Per cui, ora mi trovavo a un'altitudine di circa trecento metri, cercando di succhiare ossigeno nei polmoni affaticati.

"Tutto bene?" chiese Chase, la fronte aggrottata per la preoccupazione.

"Sto... benissimo," mentii per non farlo preoccupare.

"Sei sicuro?"

Annuii e bevvi un sorso dalla mia borraccia. "Sono pronto quando lo sei tu." Lo guardai estrarre con cura l'urna dallo zaino. "*Tu* sei pronto? In caso contrario, Chase, possiamo farlo un'altra volta. Non deve per forza succedere oggi. E nemmeno domani o nel prossimo decennio. Non mi dispiacerebbe nemmeno se tu tenessi i suoi resti nell'urna e la mettessi in mostra."

Deglutendo in maniera visibile, Chase lasciò ricadere lo zaino per terra e si strinse la disadorna urna in acciaio inossidabile al petto. "Lo apprezzo, ma siamo qui. Facciamolo."

"Puoi sempre cambiare idea."

"No." Chase spostò lo sguardo degli occhi marrone scuro nei miei. "Non cambierò idea. Riguardo a nulla."

Lo osservai per qualche altro istante. La sua determinazione ad andare fino in fondo quel giorno era visibile dalla tensione della sua mascella. "D'accordo." Solo, non volevo che lui si pentisse di quella decisione. Una volta sparse le ceneri al vento, sarebbe stato impossibile recuperarle.

Lo aiutai a togliere il sacchetto dall'urna e ad aprirlo, poi feci un passo indietro per lasciargli spazio.

Le sue labbra si mossero mentre diceva qualcosa – forse un addio – poi aprì il sacchetto. Dopo averlo rovesciato, scrollò fuori le ceneri. La brezza le sollevò e le spazzò via in una nuvola di polvere.

Cenere alla cenere. Polvere alla polvere.

Mi fece male il cuore mentre Chase rimaneva fermo a lungo. Probabilmente, stava nascondendo le lacrime, anche se io stesso sentivo un forte bruciore agli occhi e avevo la vista offuscata. Ma se lui aveva bisogno di quella riservatezza, se aveva bisogno di prendersi un momento o qualche ora, io potevo aspettare. Ormai ero un professionista.

Quando lui protese la mano dietro di sé e verso di me senza voltarsi, io feci un passo avanti, la afferrai e gli girai attorno per fronteggiarlo, badando a non avvicinarmi troppo al bordo della formazione rocciosa su cui ci trovavamo.

Le lacrime si erano asciugate, ma la prova della loro esistenza c'era ancora.

"Era ora di voltare pagina."

Non dissi nulla, né a favore né contro. Non era una mia decisione.

"Ti ricordi quello che ho detto alla festa di Natale? Lui rimarrà sempre qui." Gli premetti la mano sul cuore come avevo fatto quella sera. Esso batteva lentamente e costantemente sotto il mio palmo. Un tempo in frantumi, ora era tornato quasi integro.

"Lo so. Anche se lo dico spesso, ora devo ripeterlo... Grazie di tutto quello che hai fatto per portarmi fino a questo punto. Per essermi rimasto accanto per quanto io opponessi resistenza, per quanto ti trattassi male."

"Apprezzo che tu non mi abbia malmenato mentre ti aiutavo."

Chase mi strattonò la mano, facendomi girare prima di attirarmi di nuovo contro di sé, in modo che entrambi fossimo rivolti verso la valle e il lago sotto di noi. Dopo avermi circondato con le braccia, appoggiò il mento sulla mia spalla mentre insieme osservavamo la nostra casa.

Dopo forse quindici minuti trascorsi a restare semplicemente in silenzio, lui mormorò: "Devo dirti una cosa importante."

Il mio cuore si fermò. Poi, con un tonfo, ripartì e cominciò a battere rapidamente. "Questa l'ho già sentita."

"Sì."

"C'entrano un contratto e un assegno bello grosso?" chiesi.

"No, ma un impegno sì."

"Troppo tardi. Non puoi rimandare Onyx all'allevatore. Non accettano resi."

Lui scosse la testa. "Onyx non va da nessuna parte. E nemmeno Timber. E... nemmeno tu."

Un lato della mia bocca si sollevò. Oltre al cuore che batteva all'impazzata, anche il mio sangue scorreva violentemente nelle vene per la pregustazione. Quello che Chase stava per dire poteva essere quello che io stavo aspettando.

"Ti amo, Rett." Dopo che mi ebbe sussurrato quelle due parole piccole, ma molto importanti, capii subito che la mia attesa era finita. Soprattutto dopo che lui aggiunse "Ora e per sempre."

Non avevamo scalato una montagna e raggiunto la vetta solo fisicamente, ma anche dal punto di vista della nostra relazione.

Epilogo

Trovare la luce

Chase

Fermai la Bronco di fronte alla Next Page e spensi il motore. Dato che era quasi orario di chiusura, non sapevo perché Rett avesse voluto che guidassi fino in paese invece di dirmi qualunque cosa avesse bisogno di dirmi al telefono o quando sarebbe tornato a casa.

Non appena scesi dalla Ford, Onyx cominciò ad abbaiare entusiasta mentre saltellava nel vano di carico. Avevo dovuto installare una rete per bloccarle l'accesso, dato che, pur pesando quarantacinque chili, lei credeva di potermi stare ancora in grembo mentre guidavo.

Quel momento era passato da molto, *molto* tempo, anche se lei non lo sapeva e non aveva ancora finito di crescere.

Non avevo paura di ammettere che era il dono migliore che avessi mai ricevuto. Dopo Rett, naturalmente.

Non appena la ebbi fatta scendere dal retro della Bronco, Onyx corse all'ingresso posteriore della libreria e ricominciò a saltellare e ad abbaiare ininterrottamente perché voleva entrare.

Feci una smorfia quando ciascun abbaio mi penetrò nel cervello. Prima che potessi allungare una mano verso la porta, essa si spalancò e Onyx si fermò solo per una frazione di secondo di fronte a Rett per poi oltrepassarlo di corsa e andare alla ricerca di Timber.

"Ciao, eh," le gridò dietro Rett, scuotendo la testa. "Ehi, piccolo," mi salutò.

A differenza di Onyx, quando entrai mi fermai per più di una frazione di secondo. Mi fermai quanto bastava per stampare un bel bacio sulle labbra di Rett. "Ehi."

Lui chiuse la porta alle mie spalle e io lo seguii fino al bancone.

"D'accordo, vuota il sacco. Cosa c'era di così importante da trascinarmi qui?"

"Non fare finta che scendere sia un sacrificio," sbuffò lui.

Addolcii il tono della voce. "Venire a trovarti non è mai un sacrificio."

Rett levò gli occhi al cielo. "Ma guardati: da grizzly brontolone a orsacchiotto in poco più di un anno." Si diede una pacca sulla spalla da solo. "Ci so fare, eh?"

"Sono d'accordo, ma credo che stiamo pensando a due cose diverse."

"Oh. Vogliamo andare di sopra per una sveltina?"

La domanda era superflua, ma... "Prima voglio sapere cosa c'era di tanto importante."

Rett si diresse dietro la cassa, si chinò e, quando si raddrizzò, sollevò un grosso scatolone e lo posò con un gemito sul bancone. "Li hanno consegnati questa mattina. Una volta che li avrai firmati, li metterò sugli scaffali."

Mentre apriva il coperchio dello scatolone, io presi una edizione cartonata della mia ultima uscita. La copertina era bellissima, soprattutto con la sovraccoperta. "Solo cartonati?"

"Presto arriveranno anche i brossurati."

Annuii. "Li firmerò non appena arriveranno."

"Parecchie copie di entrambe le tipologie sono già prenotate."

Era una buona notizia.

"A proposito, si dice che questa sia la tua opera migliore."

Inarcai un sopracciglio. "Si dice?"

Rett inclinò la testa e sorrise. "Dolly."

Naturalmente. Quella donna era sempre stata una mia ammiratrice, ma ora che sapeva che l'autore ero io, era ossessionata. Avrei potuto giurare che fosse più brava a diffondere la notizia delle mie uscite dei miei addetti alle relazioni pubbliche. Prima o poi avremmo dovuto offrire la cena a lei e al sindaco per dimostrare il nostro apprezzamento.

Mi ero innamorato di Eagle's Landing, proprio come mi ero innamorato di Rett. Durante e dopo la festa di Natale dell'anno scorso c'erano state occhiate curiose e parecchio chiacchiericcio, ma nessuno degli abitanti del posto aveva detto qualcosa di brutto. Eravamo stati accettati come coppia – ma soprattutto, come coppia *gay* – senza alcun problema.

Tutti i paesani, senza eccezioni, si erano dimostrati calorosi e inclusivi. Per fortuna, nessuno ci guardava in modo diverso.

Era decisamente rinfrancante.

Rett proseguì: "Inoltre, ho sentito dire che tutti i critici e i recensori più importanti ne parlano benissimo."

"Ah sì?"

Rett levò nuovamente gli occhi al cielo. "Come se tu non lo sapessi già. Sono sicuro che il tuo agente ti aggiorna di ora in ora."

Sollevai una spalla. "Mi ha scritto qualche messaggio." I

miei libri pagavano le spese, ma non erano più la cosa più importante per me. Quella era l'uomo che avevo di fronte. "A proposito di Randall, ti ha per caso contattato direttamente?"

Era da un po' che tormentavo il mio agente perché prendesse Rett come cliente. Sebbene Rett preferisse continuare a pubblicare indipendentemente i suoi libri, per mantenerne il controllo creativo, aveva detto che avrebbe preso in considerazione di scrivere una serie per uno degli editori principali *se* avesse ottenuto un buon accordo.

Non dubitavo che ne fosse in grado; dovevamo solo portare il suo talento di fronte alle persone giuste.

"Sì."

"E?" Trattenni il respiro mentre aspettavo che lui rispondesse. Non volevo che rimanesse deluso se la proposta che aveva mandato a Randall era stata rifiutata. Rett scriveva benissimo, ma era difficile trovare un buon agente letterario e ancora più difficile ottenere un contratto solido con un buon anticipo.

"E..." Rett sorrise. "Vuole che io e te collaboriamo."

Collaborare? "Non mi aveva detto nulla."

"Gli ho chiesto di lasciare che fossi io a proportelo. Si tratterebbe di una serie derivata che unirebbe entrambe le nostre. Randall ha detto che, con i nostri due nomi in copertina, riuscirebbe a venderla senza problemi. Ha già cominciato a parlare della cosa per saggiare le acque."

"Vuole che io scriva una serie con te?"

"Diciamo piuttosto che vuole che io scriva una serie con te. Tu sei più famoso di me. Credo che voglia seguire questa strada per farmi infilare un piede in una porta che si apre difficilmente."

Se doveva andare così, mi sarei prestato. I nostri stili si sarebbero mescolati alla perfezione. "Insomma, Foster e

Peabody lavorerebbero insieme per risolvere crimini e sconfiggere i cattivi." Suonava bene.

"Foster sarebbe il personaggio serio in contrasto con la comicità di Peabody."

Avrebbe potuto essere interessante.

Rett aggirò il bancone per mettersi accanto a me. "Sarebbe un po' come la collaborazione fra Williams e John."

"Vuoi dire Williams ed Anson."

"No, Williams e Jones. Ha senso, no? Scrivere insieme, dato che stiamo insieme anche nella vita."

Presi Rett fra le mie braccia. "Assolutamente. Soci in affari e nella vita."

"Aspetta. Vuol dire che devo intestarti metà del negozio?"

"No."

"Sei sicuro? Potresti pagare la metà delle spese."

Risi. "Ti conosco, mascherina."

"Io?" La sua domanda grondava innocenza fasulla.

"Ho visto i libri contabili. È un bene che tu ami questa attività, perché qualunque consulente finanziario ti direbbe di mettere il lucchetto alla porta e limitare le perdite."

"Ma limitare le perdite sarebbe solo la scelta più facile."

C'era un significato profondo dietro a quell'affermazione. Rett avrebbe potuto facilmente limitare le perdite con me. Ma aveva tirato dritto, non importava quanto io fossi stronzo con lui.

Quando quell'uomo affondava i denti in qualcosa, non mollava la presa.

Proprio come Onyx e i miei cavolo di calzini.

"Allora, che ne pensi?" chiese Rett.

"Voglio fare qualunque cosa ti renda felice," risposi. "Se vuoi che scriviamo una serie insieme, ci sto. Se vuoi restare indipendente, ti sosterrò. Se vuoi che ti dia una mano a mandare avanti il negozio, farò anche quello. Qualunque cosa tu voglia, Rett."

Lui mi allargò le dita sulla guancia. "Sarei troppo avido se volessi tutto?"

"No. Tu mi hai ridato la vita. In cambio, io voglio darti il mondo."

Rett aveva fatto per me quello che io avevo fatto per Thomas. Che avevo provato a fare. Mentre io non ero riuscito nel mio intento, la determinazione di Rett gli aveva consentito di raggiungere il suo scopo.

Quell'uomo aveva un'intraprendenza che avrei voluto poter imbottigliare e vendere. Se fosse stato possibile farlo, avremmo vissuto alla grande su un'isola tropicale privata, con i piedi nella sabbia e cocktail freddi in mano.

Ma se fosse andata così, avrei sentito la mancanza della piccola baita che era diventata la nostra casa.

Ci sarebbe voluto un certo convincimento perché io mi trasferissi altrove. Quello poteva non essere un paradiso tropicale – soprattutto d'inverno – ma era il *nostro* paradiso. Che avevamo creato insieme.

Non poteva essere più speciale di così.

"Non ho bisogno del mondo, piccolo. Ho bisogno solo di te." Rett mi diede un tenero bacio sulle labbra. Prima che potessi approfondirlo, lui fece un passo indietro. "Ora festeggiamo cenando all'Eagle's Nest e bevendo al Roost. Lasciamo che sia qualcun altro a cucinare e a lavare i piatti, per una volta."

"Ah. *Ecco* perché mi hai attirato giù dalla montagna e lontano dal mio portatile."

"*Mmm hmm*," mormorò Rett.

"Hai sempre un secondo fine."

Rett agitò le sopracciglia. "Questo è vero. Ti dispiace?"

"Assolutamente no. È grazie a quello che abbiamo un futuro a cui guardare."

"Vedi? Punto primo: avvicinare il nuovo burbero arrivato. Con prudenza, naturalmente, perché morde. Punto secondo: costringerlo a uscire dal passato e a tornare al presente. Punto terzo: farlo innamorare di me."

"Quello non è stato difficile."

"Quale parte?"

"Farmi innamorare di te. Mi stupisce che tu ti sia innamorato di me per primo."

"Dimostra che sarei dovuto andare in terapia."

Sbuffai. "Non ho obiezioni al riguardo."

"Ah, ma guardaci adesso. Siamo perfetti."

Perfetti era un po' esagerato. "Non direi, ma poco ci manca."

"Manca poco," concordò Rett. "Insieme, possiamo superare qualunque difficoltà."

"Per qualche motivo, questa volta il fatto che tu hai ragione non è così fastidioso."

"Facciamo progressi!" esclamò ridendo Rett.

Lo afferrai e lo strinsi a me per dargli un bacio che soffocò quella risata.

Quella sera festeggiammo in modo alternativo.

Non andando fuori a mangiare e a bere.

Restando in casa.

"La tragedia vissuta da una persona non è tutta la sua vita. Una storia traccia solchi profondi nel nostro cervello tutte le volte che la raccontiamo. Ma noi non siamo una storia. E le nostre storie si possono cambiare." ~ Amy Poehler

Per rimanere aggiornati sul lavoro di Jeanne, iscrivetevi alla sua newsletter qui: (in inglese): http://www.jeannestjames.com/ newslettersignup

Fratelli in divisa: Max

Incontra i ragazzi di Manning Grove: tre fratelli che fanno i poliziotti di una piccola città americana e incontrano le donne che cambieranno per sempre le loro vite. Questa è la storia di Max...

Amanda Barber è una ragazza di città, viziata e amante delle feste. Improvvisamente, la vita la mette a dura prova: dovrà adattarsi alla realtà della provincia, occuparsi del fratello diversamente abile e scontrarsi di continuo con un irritante sbirro del posto.

Come poliziotto e con un passato nei Marines, Max Bryson è un uomo a cui piace avere il controllo della situazione. Non ha mai avuto una relazione seria, né pianifica di averne una nel futuro prossimo. Vuole dipendere solo da se stesso. Se anche cambiasse idea, di certo non si sceglierebbe una ragazza immatura e irresponsabile come Amanda. Eppure, per quanto ci metta tutta la sua buona volontà, Max non riesce a togliersi la sensuale Amanda dalla testa... né dal cuore. Vederla diventare una donna matura sotto ai propri occhi non fa altro che aumentare l'istinto di protezione di Max.

Prepotente e *possessivo*: ecco alcune delle parole con cui Amanda descrive questo antipatico sbirro. D'altronde, non può negare che anche solo guardare Max le provochi brividi di piacere. Però Amanda non vuole ritrovarsi ancora con qualcuno che cerca continuamente di controllarla e Max sembra proprio il tipo di uomo che lo farebbe... O forse no?

Nota: Questo romanzo è un'opera a sé stante e può essere letto indipendente dagli altri libri della serie. Non ci sono finali sospesi e la conclusione è un piacevole lieto fine.

Girare la pagina per leggere il primo capitolo del primo libro della serie Fratelli in divisa: mybook.to/Max-Italian

Fratelli in divisa: Max

Fratelli in divisa, libro 1

CAPITOLO UNO

LA PICCOLA AUTO rossa che Amanda Barber aveva noleggiato rimase ferma nel parcheggio per tre quarti d'ora. Lei era immobile al posto di guida, come pietrificata. Fissava attraverso il parabrezza l'edificio con le pareti di mattoni a vista che aveva davanti agli occhi. Il motore dell'auto era spento, le chiavi ancora inserite nel blocchetto d'accensione; non le ci sarebbe voluto molto per girarle, mettere in moto e sparire nella stessa strada dalla quale era venuta.

Lesse ancora l'insegna sulla facciata dell'edificio, come se quel nome fosse una formula magica che servisse a rimandare l'inevitabile. Casa Howell – Centro diurno di assistenza per adulti.

Si stava facendo buio e lei non poteva più rimanere lì seduta. Aveva promesso all'avvocato della madre che si sarebbe trattenuta in città per un paio di settimane. Solo un paio di settimane. Quattordici giorni. Mezzo mese.

Doveva smettere di essere fifona.

Ok, basta tentennamenti. Afferrò le chiavi e le gettò nella borsetta. Era ora di farla finita. Scese dall'auto, decisa a entrare nell'edificio prima di cambiare ancora idea.

La porta si richiuse alle sue spalle con un *clang* che le parve assordante e Amanda si guardò intorno. C'erano alcuni anziani seduti che cucivano, leggevano e parlavano in piccoli gruppi. Una televisione ronzava in sottofondo. Un signore elegante, molto avanti con gli anni, sedeva su una carrozzina al cospetto di una grande vetrata, la testa ciondolante per via del dormiveglia.

Una donna che dimostrava qualche anno più di lei alzò lo sguardo e la notò. La donna, che stava assistendo un ragazzo seduto a un tavolo da gioco, raddrizzò la schiena e guardò Amanda perplessa. Lei non capiva perché il ragazzo avesse bisogno d'aiuto; sembrava intento a disegnare. La donna si chinò per dirgli qualcosa all'orecchio, poi si mosse verso Amanda.

"Posso aiutarla?"

"Immagino di sì."

Amanda non disse altro, al che la donna assunse un'espressione stupita.

La spronò. "Ha bisogno di informazioni? Vuole fare un giro della struttura?"

"No."

Sempre più confusa, la donna strizzò gli occhi e inclinò la testa come per farle una domanda che però tardò a formulare; quando dopo poco aprì la bocca, Amanda la interruppe. "Sono qui per vedere Gregory Barber."

Pronunciò quel nome abbastanza forte da richiamare l'attenzione del ragazzo seduto al tavolo da gioco, che alzò la testa, la girò verso di loro e rise sonoramente, poi con il polso piegato si spostò la ciocca di capelli che gli era finita sugli occhi.

Le labbra della donna si aprirono in una O. "Tu devi essere Amanda."

Amanda aggrottò la fronte. La donna sapeva di lei, naturalmente; anzi, probabilmente la aspettava già da tempo. Amanda era pronta a scommettere che tutta la cittadina di Manning Grove la stava aspettando.

"Sì, sono venuta a prendere Greg."

Amanda si morse un labbro quando vide il ragazzo alzarsi dal tavolo con un sorriso sghembo stampato sul volto. L'istante dopo, lui le stava correndo incontro, agitando in aria le mani. Istintivamente, Amanda fece un passo indietro. In effetti, avrebbe voluto girarsi e darsela a gambe, ma il ragazzo la strinse in un abbraccio che le tolse il respiro.

La donna gli afferrò le braccia, cercando di separarlo da Amanda. "Greg! Greg! Lasciala andare!"

Greg la scuoteva avanti e indietro, premendole la testa sul petto e stringendo sempre più forte. Lei emise un gemito di dolore.

"Donna... questa è Mandy? È Mandy?" Il vocione del ragazzo le vibrava contro la cassa toracica.

"Greg, di questo passo la stritolerai!"

Allora Greg la lasciò andare e si fece indietro, non senza una certa riluttanza. Il sorriso storto si ingrandì e qualche gocciola di saliva gli schizzò fuori dalla bocca mentre esclamava: "Mia sorella Mandy!"

"Sì, Greg, tua sorella è venuta a prenderti." Donna si rivolse ad Amanda. "Come avrai capito, io sono Donna. Gestisco la struttura." Guardò Amanda con preoccupazione. "Mi sembri pallida... Vuoi sederti?"

Amanda scosse la testa. "No." Fece un profondo respiro e si passò una mano sulle costole, per accertarsi di non avere lesioni. Si sistemò la gonna e il maglione che le si era spiegazzato sotto la giacca. "No, sto bene."

"Porterai Greg a casa di sua madre?"

"Sì."

"Hai mai avuto a che fare con una persona con disabilità?"

Amanda lanciò un'occhiata a Greg, che la ricambiò aggiungendo un enorme sorriso. "No." Greg non riusciva a stare fermo: gesticolava di continuo e confabulava tra sé e sé.

Donna aggrottò la fronte. "Oh, cielo!"

Ad Amanda non piacque quell'esclamazione. *Oh, cielo. Che voleva dire? Sapeva di essere nei pasticci... ma "Oh, cielo"?*

Cacchio.

"Uh... Greg è pronto per andare?"

Donna lo guardò. "Sì. Come vedi, è molto felice di conoscere sua sorella." Spostò nuovamente lo sguardo su Amanda e inarcò un sopracciglio. "È la prima volta, vero?"

Amanda annuì. Non sapeva se quella che provava fosse vergogna o piuttosto paura. Probabilmente era paura, su cui stava calando una coltre di vergogna. Senza dubbio, Donna conosceva la risposta ancor prima di aver formulato la domanda. Amanda era certa che tutta la città conoscesse la risposta.

Doppio cacchio.

Donna la prese a braccetto e la guardò con occhi colmi di pietà. "Senti. Ti darò il mio biglietto da visita. Per qualsiasi dubbio o problema, chiamami. Greg è bravo, è ubbidiente e facile da accontentare."

Amanda lo guardò. Donna ne parlava come se fosse un bambino, ma Greg non era un bambino. Il suo fratellastro aveva ventidue anni. Ventidue.

Era abbastanza grande per bere alcolici, votare o arruolarsi nell'esercito.

Era un adulto, solo che si comportava come un bambino.

"Grazie. Potrei prenderti in parola."

Per la prima volta da quando Amanda era entrata, Donna sorrise. "Certo che lo farai. Ecco una brochure della nostra struttura e il mio biglietto da visita. Greg viene qui tre volte a settimana. Un autobus lo passa a prendere poco prima delle otto di mattina il lunedì, il mercoledì e il venerdì, sempre che non siano giorni festivi. Un autobus lo riporta a casa poco dopo le sei di sera."

Ad Amanda girava la testa. "Ok."

Greg sei pronto per andare con tua sorella?

"Sì, sì, sì! Prontissimo." Greg era talmente su di giri che saltò su un piede, poi sull'altro. "Ora noi si va!" Corse verso Amanda e le porse la mano contratta.

Amanda gliela strinse. L'enorme sorriso di Greg era irresistibile e lei lo ricambiò con uno più debole. "Pronto, Bud?"

"Chi è Bud?"

Amanda lo guardò. Sarà stato anche solo un fratellastro, ma lei e Greg avevano lo stesso sangue. Lui era un pezzo della sua famiglia. Amanda rilassò leggermente i muscoli tesi e gli strinse ancora la mano. "Sei tu... Stai per diventare il mio nuovo compare preferito[1]."

"Oh! Oh! Donna, sono io Bud! Il suo compare!" Greg cominciò a tirare Amanda verso la porta.

"Un momento, Amanda!" Mentre Greg la trascinava, lei si voltò verso Donna. "State dimenticando Caos."

"Cosa?" Amanda si aggrappò allo stipite della porta per evitare che Greg la portasse fuori di peso e sbattesse sul pavimento in preda all'euforia.

"Caos," ripeté Donna, come se quel nome bastasse a chiarire tutto.

Donna raggiunse la porta che dava sul retro della struttura e la aprì. Un border collie bianco e nero balzò attraverso la stanza e si mise a girare intorno a loro, dimostrandosi tanto incontrollabile quanto in quel momento lo era Greg.

Caos.

Che nome appropriato.

LE CHIAVI TINTINNARONO e i cardini scattarono quando Amanda aprì la porta principale della sua nuova casa.

Nuova casa temporanea, ricordò a se stessa.

A causa del lungo volo, a cui era seguito un lungo viaggio in auto per raggiungere quel paesino *nel bel mezzo del nulla*, Amanda era esausta. Aveva bisogno di una bella dormita per essere in grado, l'indomani, di pensare a mente lucida.

Guardò l'orologio. Le sette.

Né lei né Greg avevano cenato e già lei pensava a coricarsi. Come una vecchietta. A Miami, a quell'ora, la serata non era neanche cominciata.

Caos sfilò accanto a lei. Anche il cane doveva mangiare, probabilmente.

"Greg, tu sai come dar da mangiare a Caos?"

Non sentendo alcuna risposta, Amanda si girò verso di lui e lo vide ancora in piedi vicino all'auto. Durante il tragitto, mentre attraversavano il quartiere per arrivare all'abitazione, Greg era rimasto sospettosamente calmo e silenzioso. Il "bambino" euforico era scomparso.

"Greg?"

"Mamma è qui?"

Nonostante il buio e la distanza, Amanda vide chiaramente la tristezza e la confusione che affiorarono sul volto del ragazzo. A lei, quella domanda aveva fatto venire la pelle d'oca.

"No, Greg, la mamma è andata via. Avanti, vieni dentro. Ti preparo la cena."

"Mamma è brava a cucinare."

Amanda sospirò. Non voleva gestire quella situazione. Non faceva parte delle sue responsabilità. Era la prima volta che incontrava il fratellastro. Aveva sempre saputo della sua esistenza, ma i due vivevano in mondi completamente diversi. Nel mondo di Amanda non c'era mai stato spazio per il padre, la matrigna e il fratellastro. La madre di Amanda, Anne, si era assicurata di escluderli.

"Ehi, Bud, non sarò la migliore delle cuoche... anzi, probabilmente sono una delle peggiori. Però sono in grado di prepararti una zuppa e un toast al formaggio."

Sentirsi chiamare *Bud* sembrò tirarlo un po' su. La seguì con riluttanza dentro casa.

Amanda tastò il muro in cerca di un interruttore, visto che nell'entrata era buio pesto; quando le dita ne trovarono uno, lo spinse e si accese la luce. La casa era carina. E piccola. Ogni cosa pareva essere al proprio posto e l'ambiente aveva un aspetto molto ordinato. Nonostante Dolores, la sua matrigna, fosse deceduta più di una settimana prima, la casa sembrava piuttosto pulita.

Amanda notò subito che in giro non c'era nulla di fragile. Niente ceramiche, nessun oggetto di vetro, nemmeno un gingillo. Capì subito il perché quando sentì uno schianto. Corse verso il retro della casa.

La cucina era spaziosa e moderna, con elettrodomestici di ultima generazione, finiture in acciaio inossidabile e dei fantastici piani di lavoro in granito. Un portapentole di rame era appeso sopra l'isola centrale, attorno alla quale erano disposti degli sgabelli di legno scuro.

Al centro della bellissima cucina c'era Greg, che la guardò intimidito. "Mi dispiace."

Gli era caduta in terra la ciotola di metallo di Caos, anche se non sembrava che per il cane fosse un problema: mangiava più veloce che poteva e spazzolò a tempo di record tutti i croccantini, anche quelli finiti nei punti più inarrivabili.

"Non fa niente, Bud. Ora troviamo qualcosa da mangiare per te."

Dopo qualche minuto di ricerca nei vari armadietti, Amanda assemblò una cena veloce per Greg, poi, mentre lui mangiava, si dedicò all'esplorazione della casa. La scoprì piccola, come aveva capito fin da subito, ma molto confortevole. Tre camere da letto e due bagni su due piani.

La cucina era una delle stanze più grandi. Sul retro c'era un giardinetto lungo e stretto, adeguatamente recintato per evitare che il cane scappasse. Amanda apprezzò particolarmente la veranda, che sembrava essere stata costruita di recente vicino alla pedana che dava sul giardino.

Tornò in cucina per dare un'occhiata a Greg. Forse non avrebbe dovuto lasciarlo solo tanto a lungo... Se non altro, avrebbe fatto bene a dargli un tovagliolo. Mentre gli puliva il sugo di pomodoro dai vestiti, Amanda gli fece un piccolo interrogatorio, per capire cosa il ragazzo fosse effettivamente in grado di fare da solo.

Verso le dieci, quando Greg ebbe finito di guardare quello che descrisse come uno dei suoi programmi preferiti, lei lo accompagnò nella sua camera da letto.

"Mi sembra di capire che sei un fan del campionato automobilistico NASCAR, Greg."

"Adoro le macchine... e le corse! Da grande farò il pilota."

"Fammi indovinare... il tuo idolo è Tony Stewart."

Greg strillò, visibilmente emozionato. "Come lo sai?"

Amanda guardò in giro per la stanza: era piena di poster di Stewart, di modellini di automobili e di altri cimeli; tirò giù il copriletto, su cui c'era l'immagine del pilota. *Mmmh... Come lo sapeva?*

"Per andare a letto te la cavi da solo?"

"Sì."

"Bene. Buonanotte, Greg."

"Mandy?"

"Sì?"

"Posso avere un abbraccio?"

"Puoi scommetterci, Bud." Quel secondo abbraccio fu meno letale del primo. "Buonanotte, Greg. Ci vediamo domattina."

"Buonanotte, Mandy."

Amanda scese le scale e andò direttamente in cucina, a prendere la busta bianca che aveva lasciato sul top. Era la busta che le aveva consegnato l'avvocato. La afferrò e si diresse in veranda. Sprofondò nel morbido divanetto emettendo un gemito di stanchezza e aprì la busta. Caos la raggiunse, saltò sul divanetto e le si accucciò a fianco. Lei le accarezzò il manto setoso che gli ricopriva la schiena.

Aprì il foglio e cominciò a leggere.

Cara Amanda,

Mi dispiace non averti mai incontrata, ma ormai non posso farci nulla. Prima di tutto, voglio dirti che tuo padre ti ha voluto bene, anche se tu pensavi che non fosse così. Insieme, abbiamo vissuto una buona vita e io gliene sono grata. L'ho amato molto.

Immagino che per te sarà scioccante incontrare tuo fratello per la prima volta. Gregory è un bravo ragazzo, spero che avrai modo di rendertene conto.

Per Greg è stata dura quando tuo padre è morto di infarto, due anni fa. Per me è stata durissima. So che per Greg sarà ancora più difficile quando anch'io non ci sarò più. Lui non sa che mi hanno diagnosticato un cancro al seno; non credo che capirebbe, comunque.

Se stai leggendo questa lettera, significa che Greg ha perso entrambi i genitori. Mi auguro che nel tuo cuore troverai la forza di amarlo e aiutarlo. Sei tutto ciò che gli rimane della sua famiglia.

Per favore, sforzati di aprirgli il tuo cuore. Non sarà facile. Per molte cose, Gregory è in grado di prendersi cura di se stesso, ma ha comunque bisogno di una guida costante. Negli ultimi tempi, ho cercato di renderlo più indipendente, ma non potrà mai vivere per conto suo. Ha davvero bisogno di te. Non voglio che finisca solo, in una casa di cura.

Ora la casa è tua e riceverai ogni mese i soldi necessari per accudirlo; provengono da un conto che abbiamo aperto io e tuo padre. Dovrebbero bastare per mantenerti a Manning Grove senza dover lavorare, così da essere presente per Greg, quando lui ha bisogno di te. Se decidessi di tornare a Miami (e spero che tu non lo faccia), temo che i soldi che abbiamo messo da parte finirebbero presto.

Manning Grove è una bella cittadina, qui la gente è socievole e molti conoscono Greg. Probabilmente non basterà a convincerti, ma credo che Gregory non sarebbe felice in una grande città.

Devo aver già cominciato a blaterare...

Amanda lesse una lista di attività che Greg era in grado di svolgere da solo, seguita dall'elenco di quelle per cui invece avrebbe avuto bisogno d'aiuto. Accartocciò la lettera e la tirò via; rimbalzò su una lampada per poi atterrare sul pavimento in mezzo alla stanza.

Caos balzò giù dalla sedia, recuperò la "palla" e gliela riportò, posandogliela sulle ginocchia con una certa solennità.

Lei fulminò con lo sguardo prima il cane, poi il cartoccio umido di bava. Si sforzò di non urlare, di non scoppiare in lacrime.

Non voleva prendersi quell'impegno. Non poteva farlo. Quella donna non aveva alcun diritto di chiederle una cosa simile. Amanda non aveva mai chiesto di avere un fratello, non le era mai dispiaciuto essere figlia unica. Sua madre l'aveva viziata, non perché l'amasse, ma perché voleva poterla controllare e tenerla alla larga, quando lo riteneva necessario.

Caos le strofinò il muso sulla mano, in attesa che lei tirasse ancora la "palla".

Mentre fissava il manto bianco e nero del cane, Amanda si rese conto che ci si aspettava da lei che fosse responsabile. *Lei*, Amanda Barber! Lei che non si era mai presa cura nemmeno di un animale domestico. Nemmeno di un criceto. Di punto in bianco, si ritrovava sulle spalle la responsabilità di prendersi cura di un altro essere umano. Era un peso troppo grosso.

Non sarebbe stata all'altezza della situazione.

Si prese la testa fra le mani e crollò. Cominciò a singhiozzare e presto si ritrovò con i crampi allo stomaco, il naso tappato e arrossato e gli occhi gonfi. Tirò su con il naso, sonoramente. Caos le si era accucciato vicino ai piedi; drizzò le orecchie e alzò la testa per guardarla, come per chiederle silenziosamente quale fosse il problema.

Amanda aveva paura.

Si sentiva sola.

Nemmeno la madre avrebbe potuto o voluto aiutarla.

Quel pensiero le diede forza. Non aveva bisogno della madre, che anzi era arrabbiata con lei. Le aveva dato dell'incapace, le aveva detto che non poteva farcela.

Si sarebbe dovuta ricredere. Amanda sarebbe stata migliore di lei. Greg era suo fratello, era la sua famiglia.

Amanda si sarebbe presa cura di lui, sarebbe stata una sorella calorosa e amorevole.

O almeno ci avrebbe provato.

Stanco di aspettare, Caos si alzò accanto a lei. Amanda gli accarezzò la testa. La madre si sbagliava e lei glielo avrebbe dimostrato.

Acquistalo qui: mybook.to/Max-Italian

Libri disponibili in italiano

Made Maleen: Una fiaba in chiave moderna
Cicatrici
Riaccendere Chase

FRATELLI IN DIVISA:

Fratelli in divisa: Max (libro 1)
Fratelli in divisa: Marc (libro 2)
Fratelli in divisa: Matt (libro 3)
- Include Teddy: il capitolo finale (libro 3.5)
Fratelli in divisa: Natale dai Bryson (libro 4)

LA SERIE DI NOVELLE OSSESSIONATI (IN ARRIVO!):

Eternamente Lui
Solamente Lui
Necessariamente Lui
Pazzamente Lei
Segretamente Lui

PROSSIMAMENTE NE ARRIVERANNO ALTRI!

396

Libri disponibili in italiano

PROSSIMAMENTE NE ARRIVERANNO ALTRI!

Se ti è piaciuto questo libro

Grazie per aver aver letto il mio libro! Se questa storia ti ha appassionato, per favore fallo sapere ad altre lettrici e altri lettori scrivendo una recensione sul sito dove hai acquistato il libro e/o su Goodreads. Le recensioni sono sempre bene accette e anche solo un paio di righe possono dare un grande aiuto per una scrittrice indipendente come me!

Informazioni sull'autore

Jeanne St. James ha pubblicato per USA Today e Amazon romanzi rosa che hanno avuto successo internazionale. Ama scrivere storie d'amore incentrate su donne dal carattere forte e uomini a cui piace dominare. Scrive da quando aveva tredici anni e ad oggi ha al suo attivo quasi sessanta romanzi di ambientazione contemporanea. Le trame dei suoi libri vertono su rapporti eterosessuali, rapporti omosessuali tra uomini e *ménages à trois* in cui sono coinvolti due uomini e una donna, e hanno per protagonisti personaggi di diverse provenienze. Sotto lo pseudonimo di J.J. Masters, Jeanne scrive anche storie d'amore omosessuali di ambientazione fantasy.

Per restare aggiornati sulle frequenti uscite dei suoi nuovi lavori, collegatevi al sito www.jeannestjames.com o iscrivitevi alla newsletter:
http://www.jeannestjames.com/newslettersignup (in inglese).

www.jeannestjames.com
jeanne@jeannestjames.com

Newsletter: http://www.jeannestjames.com/newslettersignup

Gruppo Facebook di lettrici e lettori: https://www.facebook.
com/groups/JeannesReviewCrew/
TikTok: https://www.tiktok.com/@jeannestjames

facebook.com/JeanneStJamesAuthor
amazon.com/author/jeannestjames
instagram.com/JeanneStJames
bookbub.com/authors/jeanne-st-james
goodreads.com/JeanneStJames
pinterest.com/JeanneStJames

Anche da Jeanne St. James (in inglese)

Trovate il mio ordine di lettura completo qui:

https://www.jeannestjames.com/reading-order

* Disponibile in audiolibro (inglese)

LIBRI INDIVIDUALI

Made Maleen: A Modern Twist on a Fairy Tale *

Damaged *

Rip Cord: The Complete Trilogy *

Everything About You (A Second Chance Gay Romance) *

Reigniting Chase (An M/M Standalone) *

Brothers in Blue Series:

Brothers in Blue: Max *

Brothers in Blue: Marc *

Brothers in Blue: Matt *

Teddy: A Brothers in Blue Novelette *

Brothers in Blue: A Bryson Family Christmas *

The Dare Ménage Series:

Double Dare *

Daring Proposal *

Dare to Be Three *

A Daring Desire *

Dare to Surrender *

A Daring Journey *

The Obsessed Novellas:

Forever Him *

Only Him *

Needing Him *

Loving Her *

Tempting Him *

Down & Dirty: Dirty Angels MC Series®:

Down & Dirty: Zak *

Down & Dirty: Jag *

Down & Dirty: Hawk *

Down & Dirty: Diesel *

Down & Dirty: Axel *

Down & Dirty: Slade *

Down & Dirty: Dawg *

Down & Dirty: Dex *

Down & Dirty: Linc *

Down & Dirty: Crow *

Crossing the Line (A DAMC/Blue Avengers MC Crossover) *

Magnum: A Dark Knights MC/Dirty Angels MC Crossover *

Crash: A Dirty Angels MC/Blood Fury MC Crossover *

In the Shadows Security Series:

Guts & Glory: Mercy *

Guts & Glory: Ryder *

Guts & Glory: Hunter *

Guts & Glory: Walker *

Guts & Glory: Steel *

Guts & Glory: Brick *

Blood & Bones: Blood Fury MC®:

Blood & Bones: Trip *

Blood & Bones: Sig *

Blood & Bones: Judge *

Blood & Bones: Deacon *

Blood & Bones: Cage *

Blood & Bones: Shade *

Blood & Bones: Rook *

Blood & Bones: Rev *

Blood & Bones: Ozzy *

Blood & Bones: Dodge

Blood & Bones: Whip

Blood & Bones: Easy

Beyond the Badge: Blue Avengers MC™:

Beyond the Badge: Fletch

Beyond the Badge: Finn

Beyond the Badge: Decker

Beyond the Badge: Rez

Beyond the Badge: Crew

Beyond the Badge: Nox

Note

Capitolo sei

1. Unità di misura utilizzata in Canada e negli Stati Uniti per indicare una pila di legna che, accatastata con la massima efficienza, occupa un volume di circa 3,6 metri cubi (ndt).

Capitolo quindici

1. Generale statunitense che, durante la guerra d'indipendenza, tradì le forze americane passando dalla parte britannica (ndt).

Capitolo ventitré

1. Il titolo della canzone significa "Finalmente" (ndt).

Fratelli in divisa: Max

1. In inglese *Bud*, oltre a essere un nome di persona, significa appunto "amico", "compare". [NdT]